KNAUR

NORA LUTTMER

DUNKEL KINDER

Thriller

Besuchen Sie uns im Internet:
www.knaur.de

Originalausgabe Mai 2018
Knaur Taschenbuch
© 2018 Knaur Verlag
Ein Imprint der Verlagsgruppe
Droemer Knaur GmbH & Co. KG, München
Alle Rechte vorbehalten. Das Werk darf – auch teilweise –
nur mit Genehmigung des Verlags wiedergegeben werden.
Redaktion: Dr. Kirsten Reimers
Covergestaltung: ZERO Werbeagentur, München
Coverabbildung: mauritius images/Westend61/visual2020vision
Satz: Adobe InDesign im Verlag
Druck und Bindung: CPI books GmbH, Leck
ISBN 978-3-426-52193-9

2 4 5 3 1

SAM

Es war still. Nur von weit her hörte Sam den Ruf einer Eule. Wenn eine Eule ruft, naht der Tod, hatte seine Mutter immer gesagt. Um ihn herum war es dunkel. Der Boden, auf dem er lag, war kalt und hart. Es roch nach Nässe, Schweiß und Benzin. Sam versuchte sich auf seinen Atem zu konzentrieren, um die Panik, die in ihm aufstieg, zu unterdrücken. Sonst würde sie ihn lähmen. Das kannte er schon. Seit er von zu Hause weggegangen war, war er an vielen Orten aufgewacht. Es waren nie gute Orte gewesen.

Sein Kopf schmerzte, vorsichtig tastete er ihn ab und spürte an der Stirn eine große Beule. Er hatte keine Erinnerung, woher sie kam.

Zentimeter für Zentimeter kroch er vorwärts, bis er gegen eine Wand stieß. Er ließ seine Hände über die Oberfläche gleiten. Sie war glatt und eben und aus Metall. In einem Container war er schon mal nicht, dachte er. Die fühlten sich anders an. Vielleicht im Laderaum eines Lieferwagens. Der Geruch passte. Tränen schossen ihm in die Augen. Schafften sie ihn wieder woandershin? Jeder neue Ort, an den er gebracht worden war, war schlimmer gewesen als der vorherige.

Seine Zunge klebte trocken an seinem Gaumen, und sein ganzer Körper zitterte vor Angst und Kälte. Er hatte nichts als seinen dünnen Trainingsanzug an. Er kroch weiter an der Wand entlang. Auf einmal streiften seine Finger etwas Weiches. Einen Körper. Sam riss seine Hand zurück. Sein Atem ging schnell und flach. Er stemmte sich hoch, fuhr hektisch mit den Händen die Wand entlang. Er musste raus hier. Gleich würde er nicht mehr gegen seine Angst ankommen. Sein Puls raste. Irgendwo musste es doch eine Tür geben oder ein Fenster. Da! Da war etwas. Eine Wölbung im Metall. Ein Türgriff. Er zog daran, doch die Tür bewegte sich keinen Millimeter. Er fluchte, tastete weiter. Er fand ein Fenster, aber das war mit Pappe abgeklebt. Er fasste eine Ecke und zog, aber die Pappe glitt ihm aus den kalten klammen Fingern. Mit den Nägeln kratzte er sie auf und riss einzelne Streifen herunter. Glas kam zum Vorschein, und er konnte nach draußen sehen. Er atmete auf. Er erkannte die dunklen Silhouetten von Bäumen. Es war Nacht, aber der Mond war hell genug, um Schatten zu werfen. Ein bisschen Licht fiel auch in den Lieferwagen. Jetzt konnte Sam den Mann auf dem Boden sehen. Er lag keinen Meter von ihm entfernt, den Kopf zwischen den Armen vergraben, die Knie angezogen. Unter dem Bauch des Mannes schauten zwei Füße hervor. Da war ein zweiter Mann. Die beiden lagen so dicht beieinander, als wollten sie sich gegenseitig wärmen, der Oberkörper des einen über den Beinen des anderen. Sam machte einen Schritt auf die beiden zu und stieß dem oben Liegenden leicht mit dem Fuß in die Seite. Der Mann gab ein Murren von sich, rührte sich aber nicht. Immerhin, er lebte. Sam trat noch einmal zu, diesmal fester. Der Mann rollte zur Seite weg, ohne dass er zu sich kam. Aber Sam sah jetzt sein Gesicht. Die Augen waren zugeschwollen, die Nase unnatürlich schief. Er starrte den Mann an. Er hätte ihn fast nicht erkannt. Es war der Einäugige.

Wie der Einäugige zu seinem Spitznamen gekommen war, wusste Sam nicht. Eine leere Augenhöhle hatte er zumindest nicht. Nicht so wie Sams Vater, der bei einem Unfall sein Auge verloren hatte. Aber Sam hatte den Einäugigen auch nie danach gefragt. Er war nicht in der Position, Fragen zu stellen. Sam war fünfzehn, aus Sicht der Erwachsenen noch ein Kind, und der Einäugige war sein Chef.

Einen Moment tat Sam nichts, dann nahm er all seinen Mut zusammen, streckte seine Hand aus und berührte die Schulter des zweiten Mannes. Er spürte sofort, dass er tot war.

Sam würgte, schluckte das Erbrochene runter. Gegen seine Übelkeit ankämpfend, zerrte er den Toten herum, bis er sein Gesicht sehen konnte. Auch ihn kannte er. Der Mann war immer im Schlepptau des Einäugigen gewesen.

Warum waren die beiden hier mit ihm eingesperrt, fragte Sam sich. Und warum waren sie so zugerichtet? Bilder rasten durch seinen Kopf, erst undeutlich, dann immer schärfer: Er liegt auf seiner Pritsche im Bunker, ist kurz davor einzuschlafen. Doch da taucht ein Mann auf, groß, mit Stoppelbart, blonden Haaren und blassen, sehr hellen Augen, die Sam an kaltes Wasser denken lassen. Der Mann riecht nach Zigarettenrauch, Schweiß und scharfer Seife und sagt etwas in einer Sprache, die Sam nicht versteht. Es klingt hart. Aber was war dann passiert? Sam versuchte verzweifelt, die Bilder abzurufen. Es gelang ihm nicht. Den Rücken an die Wand gelehnt, rutschte er in die Hocke, zog die Beine an die Brust und legte seinen Kopf auf die Knie. Er war so unglaublich müde.

Sam wusste nicht, wie lange er so gesessen hatte, als eine Bewegung ihn aufschreckte. Der Einäugige war zu sich gekommen. Er hob den Kopf und öffnete den Mund, als wollte er etwas sagen, aber es drang nur ein heiseres Röcheln aus seiner Kehle.

»Chef?«, flüsterte Sam auf Vietnamesisch. »Chef. Wo sind wir?«

Der Einäugige murmelte unverständlich vor sich hin. Sam rückte ein Stückchen näher zu ihm heran. »Was geschieht mit uns?«

Die Hand des Einäugigen schnellte vor, krallte sich um Sams Kehle und riss ihn ruckartig nach vorne. Mit einer Kraft, die Sam nicht erwartet hätte. Er rang nach Luft.

Der Einäugige drückte seine Lippen auf sein Ohr. Ekel überkam Sam.

»Waldstrafe«, raunte der Einäugige. Sam wusste, was das bedeutete. Jeder wusste das. Die Waldstrafe drohte all denen, die nicht kuschten, die versuchten zu fliehen, die redeten. Exekutiert im Wald, verscharrt im Niemandsland. Namenlos. Als hungriger Geist würde er umherirren, auf ewig. Aber wieso brachten sie ihn in den Wald? Er hatte doch nichts getan. Er hatte immer nur gehorcht.

Der Einäugige setzte an, noch etwas zu sagen. Aber mehr als »Bring mich …« brachte er nicht über die Lippen, dann hustete er und spuckte Blut. Sam hörte die Wagentür schlagen, spürte die Bewegung des Wagens unter seinen Füßen. Er riss sich vom Einäugigen los, sprang auf. Er musste raus hier. Sofort.

Sam fasste den Türgriff und rüttelte daran. In diesem Moment heulte der Motor auf, und der Wagen fuhr mit einem Ruck an. Sam schlug mit dem Kopf gegen die Wand. Blut troff aus seiner Nase. In der nächsten Kurve stürzte er zu Boden und blieb mit keuchendem Atem liegen.

Es war der Mann aus dem Bunker, der Mann mit den hellen Augen, der ihn aus dem Lieferwagen holte. Sams Glieder waren steif vor Kälte. Er klammerte sich an die offene Wagentür, um nicht zu stürzen.

Sie waren auf einem verlassenen Parkplatz an einer Landstraße. Frühnebel hing über dem Boden, und es nieselte leicht. Hinter dem Parkplatz lag ein schmales Feld, dahinter begann der Wald. Aus der Ferne war ein Motorengeräusch zu hören, das schnell leiser wurde und dann ganz erstarb. Der Mann mit den hellen Augen trat den Toten von der Ladefläche. Dann packte er den Einäugigen unter den Armen, hievte ihn hoch, sprang aus dem Wagen und zog ihn mit sich. Der Einäugige stöhnte, hielt sich aber auf den Beinen. Jetzt, im Tageslicht, sah Sam, dass er noch viel schlimmer zugerichtet war, als er angenommen hatte. Sein Gesicht war blutverkrustet, die Nase nur noch ein matschiger Klumpen, das rechte Ohr tief eingerissen, die Lippen aufgeplatzt. Seine Augen waren so zugeschwollen, dass Sam bezweifelte, dass er überhaupt etwas sah.

Als der Mann mit den hellen Augen jetzt auf Sam zukam und seinen Reißverschluss öffnete, verkrampfte sich alles in ihm. Nicht, bitte nicht, murmelte er vor sich hin. Er hielt die Luft an. Aber der Mann urinierte nur vor seine Füße. Der saure, beißende Geruch stieg Sam in die Nase. Als der Mann fertig war, wischte er seine Hände an seiner ausgebeulten Jeans ab, zog eine Wasserflasche aus einem Rucksack und hielt sie ihm hin. Sam griff danach. Er schaffte es kaum, den Verschluss aufzudrehen. Zitternd setzte er die Flasche an den Mund, legte den Kopf zurück und trank so gierig, dass ihm das Wasser aus den Mundwinkeln rann.

Der Mann mit den hellen Augen packte den Toten an den Handgelenken und deutete Sam, die Füße zu nehmen. Sie gingen los. Der Einäugige taumelte hinter ihnen her.

Sie mussten sich wehren, dachte Sam. Sie konnten doch nicht einfach so mit in den Wald laufen und sich umbringen lassen. Sie mussten den Mann mit den hellen Augen überwältigen. Aber der Einäugige war zu benommen und Sam alleine zu schwach, das war ihm klar.

Nach nur wenigen Metern ging der Einäugige in die Knie. Der Mann mit den hellen Augen ließ den Toten fallen, riss eine Pistole aus seiner Jackentasche und presste sie dem Einäugigen gegen die Schläfe. Er sagte etwas in dieser harten Sprache, die der Einäugige aber zu verstehen schien, zumindest nickte er heftig, stand schwerfällig wieder auf und taumelte weiter.

Sie gingen über einen ausgefahrenen Weg. In den tiefen breiten Reifenspuren stand Wasser. Jeder Atemzug stach Sam in der Lunge. Er bezweifelte, dass er den Toten lange halten konnte. Der leblose Körper wurde von Schritt zu Schritt schwerer. Der Weg führte bis zum Wald und brach dann ab. Sie liefen jetzt querfeldein. Die Bäume, die hier standen, waren am Fuß breit, wurden nach oben hin schmaler und standen nah beieinander. Dazwischen wuchsen dornige Büsche. Auf dem Boden lagen nasse Blätter, Geäst und umgestürzte Bäume. Dünne Äste brachen unter Sams Füßen, und er spürte die einzelnen Zweige durch die dünnen Sohlen seiner Schuhe. Es roch nach regenfeuchter Erde und Pilzen. Der Wind wiegte die Baumwipfel über ihnen und ließ weitere Blätter herunterfallen. Sams Finger waren mittlerweile so taub, dass die Füße des Toten ihm aus den Händen glitten. Der Mann mit den hellen Augen spuckte aus und warf Sam einen Blick zu, in dem nichts als Verachtung lag. Den Toten schleifte er jetzt ohne Sams Hilfe weiter, so dass dessen Füße eine Spur durch das Laub zogen.

Je weiter sie gingen, desto dichter wurde der Wald. Die Baumstämme waren fast alle von Moos überwuchert. Zweige schlugen Sam gegen den Oberkörper und zerkratzten seine Hände. Seine Bewegungen wurden immer mechanischer, und seine Gedanken sprangen von Erinnerung zu Erinnerung. Er dachte an zu Hause, an seinen Bruder, an das Meer …

Sie folgten einem kleinen Wasserlauf und kamen an einen Tümpel. Das Wasser war schwarz und von fauligen Blättern bedeckt. Sams Füße versanken in der aufgeweichten Erde. Er stolperte, stürzte und blieb einfach liegen. Er konnte nicht mehr. Er wollte nicht mehr. Erst als er den Pistolenlauf in seinem Rücken spürte, rappelte er sich mühsam auf. Durch die Tränen, die in seinen Augen standen, sah er verschwommen ein Reh, das mit großen Sprüngen vor ihnen floh. Er fragte sich, ob er es nicht auch wagen sollte wegzurennen. Wenn es ihm gelingen würde, sich einen Weg durch die Bäume und das dichte Unterholz zu bahnen … Aber ihm fehlte der Mut. Er wäre sowieso nicht schnell genug. Nur mit letzter Kraft schleppte er sich jetzt noch weiter, angespannt, in der Angst, jeden Moment von einer Kugel durchbohrt zu werden. Sein Herz hämmerte. Hoffentlich tat das Sterben nicht allzu weh, und hoffentlich ging es schnell. Er biss sich auf die Lippen, schmeckte das Blut in seinem Mund und versuchte, an nichts zu denken.

Mit einem Mal brachen Sonnenstrahlen durch die Wolkendecke. Licht und Schatten fielen abwechselnd auf sein Gesicht. Er fühlte die Wärme auf seiner Haut. Für einen kurzen Moment dachte er, es könnte doch noch alles gut werden. Dann lichtete sich der Wald. Die Äste toter Bäume ragten wie Krallen in den Himmel. Vereinzelt standen hohle Baumstümpfe. Dazwischen lag ein dichter Teppich aus Gras und Moos, auf dem sich Wasser gesammelt hatte. Das Moos war weich und gab unter Sams Füßen nach. Über ihm auf den kahlen knorrigen Ästen saßen große schwarze Vögel. Sie krächzten, flatterten auf, setzten sich wieder. Sie haben Hunger, dachte er. Sie werden mir die Augen auspicken. Sie werden Fleischbrocken aus meinem Körper hacken. Er riss den Mund auf, beugte sich vor und übergab sich.

Der Mann mit den hellen Augen packte Sams Handgelenk, riss seinen Arm nach hinten und drückte ihn auf die Erde. So fest, dass Sam vor Schmerz aufschrie. Was dann folgte, war wie ein Traum. Er lag auf dem Boden, den Blick in den Himmel gerichtet. Die Wolken, das Blau und die toten Äste verschwammen vor seinen Augen. Sonnenlicht verwischte die Bilder. Alles war ein einziges grelles Flimmern. Er meinte zu schweben. Das Wimmern und Betteln des Einäugigen drang nur dumpf zu ihm durch, bis er es schließlich nicht mehr hörte. Die einzigen Geräusche, die er noch wahrnahm, waren das Rascheln von Blättern und das Krächzen der Vögel. Erst der Schuss holte Sam zurück in die Wirklichkeit. Der Mann mit den hellen Augen warf ihm einen Klappspaten vor die Füße.

Als die Sonne die Höhe der kahlen Baumkronen erreicht hatte, lagen der Einäugige und sein Kumpan unter der Erde. Der Schweiß brannte Sam in den Augen. Er zitterte vor Erschöpfung und roch die Angst, die über seine Haut verdampfte. Aber er lebte.

EINE WOCHE SPÄTER
MIA

In einem Kiosk am Steindamm kaufte Mia Paulsen ein mit Käse belegtes Brötchen, eine Flasche Rotwein und eine Tüte Pistazien. Mehr brauchte sie heute Abend nicht. Sie trat aus der Ladentür und kniff die Augen zusammen. Der Wind fegte kalt über die Straße und wirbelte Sand, Plastiktüten und Papier durch die Luft. Mit einer Hand hielt Mia sich den Kragen ihrer Lederjacke zu und lief leicht nach vorne gebeugt die Straße hinunter. Ihr Pony, der zu kurz war, um ihn in den Pferdeschwanz zu stecken, fiel ihr in die Augen.

Ein alter VW-Bus holperte scheppernd neben ihr über das Kopfsteinpflaster. Verdreckte Werbeschilder blinkten über dem Eingang eines Spielsalons. Eine junge Kleinfamilie kam ihr entgegen. Die Frau trug Kopftuch, der Mann schob den Kinderwagen. Vor einem Sexshop standen Jugendliche. Sie kicherten und redeten laut. Der Tonfall klang nach Indien oder Pakistan.

Mia erreichte den Hansaplatz, bog links ab und ging am Platz entlang Richtung Bremer Reihe. Sie versuchte, den vielen Glassplittern, dem aufgeweichten Papiermüll und den Essensresten auf dem Boden auszuweichen. Die rosafarbenen Hausmüllsäcke, die auf dem Gehweg lagen, waren fast alle aufgerissen, und der Wind hatte den Inhalt über den Platz verteilt. Mia fand es immer wieder seltsam, dass es in einer Stadt wie Hamburg nicht überall Mülltonnen gab, sondern in vielen Vierteln nur diese Säcke.

Um den Brunnen auf der Platzmitte saßen gut ein Dutzend Männer und Frauen mit Bier- und Weinflaschen. Daran hatte auch die teure Sanierung des Platzes nichts geändert. Ein junger Mann, dem ein Bein fehlte, humpelte an blauen Krücken auf sie zu. Er sah verwahrlost aus, die Hose dreckig, die Jacke viel zu dünn, die Haare strubbelig. An einer Kordel um seinen Hals hing eine Pappe. »Ich habe Hunger« stand darauf. Der Mann sah sie mit einem Blick an, der gezielt nach Mitleid schrie. Dieses Theaterspiel ärgerte Mia, und es tat ihr gleichzeitig leid, dass der Mann das nötig hatte. Sie zögerte kurz, holte dann das Käsebrötchen aus der Tüte und gab es ihm. Sie würde auch von den Nüssen satt werden.

In der Bremer Reihe suchte sie in ihrer Jackentasche nach dem Hausschlüssel. Auf dem Gehweg vor dem »Silbernen Anker«, einer verrauchten Kellerbar, stand eine Frau. Mia spürte ihren harten Blick auf sich. Die Frau musste weit über sechzig sein. Sie war klein, mit kurzen grauen Haaren, dezentem Make-up und dunkler schlichter Kleidung. Auch wenn sie nicht aussah wie eine Prostituierte, war Mia sich sicher, dass sie eine war. So wie sie sie taxierte – wie eine Konkurrentin. Mia wich ihrem Blick aus und schloss die Haustür auf. Sie klemmte. Erst als Mia mit dem Fuß gegen die untere Leiste trat, sprang sie auf.

Das Treppenhaus war gewunden wie ein Schneckenhaus, mit ausgetretenen alten Holzstufen. An einigen Stellen fehlten im Geländer die Streben. Mia fuhr mit den Fingern über die Wand. Unter der abblätternden weißen Wandfarbe kam der ursprüngliche altrosa Anstrich zum Vorschein. Sie liebte dieses verwohnte Haus. Ihre Schwester hatte sie für verrückt erklärt, als Mia ihr nach dem Tod ihrer Großmutter vor zwei Monaten gesagt hatte, sie wolle deren Wohnung in St. Georg übernehmen. Aber ihre Schwester war ja auch in einem Reihenhaus im spießigen Langenhorn glücklich. Dort oben im Norden Hamburgs, keine dreihundert Meter von dem Haus entfernt, in dem sie aufgewachsen waren. Schon bei dem Gedanken daran bekam Mia Platzangst. In ihrem Leben war es immer nur darum gegangen, möglichst weit von Langenhorn wegzukommen.

Sie öffnete die Wohnungstür im dritten Stock, sog den vertrauten Geruch von Nivea-Creme, Eukalyptusbonbons und Kampfer ein und stieg über die Taschen, die im Flur standen. Heute würde sie nichts mehr auspacken. Das konnte sie auch noch in Ruhe die nächsten Tage machen. Ihren Dienst hier in Hamburg musste sie erst nächste Woche antreten.

Sie streifte ihre Stiefel ab und schlüpfte in die Filzpantoffeln, die unter der Garderobe standen, an der noch der Kaninchenfellmantel ihrer Großmutter hing. Ihr Blick fiel in den Spiegel. Sie sah furchtbar aus, blass, die dunkelblonden Haare glanzlos mit ersten grauen Strähnen. Mit einem Seufzer ging sie ins Wohnzimmer, schenkte sich ein Glas Wein ein und ließ sich aufs Sofa fallen. Der Wein war ziemlich sauer, aber mehr konnte sie von einem Wein aus einem Kiosk am Steindamm wohl kaum erwarten.

Obwohl die Heizung bullerte, fror sie. Sie zog die Beine an und kuschelte sich in eine Decke. Das war also nun ihr Reich. Ein Nierentisch vor einem durchgesessenen, mit grünem Samt bezogenen Sofa, ein massiger Buffetschrank, ein Sideboard, eine Tapete mit braunem Karomuster, ein blumig gemusterter Perserteppich auf dem Boden, unter der Decke ein Kronleuchter, vor den Fenstern vergilbte Gardinen aus Plauener Spitze. An der Wand ein golden gerahmtes Ölgemälde mit nichts als Wellen darauf. Mia musste lachen. Es war schon absurd, dass sie jetzt hier wohnte. Sie hatte nie vorgehabt, nach Hamburg zurückzukommen. Sie hatte Berlin für ihre neue Heimat gehalten. Dreizehn Jahre lang. Nach dem Abschluss ihres Studiums und einer kurzen Zeit bei der Kripo in Hamburg war sie nach Berlin gegangen und hatte dort beim LKA angefangen. Sie hatte in verschiedenen Abteilungen gearbeitet, zuletzt in der für erpresserischen Menschenraub. Jetzt, mit achtunddreißig Jahren, war sie Kriminalhauptkommissarin. Aber sie war nicht wegen des Jobs nach Berlin gegangen. Wie alle Neu-Berliner hatte sie jahrelang geglaubt, in der größten und großartigsten Stadt der Republik zu wohnen. Ach was, nicht nur der Republik: der Welt, des Universums! Hamburg war für sie nicht mehr als ein Provinznest gewesen. Berlin war groß, cool, offen für alles, was anders war. Sie konnte machen, was sie wollte, und niemand sah sie schief an. Sie schüttelte den Kopf und trank ihr Glas in einem Zug aus. Wie blöd war sie eigentlich gewesen, dass sie nicht gemerkt hatte, dass diese »Mach-was-du-willst-is'-mir-doch-scheißegal«-Mentalität nichts mit Toleranz zu tun hatte? Es war einfach nur ignorant.

Dann war Lea gestorben, und Mia hatte jegliche Distanz zu ihrem Job verloren. Das Mädchen war elf Jahre alt gewesen. Sie war entführt worden. Es hatte Lösegeldforderungen gegeben. Mia hatte die Ermittlung geleitet, und sie hatte Lea gefunden. Klein und zart hatte sie auf dem Boden in diesem verfluchten Keller gelegen, Würgemale an ihrem dünnen weißen Hals. Die Augen gebrochen. Das Bild verfolgte Mia. Sie wurde die toten Augen des Mädchens nicht mehr los. Sie wollte das alles gern rational verarbeiten, schaffte es aber nicht. Sie hatte die Chance gehabt, das Mädchen zu retten. Und sie hatte versagt. In den Wochen danach war sie regelmäßig zur Polizeipsychologin gegangen ohne die geringste Lust, mit dieser Frau zu sprechen. Schließlich war sie nicht mehr hingegangen und hatte sich stattdessen auf eine Stelle in ihrer Heimatstadt beworben. Berlin war ihr unerträglich geworden.

LUKA

Der Himmel war eine undurchlässige graue Decke, und der Wind ließ das Glockenspiel auf dem Nachbarbalkon klimpern. Luka stand an der Balkonbrüstung und beobachtete zwei Möwen, wie sie gegen die Windböen ankämpften. Er riss ein Stück aus einem alten Brotknust und warf es ihnen zu. Eine der Möwen stürzte steil nach unten und fing es im Flug auf. Die andere versuchte, ihr unter lautem Gekreische das Brot aus dem Schnabel zu reißen.

Luka warf mehr Brot, und immer mehr Möwen kamen. Ein Vogel landete neben ihm auf dem Balkongeländer. Der rote Tupfen auf seinem Schnabel sah aus wie ein Blutstropfen. Als das Brot verteilt war, flogen die Möwen Richtung Elbe davon. Der Fluss war kaum dreihundert Meter Luftlinie entfernt. Doch obwohl Luka im achten Stock wohnte, konnte er die Elbe über die Bäume hinweg nicht sehen. Dafür hörte er die schwerfällig tuckernden Motorengeräusche der Frachter. Und die Züge, die über die Elbbrücken fuhren. Das metallische Quietschen ihrer Bremsen hallte bis zu ihm herüber. Wenn die Sicht gut war, sah er den Rauch der Schornsteine auf der anderen Flussseite, der sich in dichten Säulen in den Himmel schraubte, um sich dann langsam aufzulösen. Je nachdem, wie der Wind stand, roch es vom Hafen her nach Kaffee, Vanille oder irgendeiner fettigen Substanz, die er nicht zuordnen konnte. Heute roch es nach Kaffee.

Es war kurz nach fünf, und es wurde schon dunkel. Durch das durchsichtige Plexiglas der Balkonbrüstung konnte Luka die Autos sehen, die jetzt eines nach dem anderen unten auf den Parkplatz hinter dem Haus fuhren. Es war kaum noch eine Lücke frei. Feierabend der Büropupser, dachte Luka. Den Rest des Abends verbrachten sie vor der Glotze, gleich würden überall die blauen Lichter hinter den Gardinen aufflackern.

Ein Hund rannte zwischen den Autos hin und her. Jemand pfiff. Ein Mann schob ein Fahrrad mit Kinderanhänger. Luka hatte ihn schon oft da unten gesehen. Aus dem Anhänger ragten zwei lange rote Fahnen, und auf der Rückseite klebte ein Aufkleber mit Baby drauf. Luka glaubte allerdings nicht, dass der Mann Kinder hatte. Zumindest saßen nie welche im Anhänger. Meistens transportierte er damit Tüten. Luka konnte nicht erkennen, womit der Anhänger heute beladen war. An manchen Tagen stellte der Mann sein Rad hinter dem Hochbunker neben dem Parkplatz ab und entlud die Tüten. Wohin er sie brachte, konnte Luka von oben nicht sehen.

Heute hielt der Mann nur kurz an, und es sah aus, als suche er etwas in seinen Jackentaschen, dann schob er am Bunker vorbei und nahm den Weg durch die Grünfläche hinter den Wohnblocks.

Von drinnen hörte Luka das Schlagen der Wohnungstür. Kurz darauf erschien seine Mutter in der Balkontür. »Luka, wie lange sitzt du schon wieder hier draußen?«

Ohne sie anzusehen, zuckte er mit den Schultern.

»Komm rein. Es ist kalt.«

Er deutete ein Kopfschütteln an. In seiner Trainingshose und der Sweatshirt-Jacke mit der Kapuze fror er nicht. Er fror sowieso fast nie, obwohl er so dünn und schlaksig war. Seine Mutter seufzte, zog den zweiten Korbsessel nah zu Luka heran, setzte sich und legte ihm einen Arm um die Schulter. »Wie war's in der Schule?«, fragte sie und strich ihm den langen Pony aus dem Gesicht.

»Wie immer«, murmelte er, wand sich aus ihrem Arm und schüttelte den Kopf, damit die Haare wieder vor seine Augen fielen. Es gab ihm ein sicheres Gefühl, wenn sie vor seinen Augen hingen. Ein bisschen wie ein Schild.

»Ich mach uns ein paar Spaghetti«, sagte seine Mutter. »Aber zum Essen kommst du dann rein.«

Luka antwortete nicht. Er hielt es in der Wohnung kaum noch aus. Nicht seit dem Tod seines Vaters. Alles erinnerte an ihn. In den Schränken hingen seine Klamotten. Im Regal standen seine Bücher. Und sogar seine Zahnbürste war noch in dem blauen Becher über dem Waschbecken. Von nichts konnte seine Mutter sich trennen. Aber selbst wenn sie die Sachen wegräumen würde, es würde nichts ändern.

Sein Vater war Polizist gewesen. Er war in Ausübung des Dienstes gestorben. So hieß das in der Amtssprache. Luka hasste die Amtssprache. Konnten die nicht einfach sagen, dass sein Vater erschossen worden war? Ermordet. Von einem Kollegen, der zu dämlich gewesen war, den Verbrecher, den sie jagten, zu treffen, und stattdessen seinen Vater abgeknallt hatte. Vielleicht war es sogar Absicht gewesen. Sein Vater hatte kurz zuvor von einem Streit erzählt und dass er seinem Partner nicht mehr vertraue.

Luka hatte sich nicht einmal verabschieden können. Sein Vater war zwar nicht sofort tot gewesen, aber Luka war zu spät ins Krankenhaus gekommen. Es war sein sechzehnter Geburtstag gewesen. Er hatte mit Freunden auf der Bowlingbahn gefeiert und das Klingeln seines Telefons in seiner Jackentasche nicht gehört. Das war vor genau fünfzehn Monaten und drei Tagen gewesen. Seinen siebzehnten Geburtstag hatte er nicht mehr gefeiert. Er würde nie wieder einen Geburtstag feiern.

Durch die offene Balkontür hörte Luka seine Mutter in der Küche mit Töpfen hantieren. Mittlerweile war es richtig dunkel. Diese winterliche Dunkelheit, die sich wie ein graues Tuch über alles legte. Luka griff nach dem Nachtsichtgerät, das neben ihm auf dem Tisch lag. Es hatte seinem Vater gehört. Luka drehte an dem kleinen Rad und stellte den Hochbunker scharf. Der Bunker stand keine hundert Meter von dem Haus entfernt, in dem Luka wohnte. Ein grauer fensterloser Betonblock. Vom Balkon aus konnte er von oben auf das Flachdach schauen. Aus Rissen im Beton wuchsen kleine Birken und Büsche, und mitten in das Dach waren zwei Fenster in Form von Pyramiden eingelassen, als habe jemand versucht, den Bunker auszubauen. Aber soweit Luka wusste, stand er leer.

Luka hoffte, diesen Jungen wieder zu sehen. Zum ersten Mal hatte er ihn im Sommer gesehen. Er hatte mit ausgestreckten Armen und Beinen auf dem Bunkerdach gelegen und in den Himmel geguckt. Es war dunkel gewesen, und ohne das Nachtsichtgerät hätte Luka ihn niemals entdeckt. Bis heute wusste er nicht, wie der Junge auf das Dach kam. Die Metalltür zum Bunker war abgeschlossen. Zusätzlich war von außen ein schweres Kettenschloss durch die Türgriffe geschlungen. Das war auch so, wenn der Junge auf dem Dach war. Luka war einmal nach unten gerannt, um das zu überprüfen. Von oben konnte er die Bunkertür nicht einsehen, sie lag auf der dem Balkon abgewandten Seite.

Der Junge musste irgendwie von außen auf das Bunkerdach gelangen. Die Birken neben dem Bunker waren allerdings zu weit vom Dach entfernt, als dass er darüber hinaufkommen konnte. Außerdem boten die dünnen Äste sich nicht gerade zum Klettern an. Der Junge musste also über die Bunkerwand hochkommen. Sie war porös, teilweise war der Beton abgeplatzt. Aber es gab so was wie Luftlöcher in der Wand, an denen man Halt finden konnte, und an einigen Stellen ragten Metallstangen aus dem Beton. Luka hatte es ausprobiert, war allerdings nicht weit gekommen, was jedoch nichts hieß. Er war noch nie ein guter Kletterer gewesen. Wenn der Junge geschickter war als er, könnte er es sicher schaffen.

Das rechte Auge zugekniffen, vor dem linken Auge das Nachtsichtgerät, suchte Luka das Bunkerdach ab. Alles schimmerte grünlich. Auf dem Dach rührte sich nichts. Langsam wuchs die Befürchtung in Luka, der Junge würde gar nicht mehr auftauchen. Er hatte ihn schon seit ein paar Tagen nicht mehr gesehen.

»Luka, Essen!«, rief seine Mutter. »Luka!«

Luka ignorierte sie. Vom Parkplatz unten vor dem Haus drangen Stimmen herauf. Im Lichtkegel der Straßenlaterne standen die Jungen aus dem Block. Die Schatten, die sie auf den Boden warfen, waren lang und dünn. Früher hatte Luka auch mit ihnen abgehangen. Aber er hatte keine Lust mehr auf Clique. Er hatte überhaupt keine Lust mehr auf andere Leute. Vielleicht faszinierte ihn dieser Junge, den er da auf dem Bunkerdach beobachtete, deshalb so sehr. Er war auch immer alleine.

»Luka!«, rief seine Mutter noch einmal und kam kurz darauf in ihrer dicken Daunenjacke und mit zwei Tellern Spaghetti auf den Balkon. Sie stellte die Teller auf den kleinen Holztisch und ging noch einmal rein, um ein Windlicht zu holen. Das Licht stellte sie auf die Balkonbrüstung. Luka legte das Nachtsichtgerät weg. Er wusste, seine Mutter würde ihn nicht in Ruhe lassen, bis er aß. Er drehte Spaghetti auf seine Gabel und schob sie sich in den Mund. Die Nudeln waren zerkocht und die Soße wie immer aus dem Glas.

Luka sah, wie die Jungen unten auf dem Parkplatz Richtung Elbe trotteten. Seine Mutter musste sie auch entdeckt haben. »Warum machst du nicht mal wieder was mit deinen Freunden?«, fragte sie.

Luka aß schweigend weiter.

»Luka, verdammt«, fuhr seine Mutter ihn an und warf ihr Besteck auf den Teller. »Rede doch zumindest mal mit mir.«

Luka presste die Lippen zusammen. Seine Mutter meinte, Reden helfe. Er glaubte nicht daran. Reden machte eine Sache auch nicht besser.

»Die Psychologin war auf dem AB«, sagte seine Mutter. »Du warst diese Woche schon wieder nicht bei der Therapie.«

»Die kann mir auch nicht helfen.«

»Luka, so geht das nicht weiter. Ich verstehe dich ja, aber du kannst nicht immer nur alleine hier rumhocken.«

Tränen schossen Luka in die Augen. Er konnte dieses »ich verstehe dich ja« nicht mehr hören. Niemand verstand ihn.

Er drehte den Kopf weg. Er wollte nicht, dass seine Mutter ihn weinen sah. Er griff nach dem Nachtsichtgerät und hielt es sich vors Auge. Und da sah er ihn. Der Junge stand auf dem Bunkerdach. Nein, er stand nicht, er balancierte auf der schmalen Dachkante. Mit ausgebreiteten Armen, wie ein Seiltänzer. Luka wurde heiß und kalt gleichzeitig. Er wollte wegschauen, konnte aber nicht. Irgendetwas an diesem Wahnsinn zog ihn magisch an. Seine Knie wurden weich, als stünde er selbst dort oben auf der Kante des Bunkerdachs. In seinem Magen spürte er diesen Sog, der einen in den Abgrund ziehen wollte. Der Junge hatte fast das Ende der Dachkante erreicht, als er plötzlich ins Wanken geriet. Er ruderte mit den Armen, fing sich wieder und ging weiter, als sei nichts gewesen.

LIEN

Am Bahnhof in Schöna stieg Lien Thi Vu aus. Außer ihr war kein Mensch auf dem Bahngleis. Obwohl die Sonne schien, war es kalt, und Lien zog ihren schwarzen Wollmantel enger um ihre Brust. Sie atmete die frische kalte Luft tief ein und langsam wieder aus und folgte dem Schild zum Fähranleger. Auf dem Deckel eines grauen Müllcontainers hüpften Krähen um einen Fleischbrocken herum und hackten mit ihren Schnäbeln darauf ein. Ihre Krallen schabten über das Plastik.

Lien humpelte. Ihre Hüfte schmerzte, wie so oft in der kalten Jahreszeit. Bekannte hatten ihr geraten, sie solle damit zum Arzt gehen. Aber sie war jetzt dreiundsechzig Jahre alt, da würde sie wegen einer schmerzenden Hüfte nicht mehr an sich rumdoktern lassen.

Der Weg schlängelte sich dicht an den steilen Sandsteinfelsen vorbei, die am Elbufer aufragten. Büsche und kleine Bäume hatten sich in den Felsspalten festgekrallt und wuchsen trotz aller Widrigkeiten.

Lien ging den Holzsteg zum Anleger hinunter. Auf den glitschigen Blättern rutschte sie weg. Sie fasste nach dem Geländer und konnte sich gerade noch halten, bevor sie stürzte. Schwer atmend blieb sie stehen. Erst als das Schiffshorn ertönte, eilte sie die letzten Meter zur Fähre. Die Fahrt dauerte keine zwei Minuten. Die Elbe war hier noch schmal, mehr ein kleiner Fluss als ein Strom.

Auf der anderen Seite des Ufers lag der tschechische Ort Hřensko. An den Sandsteinfelsen klebten alte Fachwerkhäuser. Ein Bergbach floss durch eine Schlucht in die Elbe. Lien fand, es war wie ein Bild aus einem altdeutschen Märchen, wären da nicht die Bretterbuden der vietnamesischen Händler gewesen, die zwischen den Fachwerkhäusern aufgebaut waren. Über einer der Hütten leuchtete in roten Lettern »Dragonshop«, über einer anderen »Free Shop«. Die meisten Läden allerdings hatten keine Namen. Sie waren vollgestopft mit gefälschten Barbiepuppen, wattierten BHs, mit Zigarettenstangen, Plastikeimern, Klodeckeln, Jeans, Schwarzwalduhren made in China ... Vor den Holzwänden hingen Handtücher mit StarWars-Aufdrucken, schwer und nass vom letzten Regen. Auf den Gehwegen standen Vogelhäuschen und Gartenzwerge, die den nackten Po zeigten. Der beißende Qualm von Räucherstäbchen hing in der Luft. Von irgendwoher tönte Karaokegesang. Männer, die sich um ein Mahjong-Spiel auf dem Boden scharten, trugen Daunenjacken und Fellmützen. Sie fluchten bei jedem guten Zug des Gegners. Einer der Männer wiegte ein schreiendes Baby in einem rosa Schneeanzug auf seinem Arm.

Die Autos, die am Straßenrand parkten, hatten deutsche und tschechische Kennzeichen. Ein magerer blonder Typ mit pockennarbiger Haut stand unter einem Felsvorsprung, die Hände tief in den Taschen seiner Kunstlederjacke vergraben. Er trat von einem Bein auf das andere und schien auf etwas zu warten. Lien vermutete, das war einer dieser Typen, die sich hier mit ihrem Eigenbedarf an Crystal Meth eindeckten.

Am Hotel Mašek, einem hübsch renovierten Fachwerkhaus, bog sie links in die Schlucht ein. Auch hier standen Verkaufsbuden an der schmalen Straße. Zwei Wanderer mit Rucksäcken überholten Lien in schnellem Marschschritt. Weiter die Schlucht hinunter begann der Aufstieg zum Sandsteinbogen oben in den Felsen. Liens Blick blieb an einem Schwarzen Brett hängen. Neben einer Wanderkarte der Region hingen handgeschriebene Anzeigen, die alle auf Vietnamesisch verfasst waren: freie Zimmer, Nachhilfe, Babysitter, Sexdienste.

Vor einer Bude mit Klobrillen drängte sich eine Reisegruppe. Sie trugen alle dieselben orangenfarbenen Schirmmützen, sogar ein alter Mann mit Rollator hatte eine dieser albernen Mützen auf dem Kopf.

»Was kost'n de Globrille mid'de Palm?«, fragte eine Frau mit starkem sächsischen Akzent.

»10 Euro, sehr gut«, antwortete die Händlerin in brüchigem Deutsch.

»Un die da, mid'm Sonnundorgang?«

»12 Euro.«

»Viel zu deior«, mischte sich ein dickbäuchiger Kerl mit gelber Windjacke und bis zu den Knöcheln hochgekrempelten Jeans ein.

»9 Euro«, sagte die Händlerin.

»Ilse, da muss'de bessor handeln«, sagte der Mann. »De Fidschis nähm dich nur aus. Die sinn so. Weeste nich' mehr, friher war das o schon so. De Jeans, die'se ma für dich genäht ham …«

Der Mann redete, als sei die Händlerin nicht anwesend, und Lien musste sich zusammenreißen, keinen bösen Kommentar abzugeben. Schnell ging sie weiter.

Hung, ihr älterer Bruder, hatte sie ins Gasthaus »Bohema« bestellt. Es lag am Ende der Straße, von hier aus führte nur noch der Wanderweg weiter. Das Gebäude war ein rotgetünchter Altbau mit Erkern, kleinen Balkonen und einem Fachwerkgiebel. Männerlachen drang zu Lien heraus. Vor den Fenstern hingen Blumenkästen, und Lien stellte sich vor, wie im Sommer rote Geranien weit über ihre Ränder wucherten.

Sie rieb ihre Finger aneinander und spürte die harte leblose Hornhaut. Der Schmerz pochte in ihrer Hüfte. Einen Moment noch blieb sie vor dem Gasthaus stehen, dann legte sie die Hand auf die Messingklinke und drückte die Tür auf. Es war, als ob sie in eine überhitzte Höhle trat. Die Luft war verqualmt und roch nach gebratenen Zwiebeln, Speck und Holzfeuer. Unter der Decke hingen Lampen aus dunkelgrünem Glas, durch die das Licht nur schwach schimmerte. Das offene Feuer, das im Kamin brannte, tauchte die Gesichter der Gäste in ein flackerndes rötliches Licht. Die Möbel waren aus schwerem, fast schwarzem Holz. Vor den Fenstern hingen bräunliche Spitzengardinen, an den Wänden Geweihe und Rehköpfe. Rehhufe dienten als Haken an der Garderobe.

Die Gasttische waren alle besetzt. Männer in Anzügen saßen an einem Tisch in einer Nische. An einer langen Tafel in der Raummitte hatte sich eine Großfamilie mit Kindern und Wandertouristen niedergelassen, die ihre Rucksäcke neben sich auf den Boden gestellt hatten. Männer in Holzfällerhemden und mit vom Alkohol geröteten Gesichtern unterhielten sich lautstark auf Tschechisch. Ein Mann schlief mit dem Kopf auf dem Tisch. Vor ihm standen die Reste seines Mittagessens und ein leeres Bierglas.

Lien entdeckte Hung an einem der hinteren Tische. Genau wie sie selbst war er runder geworden, seit sie ihn zuletzt gesehen hatte, und seine immer noch dichten Haare waren mittlerweile ergraut. Er trug einen dunklen Rollkragenpullover, darüber ein Jackett. Zwei Männer saßen bei ihm und nickten wieder und wieder, ohne ihm dabei in die Augen zu schauen. Hung hob sein Bierglas an den Mund und trank. Nur einen

Schluck, so wie Lien es von ihm kannte, immer darauf bedacht, nicht die Kontrolle zu verlieren. Nicht über sich, und nicht über andere.

Während Lien noch mitten im Raum stand und zu ihm hinübersah, drehte Hung den Kopf und schaute in ihre Richtung. Ein Lächeln umspielte seine Lippen, als er sie entdeckte. Mit der Hand fuhr er durch die Luft, als wollte er Fliegen verscheuchen. Sofort standen die Männer, die bei ihm saßen, auf und eilten mit gesenkten Köpfen davon. Es hatte sich wirklich nichts verändert, dachte Lien. Sie hatten noch immer alle Angst vor ihm.

Lien atmete tief ein. Hung war ihr Bruder, aber ihre Beziehung war nie einfach gewesen. Sie streckte ihren Rücken durch, ignorierte die Schmerzen in ihrer Hüfte und ging zu ihm hinüber. Hung sah sie an mit diesem Lächeln, das alle um den Finger wickelte. Und das doch auch so kalt sein konnte. Er stand auf, trat auf sie zu und legte ihr seine Hände auf die Schultern. Ihr fiel auf, dass er um sein rechtes Handgelenk eine schwere goldene Uhr trug, ein Statussymbol, das er früher niemals so zur Schau getragen hätte.

»Kleine Schwester, schön, dich zu sehen.« Seine Stimme war wärmer, als sie sie in Erinnerung hatte. Vielleicht hatte das Alter ihn weicher gemacht, dachte sie, ohne wirklich daran zu glauben.

»Du bist grau geworden«, sagte sie.

Er lachte und rückte den Stuhl für sie ab. »Und du bist charmant wie immer. Nun setz dich schon.«

Sie zog ihren Mantel aus, hängte ihn über die Lehne und ließ sich vorsichtig auf den Stuhl sinken. Der Schmerz in ihrer Hüfte ließ etwas nach. Sie strich ihre Bluse über der Brust glatt und lächelte ihren Bruder an.

»Was trinkst du?«, fragte er.

»Cola.«

Hung rief seine Bestellung einer Kellnerin zu, einem schlanken blonden Mädchen in neonpinken Turnschuhen, engen Jeans, knappem T-Shirt und einer braunen Fellweste, die so gar nicht zu diesem sportlichen Outfit passte. Hung deutete mit dem Kinn zu ihr hinüber. »Wie findest du ihre Weste?« Er klang wie ein Kind, das fragte, wie man sein neues Feuerwehrauto fand. »Waschbärenfell. Habe ich für alle meine Bedienungen schneidern lassen.«

Lien sah ihn irritiert an. »Das hier ist dein Laden? Ein tschechisches Restaurant?«

»Böhmische Küche. Ausgezeichnet. Du solltest den Rehrücken mit Knödeln nehmen.«

»Wieso ein tschechisches Restaurant?«

Hung rollte sein leeres Bierglas zwischen den Händen hin und her und sagte mit einem Augenzwinkern: »Man muss sich anpassen.«

»Du? Seit wann passt du dich an?« Lien zog ihre Brauen hoch. Die Tatsache, dass sie so einiges nicht mitbekommen hatte, störte sie.

»Schwesterherz«, sagte Hung mit einem demonstrativen Seufzen. »Du weißt doch, alles, was gut fürs Geschäft ist.«

»Was ist mit den Buden da draußen und deinen Bistros drüben in Cheb?«

»Ist auch alles noch meins. Aber der Gasthof hier, das ist was anderes.« Er hob die Hände. »Hier kommen die Tschechen her. Wichtige Leute. Die lokale Elite. Wirtschaft, Politik, Polizei. Beziehungen sind auch hier alles, was zählt.«

»Ein tschechisches Restaurant. Für die bist du doch trotzdem nur ein Fidschi«, sagte Lien. »Nichts weiter.«

Hung lachte wieder. »Ja. Aber ein Fidschi mit Geld. Ich bin Sponsor des örtlichen Fußballclubs und des Seniorenheims. Und der Bürgermeister hat mich gerade gebeten, Geld für die Sanierung der Schulsporthalle zu spenden.«

»Also ein angesehenes Mitglied der Gesellschaft«, sagte Lien nicht ohne Ironie in ihrer Stimme.

»So könnte man es nennen, ja.«

Die Kellnerin brachte die Cola und ein frisch gezapftes Pils für Hung und fragte Lien auf Deutsch, ob sie etwas essen wolle. »Ich nehme den Rehrücken«, sagte Lien. Hung bestellte Wildschweingulasch. Das Mädchen nickte und nahm den überquellenden Aschenbecher mit.

Keine zehn Minuten später stand das Essen auf dem Tisch.

Während sie aßen, erzählte Hung von seinen Töchtern. Die eine stand kurz vor dem Abitur, die andere studierte in Prag Medizin. Als Lien sie zuletzt gesehen hatte, trugen sie noch lange Zöpfe mit eingeflochtenen Schleifchen.

Es war nicht so, dass sie in den vergangenen Jahren keinen Kontakt gehabt hätten. Ab und zu hatten sie telefoniert – über »sichere Leitungen«, wie ihr Bruder die Prepaid-Nummern nannte, die er ständig wechselte.

Lien hatte hin und wieder Arbeiten für Hung erledigt. Und er hatte ihr auch immer geholfen, vor allem was das Finanzielle anging. Aber sie hatten sich so gut wie nie gesehen. Und wenn, dann ohne seine Familie. Aus den Papieren, mit denen Hung in Tschechien lebte, war nicht ersichtlich, dass sie Geschwister waren. Es sei sicherer für sie, hatte Hung gesagt. Aber Lien war klar, dass es auch sicherer für ihn war. So könnte, wenn es mal darauf ankam, auch niemand von ihr auf ihn schließen.

Obwohl das Reh butterweich und gut gewürzt war, stocherte Lien appetitlos im Essen herum. Schließlich legte sie das

Besteck beiseite und schob den Teller von sich. Mit der Hand tastete sie nach dem Jadeanhänger an ihrer Kette. Er hatte die Form eines Wassertropfens und schmiegte sich perfekt in ihre geschlossene Faust. Es hatte etwas Beruhigendes. Sie sah ihren Bruder an. Es war Zeit, dass er ihr sagte, wieso er sie hatte kommen lassen.

Hung lehnte sich zurück, erwiderte ihren Blick und schüttelte sein Handgelenk mit der schweren Uhr. »Ich brauche jemanden, dem ich vertrauen kann«, sagte er und fing an zu erklären, was sie zu tun hatte. Es lag jetzt keine Wärme mehr in seiner Stimme. Er hatte in seinen Befehlston umgeschaltet.

SAM

In der Nacht träumte Sam wieder von den Toten. Tote, die er kannte, und Tote, die er nicht kannte. Ihre Gesichter rutschten übereinander und verschmolzen wie Schattenbilder – bis er sie nicht mehr unterscheiden konnte. Sie grinsten ihn an, schrien, weinten, drohten, jammerten, heulten. Der Krach war unerträglich.

Schweißgebadet und keuchend wachte Sam auf. Tränen liefen ihm über das Gesicht und Rotz aus der Nase. Er zog sich die fleckige Decke über die Augen. Sie roch nach Schimmel.

Sam wollte schreien, aber es kam nur ein erstickter Laut aus seiner Kehle. Er spürte eine Wut in sich, die er so bisher nicht gekannt hatte. Eine Wut, die erst da war seit der Sache im Wald. Wie eine Explosion in seinem Inneren, ein Kribbeln bis in die Fingerspitzen. Mit den Fäusten hämmerte er gegen seine Schläfen und versuchte, die Bilder aus seinem Kopf zu vertreiben. Aber er hörte immer noch die Stimmen der Toten. Er hörte auch wieder das Wimmern und Betteln des Einäugigen, draußen im Wald.

Sam sprang auf, tigerte hin und her. Er trat den Stuhl um, den einzigen, den sie hatten. Thanh saß mit angezogenen Beinen auf seiner Pritsche und starrte Sam an. Thanh war der andere Junge, der hier mit ihm zusammen in diesem verfluchten Bunker hauste. Bleich und mit weit aufgerissenen Augen sah er aus wie die Toten aus seinem Traum.

Sam ertrug die Blicke nicht mehr. Nicht die der Toten und auch Thanhs nicht. Weg, weg mit euch, schrie es in ihm. Die

Bilder drehten sich in seinem Kopf, alles ging durcheinander. Das Chaos in seinem Kopf machte ihn noch wütender, als er sowieso schon war. Er trat einen herumliegenden Schuh gegen die Wand, lief weiter hin und her. Er wusste nicht, wohin mit dieser Wut. Er packte Thanh, riss ihn hoch und stieß ihn mit dem Kopf gegen die Wand. Thanh wehrte sich nicht, schlaff hing er in Sams Händen, und Sam drückte ihn immer fester gegen die Wand. Er fühlte, wie Thanhs Schädel über den bröckeligen Beton schabte, hörte das Geräusch, dieses furchtbare Geräusch. Aber er ließ nicht los. Erst Thanhs Schreie holten ihn aus seinem Wahn. Sams Finger lösten sich, sein ganzer Körper bebte. Er starrte auf seine Hände. Die Hände eines Monsters. Was hatte er getan, was um Himmels willen hatte er getan? Thanh war doch sein Freund, sein einziger Freund. Der einzige Mensch, der noch bei ihm war.

Sam drehte sich um und rannte nach oben. Er musste raus hier. An die frische Luft. Sich wieder unter Kontrolle bringen.

Draußen wehte ein rauer Wind. Schwere Wolken bedeckten dunkel den Himmel. Es war kalt, sicher würde es bald schneien. Er sog die frostige Luft so tief in die Lunge, dass es schmerzte. Er wünschte, der Mann mit den kalten hellen Augen hätte ihn einfach erschossen. So wie den Einäugigen. Erschossen und ins Grab gestoßen, das Grab, das Sam geschaufelt hatte. Aber das hatte der Mann nicht getan, er hatte einfach nur Spaß daran gehabt, ihm Angst einzujagen. Ihn gefügig zu machen. Aber warum? Er würde doch sowieso nicht wegrennen. Er wusste, dann würden sie sich seinen Bruder holen. Seinen älteren und einzigen Bruder. Und er wusste auch, dass sie seine Eltern dann umbringen würden.

Eine Weile stand Sam einfach nur da und hielt das Gesicht in den Wind, bis das Blut heiß in seinen Wangen pulsierte.

Es wäre ein guter Tag, um in See zu stechen, dachte er. Der Wind würde das Wasser aufpeitschen und die Fische in die Netze treiben. Er stellte sich vor, wie sein Bruder das Boot mit geschickten Ruderschlägen durch die Wellen lenkte und er im Bug säße und Ausschau nach den Tintenfisch-Schwärmen hielte. Für Kalmare würden sie auf dem Markt einen guten Preis erzielen. Sam fühlte die Euphorie, die ihn überkam, wenn er die Tiere entdeckte. Und die Hoffnungslosigkeit, die sich breitmachte, wenn sie nicht da waren. Er schloss die Augen und meinte, das Salz zu riechen, das über dem Meer hing, und spürte, wie es auf seiner Haut spannte. Bei der Erinnerung an zu Hause, an sein Dorf in Vietnam, an seine Familie, zog sich alles in ihm zusammen. Er dachte an seine Erwartungen, die so groß gewesen waren. Jetzt klammerte er sich nur noch an die Hoffnung, das alles würde irgendwann ein Ende haben. Tränen brachen aus ihm heraus, von ganz tief drinnen, von dort, wo man Dinge wegschloss, weil sie zu sehr weh taten. Heisere Schluchzer drangen aus seiner Kehle. Er rief das Gesicht seines Bruders herbei, aber es verschwand immer wieder wie in einem Nebel. Er meinte, in Stücke zu zerfallen. Niemand sagte, alles würde gut werden. Niemand legte seinen Arm um ihn.

Er presste die Hand auf den Mund, würgte und taumelte Richtung Abgrund. Wenn er doch nur das Gleichgewicht verlieren würde. Dann wäre er raus hier. Niemand könnte ihn je wieder zurückholen. Es wäre einfach aus. Für immer. Schweiß rann ihm über den Nacken. Sein Herz schlug ihm bis zum Hals. Aber wäre er wirklich lieber tot? War es das, was er wollte?

MIA

Eigentlich hatte Mia sich vorgenommen, die Wohnung auszumisten und ein paar alte Freunde anzurufen. Aber sie hatte nichts dergleichen getan. Sie war die letzten Tage einfach im Bett geblieben, hatte gelesen und Serien geschaut. *Peaky Blinders, Broadchurch* und dann noch die ersten drei Staffeln von *Dexter*. Sie hatte sich zwischendurch gerade mal aufraffen können, rauszugehen und um die Ecke Falafel oder indisches Curry zu holen. Sie hätte gut noch eine Weile so weitermachen können, aber heute war ihr erster Arbeitstag, und so saß sie schon um kurz vor acht in der Küche und trank starken schwarzen Kaffee. Etwas ungewöhnlich fand sie es, dass ihr erster Arbeitstag ausgerechnet auf einen Sonntag fiel, aber egal.

Sie trank eine zweite Tasse und wusste, dass er ihr nicht guttat. Sie war so schon nervös, wie immer, wenn ihr etwas bevorstand, das sie nicht einschätzen konnte. Sie fragte sich, wer wohl ihre neuen Kollegen waren und ob vielleicht jemand aus ihrer Studienzeit darunter war. Immerhin fand sie den Kriminaloberrat Schulze, bei dem sie ihr Bewerbungsgespräch gehabt hatte und der ihr direkter Vorgesetzter sein würde, nicht unsympathisch. Mit ihm würde sie klarkommen. Er war ein Mann Ende fünfzig, bei dem das Plattdeutsch noch so richtig schön durchklang.

Mia kippte den letzten Schluck Kaffee weg und zog ihre Jacke und ihre bequemen alten Bikerstiefel an. Dann hob sie ihr gelbes Rennrad, das sie sicherheitshalber mit hoch in die

Wohnung genommen hatte, auf die Schulter. Beim Rausgehen fiel ihr Blick auf das Namensschild. Else Runge stand da in der fein säuberlichen Sütterlin-Handschrift ihrer Großmutter. Das Schild müsste sie auch austauschen.

Mit dem Rad brauchte Mia gute zwanzig Minuten bis zum Präsidium. Der massive Rundbau mit seinen sternförmig angefügten Büroklötzen war abweisend wie eine Festung, und sie fragte sich, ob das von den Planern so beabsichtigt gewesen war. Vermutlich.

Mia meldete sich beim Pförtner und wartete neben der Loge. Zu gerne hätte sie jetzt eine Zigarette gehabt, aber sie hatte sich vorgenommen, weniger zu rauchen, und keine gekauft, und den Pförtner wollte sie nicht gleich an ihrem ersten Tag anschnorren. Unruhig trat sie von einem Bein auf das andere und war froh, als eine junge Frau auf sie zukam. Mia dachte zuerst, es sei eine Schülerin im Praktikum. Sie hatte noch die langen stockigen Beine, wie sie Teenager so oft haben. Aber als sie vor ihr stand, sah Mia, dass sie älter sein musste. Mitte bis Ende zwanzig. Die langen braunen Haare hatte sie zu einem Zopf geflochten. Ihre Augen waren dunkel, fast schwarz, und mit langen Wimpern. Mia tippte auf türkische oder arabische Eltern, obwohl ihr Name nicht dazu passen wollte.

»Sarah Butt«, stellte sie sich vor und drückte Mias Hand. »Nennen Sie mich einfach Sarah. Ich bin das Mädchen für alles. Rechercheurin, Telefonistin, Kaffeekocherin und Retterin bei allen IT-Katastrophen.« Ein Lachen lag in ihrer Stimme, und das Tempo, mit dem sie sprach, ließ darauf schließen, dass sie eine lebhafte Person war.

»An Sie muss ich mich also halten«, sagte Mia.

»Genau.« Sarah grinste, wobei sich ihr Mund fast bis zu den Ohren zog. Sie gefiel Mia, und Mia merkte, wie sie sich etwas entspannte.

Mit dem Fahrstuhl fuhren sie in den vierten Stock hinauf, und Mia folgte Sarah durch lange kahle Gänge bis zu einer Glastür.

»Dahinter ist unser Reich«, sagte Sarah und zog die Tür auf. Sie gingen einen weiteren langen Gang entlang. Es roch nach Kaffee.

Vom Gang gingen die Büros ab. Die Türen standen fast alle offen, die Schreibtische waren verlassen. In der kleinen Küche saßen drei Männer und waren vertieft in ihre Zeitungen. Die Küche sah aus wie alle Polizeiküchen, die Mia kannte. Eine Kaffeemaschine, ein Wasserkocher, ein Kühlschrank und ein Tisch, auf dem eine angeranzte Wachsdecke lag. Auf der Fensterbank stand eine Grünlilie, in der Ecke neben der Tür ein Ficus, dessen trockene Blätter tot an den Ästen hingen.

Sarah räusperte sich. »Darf ich vorstellen. Die neue Kollegin. Mia Paulsen.« Einer der Männer murmelte ein »Moin«, ohne auch nur aufzusehen. Die anderen beiden standen auf und begrüßten Mia mit Handschlag.

»Wir gehen dann mal zu Bordasch rein«, sagte Sarah.

»Bordasch?«, fragte Mia und spürte, wie ihr der Schweiß ausbrach. »Jens Bordasch?«

Sarah nickte.

»Was ist mit Kriminaloberrat Schulze?«, fragte Mia.

Sarah zuckte mit den Schultern und machte ein entschuldigendes Gesicht. »Der ist nicht mehr da.« Ohne mehr dazu zu sagen, ging sie los.

Jens Bordasch. Sie hatten zusammen studiert, und sie waren fast drei Jahre lang ein Paar gewesen, bis ihre Beziehung alles andere als freundschaftlich auseinandergegangen war. Aber daran wollte sie jetzt nicht denken. Das Letzte, was sie von ihm gehört hatte, war, dass er der Karriere wegen nach Köln gegangen war. Dass sie ihn hier wiedertreffen würde, damit hatte sie nun wirklich nicht gerechnet. Sie fluchte innerlich und eilte hinter Sarah her, die schon die Tür zum Chefbüro aufgerissen hatte.

Der Raum war spartanisch eingerichtet. Keine Urkunden an den Wänden, kein Fotorahmen auf dem Schreibtisch. Jens Bordasch stand mit dem Rücken zu ihnen und telefonierte.

Er sprach leise, was, wie Mia wusste, nichts mit Unsicherheit zu tun hatte. Ganz und gar nicht. Es war vielmehr so, dass er damit seine Zuhörer zur Konzentration zwang und so ihre volle Aufmerksamkeit auf sich zog.

Bordasch war groß und schlank, und sein anthrazitfarbener Anzug saß perfekt. Mia starrte auf die kurzrasierten dunklen Haare in seinem Nacken. Ihr Herz pochte heftig. Als er sich umdrehte, schoss ihr das Blut heiß in die Wangen.

Bordasch sah noch besser aus als früher. Seine feinen, fast femininen Gesichtszüge waren markanter geworden. Einen Moment sah er sie reglos an, dann lächelte er und kam mit ausgestreckter Hand auf sie zu. »Mia. Dass wir uns mal wiedersehen.« Die Vertraulichkeit, die er in seine Stimme legte, störte Mia. Sie zwang sich zu einem Lächeln und fragte sich, womit sie das verdient hatte. Sie hatte gehofft, ihn nie wiedersehen zu müssen.

Sarah sah zwischen den beiden hin und her. »Das Vorstellen erübrigt sich ja anscheinend.«

»Ja. Das erübrigt sich allerdings«, sagte Bordasch und sah auf die Uhr. »Mia, ich habe gleich einen Termin. Wir müssen uns später mal zusammensetzen. Aber ich zeig dir noch schnell deinen Arbeitsplatz.«

Das Büro, in das er sie führte, lag ganz am Ende des Gangs hinter den Toiletten.

Der Raum war keine zehn Quadratmeter groß. An der Decke hing eine Neonröhre, von deren Licht sie bestimmt Kopfschmerzen bekommen würde. Das Regal und der Schreibtisch waren gähnend leer. Mia ließ sich auf den Schreibtischstuhl sinken. »Hier gibt es ja nicht mal einen Computer.«

»Der wird die nächsten Tage geliefert.« Bordasch legte einen Stapel roter Pappordner, den er aus seinem Büro mitgenommen hatte, vor Mia auf den Tisch. »Damit kannst du anfangen.«

»Was ist das?«

»Ungeklärte Fälle.«

»Habt ihr sonst nichts zu tun?«

»Doch. Zu viel, um dich einzuarbeiten. Dafür fehlt es gerade an Kapazitäten.«

»Wegen der fehlenden Kapazitäten bin ich ja eingestellt worden.« Mia hörte selbst, wie gereizt sie klang.

Bordasch stützte sich mit den Händen auf dem Tisch ab und beugte sich zu ihr vor. Sie konnte sein Eau de Toilette riechen. Es war immer noch dasselbe wie damals. »Mia, unter uns. Ich hab keine Ahnung, warum Schulze dich haben wollte. Aber er ist nicht mehr da. Und ich hab mir deine Personalakte angeschaut. Du hast deine letzte Ermittlung ja so richtig in den Sand gesetzt.«

»Das musst du mir nicht erzählen.«

»Ich kann dich nicht einfach einem Team zuordnen. Du warst in psychologischer Behandlung.«

»Ich habe keine psychischen Probleme.«

»Du warst wochenlang beurlaubt.«

»Na und? Mir geht es gut.«

Bordasch sah Mia schweigend an. Dann fragte er: »Wieso hast du dich nach dem, was passiert ist, nicht irgendwo anders beworben? Wieso gerade die Mordkommission?« Es klang wie ein Vorwurf.

Mia presste die Lippen aufeinander. Ihr Atem zitterte. Sie hoffte, er merkte es nicht. So bissig wie nur möglich sagte sie: »Weil ihr sowieso immer zu spät kommt. Wenn ihr mit der Arbeit anfangt, sind schon alle tot. Da kann ich dann ja wohl nicht mehr so viel falsch machen.«

Um Bordaschs Mundwinkel zuckte es. Er schnaubte leise und pochte mit dem Zeigefinger auf den Aktenstapel. »Lies dir die Fälle durch, und sag mir, womit du anfängst.«

In Mia wallte der Zorn hoch. »Lauter alte Fälle, mit denen ihr nicht weitergekommen seid? Das ist nicht dein Ernst, oder?«

»Doch.«

»Du spinnst.«

Bordasch sah Mia an, seine Augen funkelten. »Rede nicht so mit mir.« Er sprach jetzt noch leiser als sowieso schon. »Ich bin dein Vorgesetzter. Vergiss das mal lieber nicht.«

Mia war zum Heulen zumute. Die ganzen Jahre über hatte sie versucht, Bordasch aus ihrem Gedächtnis zu streichen. Und jetzt war er wieder da, und dann auch noch als ihr Chef. Bei dem Gedanken wurde ihr ganz übel. Sie musste an Benno denken. Er, Bordasch und Mia waren zeitgleich an der Fachhochschule gewesen und hatten danach im selben Dezernat angefangen. Und dann war Benno verschwunden. Es hatte zwei Wochen gedauert, bis er gefunden wurde. Draußen im Sachsenwald. Er hatte sich am Ast einer alten Eiche erhängt.

Mia hatte oft darüber nachgedacht, warum Bordasch es getan hatte. Sie hatte immer gedacht, es sei Rache gewesen, vielleicht, weil Benno ihn mal vor anderen kritisiert hatte. Bordasch war empfindlich, wenn es um sein Ego ging. Aber mittlerweile glaubte Mia, dass Bordasch es ohne Grund getan hatte. Einfach, weil er gerne mit anderen spielte. Mitleidlos und brutal. Vielleicht wollte er einfach sehen, wie weit er gehen konnte. Wie genau es losgegangen war, konnte Mia gar nicht mehr sagen. Es waren lange nur kleine hinterhältige Sticheleien gewesen. Aber irgendwann kam das Gerücht auf, Benno sei pädophil. Ein Gerücht, das niemand zurückverfolgen konnte. Mia ahnte allerdings, wer es in die Welt gesetzt hatte. Bordasch. Es war eine Ahnung, die sie nicht wahrhaben wollte, die sie aber auch nicht abschütteln konnte. Also konfrontierte sie Bordasch damit. Sie hoffte, er würde es abstreiten, sie davon überzeugen, dass es nicht stimmte. Aber er hatte nur gelacht und gesagt: »Du glaubst doch nicht, dass du das beweisen kannst.« Noch am selben Tag war Mia aus der gemeinsamen Wohnung ausgezogen. Ihr Ekel war so groß gewesen: Bordasch gegenüber, natürlich, aber auch sich selbst gegenüber. Dass sie mit ihm zusammen gewesen war, ihn geliebt hatte, ohne zu sehen, wie er wirklich war. Sie hatte sich wie alle von seinem guten Aussehen und seinem Charme blenden lassen.

Im Nachhinein wurde ihr auch klar, dass Bordasch sie im Gegenzug nie geliebt hatte. Ihm war es vollkommen gleich, dass sie auszog. Das Einzige, was er nicht ertrug, war, dass er verlassen wurde. Er erzählte allen, dass er sie rausgeworfen hatte.

Mia hatte noch versucht, mit einem Vorgesetzten zu sprechen, sie wollte das mit Benno und dem Gerücht um seine Pädophilie nicht so stehenlassen. Sie wollte Bordasch anzeigen, weil er Benno in den Selbstmord getrieben hatte. Aber sie bekam nur zu hören, dass sie sich bloß nicht auf diese Weise rächen sollte, nur weil Bordasch sie verlassen hatte. Noch nie war sich Mia so hilflos vorgekommen. Lange hatte sie darüber nachgedacht, doch noch irgendetwas gegen Bordasch zu unternehmen. Aber irgendwann war es zu spät dafür gewesen.

Ihr Vertrauen in Vorgesetzte hatte damals einen ziemlichen Knacks abbekommen. Und in Lebenspartner sowieso. Genau genommen hatte sie sich seitdem nie mehr ernsthaft auf jemanden eingelassen.

Am liebsten wäre Mia jetzt nach Hause gefahren und hätte sich unter ihrer Bettdecke vergraben. Stattdessen fächerte sie die roten Mappen vor sich auf. Zehn Akten, zehn ungelöste Fälle. Rechts oben in den Ecken waren handschriftlich die Jahrgänge notiert. Eine der Akten war von 1972. Da war sie noch nicht einmal geboren. Wahrscheinlich sollte sie froh sein, dass Bordasch ihr nicht auch noch den Trümmermörder-Fall untergeschoben hatte.

Sie begann zu lesen. Es gab eine Fahrerflucht nach einem tödlichen Unfall. Ein namenloser Obdachloser war erschlagen unter der Lombardsbrücke gefunden worden, ein anderer auf einer Bank auf dem Altonaer Balkon. Einen rumänischen Hafenarbeiter hatte man erdrosselt auf dem Friedhof Ohlsdorf gefunden. Drei Morde standen in Verbindung mit Entführungen. Gemein war allen Fällen nur, dass die Aufklärung bis zu einem gewissen Punkt vorangetrieben worden war, bis schließlich alle Spuren versandeten.

Mia reckte sich und rieb sich den schmerzenden Nacken. Sie war es nicht gewohnt, lange am Schreibtisch zu arbeiten. Drei Fälle noch, dann war sie durch. Sie griff nach der nächsten Mappe und schlug sie auf. Zuoberst lag das Foto des Opfers, und sie erinnerte sich sofort an das Gesicht. Die Fahndungsmeldung war damals durch alle Dienststellen gegangen.

Der Junge, etwa zwölf Jahre alt, war vor zwei Jahren tot im Raakmoor im Norden Hamburgs gefunden worden. Er war nackt gewesen und hatte zusammengekrümmt in einem Erdloch gelegen, nur dünn von Erde und Blättern bedeckt. Da der Fundort weitab von allen Wegen lag, war er nur durch einen Zufall bemerkt worden. Ein Spaziergänger, der sich verlaufen hatte, hatte ihn entdeckt. Die Autopsie hatte ergeben, dass der Junge an einer Bronchitis gestorben war. Anhaltspunkte für ein Sexualverbrechen hatte es nicht gegeben. Ganz auszuschließen war Letzteres allerdings nicht. Der Junge war nach seinem Tod mit einem starken Scheuermittel abgeschrubbt worden.

Die Fahndung war damals auf Hochtouren gelaufen, aber deutschlandweit hatte niemand das Kind gekannt. Interpol war eingeschaltet worden. Doch das tote Kind blieb namenlos. Es war, als habe der Junge nie gelebt.

Der Fall war von der Art, die sie interessierte. Sehr sogar. Die Vorstellung, dass ein Zwölfjähriger starb und niemand ihn vermisste, fand Mia mehr als furchtbar. Irgendwo musste es doch einen Menschen geben, der das Kind geliebt hatte. Sie konnte und wollte sich nicht vorstellen, dass es anders war. Aber wenn nicht einmal Interpol etwas über den Jungen herausgefunden hatte, wie sollte sie dann alleine weiterkommen? Das war vollkommen aussichtslos. Obwohl es letztendlich egal war. Die Fälle, die vor ihr lagen, schienen ihr alle ziemlich aussichtslos. Und irgendwo musste sie ja anfangen. Das Raakmoor war immerhin vertrautes Terrain. Als Kind hatte sie oft dort gespielt.

LUKA

Luka lag im Bett und spielte *Assassin's Creed*. Als er die PlayStation weglegte, war es fast ein Uhr morgens. Er stand auf und schlich ins Wohnzimmer, wo seine Mutter wie so oft vor dem Fernseher eingeschlafen war. Er holte ihre Decke und breitete sie über ihr aus. Sie wälzte sich herum und gab ein leises Murren von sich. Luka fühlte sich mit einem Mal elendig einsam. Er wünschte, er könnte sich zu ihr kuscheln wie früher, als er klein gewesen war. Er dachte daran, wie er damals immer in ihr Bett gekrochen war und sie, halb im Schlaf, ihren Arm um ihn gelegt und ihn an sich gedrückt hatte. Sein Gesicht war dann in ihrer weichen Brust verschwunden, und er hatte vor lauter Nähe kaum Luft bekommen. Sie hatte immer nach Himbeeren gerochen.

Die Erinnerung ließ seine Augen brennen. Hastig wandte er sich ab, schaltete den Fernseher aus und wollte gerade die Gardine zuziehen, als eine Gestalt seinen Blick fesselte. Sie stand unten auf dem Basketballplatz zwischen dem Bunker und der Straße. Normalerweise ging nie jemand auf diesen Platz. Der teppichartige Bodenbelag war immer mit Wasser vollgesogen und dick mit einer Sandschicht bedeckt.

Die Gestalt stand vollkommen reglos. Ihr langer Schatten, den eine Straßenlaterne warf, lag still wie der eines Baumstamms.

Luka nahm das Nachtsichtgerät, das auf der Fensterbank lag, und hielt es vor sein Auge. Er wusste nicht, woran er es festmachte, aber er war sich sicher, dass es der Junge vom Bunkerdach war, der da unten stand. Der Junge beugte sich vor, nur um mit gekrümmtem Rücken erneut reglos zu verharren. Lediglich sein Kopf bewegte sich hin und her. Luka kniff die Augen zusammen. Was machte er da?

Plötzlich drehte der Junge sich um seine eigene Achse und rannte quer über den Platz. Dabei ließ er seine rechte Hand vor dem Bauch auf und ab schnellen. Er dribbelt, schoss es Luka durch den Kopf. Er spielte mit einem unsichtbaren Ball. Luka überlegte nicht lange, holte seine Jacke, zog seine Turnschuhe an und griff sich seinen Schlüssel.

Im Treppenhaus schaltete er kein Licht an. Bis die alten Neonlampen ansprangen, wäre er längst unten. In großen Sprüngen nahm er immer mehrere Stufen auf einmal. Im vierten Stock prallte er fast gegen Bieganski. »Mensch, Jung«, blaffte der ihn an. »Es ist mitten in der Nacht. Du gehörst ins Bett …«

Bieganski packte sein Handgelenk. Luka drehte seinen Arm, aber der Griff war fest wie ein Schraubstock. Also rannte Luka einfach weiter, und Bieganski ließ los, sonst hätte Luka ihn mitgerissen. »Bengel«, schrie er Luka hinterher. »Pass man auf …«

Blödmann, dachte Luka. Der sollte sich noch mal beschweren.

Bieganski wohnte in der Wohnung neben ihnen und rauchte wie ein Schlot. Er war mindestens achtzig oder neunzig und sah aus wie eine Mumie, runzelig und mit gelber Haut vom Qualmen. Den Rauch roch man bis zu ihnen rüber. Manchmal meinte Luka, ihn durch die Wand kriechen zu sehen. Gleichzeitig spielte Bieganski sich als Hauswart und Dauernörgler auf. Seine Mutter sagte immer, Luka solle Bieganski nicht so ernst nehmen. Er sei einfach alt und einsam. Aber seine Mutter verteidigte ja sowieso immer jeden.

Luka rannte um das Haus herum, am Bunker vorbei und zum Basketballplatz. Die Luft war trocken und kalt. Im Schutz der

Bäume blieb Luka stehen. Der Junge war immer noch da, dribbelte, warf Körbe, dribbelte weiter, vollkommen geräuschlos, als würden seine Füße nicht den Boden berühren. Seine Bewegungen wirkten wie in Zeitlupe. Er war ein gutes Stück kleiner als Luka, hatte kurze dunkle Haare und trug einen schwarzen Trainingsanzug, einen dieser billigen mit zwei hellen Streifen an Ärmeln und Hosenbeinen. Jetzt, aus der Nähe, konnte Luka zum ersten Mal auch sein Gesicht erkennen. Es war schmal, mit hohen Wangenknochen, dunklen Augenbrauen, schräg stehenden schmalen Augen und einer flachen breiten Nase. Luka lachte leise auf. Der Junge sah fast aus wie Bruce Lee. Früher hatte Luka die Martial-Arts-Filme oft mit seinem Vater gesehen. Er hatte sie geliebt. Seine absoluten Favoriten waren *Der Mann mit der Todeskralle* und *Todesgrüße aus Shanghai* gewesen.

Luka überlegte, ob er einfach rübergehen und den Jungen ansprechen sollte. Aber was sollte er sagen? »Hey, ich hab dich auf dem Bunkerdach gesehen« oder »Darf ich mitspielen?«. Nein, dachte Luka, das war zu peinlich. Also blieb er einfach stehen, schaute dem Spiel mit dem unsichtbaren Ball zu und zählte die Körbe. Nach dem dreiundfünfzigsten Korb verließ der Junge das Spielfeld, überquerte die Straße und schlug den Weg zur Elbe ein. Luka folgte ihm in sicherem Abstand. Er musste mehr über ihn rausfinden. Er wollte unbedingt wissen, was er da auf dem Bunkerdach machte, und vor allem, wie er da raufkam. So lange beobachtete er ihn nun schon.

Immer wieder blieb der Junge stehen und schaute sich nach allen Seiten um. Als ein Wagen die Straße entlangkam, beschleunigte er seinen Schritt und wurde erst am Entenwerder Fährhaus wieder langsamer.

Das Fährhaus war ein kleines Fachwerkhaus, das Luka immer an eine Hexenhütte erinnerte. Schon im Hellen fand er es mit all seinen Anbauten und Verschlägen unheimlich. Jetzt, im kalten Mondlicht, war es richtiggehend gruselig. Für einen Moment schloss Luka die Augen. Bis auf die Wellen, die sacht gegen den Ponton unten am Anleger schlugen, war es totenstill. Als Luka die Augen wieder öffnete, sah er gerade noch, wie der Junge den Uferweg nahm und in der Dunkelheit des Parks verschwand. Die Laternen, die hier standen, waren wie immer kaputt. Luka eilte dem Jungen hinterher, wobei er versuchte, so vorsichtig wie möglich aufzutreten.

Drüben auf der anderen Flussseite leuchteten die gelblichen Lichter der Industrieanlagen. Am Ufer trieb ein kleines führerloses Boot. Hinter dem zweiten Bootsanleger hatte Luka wieder aufgeholt. Er war jetzt nur noch wenige Meter von dem Jungen entfernt, der nicht den Anschein machte, als habe er ein bestimmtes Ziel, oder als warte er auf jemanden. Er ging langsam am Elbufer entlang. Neben einem überquellenden Mülleimer bückte er sich und hob eine leere Plastikflasche auf. Er drehte sie hin und her, als überlegte er, ob er sie gebrauchen könnte, ließ sie aber wieder fallen.

Als Luka den Ast unter seinem Fuß spürte, war es zu spät.

Das hölzerne Knacken zerriss die Stille. Luka hielt den Atem an. Der Junge fuhr herum und schaute ihn mit aufgerissenen Augen an. Luka hob die Hand und grinste. »Hallo«, sagte er unsicher. Er kam sich wie ein Idiot vor. Ohne seinen Blick von Luka zu nehmen, wich der Junge zurück, wobei er gegen einen Baumstumpf stieß. Er stolperte, rappelte sich sofort wieder auf und rannte los. Einen kurzen Moment war Luka zu überrascht, um sich zu bewegen, dann sprintete er hinterher. Da er viel längere Beine hatte als der Junge, holte er schnell auf. Er streckte seine Hand aus und fasste die Jacke des anderen. Er packte fest zu, hielt den dünnen Stoff in seiner Hand.

Er versuchte, den Jungen zu halten, doch der rutschte einfach aus den Ärmeln und rannte weiter.

Die Jacke in der Hand, blieb Luka stehen. »Warte«, schrie er. Der Junge reagierte nicht. Er war schon fast wieder aus Lukas Sichtfeld verschwunden, bevor Luka die Verfolgung erneut aufnahm.

Der Junge bog vom Uferweg ab und rannte zwischen den Bäumen hindurch zum Fußballplatz. Luka jagte ihm hinterher. Wie ein fliehender Hase wich der Junge nach links und rechts aus. Die Verfolgungsjagd fing an, Luka Spaß zu machen. Es war wie Fangen spielen. Er ließ dem Jungen etwas Vorsprung, dann überholte er, schoss herum und warf sich von vorne gegen ihn. Der andere geriet ins Taumeln, verlor das Gleichgewicht und stürzte. Luka warf sich auf ihn und presste ihn mit seinem ganzen Gewicht auf den nassen Boden. Er konnte seine Rippen unter seinen Händen spüren und musste unwillkürlich an den mageren Spatz denken, den er im Sommer mit gebrochenem Flügel auf dem Balkon gefunden hatte. Ein süßsäuerlicher Geruch ging von dem Jungen aus. Er versuchte zu beißen, schaffte es aber nicht. Luka ließ ihn strampeln, bis seine Kraft nachließ. »Psst«, machte Luka. Keine fünf Meter von ihnen entfernt ging jemand mit einem Hund vorbei. Der Hund zog an der Leine und kläffte. Luka merkte, wie sich der Körper des Jungen unter ihm verkrampfte. Er drückte ihn fester auf den Boden. Der Hund zerrte in ihre Richtung, wurde aber von seinem Herrchen gehalten und ließ schließlich von ihnen ab.

Als sie wieder alleine waren, rollte Luka sich zur Seite und ließ den Jungen los. Mit rasselndem Atem lagen sie nebeneinander. »Deine Jacke«, stieß Luka atemlos hervor und warf sie dem Jungen ins Gesicht, doch der rührte sich nicht.

MIA

Mia saß in der U 1 Richtung Norderstedt. Sie wollte sich den Ort im Raakmoor, an dem der tote Junge gefunden worden war, anschauen. Sie hoffte, sich dem Menschen, der das Kind dort verscharrt hatte, auf diese Weise anzunähern. Letztendlich hatte der Täter nur einen Zeitvorsprung, auch wenn dieser mittlerweile erheblich war. Es war aber nicht so, dass sie glaubte, irgendeine esoterische Verbindung aufzubauen. Sie ging ja auch nicht auf den Friedhof, um sich dort mit ihrer verstorbenen Großmutter zu unterhalten. An solche Dinge glaubte sie nicht. Sie wollte den Ort einfach nur so sehen, wie er war. Ihre Phantasie spielen lassen. Sich vorstellen, was passiert sein könnte.

Außer Mia saßen nur zwei ältere Frauen in der Bahn. Mit dem Zeigefinger wischte Mia ein rundes Guckloch in die beschlagene Fensterscheibe. Der Himmel war eine einzige graue Decke. Schrottlager zogen vorbei, rote Klinkerbauten, Schrebergärten und Reihenhäuser. Die umzäunten Gärten waren um diese Jahreszeit noch trostloser als sonst. Beklemmung kroch in Mia hoch. Ein Gefühl, das ihr allzu vertraut war, genauso vertraut wie diese Stadtrandzonen, durch die sie gerade fuhr. Von wegen Vorortidylle, in der man sich kannte und umeinander kümmerte. In Berlin hatten sie die Toten, die sie Wochen und Monate nach ihrem Tod aus ihren Häuschen bargen, nur noch Reihenhausleichen genannt. Einmal war sie sogar bei einem solchen Leichenfund dabei gewesen. Der Tote war regelrecht mit der Matratze, auf der er lag, verschmolzen. Die

Nachbarn hatten die Polizei erst gerufen, nachdem im Sommer die Weihnachtsdekoration nicht vom Balkongeländer entfernt worden war. Mia war sich sicher gewesen, dass sie nicht aus Sorge um den Nachbarn angerufen hatten, sondern weil sie sich an den verdreckten Weihnachtskugeln störten.

Nach ziemlich genau einer halben Stunde Fahrtzeit stieg Mia in Langenhorn Nord aus. Zu Fuß wäre sie von hier aus in weniger als zehn Minuten bei ihrer Schwester. Diese hatte schon ein paar Mal nachgefragt, wann sie sich nun endlich sähen. Mia musste sie dringend besuchen, aber nicht jetzt.

Der Weg ins Raakmoor führte am Haus einer ehemaligen Schulfreundin vorbei. Hinter den Fenstern hingen dieselben hässlichen grünen Gardinen wie früher. Am Ende der Sackgasse begann das Moor. Mia folgte einem schmalen und etwas holprigen Waldweg. Sonnenstrahlen brachen durch die Wolkendecke, und das Blau des Himmels schimmerte stellenweise durch. Obwohl es seit Tagen immer wieder geregnet hatte, war das abgefallene Laub unter den engstehenden Bäumen fast trocken. Mia schob ihre Füße beim Gehen tief durch die Blätter, so dass es laut raschelte. Langsam besserte sich ihre Laune etwas. Sie bog vom Weg ab und lief querfeldein. Zwei Hasen flüchteten vor ihr.

Sie holte ihr Telefon aus der Tasche und überprüfte die Koordinaten des Fundorts des toten Jungen, die sie eingegeben hatte. Sie musste sich weiter östlich halten. Sie hatte gedacht, sie würde sich noch immer blind im Raakmoor zurechtfinden. Aber sie erkannte nichts wieder. Sie ging an einem Tümpel vorbei, auf dessen pechschwarzem Wasser Blätter trieben. Dahinter wurde der Wald lichter, und sie kletterte eine Böschung hinunter. Ein Schild, das an einen schiefen Holzpflock genagelt war, wies darauf hin, dass das Betreten dieses Gebiets nach Regenfällen zu meiden sei. Sie ging weiter, auch wenn der Boden jetzt morastiger wurde. So schlimm würde es schon nicht werden. Das Raakmoor war ja nur dem Namen nach noch ein Moor, die Sümpfe längst ausgetrocknet. Unter einem grüngestrichenen Hochsitz blieb sie stehen. Sie überlegte, hinaufzuklettern und sich alles von oben anzuschauen, aber die Leiter sah wenig vertrauenswürdig aus. Einige Sprossen waren gebrochen, andere fehlten ganz.

»Was machen Sie denn hier?«

Die Stimme erschreckte Mia. Sie fuhr herum und sah einen hageren älteren Mann mit einem Foxterrier, der an seiner Leine zerrte. Das Gesicht des Mannes war faltig und wettergegerbt. Mia hatte nicht damit gerechnet, so weit abseits vom Weg jemanden zu treffen. Sie musste sich kurz sammeln, bevor sie antwortete. »Spazieren.«

»Wenn ich Sie wär, würd ich umkehren.«

Mia runzelte die Stirn, wobei sie den Hund genau im Blick behielt. Von so einem Terrier war sie schon einmal böse gebissen worden. »Sind Sie der Förster hier?«

Der Mann verzog sein Gesicht zu einer unfreundlichen Grimasse und machte ein schnalzendes Geräusch mit der Zunge, das seinen Missmut zum Ausdruck brachte.

Jetzt erst fiel Mia die breite Narbe auf, die sich von seinem rechten Ohr bis zum Hals hinunterzog. Sie war blassbläulich verfärbt. Er musste ihren Blick bemerkt haben, denn er klappte den Kragen seiner Jacke hoch, so dass er die Narbe verdeckte.

»Machen Sie doch, was Sie wollen«, sagte er in einem brummenden Ton. »Aber nich', dass ich Ihnen nichts gesacht hab.« Damit drehte er sich um und ging in die Richtung, aus der Mia gekommen war. Mia blieb stehen und sah ihm nach, bis er und sein Hund zwischen den Bäumen verschwunden waren. Verflucht. Hier konnte man nicht mal mehr durch den Wald gehen, ohne dass irgendjemand was zu meckern hatte.

Sie zog den Reißverschluss ihres Parkas, den sie sich für den Waldausflug angezogen hatte, höher und wickelte den Schal doppelt um ihren Hals. Wind war aufgekommen. Mit schweren Schritten stapfte sie weiter. Es konnte nicht mehr weit sein. Sie durchquerte einen Hain aus Birken und kam auf eine Niederung, die dicht mit Moos und Gräsern bewachsen war. Sie sank jetzt immer tiefer in den Morast ein. Langsam wurden ihre Füße nass. Sie meinte, sich zu erinnern, mal etwas von einer Renaturierung des Moors gelesen zu haben, und fragte sich, ob das hieß, dass man hier versinken konnte.

Sie überprüfte noch einmal die Koordinaten. Da vorne musste es sein. Am Rand der Lichtung. Auf den Ästen abgestorbener Bäume hockten Krähen. Es waren Dutzende. Als Mia näher kam, stoben sie wie schwarze Fetzen in die Luft, stiegen hoch, kreischten, verharrten einen Moment, flatterten auseinander, sammelten sich und landeten wieder. Mia musste sofort an *Die Vögel* von Hitchcock denken. Was für ein Ort. Krähen, Wasser, totes Holz, Moos und braune Gräser, die der Regen niedergedrückt hatte.

Sie versuchte sich vorzustellen, was geschehen war. In der Akte hatte gestanden, der Spaziergänger habe eine Hand des Jungen aus dem Erd- und Blätterhaufen, unter dem er verborgen gewesen war, ragen sehen. Dem Zustand des toten Körpers nach hatte er höchstens einen Tag dort gelegen. Auf den Fotos sah der Junge aus, als schliefe er. Blass, dünn, den langen dunklen Pony über den Augen. Hinweise darauf, wo er gestorben war, hatte es keine gegeben. Es war nicht einmal klar, ob der Tod Folge eines Verbrechens gewesen war. Oder ob die Eltern das Kind nur hier abgelegt hatten, um den Formalitäten zu entgehen, die die Gesetze bei Todesfällen vorschrieben. Aber wieso hätten sie das Kind mit Scheuermittel waschen sollen? Auch wenn der Tod des Jungen nicht direkt auf ein Gewaltverbrechen zurückzuführen war, schien es Mia doch wahrscheinlich, dass dem Tod ein Verbrechen vorausgegangen war, das vertuscht werden sollte.

Den Blick auf den Boden gerichtet, überquerte Mia die Niederung. Vor einer Vertiefung, die aussah wie eine Wildschweinsuhle, blieb sie stehen und schob mit dem Fuß modrige Blätter beiseite. Nicht einmal eine Tierspur konnte sie entdecken. Nichts, was davon zeugte, dass hier in letzter Zeit auch nur irgendein lebendiges Wesen vorbeigekommen war.

Sie seufzte, drehte sich um, betrachtete das tote Gehölz. Da war nichts, was ihre Phantasie anregte. Mal abgesehen von den vielen Krähen. Das Gefühl, dem Täter hier näherzukommen, stellte sich nicht ein. Verdammt, was war nur mit ihr los? Früher hatte sie sich doch immer auf ihre Vorstellungskraft verlassen können. Sie hatte sich die absurdesten Szenarien ausgemalt, die dann oft gar nicht so weit von der Realität entfernt gelegen hatten. Und jetzt? Das Einzige, was sie vor ihrem geistigen Auge sah, war das kleine zarte Mädchen in diesem verfluchten Berliner Keller, die Würgemale auf der weißen Haut. Es war, als ob dieses Bild alles andere überlagerte. Mia holte tief Luft, wobei ihr Atem zitterte. Sie musste sich endlich eingestehen, dass sie nicht mehr die Alte war. Und nie mehr sein würde.

Sie wollte gerade kehrtmachen, als sie am Ast eines Baumes, der etwa drei Meter von ihr entfernt stand, etwas Rotes entdeckte, das hier nicht hingehörte. Es sah aus wie ein Stofffetzen. Bevor sie noch näher herangehen konnte, brach plötzlich der Boden unter ihren Füßen ein. Die nasse Erde gab einfach unter ihr nach. Der Schreck schoss ihr durch die Glieder. Sie riss die Arme auseinander, um das Gleichgewicht zu halten. Aber sie rutschte weg, und ihre Beine sackten bis zu den Knien ein. Sie schrie und versuchte, sich abzustützen, krallte die Hände in die Erde. Aber sie sank nur noch tiefer. Hektisch griff sie um sich, fand aber keinen Halt, da war nichts als Schlamm und nasse Erde.

Und dann war da plötzlich wieder dieser Foxterrier von vorhin. Er bellte aufgeregt, fixierte Mia und kam mit großen Sprüngen näher. Aus der Ferne hörte Mia Pfiffe, aber der Hund reagierte nicht. Sabber troff aus seinen Lefzen. Mias Puls schoss hoch. Sie versuchte verzweifelt, ihre Beine zu befreien, aber der schwere Boden hielt sie fest umklammert. Aus dem Augenwinkel sah sie, wie der Hundebesitzer zwischen den Bäumen auftauchte. Er rannte jetzt auch, war aber noch viel zu weit weg. Der Hund war schon fast bei ihr. Mia drehte den Oberkörper weg und hob die Arme schützend vor ihr Gesicht. Sie hielt den Atem an. Wartete auf den Biss. Die Zeit schien stillzustehen.

Ein schwerer Erdklumpen schlug ihr gegen die Schläfe. Mia blinzelte zwischen ihren Händen hindurch. Matsch flog ihr gegen die Stirn. Neben ihr grub der Hund die Erde auf und warf sie mit den Pfoten hinter sich.

Langsam hob Mia den Blick. Der Hundebesitzer stand jetzt neben ihr, einen Fuß hatte er auf einen abgesägten Baumstumpf gestellt, so dass er nicht auch einsank. Mit einem spöttischen Blick sah er auf sie herab und zog eine Pfeife aus seiner Jackentasche. »Na, min Deern, da stecken Sie ja ganz schön tief drin«, sagte er und begann seine Pfeife zu stopfen. Mia konnte sehen, wie sehr er die Situation genoss.

»Wie wär's, wenn Sie mir mal helfen würden?«

Mit einem langen Streichholz zündete der Mann seine Pfeife an und paffte kleine Wölkchen in die Luft. Der Tabak verströmte einen starken Vanillegeruch. »Uwe Thies«, sagte er, beugte sich zu ihr runter und hielt ihr eine Hand hin.

»Mia. Mia Paulsen«, sagte Mia und griff nach der Hand. Doch anstatt ihr aus der misslichen Lage zu helfen, schüttelte dieser Thies ihre Hand, sagte »angenehm« und ließ wieder los.

Mia war sprachlos. Was dachte der Kerl sich eigentlich? »Ihr Köter. Kann der vielleicht mal aufhören, mich mit Matsch zu bewerfen?«, fuhr sie ihn an.

Der Mann paffte wieder an seiner Pfeife, machte ein nachdenkliches Gesicht und zuckte mit den Schultern. Mia atmete tief durch, überwand sich, streckte ihre Hände aus und fragte in einem Tonfall, der so freundlich war, wie es eben gerade ging: »Bitte, Herr Thies, würden Sie mir helfen?«

Um Uwe Thies' Mundwinkel zuckte es amüsiert. »Na. Geht doch.« Er legte seine Pfeife auf dem Baumstumpf ab, packte ihre Hände mit festem Griff und zog. Mia spürte, wie sich ihre Beine bewegten und der Mann sie langsam nach oben zog. »Meine Schuhe!«, rief Mia. »Sie stecken fest.«

»Tja. Was'n Pech«, sagte Thies und zog weiter.

Noch immer tief in der Erde, glitten Mias Füße aus den Stiefeln. Sie fluchte, und Thies ließ sie so abrupt los, dass sie mit dem Oberkörper nach vorne fiel und sich gerade noch mit den Ellbogen abstützen konnte, bevor auch ihr Gesicht in den Schlamm schlug. »Scheiße! Was soll das?«, schrie sie, verstummte aber sofort, als sie sein Gesicht sah. Thies' wettergegerbte dunkle Haut hatte alle Farbe verloren.

Mia folgte seinem Blick. Keine Handbreit neben ihr in der aufgewühlten Erde lag ein Kopf. Vom Hund ausgebuddelt. Ein menschlicher Kopf. Die Verwesung hatte bereits eingesetzt.

LIEN

Das Bistro »Tante Lien« lag am Stadtdeich zwischen Großmarkt und Deichtorhallen. Wenn die Hochwasser-Schutzwand nicht gewesen wäre, hätte man direkt aufs Wasser und den Oberhafen mit seinen alten Schuppen sehen können.

Der Gastraum war nicht groß, hatte aber hohe Decken und eine breite Fensterfront. Lien hatte den Laden von einem Italiener übernommen und ihn belassen, wie er war: weiße Wände, einfache helle Holztische, schlichte Stühle. Sie glaubte, das Einzige, das zählte, war das Essen, nicht irgendwelcher dekorativer Schnickschnack. Nur der kleine Schrein mit den Figuren von *thần tài* und *thổ địa*, dem Heiligen des Wohlstandes und dem kleinen Erdgott, ließ darauf schließen, dass das »Tante Lien« ein vietnamesisches oder zumindest ein asiatisches Bistro war. Der Schrein stand auf dem Boden neben dem Eingang, und jeden Tag zündete Lien Räucherstäbchen an, goss für *thần tài* und *thổ địa* Schnaps in die kleinen Tässchen und stellte meist auch frische Blumen in die Vase.

Seit dem Morgen hatte es unablässig geregnet. Mit jedem Gast, der kam oder ging, wehte die nasse Kälte ins Bistro. Lien stand hinter dem Tresen, mischte Fruchtsäfte, schenkte Limonaden ein und brühte vietnamesischen Kaffee auf. Fast alle Plätze waren besetzt. Das neue Mädchen, das Lien eingestellt hatte, machte sich gut. Sie war freundlich, behielt den Überblick und ließ niemanden lange warten. Heute stand *phở bò* auf der Mittagskarte. Lien wusste aus Erfahrung, dass bei so einem Wetter die Nudelsuppe mit den fein geschnittenen Rinderbruststreifen immer gut ankam. Kaum jemand bestellte etwas anderes. Der Geruch von Zimt und Sternanis erfüllte die Luft, und der Dampf der Fleischbrühe, der aus den Schüsseln aufstieg, hing wie Nebel im Raum und beschlug die Scheiben. Lien schloss die Augen und lauschte dem Wirrwarr der Stimmen. Mit dem Bistro hatte sie sich einen Traum erfüllt. Es war ihr Reich und ihr Leben. Und jetzt hatte sie Angst, es zu verlieren. Manchmal wünschte sie sich, einen anderen Bruder zu haben. Einen normalen Bruder. Was auch immer normal sein mochte. Sie tastete in ihrer Hosentasche nach dem Schlüssel, den Hung ihr gegeben hatte, und fragte sich, wie sie es schaffen sollte, neben dem Bistro jetzt auch noch regelmäßig für ihn zu arbeiten. Das, was da auf sie zukam, war etwas ganz anderes als die einmaligen Tagesjobs, die sie sonst in den vergangenen Jahren für ihn erledigt hatte. Aber sie hatte Hung die Bitte nicht abschlagen können. Er war nun einmal ihr älterer Bruder. Und alles, was sie hatte, hatte sie ihm zu verdanken. Mal ganz abgesehen davon, dass Hung niemand war, der ein Nein duldete. Und Lien wusste, wozu er fähig war.

Eine junge Frau betrat das Bistro, und mit ihr drückte kalter Wind in den Raum. Eine Gänsehaut fuhr Lien über die Arme. Die Frau sah sich nach einem freien Platz um. In ihrer Handtasche saß ein winziger dürrer Hund. Er zitterte. Lien zog die Brauen hoch. Sie mochte keine Tiere in ihrem Laden, wollte aber ihren Gast nicht brüskieren und versuchte, den Hund zu ignorieren. Sie schenkte kochendes Wasser in kleine Edelstahlfilter über den Kaffeegläsern und öffnete eine Dose süßer Kondensmilch. Ihre Gedanken schweiften wieder ab zu ihrem Bruder.

Zu DDR-Zeiten hatte Hung als Vertragsarbeiter in einer Produktionsstätte für Glühlampen bei Karl-Marx-Stadt gearbeitet. Nach dem Fall der Mauer war er nach Berlin gegangen und hatte, wie so viele andere auch, geschmuggelte Zigaretten verkauft. Aber er war schnell in der Hierarchie aufgestiegen. 1992 war er schon einer der großen Bosse gewesen. In den späten neunziger Jahren dann, als die Berliner Polizei verstärkt gegen vietnamesische Banden vorging, setzte er sich nach Tschechien ab, wo er sich als seriöser Geschäftsmann etablierte. Mit Marktbuden, Bistros, Import-Export. Aber er hatte weiterhin seine Finger in allen möglichen illegalen Geschäften und zog aus dem Hintergrund die Strippen.

Innerhalb der vietnamesischen Gemeinde nannte man ihn den Gnädigen, obwohl er alles andere war als das.

Für Hung war das Leben wie Schachspielen. Dass dabei der ein oder andere schachmatt gesetzt werden musste, war klar und verleitete ihn höchstens zu einem Schulterzucken. Das Einzige, was für ihn zählte, war, dass er selbst nie schachmatt war.

BORIS

Boris hatte bei McDonald's in der Eiffestraße etwas essen wollen, aber der Geruch des frisch geputzten Bodens verdarb ihm den Appetit, und er bestellte nur einen Kaffee. Er war vollkommen durchgefroren und froh um jede Wärme. Er blieb lange sitzen, bevor er zur Kundentoilette ging, um seinen Wasserkanister aufzufüllen. Das Wasser in der Laube, in der er momentan wohnte, war seit Ende Oktober abgestellt und würde nicht vor dem Frühling wieder laufen. Er stellte den Kanister auf den Boden, zog den Gummischlauch über den Wasserhahn und hängte das andere Ende in die Kanisteröffnung. Dann drehte er den Hahn auf. Während er wartete, betrachtete er sich im Spiegel über dem Waschbecken. Seine etwas rötlichen Haare waren dicht und nur an den Schläfen grau. Tiefe Falten hatten sich um seinen Mund eingegraben, aber er mochte sie. Er fand, sie machten sein Gesicht, das immer etwas speckig gewesen war, interessant. Mit Mitte vierzig sah er jetzt besser aus als früher, wenn auch etwas käsig. Aber das durfte bei diesem seit Wochen grisseligen Wetter nicht weiter verwundern. Mit den Fingern fuhr er sich durch die Haare. Sie fühlten sich fettig an. Diese Woche müsste er dringend ins Schwimmbad fahren und mal wieder duschen.

Als der Wasserkanister voll war, schleppte er ihn nach draußen und hievte ihn in seinen Fahrradanhänger. Früher hatte er damit seine Kinder in die Kita kutschiert. Mittlerweile waren beide in der Grundschule, und er sah sie kaum noch. Nur, wenn es ihrer Mutter gerade in den Kram passte, das hieß, wenn sie einen Babysitter brauchte. Bei dem Gedanken an sie übermannte ihn sofort die schlechte Laune. Er stopfte den Schal in den Kragen seines dicken Wollpullis und knöpfte das braune Tweed-Sakko zu, das seine Ex ihm vor Jahren geschenkt hatte. Sie hatte es irgendwo auf dem Flohmarkt erworben. Mehr war er ihr damals schon nicht wert gewesen. Missmutig schob er das Rad vom Parkplatz und fuhr zur Gartenkolonie.

Eigentlich müsste er heute noch zum Bunker fahren. Da gingen sicher langsam die Essensvorräte aus. Normalerweise fuhr er mindestens einmal pro Woche rüber. Um Lebensmittel vorbeizubringen und den Kloeimer zu leeren. Aber in den letzten zwei Wochen war ihm immer irgendwas dazwischengekommen, und wenn es nur dieser verdammte Regen gewesen war. Zwar war er sogar einmal beim Bunker gewesen, hatte aber den Schlüssel vergessen und war nicht reingekommen.

Heute würde er auf jeden Fall nirgends mehr hinfahren. Er wollte nur noch ins Warme. Noch einen Tag mehr oder weniger – das war nun auch egal. Letztendlich interessierte es den Einäugigen, wie dieser Vietnamese, der ihn bezahlte, sich nannte, doch sowieso nicht, wann und wie er seinen Job machte. Nur wenn es um die Warenlieferungen ging, musste Boris pünktlich sein. Aber wegen einer Lieferung hatte der Einäugige sich schon lange nicht mehr bei ihm gemeldet. Bei dem Scheißwetter blieb er sicher auch lieber auf dem Sofa.

Die Gartenkolonie, in der Boris wohnte, seit seine Ex ihn rausgeworfen hatte, lag eingezwängt zwischen Industrielagern und Schrottplätzen an der Bille, einem Nebenfluss der Elbe. Im Sommer war es hier richtiggehend idyllisch. Mit hohen Hecken, Brombeergebüsch und kleinen versteckten Badestellen.

Boris' Parzelle hatte sogar einen eigenen Bootsanleger. Jetzt im Spätherbst allerdings war es in der Anlage einfach nur deprimierend. Auf den Wiesen stand das Wasser, und die Beete waren nichts als braune Schlammwüsten. Die Fenster der Lauben waren mit Holzplatten vernagelt, die Schuppen verschlossen, Fahnen eingeholt. Auf der hinteren Seite der Gartenanlage gab es noch Behelfshäuser, die 1943 nach dem Feuersturm gebaut worden waren und bis heute ganzjährig bewohnt wurden. In dem Teilstück, in dem Boris wohnte, standen dagegen nur einfache Lauben, und vor dem Frühling würde kaum ein Gartenfreund auftauchen.

Parzelle 188 war seine. Offiziell war der Garten auf seine Mutter eingetragen, aber sie konnte nur noch schlecht laufen und kam kaum noch raus.

Boris schob das Rad durch den zugewachsenen Eingang in seinen Garten, wobei der Anhänger einen mit Vogeldreck überzogenen Gartenzwerg rammte. Mit einem Klirren kippte der Zwerg um und zersprang. Boris ließ das Rad vor dem Schuppen stehen, öffnete die Tür zur Hütte und verzog angewidert sein Gesicht. Manchmal war es kaum auszuhalten. Der alte Teppich müffelte, so wie die ganze Hütte muffig roch. Sie war kaum fünfzehn Quadratmeter groß, der Wandschrank nahm noch mal Platz weg. Sogar wenn alle Lampen eingeschaltet waren, war es in der Hütte düster. Die mit dunklem Holz verkleideten Wände schienen jedes Licht zu schlucken. Hinzu kam, dass Boris die Fenster mit Zeitungspapier abgeklebt hatte, um die dünnen Scheiben zumindest etwas zu isolieren.

Es gab zwei Herdplatten und einen Kühlschrank, einen kleinen Tisch, einen Ohrensessel und eine Bettcouch, die Boris gar nicht erst einklappte. Wenn er hier war, lag er eh meist im

Bett. Alles andere war zu kalt. Er steckte die Elektroheizung ein. Sie fraß irre Strom, aber ohne war es nicht auszuhalten. Dann ging er noch mal nach draußen. Er musste pinkeln. Die Hände tief in den Taschen seines Sakkos vergraben, stapfte er über die nasse Wiese zum Komposthaufen. Plötzlich hatte er das Gefühl, dass er nicht alleine war. Ein kalter Schauder fuhr ihm über den Rücken, und er blieb wie angewurzelt stehen. Aus dem Schatten des großen Ahornbaumes am Rand seiner Parzelle löste sich eine Gestalt.

SAM

Sam schaltete den Wasserkocher an und schielte zu Thanh hinüber, der mit dem Gesicht zur Wand auf seiner Pritsche lag und ihn ignorierte. Seit Sam ihn gegen die Wand gedrückt hatte, hatte er kein Wort mehr mit ihm gesprochen. Sam hatte alles versucht, er hatte sich entschuldigt, er hatte Thanh angefleht. Er hatte sogar den Schuhkarton mit seinen Schätzen unter dem Bett hervorgezogen. Schätze, die er in den Nächten, die er draußen herumstromerte, gesammelt hatte: Streichhölzer, ein kleiner roter Ball, ein Feuerzeug, Pinnnadeln, ein großer Tannenzapfen, ein schwarzer Filzstift, Steine ... Sam hätte Thanh alles gegeben, wenn er nur endlich wieder mit ihm redete. Aber von Thanh kam nichts. Keine Reaktion. Nur Schweigen. Dieses Gefühl von Einsamkeit, das sich in Sams Inneren immer mehr ausdehnte, würde ihn bald zerreißen. Er zog den Rotz hoch und wischte sich mit dem Handrücken über die Augen.

Thanh war doch der Einzige, den er hatte. Sie waren alleine hier im Bunker. Wie lange schon, konnte Sam nicht genau sagen. Thanh war vor ihm da gewesen. Und er selbst hatte auf jeden Fall einen Winter hinter sich, und langsam roch die Luft da draußen schon wieder nach Schnee und Eis.

Genau wie er selbst stammte Thanh aus einem Fischerdorf in Mittelvietnam. Und genau wie er war er dreizehn Jahre alt gewesen, als er sein Dorf verlassen hatte. Ihre Heimatdörfer lagen nur wenige Kilometer voneinander entfernt. Sie sprachen denselben Dialekt.

Auch wenn Thanh, mittlerweile sechzehn, ein Jahr älter war als Sam, hatte er nie die Rolle des Älteren eingenommen. Er hatte vielmehr etwas von einem jüngeren Bruder, um den Sam sich kümmern musste. Thanh war einen Kopf kleiner als Sam, winzig also, und er war noch magerer und blasser als er. Wenn Thanh etwas sagte, stotterte er, und sein Blick war abwesend, als lebte er weit weg in irgendeiner Traumwelt. Und es wurde immer schlimmer. Nachts schrie Thanh. Seit einem Bruch war sein Bein steif. Die Schmerzen, das hatte Thanh ihm erzählt, waren nie verschwunden. Wegen des Beins konnte er auch nicht klettern. Er kam nicht einmal das Seil hoch, das Sam unter der Dachluke befestigt hatte.

Sam dagegen kam immerhin nachts hier raus. Dann legte er sich auf das Dach, oder er kletterte nach unten und lief, bis die Luft in seiner Lunge brannte. Die frische Luft und der Blick in den Himmel waren das Einzige, was ihn vom Wahnsinn trennte. Davon war er überzeugt.

Sam riss die letzte Tütensuppe auf. Geschmacksrichtung Huhn. Er brach die Nudeln auseinander und verteilte das Gewürzpulver möglichst gerecht auf zwei Schalen. Sie brauchten dringend Nachschub.

Vielleicht könnte er den Jungen fragen, der ihn unten am Fluss verfolgt hatte. Er wusste nicht, was er von ihm gewollt hatte. Aber er hatte ihm nichts getan. Das war fast schon Grund genug, ihm zu vertrauen. Obwohl das mit dem Vertrauen so eine Sache war. Er vertraute ja nicht einmal mehr sich selbst. Aber irgendetwas musste er tun. Sonst würden sie hier drinnen noch verhungern. Es war so, als habe man sie in diesem stinkenden Gemäuer vergessen. Seit der Mann mit den hellen Augen Sam nach der Sache im Wald zurück in den Bunker gebracht hatte, war niemand mehr hier gewesen. Niemand hatte mehr Lebensmittel gebracht. Auch nicht dieser rothaarige Typ. Ob der Mann mit den hellen Augen ihn auch umgebracht hatte? Aber dann hätte er Sam doch sicherlich wieder mitgenommen. Als Helfer und um ihm Angst zu machen. Das war es doch, weshalb er ihn im Wald hatte dabeihaben wollen. Ihm drohen, ihm Angst einjagen, ihn gefügig machen.

Sam dachte daran, wie alles angefangen hatte. Die Frau, die in sein Dorf gekommen war, hatte ihm eine Ausbildung zum Elektriker und eine gute Arbeit versprochen. In England. Sam würde Geld verdienen, seine Familie unterstützen. Und überhaupt ... England. Sam war Arsenal-Fan, wie alle seine Freunde zu Hause in seinem Dorf. Sie hatten jedes Spiel gesehen. Er hatte gedacht, bald könnte er seine Mannschaft in echt erleben. Im Stadion. Vielleicht sogar einmal Arsenal gegen Liverpool. Das war sein größter Traum gewesen. Er musste lachen, ein verzweifeltes Lachen. Wie blöd war er eigentlich gewesen. Aber er war nicht der Einzige, der auf die Frau reingefallen und ihr gefolgt war.

Mit dem Überlandbus waren er und die anderen Jungen nach Hanoi gefahren und von dort nach Moskau geflogen. Jeder hatte seinem eigenen Traum nachgehangen. Blind für das, was tatsächlich mit ihnen geschah. Als sie landeten, war es kalt gewesen, auf den Straßen lag Schnee, und sie hatten in ihrer dünnen Kleidung gefroren. Mit der Kälte hatte sich in Sam dieses Gefühl von Einsamkeit ausgebreitet, das ihn seitdem nicht mehr losgelassen hatte. Trotzdem hatte er damals noch geglaubt, alles würde gut werden. Das änderte sich erst mit dem Hund.

Von Moskau aus waren sie zusammen mit anderen Jungen, die sie nicht kannten, tagelang im Container eines Lastwagens weitergefahren. Als der Fahrer sie rausgelassen hatte, war es

Nacht gewesen und der Himmel voller winziger glitzernder Sterne. Der Fahrer scheuchte sie über ein Feld und in einen Wald hinein. Sie liefen durch Gestrüpp und zwischen engstehenden Bäumen hindurch. In einiger Entfernung sah Sam das grelle Licht von Scheinwerfern. Und plötzlich war da der Hund. Er bellte nicht. Er biss sofort zu. Nicht Sam, aber den Jungen neben ihm. Der Junge schrie. Fast gleichzeitig hörten sie aus der Entfernung eine Sirene aufheulen. Scheinwerferlicht flackerte zwischen den Bäumen. Der Mann, der sie antrieb, stürzte vor. In der Hand einen Knüppel. Mit einem Schlag tötete er den Hund. Dann brachte er den Jungen zum Schweigen. Sam würde nie das Knirschen des brechenden Schädelknochens vergessen. Ab diesem Moment war ihm klar, dass seine Träume Illusion waren. Dass sich nichts bewahrheiten würde.

LIEN

Es war kurz nach neun. Lien wischte sich mit dem Handrücken über die Augen und tastete zum x-ten Male an diesem Tag nach dem Schlüssel in ihrer Hosentasche. Er lag schwer in ihrer Hand. Normalerweise verließ Lien immer als Letzte das Bistro, aber heute beschloss sie, schon vor Geschäftsschluss zu gehen. Sie wollte sich diesen Bunker ansehen, für den ihr Bruder ihr den Schlüssel anvertraut hatte. Und für den sie jetzt verantwortlich war. Sie presste die Hand zu einer Faust, so dass sich das Profil des Schlüssels in ihre Finger bohrte.

Auf dem Weg zum Bunker musste sie noch die große Taschenlampe aus ihrem Lager holen. Lien winkte vor dem Bistro ein Taxi heran und ließ sich in die Billstraße fahren. Da das »Tante Lien« keine Kellerräume hatte, in denen man Lebensmittel aufbewahren konnte, hatte sie dort einen separaten Lagerraum angemietet.

Die Billstraße im Gewerbegebiet von Hamburg-Rothenburgsort war eine Straße mit Kopfsteinpflaster und aufgesprungenem Asphalt, auf der abends die Lkw in doppelten Reihen parkten. In Schuppen und Werkhallen hatten sich Großhändler niedergelassen. Nichts, was es hier nicht gab: alte Waschmaschinen, Matratzen, Hi-Fi-Anlagen, Fahrräder, Röhrenfernseher, Kühlschränke, Kronleuchter, Trödel aller Art. Ein Großteil davon wurde nach Afrika verschifft.

Obwohl es spät war, waren noch fast alle Ladenrollos in der Billstraße hochgezogen. Vor dem Stehimbiss »Deutsche China Küche« standen afrikanische Tagelöhner und aßen wie jeden Abend billigen Reis mit Soße und tranken ihr Feierabendbier. Mehrere Frauen in bunten langen Tuniken bereiteten die Lagerhalle von Jakobus, einem Ghanaer, für den abendlichen Gottesdienst vor. Sie schoben Kühlschränke beiseite, fegten und stellten Stühle auf. Lien war keine Christin, ging aber trotzdem manchmal rüber. Es gab ihr ein Gefühl von Zugehörigkeit, und gleichzeitig lief sie nicht wie in der vietnamesischen Pagode die Gefahr, dass ihr jemand zu nahe kam. Im ghanaischen Gottesdienst war sie willkommen, aber doch auch eine Fremde, die man in Ruhe ließ.

»Hallo Tante Lien«, rief Mohammed, als sie aus dem Taxi stieg, und winkte ihr zu. Mohammed hatte sein Import-Export-Geschäft auf demselben Gelände wie Lien ihr Lager. Wie die meisten nannte auch Mohammed sie »Tante Lien«, eine Respektsbezeichnung, die Lien als Namen für ihr Bistro übernommen hatte.

»Komm doch auf einen Tee rein«, rief er.

»Heute nicht«, sagte sie kurz angebunden, aber mit einem Lächeln. Sie mochte den Libanesen.

Sie ging über den Hof und passte auf, dass sie auf den unebenen Pflastersteinen nicht umknickte. Ihr Lager befand sich im hinteren Teil des Gebäudekomplexes, in dem einmal eine Verzinkerei gewesen war. Er grenzte an den Billekanal und hatte einen eigenen Wasserzugang, den Lien allerdings bislang nie gebraucht hatte. Das würde sich jetzt ändern. Ihr Bruder plante, ihr Lager als Zwischenlager zu nutzen. Er hatte explizit nach den Möglichkeiten gefragt, Ware per Boot anzulanden und abzutransportieren.

Bei dem Geschäft, das Lien für Hung in Hamburg überwachen sollte, ging es allerdings gar nicht in erster Linie um die Ware oder den wirtschaftlichen Aspekt. Es ging um eine Prinzipiensache. Hung hatte einen Mann, den er abfällig *chột mắt* – den Einäugigen – genannt hatte, beim Aufbau von dessen Geschäft unterstützt. Finanziell, aber auch mit allem, was Arbeitskräfte und Infrastruktur anging. Und dann hatte dieser Mann doch tatsächlich versucht, Hungs Anteil zu unterschlagen. Aber so lief das nicht. Hungs Hilfe war wie ein lebenslanges Franchising-System. Man hörte nie mehr auf zu zahlen.

Von der Billstraße ging Lien zu Fuß zum Bunker. Sie ging gerne zu Fuß. Sie hatte extra ihre bequeme schwarze Stretchhose und die weichen, gut gepolsterten Gesundheitsschuhe angezogen, in denen ihre Hüfte beim Gehen weniger schmerzte. Vom Billhorner Deich aus musste sie nur immer geradeaus gehen. Der Bunker stand in einer Grünanlage in einer dieser, wie Lien fand, seelenlosen Neubausiedlungen. Ein Hochhaus, daneben niedrigere Wohn- und Geschäftsgebäude. Die Fassaden waren weiß, rosa und rot gestrichen, als hätte jemand händeringend versucht, den Häusern mit der Farbe Leben einzuhauchen.

Lien ging an einer Gruppe Jugendlicher vorbei, die auf einer Bank saß und sie nicht weiter beachtete. Außer ihnen war weit und breit kein Mensch zu sehen.

Die Außenwände des Bunkers waren von Flechten, Pilzen und Moos überzogen. An vielen Stellen war der Beton vollkommen schwarz. Drei ausgetretene Steinstufen führten zum tiefer gelegenen Bunkereingang hinunter. Der Boden war übersät mit leeren Dosen, Plastiktüten und fauligen Bananenschalen. Eine durchnässte Kindermatratze lag auf den Stufen. Es stank nach Erbrochenem. Lien unterdrückte ihren Ekel und machte einen großen Schritt über den Müll hinweg. Mit der Bewegung fuhr ein stechender Schmerz durch ihre Hüfte, und sie biss sich auf die Zunge, um nicht aufzuschreien.

Lien steckte den Schlüssel in das schwere Kettenschloss, das durch die Griffe der Tür gezogen war. Sie musste den Schlüssel mehrmals hin und her drehen, bis sich das Schloss öffnete. Noch einmal schaute Lien sich um, ob niemand sie beobachtete, drückte die Tür auf und zog sie hinter sich sofort wieder zu.

Im Bunker war es nass, kalt und dunkel, und es stank nach Schimmel und Kloake. Kein Laut war zu hören. Lien schaltete die Taschenlampe ein. Jetzt sah sie, dass die Tür von innen einen Riegel hatte, und schob ihn vor. Es scharrte unangenehm. Sie ließ den Lichtstrahl der Taschenlampe über die Wände gleiten. Der Beton war feucht und schwarz.

Zwei Gänge führten von hier aus tiefer in den Bunker hinein. Sie folgte dem rechten. Den Strahl der Taschenlampe vor sich auf den Boden gerichtet, ging Lien langsam vorwärts. Vom Gang gingen mehrere Räume ab, die Türen standen offen. Einer war kniehoch mit Erde und faulenden Pflanzenresten gefüllt. In einem anderen lagen leere Plastikblumentöpfe.

Je weiter sie vordrang, desto schlimmer wurde der Gestank. Sie versuchte, nicht durch die Nase zu atmen, aber es half nichts.

Die Taschenlampe fing an zu flackern. Sie ärgerte sich, dass sie die Batterien nicht gewechselt hatte, war für einen Moment unaufmerksam und stieß gegen einen Eimer, der im Gang stand. Der Inhalt schwappte ihr über die Sportschuhe, und die Nässe drang sofort bis auf die Haut durch. »*Trời ơi*« – zum Himmel, fluchte Lien. Der Eimer war bis oben mit Urin und Kot gefüllt. Ihr Bruder hatte ihr versichert, um solche Lappalien müsste sie sich nicht kümmern. Es sei extra jemand angeheuert, der Lebensmittel brachte und den Dreck entsorgte. Dieser Jemand schien allerdings schon eine ganze Weile nicht mehr hier gewesen zu sein.

Lien versuchte, schneller zu gehen. Am Ende des Gangs sah sie eine Treppe, die nach oben führte. Die nächste Etage unterschied sich nicht vom Erdgeschoss. Es war nur etwas wärmer, und es stank nicht mehr so fürchterlich. Sie durchquerte die Ebene, ging noch eine Treppe hinauf und stand vor einer geschlossenen Metalltür. Vorsichtig drückte sie die Klinke und öffnete die Tür. Feuchte Hitze schlug ihr entgegen, und Licht blendete sie.

Die ganze Etage war ein einziger großer heller Raum, nur ein paar Stützpfeiler standen noch. In Kopfhöhe waren Latten eingezogen, unter denen dicht an dicht Lampen hingen. Die Wände waren mit weißer Folie beklebt, die das Licht zusätzlich reflektierten. Obwohl es so extrem hell war, schien es keine Farben zu geben. Es gab nur Schwarz und Weiß. Die Decke war mit Plastikplanen abgehangen und die Luft so feucht, dass das Kondenswasser sich in dicken Tropfen auf den Planen sammelte.

Über den Latten und auf dem Boden lagen Kabel, einige waren löchrig und sprühten Funken. Es roch nach scharfen Chemikalien, und gleichzeitig erfüllte ein süßlicher Geruch den Raum. Neben ihr an der Tür standen offene Wassertonnen. Aus einem Schlauch tropfte es auf den Boden, wo sich eine große Pfütze gebildet hatte.

Lien starrte auf das Meer von Pflanzen. Die Plastiktöpfe standen dicht an dicht auf dem Boden, akkurat in Reihen angeordnet. Die Reihen erstreckten sich über die gesamte Etage. Hung hatte von rund viertausend Cannabispflanzen gesprochen, aber so groß hatte sich Lien die Plantage nicht vorgestellt.

Die Ernte würde einer von Hungs Männern wegschaffen. Hung hatte ihn den Tschechen genannt. Er war auch für alle unvorhergesehenen Probleme zuständig. Lien wollte gar nicht daran denken, was ihr Bruder mit unvorhergesehenen Problemen gemeint haben könnte. Wie sie gelöst wurden, davon hatte sie allerdings eine ziemlich genaue Vorstellung. Sie dachte an diesen Fall im letzten Jahr. Im Hafen von Rotterdam war kistenweise Methamphetamin entdeckt worden. Die Lieferung war für England bestimmt gewesen. Zwei Vietnamesen wurden festgenommen und gestanden, den Schmuggel organisiert zu haben. Obwohl die Drogen über Hungs Kanäle gelaufen waren, tauchte sein Name in den Vernehmungen nicht auf. Er tauchte nicht auf, weil die beiden Festgenommenen ihn nicht kannten. Hätten sie ihn gekannt, wären sie längst tot gewesen. So wie der Zwischenhändler, der sofort nach dem Drogenfund im Hafen auf offener Straße erschossen worden war.

Mit einem Taschentuch tupfte Lien sich den Schweiß vom Gesicht. Die stickige Luft bereitete ihr Kopfschmerzen, und das hohe Sirren des Stroms in den Leitungen um sie herum durchfuhr sie wie Nadelstiche. Sie sah sich nach den Stromverteilern um und entdeckte sie an der hinteren Wand. Es waren mehrere Kisten mit unzähligen Kabeln. Hung hatte ihr erklärt, der Strom werde illegal abgezapft, damit die Plantage nicht durch den extremen Stromverbrauch aufflog. Und auch wegen der Wärmeausstrahlung, die die Plantage unweigerlich produzierte, da die Pflanzen viel Licht und Wärme benötigten, müsste sie sich keine Sorgen machen. Wärmebildkameras würden der Polizei hier nicht weiterhelfen. Durch die dicken Wände des Weltkriegsbunkers drang rein gar nichts.

Gebückt ging Lien zwischen den engstehenden Töpfen hindurch, um nicht gegen die Latten zu stoßen oder gar eines der undichten Kabel über ihr zu berühren. Mit den Fingerspitzen strich sie über die handförmigen Blätter.

Hung hatte gesagt, dass die Pflanzen, die hier gezüchtet wurden, einen extrem hohen Anteil an dem Wirkstoff hätten, der bei den Konsumenten den Rausch bewirkte. Er hatte es THC genannt, was auch immer das bedeutete. Auf dem Markt erzielte er mit solchem Cannabis Höchstpreise.

Sie fragte sich, wo die beiden Gärtner waren, die sich um die Pflanzen kümmerten. Geister nannte ihr Bruder sie. Sie waren unsichtbar, niemand kannte sie, niemand wusste, dass sie da waren. Geister waren beliebte Arbeitskräfte, nicht nur auf dieser Plantage, und der Handel mit den Geistern war eine der großen Einnahmequellen ihres Bruders.

Lien ging zur Treppe, die weiter nach oben führte, stieg die Stufen hinauf, blieb stehen und verschnaufte. Die Tür stand offen, dahinter hingen Gummilamellen von der Decke, wie in einer Autowaschanlage.

Sie schob sie mit den Händen auseinander und sah hindurch.

Auch diese Etage war ein einziger großer Raum. Allerdings war es hier dunkler. Nur neben der Tür brannten zwei dieser ovalen Kellerlampen mit Schutzgitter. Es war auch nicht mehr so feucht, dafür war der süßliche Geruch noch extremer als unten. An Schnüren, die in gleichmäßigen Abständen durch den Raum gezogen waren, hingen abgeschnittene Cannabispflanzen mit den dicken Blüten nach unten. Auch auf Planen auf dem Boden lagen Pflanzen. Alle paar Meter standen Heizlüfter, die warme Luft in den Raum bliesen. Lien entdeckte die Geister ein paar Meter seitlich von der Tür. Sie hockten stumm zwischen den Blüten auf dem Boden, hatten die Köpfe gesenkt, wendeten die Blüten und schienen konzentriert auf das, was sie taten. Lien wunderte sich, dass sie so spät noch arbeiteten. Aber hier drinnen verlor sich vermutlich jedes Zeitgefühl. Sie beobachtete sie eine Weile, bevor sie die Gummilamellen mit einem dumpfen Geräusch hinter sich zufallen ließ.

Die Geister rissen die Köpfe hoch, und zwei Augenpaare schauten Lien an. Sie konnte nicht schätzen, wie alt die Jungs waren. Mit Kindern hatte sie sich nie gut ausgekannt. Vielleicht fünfzehn Jahre, vielleicht auch nur zwölf. Geisterkinder, dachte Lien. Sie konnte die Angst in ihren Augen sehen und musste lächeln. Es war lange her, dass jemand Angst vor ihr gehabt hatte. Und sie konnte nicht abstreiten, dass es ein Gefühl war, das sie mochte.

MIA

Es war kurz nach fünf Uhr morgens, und Mia wollte nichts dringender als nach Hause. Sie war so müde, dass sie trotz der dicken Wolljacke fror. Sie nippte an ihrem Kaffee und sah aus dem Fenster. Draußen stand ein kleinkindgroßer Gartenzwerg. Mit seinem in Plastik gegossenen Grinsen schaute er direkt in den Gang zum Kühlraum. Der Zwerg wurde von einer im Boden steckenden Lampe grün angeleuchtet, so dass er aussah, als sei ihm schlecht. Es fehlte nur noch, dass der Zwerg ein Skalpell in der Hand hielt, dachte Mia.

Die ganze Nacht hatte Mia im Sektionssaal des Instituts verbracht. Bordasch hatte sie dazu verdonnert. Sicher, irgendjemand von der Mordkommission musste bei Obduktionen in eventuellen Tötungsdelikten dabei sein. Das war Vorschrift. Und wenn es die ganze Nacht dauerte. Aber Bordasch hätte nach den Ereignissen im Raakmoor gestern nicht ausgerechnet sie schicken müssen.

Keine zwei Tage im neuen Job, und sie hatte sich zum Gespött sämtlicher Kollegen gemacht. Wäre das alles jemand anderem passiert, würde sie vielleicht auch lachen. Aber natürlich war es ihr passiert. Wer sonst war so blöd, in ein Grab einzubrechen? Und dann auch noch in ein Doppelgrab.

»Machen Sie sich nichts draus«, sagte der Rechtsmediziner, als könnte er ihre Gedanken lesen. Axel Hallberg war aus dem Kühlraum getreten, und mit ihm strömte ein eisiger Luftzug in den Gang. Mia zog sich ihre Wolljacke enger um die Brust. Hallberg sah sie an und lächelte. Er war ein großer schlanker

Mann Ende vierzig mit dunklen Haaren und Dreitagebart. Genau der Typ Mann, auf den sie immer wieder reinfiel. Die ruhige Art, mit der er obduziert hatte, hatte Mia gefallen. Das kannte sie von Berliner Rechtsmedizinern ganz anders.

»Ich bin über die Leichen getrampelt. Wortwörtlich. Dämlicher geht's ja kaum«, sagte Mia.

»Da waren Lufträume, die Erde ist nachgesackt. So was kommt vor.«

»Erzählen Sie das meinem Chef.« Bordasch hatte sie gestern beiseitegenommen. Jetzt stolperst du schon über Leichen, hatte er in bissigem Tonfall gesagt und ihr vorgehalten, mögliche Beweismittel zerstört zu haben. Wenn sie in seinem Team arbeiten wolle, sollte sie sich gefälligst professionell verhalten.

»Ohne Sie wären die Männer überhaupt nicht gefunden worden«, sagte Hallberg.

Mia machte eine wegwischende Handbewegung und schob eine Frage hinterher, die sie schon die ganze Zeit beschäftigte. Sie wollte wissen, ob Hallberg eine Verbindung zwischen den beiden Männern aus dem Doppelgrab und dem Jungen sah, der vor zwei Jahren auf derselben Lichtung gefunden worden war. Sie wusste aus den Akten, dass Hallberg auch den Jungen obduziert hatte.

»Sie waren vermutlich alle drei asiatischer Abstammung«, sagte der Rechtsmediziner.

»Der Junge war Asiate?«, fragte Mia. »Das hat nicht in der Akte gestanden.«

»Doch, da muss etwas von einer Epikanthus medialis gestanden haben.«

Mia sah Hallberg fragend an.

»Mongolenfalte«, sagte er. »Die sichelförmige Hautfalte am inneren Randwinkel des Auges, die das Auge schlitzförmig erscheinen lässt. Charakteristisch für viele Angehörige ostasiatischer und indochinesischer Völker, aber auch bei sibirischen und zentralasiatischen ...«

»Können Sie sagen, aus welchem Land er kam?«, unterbrach Mia ihn.

Hallberg schüttelte den Kopf, sein Blick schien für einen Moment weit weg, dann sagte er: »Vielleicht war es Zufall, dass die Toten auf derselben Lichtung gefunden worden sind. Allerdings ...« Hallberg streifte seine Handschuhe ab und zog seinen grünen Schutzkittel aus. Darunter kamen Jeans und ein schlichter blauer Wollpullover zum Vorschein. »... ich glaube nicht an Zufälle. Aber egal, ich finde, wir haben uns jetzt erst mal ein Frühstück verdient.«

»Hier?« Mia konnte ihr Entsetzen, in der Rechtsmedizin etwas essen zu sollen, nicht verbergen.

Hallberg lachte. »Nein. Arbeit und Essen kann ich noch ganz gut auseinanderhalten. Die Straße runter gibt es ein Café, die backen selbst. Da bekommen wir aus der Backstube jetzt schon ein frisches Brötchen und einen Kaffee.«

»Das klingt gut, aber nein. Gerne ein anderes Mal.« Mia hatte das Gefühl, alles an ihr roch nach Tod. Sie wollte duschen und noch etwas schlafen, bevor sie ins Präsidium fuhr.

Zu Hause fiel Mia sofort ins Bett. Sie schaffte es gerade noch, den Wecker zu stellen. Als er drei Stunden später klingelte, wälzte sie sich herum und zog sich die Decke über den Kopf, kroch dann aber doch aus dem Bett. Nicht, dass sie wieder einschlief. Die Teamsitzung zu verpassen, konnte sie sich nicht leisten.

Mia suchte frische Wäsche aus einer der Taschen zusammen, die immer noch im Flur standen, und ging ins Bad. Sie schob den Duschkopf der Badewanne ganz nach oben, stellte sich in die Wanne und drehte das Wasser so heiß auf, dass es auf dem Rücken brannte. Sie schloss die Augen und versuchte, ihre Gedanken zu ordnen. Wenn sie nachher vor ihren neuen Kollegen stand, wollte sie, dass ihre Darstellung des Falls schlüssig war, auch wenn es noch nicht viel zu sagen gab.

Uwe Thies, den Hundebesitzer, hatte sie gestern noch im Raakmoor vernommen – nass und matschverschmiert, wie sie gewesen war. Das Herablassende, mit dem er ihr zuvor begegnet war, war verschwunden gewesen. Seine ganze Körperhaltung hatte Verunsicherung ausgedrückt, vielleicht auch Angst. Der Mann war Jahrgang 1950. Bis zu seiner Pensionierung hatte er in einer Tischlerwerkstatt in der Langenhorner Chaussee gearbeitet. Zumindest die letzten zwanzig Jahre. Davor war er Türsteher auf dem Kiez gewesen. Aus dieser Zeit stammte auch die lange Narbe an seinem Hals. Eine Messerstecherei, hatte er gesagt, und kleinlaut hinzugefügt, dass er damals wegen Körperverletzung vorbestraft worden war. Der andere Mann hatte noch schwerere Verletzungen davongetragen. Trotzdem glaubte Mia nicht, dass er etwas mit den Toten im Moor zu tun hatte. So wie er reagiert hat, als sein Hund den Schädel ausgrub. Thies war regelrecht in Schockstarre verfallen, während der Köter Mia immer weitere Erdklumpen ins Gesicht schleuderte. Als Thies endlich zu sich kam und Mia aus dem Boden zog, hatte der Hund schon die zweite Leiche gefunden.

Mia prustete. Das Wasser war kalt geworden. Sie schlug gegen den alten Boiler, der unter der Decke hing, und kurz darauf dampfte es wieder. Sie hielt ihr Gesicht in den Wasserstrahl und rief sich die Ergebnisse der Obduktion ins Gedächtnis.

Die beiden toten Männer hatten dem Rechtsmediziner zufolge zwischen zehn und fünfzehn Tage im Moor gelegen. Wegen des kalten Wetters und dem Liegemilieu unter Erde war der Verwesungsprozess der Toten noch nicht besonders fortgeschritten. »Mäßige Fäulnis«, hatte der Rechtsmediziner es genannt. Die Gesichter waren noch gut identifizierbar. Bei beiden gab es kaum eine Stelle am Körper, die keine Anzeichen stumpfer Gewalteinwirkung aufwies. Ihre Körper waren übersät mit Schürfwunden und Hautunterblutungen.

Der Tote Nummer eins war Mitte bis Ende vierzig gewesen. Ringförmige Blutergüsse um die Augen hatten auf einen Schädelbasisbruch hingewiesen, was sich bei der Obduktion bestätigt hatte. Gestorben war er allerdings an inneren Blutungen. Magen und Dünndarm waren zerrissen, die Milz hatte Einrisse, und die Aorta war geplatzt. Neben den Verletzungen, die zu seinem Tod geführt hatten, wies der Mann auch Verletzungen auf, die ihm erst nach seinem Tod zugefügt worden waren. Diese ließen darauf schließen, dass sein toter Körper durch den Wald geschleift worden war.

Zu Lebzeiten war der Mann starker Raucher gewesen und hatte, den Leberwerten nach zu urteilen, nicht wenig getrunken. Aufgrund seiner schlechten Zähne war es nicht unwahrscheinlich, dass es sich um einen Immigranten handelte. Dafür sprach auch ein alter Bruch am Unterschenkel, der so schlecht verheilt war, dass der Rechtsmediziner vermutete, er sei damit nie bei einem Arzt gewesen. Mia fragte sich, ob irgendwo eine Familie auf Nachricht von ihm wartete oder darauf, dass er Geld schickte.

Der Tote Nummer zwei war gesundheitlich in einer weitaus besseren Verfassung gewesen – muskulös und mit gut gepflegten Zähnen. Vielleicht hatte er deshalb die Schläge, die ihm vor seinem Tod zugefügt worden waren, besser weggesteckt. Er war auch wesentlich jünger gewesen, Mitte zwanzig vermutlich. Zudem war er kein Raucher gewesen, hatte keine Drogen genommen und nicht übermäßig viel Alkohol getrunken. Allerdings gab es eine Auffälligkeit: Dem Mann fehlte das rechte Auge. Er hatte eine Augenprothese getragen.

Wann der Mann sein Auge verloren hatte, hatte der Rechtsmediziner nicht genau sagen können. Er meinte, es müsste schon einige Jahre her sein. Die Augenhöhle war stark vernarbt, und die Art, wie der Sehnerv durchtrennt war, ließ darauf schließen, dass der Mann das Auge durch eine Schnittverletzung verloren hatte.

Todesursache bei dem Mann mit dem Glasauge war ein Genickschuss gewesen. Der Schuss war aus nächster Nähe abgegeben worden. Der Mann hatte den typischen kreisrunden Einschussdefekt am Nacken, und das Projektil hatte noch im Körper gesteckt. Hallberg hatte das Projektil zur weiteren Untersuchung an das Kriminaltechnische Institut weitergereicht.

BORIS

Es war früh am Morgen. Ziellos fuhr Boris mit seinem Boot die Norderelbe stromaufwärts. Der böige Wind peitschte das Wasser, und Wetterleuchten erhellte den ansonsten dunklen Himmel.

Boris trug seinen Troyer und darüber noch einen Friesennerz, trotzdem fror er. Aber das war ihm egal. Es tat sogar gut, die Kälte bis auf die Knochen zu spüren. Er jagte den Motor hoch. Sein Boot hatte fünfzehn PS, was reichte, dass der Bug sich bei Vollgas aus dem Wasser hob.

Die Gischt spritzte Boris ins Gesicht, und der kalte Wind trieb ihm Tränen in die Augen. Er hätte schreien können vor Wut. Der Einäugige war aus dem Geschäft ausgestiegen. Einfach so. Ohne ein Wort. Dieser verfluchte Vietnamese hätte es Boris gegenüber zumindest erwähnen müssen. Aber nein, er hatte sich vom Acker gemacht, zusammen mit seinem Kompagnon. Deshalb hatte Boris auch so lange nichts mehr von ihnen gehört. Sicher, er, Boris, war nur der Handlanger. Aber er hing dennoch mit drin. Es ging hier um Vertrauen. Und dieser Typ, der da gestern Nacht bei ihm im Garten aufgetaucht war und behauptet hatte, jetzt das Sagen zu haben, gefiel ihm ganz und gar nicht. Dem würde er ganz sicher nicht vertrauen. Schon wie er ihm im Dunkeln aufgelauert hatte. Seinen Namen hatte er ihm auch nicht verraten, er hatte sich nur der »Tscheche« genannt und gesagt, mehr müsse Boris nicht wissen. Und dann diese fiese Visage. Die Nase platt geboxt. Die Augen stechend, wasserblau und eiskalt. Genauso kalt wie seine Stimme. Sein Akzent war hart und abgehackt, vielleicht war er nicht mal Tscheche, sondern Russe oder so was. Das fehlte Boris gerade noch, für die Russen zu arbeiten. Aber aussteigen wollte er auch nicht. Er brauchte das Geld. Seine Ex forderte andauernd Kohle von ihm ein. Dabei hatte sie doch alles bekommen. Sie war in der Wohnung geblieben, sie hatte das Auto behalten. Und nun sollte er ihr auch noch den Sprit und die Miete finanzieren. Und er, er war nichts als das Opfer dieser beschissenen Trennung. Es musste doch endlich auch mal was bei ihm hängenbleiben.

Und sich für umme irgendwo abzurackern, das hatte er echt hinter sich. Es war ja nicht so, dass der Einäugige gut bezahlt hätte. Aber Boris hatte sich von jeder Fuhre Cannabis etwas abgezweigt. Anfangs immer nur eine der Fünfhundert-Gramm-Tüten, irgendwann dann mehr.

Das Zeugs war ziemlich gut, viel besser als das, was man sonst so auf der Balduintreppe oder dem Hansaplatz bekam. Der Einäugige hatte nie etwas gesagt, auch wenn Boris sich sicher war, dass er davon gewusst hatte. Er bezweifelte, dass dieser Tscheche ihm sein Nebengeschäft weiter durchgehen lassen würde.

Die Hand an der Pinne des Außenbordmotors, steuerte Boris gegen die Wellen an, die seitlich gegen den Rumpf schlugen. Eine Möwe flog neben ihm her. Für einen Moment glitt sie so niedrig durch die Luft, dass ihre Krallen über die schwarze Wasseroberfläche strichen.

Mit harten Drogen würde Boris nie dealen. Auf keinen Fall. Nicht, weil er glaubte, es sei schlimm. Es war ihm scheißegal, ob sich irgendwelche Spacken die Birne wegdröhnten oder nicht. Sollten die doch machen, was sie wollten. Taten sie sowieso. Ob er es nun verkaufte oder nicht. Aber das Risiko war ihm zu groß. Wenn die Polizei ihn mit harten Drogen erwischte, war er dran. Mit Cannabis konnte man sich noch rausreden, zumindest wenn man nicht zu viel bei sich hatte. Außerdem konnte er das Cannabis gut über persönliche Kontakte verticken, ohne dass irgendwer es mitbekam. Überhaupt, mit dem Job für den Einäugigen war er nie ein großes Risiko eingegangen. Er hatte ja letztendlich nur die Lebensmittel zum Bunker gebracht. Und alle paar Wochen Ware abtransportiert.

Der Abtransport war gut organisiert. Die Fünfhundert-Gramm-Tüten mit dem Cannabis waren luft- und geruchssicher verschweißt. Das machten die Jungen, die im Bunker arbeiteten. Die Tüten packten sie dann wiederum in große graue Müllsäcke, so dass es aussah, als trage Boris nur den Hausmüll weg. Da war es noch auffälliger, den Kloeimer in der Elbe zu entsorgen.

In manchen Nächten hatte Boris sechs oder sieben dieser Säcke aus dem Bunker geschleppt und sie dann nachts mit seinem Boot raus auf die Elbe gefahren, um sie einem Binnenschiffer zu übergeben. Das war der Grund gewesen, weshalb der Einäugige ihn ins Geschäft geholt hatte. Boris hatte ein Boot, und er kannte sich auf der Elbe aus.

Das Boot lag drüben auf der Peute, am Elbufer gegenüber dem Bunker. Mit dem Rad war Boris über die Elbbrücken in wenigen Minuten drüben, um das Boot zu holen. Zwar hatte er auch an seiner Laube eine Anlegestelle, aber da war er abhängig von den Betriebszeiten der Schleuse. Von der Peute aus konnte er dagegen zu jeder Tages- und Nachtzeit mit dem Boot zum Bunker, um Ware zu laden.

Der Tscheche wollte nun allerdings, dass Boris die Ware in den Billekanal brachte, zu den Lagerschuppen in Höhe der Billstraße. Das Problem war, dass er dafür durch die Tiefstackschleuse musste, und da war zu dieser Jahreszeit die letzte Schleusung abends um halb acht. Das hieß, er musste noch tagsüber die Ware aus dem Bunker holen. Und das erschien ihm doch reichlich riskant.

Außerdem war da die Gefahr, bei der Schleusung mit den Säcken an Bord entdeckt zu werden. Die Wasserwacht war in letzter Zeit ziemlich aufmerksam.

Boris fluchte und drehte ab. Der Rumpf schlug hart auf die Wellen. Das Horn eines Frachters dröhnte dumpf, als Boris viel zu nah vor dem Schiffsbug die Elbe kreuzte.

Der Wind wurde immer stärker. Er hielt auf das Ufer zu, wo die Bäume weit über das Wasser ragten und etwas Schutz boten. Er drosselte das Tempo, und der Bug senkte sich sofort. Das Boot schaukelte, als es in die Wellen seines eigenen Kielwassers geriet. Boris schaltete den Motor aus und machte das Boot unter den ausladenden Ästen einer Weide fest. Dann drehte er sich einen Joint, zündete ihn an und inhalierte tief. Ein Zittern durchlief seinen Körper. Er hielt den Rauch lange in der Lunge, schloss die Augen und genoss die Ruhe, die sich langsam in ihm ausbreitete. Nach dem dritten Zug wusste Boris, was er machen würde. Er würde die Ware in den Billekanal bringen. Aber er würde mehr Geld verlangen. Wenn er für diesen Tschechen arbeitete, sollte sich das auch richtig lohnen. Immerhin trug er ein großes Risiko, und er wusste eine Menge über die Plantage. Auch von den Jungen, die da arbeiteten. Nicht, dass ihn das groß interessieren würde, die Jungen verdienten auch nur ihr Geld. Sicher lebten irgendwo ganze Großfamilien davon. Aber es war doch ein gutes Argument für mehr Geld.

Morgen war die nächste Warenübergabe. Da würde er mit dem Tschechen sprechen.

MIA

Die Wolkendecke war aufgebrochen, und es sah fast so aus, als würden sie heute noch einen blauen Himmel bekommen. Es war Viertel nach zehn, als Mia ihr Rad vor dem Präsidium anschloss. Für halb elf hatte Bordasch die Teamsitzung einberufen. Mia zog das Päckchen Marlboro, das sie eben gekauft hatte, aus der Jackentasche. So viel zu ihrem guten Vorsatz, weniger zu rauchen. Aber ohne Zigaretten stand sie das hier nicht durch. Wieso hatte ihr neuer Job nur so verdammt schlecht starten müssen? In ein Grab einzubrechen! Sie sog den Rauch tief in die Lunge und versuchte, sich zu entspannen. Nach der zweiten Zigarette fühlte sie sich einigermaßen fähig, das Präsidium zu betreten.

»Moin, Frau Paulsen«, rief der Pförtner so laut, dass es im ganzen Eingangsbereich zu hören war. Es war derselbe ältere Mann, den sie vorher schon dort gesehen hatte. Allerdings hatte er da nicht mehr als ein Nicken zustande gebracht. Als er ihren Namen rief, drehte sich ein junger schlaksiger Streifenpolizist, der noch die Pickel eines Pubertierenden im Gesicht hatte, zu Mia um und grinste. Zwei Frauen in pastellfarbenen Kostümchen, wie sie nur alte Sekretärinnen trugen, steckten ihre Köpfe zusammen. Mia hörte sie kichern und spürte, wie ihr das Blut in den Kopf schoss. Na toll, dachte sie. Nicht nur in der Mordkommission lachten alle über sie. Sie war sogar schon Kantinengespräch.

Auf ihrem Schreibtisch fand Mia den vorläufigen Bericht der Spurensicherung. Sie hängte ihre Jacke auf und nahm die Mappe mit in den Konferenzraum. Noch war keiner ihrer Kollegen da, was ihr nicht ganz unlieb war. Sie setzte sich, schlug die Mappe auf und blätterte zuerst die Fotos durch, die dem Bericht beilagen. Die Spurensicherer hatten alles fotografiert, was im Umkreis von einem Kilometer um den Tatort gelegen hatte. Jede PET-Flasche, jeden Papierschnipsel. Aber sie entdeckte nichts, was ihr wichtig erschien. Zumindest nicht auf den ersten Blick, also begann sie zu lesen. Es waren keine weiteren Leichen gefunden worden. Immerhin. Aber es war etwas anderes gefunden worden, das Mia irritierte: die Waffe. Eine Glock 17, Kaliber 9 Millimeter. Das Untersuchungsergebnis des Kriminaltechnischen Instituts, das erstaunlicherweise auch schon da war, hatte ergeben, dass es die Tatwaffe war. Die Waffe hatte in einer Holzkiste gelegen, die nur wenige Meter neben den beiden Toten vergraben gewesen war. An ebender Stelle, wo Mia den roten Stofffetzen am toten Ast des Baumes entdeckt hatte. Woher der Stofffetzen stammte, ging nicht aus dem Bericht hervor. Dort stand nur, dass er mit einem Knoten an dem Ast befestigt gewesen war. Die Waffe, die die Spurensicherer ausgegraben hatten, war mit einem Lederlappen, wie man ihn an jeder Tankstelle kaufen konnte, umwickelt und zusätzlich in einer Plastiktüte verpackt gewesen. Es sah fast so aus, als sei sie dort versteckt worden, um sie später noch einmal zu benutzen. Vielleicht, dachte Mia, war der Stofffetzen an den Ast geknotet worden, um die Waffe wiederzufinden.

Rückschlüsse auf ihren Besitzer ließ die Waffe allerdings leider kaum zu. Die Glock 17 war genauso beliebt bei Behörden wie bei Kriminellen und Sportschützen.

Mia schloss die Augen. Die Vormittagssonne, die durch das Fenster fiel, lag warm auf ihrem Gesicht. Der oder die Täter mussten sich ihrer Sache sehr sicher gewesen sein. Sie waren vermutlich nicht davon ausgegangen, dass die Leichen überhaupt gefunden werden würden. Mia musste an einen Fall in Berlin denken, er war Jahre her. Da hatten sie auch mehrere Leichen in einem Wald gefunden und genauso wie hier die Mordwaffe. Allerdings war es Sommer gewesen. Die Sonne hatte hell zwischen den Birken gestanden, was den Tatort regelrecht idyllisch erscheinen ließ.

»Mia, kommst du endlich?« Bordasch riss Mia aus ihren Gedanken. Er stand in der Tür, heute in einem perfekt sitzenden hellgrauen Anzug, unter dem er einen enganliegenden schwarzen Pullover trug.

»Wohin?«, fragte Mia.

»In mein Büro.«

»Was ist mit den anderen?«

»Es gibt keine anderen.«

»Was?«

»Komm einfach«, sagte Bordasch und ging zu seinem Büro hinüber. Mia eilte ihm hinterher.

Bordasch schloss die Tür, blieb dicht vor ihr stehen und sah auf sie herab. »Wir beide sind das Team«, sagte er, ohne eine Miene zu verziehen.

»Wir?« Mia sah ihn ungläubig an. »Und du meinst, das geht gut?«

»Kaum«, sagte Bordasch. »Aber ich komme hier sowieso nicht weg. Du ermittelst also de facto alleine. Das sollte doch kein Problem für dich sein. Was soll schon schiefgehen? Wir sind bei der Mordkommission. Die Opfer sind doch sowieso alle längst tot.«

Mia kniff die Augen zusammen und unterdrückte gerade noch ein »Arschloch«. Sie musste sich zusammenreißen. Jetzt bloß nicht ausrasten, und auf keinen Fall Bennos Selbstmord vorbringen. Sie könnte heute nichts beweisen, genauso wenig wie sie es damals konnte. Es würde nur dafür sorgen, dass sie wieder genauso hilflos dastand. Und hier ging es jetzt um die Aufklärung der Todesfälle aus dem Raakmoor, nicht um sie oder Bordasch oder irgendwas sonst. »Die Männerleichen und die Kinderleiche, ich bin mir sicher, es gibt eine Verbindung«, sagte sie. »Der Fundort. Und die Tatsache, dass sie asiatisch ...«

Bordasch fuhr mit der Hand durch die Luft, als wollte er eine Fliege verscheuchen. »Ach, hör auf. Du ermittelst erst mal im Fall der beiden Männer.«

»Wie kannst du ausschließen, dass es eine Verbindung zu dem Jungen gibt?«

»Ich schließe nie etwas aus«, sagte Bordasch scharf. »Aber ich entscheide hier. Und ich entscheide, dass du im Fall der beiden toten Männer ermittelst. Der Fall des Jungen ist zwei Jahre her, nicht mal mit Hilfe von Interpol konnte seine Identität geklärt werden. Das ist vielleicht eine Nummer zu groß für dich.«

Mia atmete schwer, und ihre Stimme zitterte, als sie sagte: »Und wieso hast du mir die Akte dann auf den Tisch gelegt? Nur, um mir zu zeigen, wie unfähig ich bin?«

Bordasch sagte nichts, er lächelte nur. Mia konnte ihren Zorn kaum noch unterdrücken.

Immer noch mit diesem Lächeln im Gesicht, sagte Bordasch: »Mia. Ich erwarte von dir, dass du mich auf dem Laufenden hältst. Über jeden Schritt, den du machst.«

Ich werde einen Teufel tun, dachte Mia. Sie hatte sich schon zum Gehen gewandt, als Bordasch sagte: »Ach, eins noch. In einer halben Stunde will ich deinen ersten Bericht haben.«

Die nächsten Stunden verbrachte Mia an ihrem Schreibtisch. Immerhin hatte ein Techniker ihr mittlerweile einen Computer aufgebaut und alle notwendigen Programme installiert.

Widerwillig schrieb sie den Bericht für Bordasch. Sie wusste, er würde sie schikanieren, bis sie ihn mit ausreichend Papier gefüttert hatte. Obwohl er sie vermutlich so oder so schikanierte.

Als sie fertig war, ging sie die Vermisstenmeldungen durch, fand darin aber niemanden, der einem der beiden Männer aus dem Raakmoor ähnelte. Sie klopfte eine Zigarette aus der Packung und zündete sie an. Natürlich war Rauchen im Präsidium verboten, aber schließlich war es ihr Büro. Da durfte sie sich ja wohl selbst vergiften.

Es klopfte. Noch bevor Mia ihre Zigarette ausdrücken konnte, steckte Sarah ihren Kopf durch die Tür. »Meine Güte, stinkt das hier«, rief sie und hustete demonstrativ. Ohne Mia zu fragen, marschierte sie zum Fenster und riss es auf. Eine diffuse Geräuschkulisse aus Motoren, Stimmen und Möwengeschrei drang herein, und ein Windzug wirbelte sämtliche Papiere vom Schreibtisch.

»Scheiße«, fluchte Mia, sprang auf und schlug die Tür zu.

»Ups. Sorry.« Sarah bückte sich und sammelte die Papiere ein. »Ich wollte eigentlich fragen, ob ich dir irgendwie helfen kann.«

»Ja, kannst du«, sagte Mia, genervt von Sarahs Auftritt, aber doch dankbar, dass sich hier überhaupt jemand anbot, ihr zu helfen. »Der eine Tote hatte ein Glasauge. Versuch doch mal rauszufinden, ob es nicht irgendeine Möglichkeit gibt, ihn darüber zu identifizieren.«

Zwanzig Minuten später tauchte Sarah wieder auf. »Ich habe beim Verband deutscher Ocularisten angerufen. Das sind die, die Glasaugen herstellen. Augenprothesen haben keine Seriennummern, die auf die Identität des Trägers hinweisen würden.«

Mia seufzte. »Dann bringt uns das also auch nicht weiter.«

»Doch. Vielleicht. Die Prothesen werden für jeden Patienten individuell angefertigt. Wenn wir den behandelnden Ocularisten finden, kann er das Auge mit etwas Glück identifizieren. Anhand von Form, Farbe oder irgendwelchen anderen Besonderheiten.«

»Na toll. Da sind wir ja Wochen beschäftigt.«

Sarah grinste dieses Grinsen, bei dem sich ihr Mund bis zu den Ohren zog, und wedelte mit einem Zettel. »Ich hab hier alle in Deutschland arbeitenden Ocularisten. Viele sind es nicht. Und in Hamburg gibt es nur einen einzigen.«

»Na dann los, ruf ihn an.«

Sarah schüttelte den Kopf. »Da ist niemand mehr.«

»Versuch, ihn zu Hause zu erreichen. Oder mobil.«

»Hab ich schon. Morgen früh ist er in der Praxis. Vorher sei er nicht erreichbar, meinte seine Frau. Er sei an der Ostsee auf seinem Segelboot. Sein Telefon habe er da grundsätzlich aus.«

»Um diese Jahreszeit?«

Sarah zuckte nur mit den Schultern. »Vielleicht ist er auch bei einer Geliebten, auf jeden Fall können wir ihn bis morgen nicht erreichen.«

Mia schlug die Obduktionsmappe auf, die mittlerweile auf ihrem Schreibtisch lag, und suchte ein gutes Foto von dem Auge raus. »Kannst du ihm dann morgen früh das Foto zeigen? Und schick es am besten auch gleich an alle anderen Ocularisten auf deiner Liste.« Mia gab Sarah noch ein Bild von dem Toten. Vielleicht erkannte ihn jemand.

Sarah hatte kaum das Zimmer verlassen, als Mias Telefon klingelte. Es war Axel Hallberg, der Rechtsmediziner. »Haben Sie noch was rausgefunden?«, fragte Mia ohne ein Hallo.

»Was für eine Begrüßung«, sagte Hallberg. Aber er hörte sich nicht ernsthaft beleidigt an. »Schön, Ihre Stimme zu hören. Nein, ich habe nichts mehr rausgefunden. Ich wollte Sie nur fragen, ob Sie heute Abend Lust auf ein Bier haben.«

»Das ist wirklich nett«, sagte Mia und haderte mit sich.

Sie hätte nichts gegen ein oder auch zwei Bier mit Hallberg. Überhaupt nicht. Aber sie wusste, worauf das hinauslaufen würde. So labil, wie sie momentan war. Und so sehr, wie ihr Hallberg schon heute Nacht gefallen hatte, trotz des grünen Obduktionskittels und dem Leichengestank, der zwischen ihnen gehangen hatte. Da war ihre Selbstdisziplin nicht besonders groß. Und noch einen Kollegen, mit dem sie im Bett gewesen war, konnte sie wirklich nicht gebrauchen.

»Oder Wein, wenn Sie das lieber mögen«, schob Hallberg hinterher.

»Leider, heute passt es gar nicht. Meine Schwester kommt zu Besuch«, log sie.

LUKA

Als seine Mutter am Nachmittag in sein Zimmer kam, stellte Luka sich schlafend. Sie trat an sein Bett, und er fühlte ihre Nähe. Als sie sich über ihn beugte und seine Decke glatt strich, konnte er ihren Atem auf seiner Wange spüren. Dann schlich sie wieder aus dem Zimmer und zog die Tür leise hinter sich zu. Luka rollte sich zusammen, biss die Zähne aufeinander und kämpfte gegen die Traurigkeit an, die sich in seinem Inneren ausbreitete. Irgendwann döste er weg und wachte erst wieder auf, als er die Haustür zuschlagen hörte. Seine Mutter hatte Spätdienst. Luka zog sich die Decke über den Kopf und versuchte weiterzuschlafen. Aber er konnte seine Beine kaum still halten, und in seinem rechten Augenlid zuckte ein Nerv. Er musste raus, sich bewegen. Er stand auf, zog Trainingshose und Hoodie an und holte seine Laufschuhe unter dem Bett hervor.

Es regnete nicht. Die Sonne stand tief und färbte den Himmel orange. Bald würde es dunkel werden.

Luka rannte zur Elbe und über das Sperrwerk nach Kaltehofe. Auf der Elbinsel war er jetzt vollkommen alleine. Nicht einmal den Schäfer konnte er irgendwo entdecken. Dessen Schafe standen auf dem Deich, und nur der Hund passte auf die Tiere auf.

Luka rannte an den Becken mit den runden, backsteinernen Schieberhäuschen des alten Wasserwerks vorbei. Er bekam Seitenstechen, drückte eine Hand unter die Rippen und rannte weiter. Nach einigen Metern ließ das Stechen wieder nach. Er dachte an den Jungen vom Bunkerdach und ärgerte sich über sich selbst. Er hatte so gehofft, ihn kennenzulernen. Stattdessen hatte er ihm Angst gemacht. Mitten in der Nacht hatte er ihn durch den Park gejagt und auf den Boden gedrückt. Nicht gerade der beste Einstieg für eine Freundschaft.

Als sie nebeneinander im Gras gelegen hatten, hatte Luka kurz gehofft, der Junge würde doch noch mit ihm reden. Aber dann war er aufgesprungen und von neuem losgerannt. Er hatte sich nicht mehr nach Luka umgedreht, und Luka war ihm nicht mehr gefolgt.

Er rannte jetzt immer schneller, schnaufte, Schweiß troff ihm den Rücken herunter. Er nahm die Böschung den Deich hinauf und lief auf dem Deichkamm zurück. Auf der Peute drüben am anderen Elbufer machte gerade eine Schute fest. Der Wind trieb das Maschinengeräusch zu ihm herüber.

Erst hinter dem Sperrwerk verlangsamte Luka sein Tempo. Schließlich blieb er, die Hände auf die Knie gestützt, mit gebeugtem Rücken stehen. Er schnaufte und wartete, dass er wieder zu Atem kam.

Bei der Imbissbude am Rothenburgsorter Marktplatz holte er sich eine Cola und einen Dürüm Döner mit Hühnchenfleisch, Knoblauchsoße und viel Chili. Die Cola trank er sofort, den Döner ließ er sich einpacken. Der Mann, der ihn immer bediente und dessen Namen er trotzdem nicht kannte, reichte ihm eine dünne weiße Plastiktüte über den Tresen.

Mittlerweile war es dunkel. Auf dem Weg nach Hause hörte Luka das unverkennbare knatternde Geräusch eines Mopeds neben sich. Ohne hinzusehen, wusste er, dass es Bieganski war, der dauerqualmende alte Nachbar.

»Moin, min Jung«, rief Bieganski.

»Hallo«, murmelte Luka und bog schnell in die Grünfläche zwischen den Wohnblöcken ab, wohin Bieganski ihm mit seinem Moped nicht folgen konnte.

Er setzte sich auf eine Bank unter einer alten Eiche, zog sein Smartphone aus der Tasche und las die Nachricht, die seine Mutter ihm geschickt hatte. »Kauf dir was zu essen. Hab dich lieb. Mama.« Luka seufzte, holte den Döner aus der Tüte und pulte auf der einen Seite die Alufolie ab. Er wollte gerade hineinbeißen, als er eine Bewegung neben sich wahrnahm. Kurz dachte er, Bieganski sei ihm doch gefolgt und wollte ihm jetzt eines seiner nervigen Gespräche aufdrängen. Aber dann sah er, dass es nicht Bieganski war, sondern der Junge vom Bunkerdach.

Mit zögerlichen Schritten trat er zwischen den Bäumen hervor. Er trug wieder nur den dünnen Trainingsanzug. Trotzdem klebten ihm die dunklen Haare auf der Stirn, als schwitzte er. Er sah ihn forschend an, den Kopf leicht schief gelegt.

Ohne ein Wort zu sagen, deutete er auf den Döner in Lukas Hand. Luka hielt ihn ihm hin. Der Junge griff danach, biss ab, kaute gierig. Als er die Hälfte gegessen hatte, leckte er sich die Finger ab, wickelte den restlichen Döner in die Alufolie und stopfte ihn in die Tasche seiner Trainingsjacke. Luka sah ihm irritiert zu. Eigentlich hätte er auch gerne noch etwas davon gehabt, wenn der Junge schon nicht aufaß. Aber irgendetwas hielt ihn davon ab, den Döner einzufordern. Stattdessen sagte er: »Tut mir leid, die Sache im Park. War doof von mir, dich einfach zu verfolgen.«

Der Junge sah ihn an, antwortete aber nicht.

Luka zeigte auf den Bunker in seinem Rücken. »Ich hab dich da oben auf dem Dach gesehen.«

Noch immer sagte der Junge nichts, sah ihn aber jetzt mit großen Augen an und schüttelte den Kopf. Anscheinend gefiel es ihm nicht, auf den Bunker angesprochen zu werden.

Luka hielt ihm die Hand hin. »Ich bin Luka.« Als keine Reaktion kam, deutete er mit dem Zeigefinger auf seine Brust und sagte noch einmal »Luka«. Vielleicht verstand der Junge kein Deutsch, oder er war taub.

»Sam«, sagte der Junge leise, aber mit überraschend rauer Stimme. Es klang wie Söm.

Er zeigte auf Lukas Smartphone, das er neben sich auf die Bank gelegt hatte. Luka gab es ihm, wenn auch mit einem Anflug von Angst, er würde auch das einstecken.

Zuerst sah Sam lange auf das Display, dann zog er seinen Finger über die Symbole. Luka sah, dass Sams Hände rot und vernarbt waren. Nach einer Weile gab Sam Luka das Telefon zurück. Er hatte Lukas Übersetzungsprogramm geöffnet. »Er konnte mehr Gerichte bringen?«, stand da auf Deutsch. Der Originaltext, das konnte Luka aus der Menüleiste erkennen, war auf Vietnamesisch eingegeben worden.

SAM

Sam schob seinen rechten Fuß in eines der runden Löcher in der Bunkerwand, das gerade groß genug war für seinen schmalen Fuß. Gleichzeitig zog er sich mit einer Hand an der Metallstange hoch, die über ihm aus der Wand ragte, mit der anderen tastete er nach einem neuen Halt. Dann stemmte er den linken Fuß auf einen Betonvorsprung, stieß sich ab, fasste die nächste Metallstange. So hangelte er sich Stück für Stück die Bunkerwand nach oben.

Er konnte es gar nicht abwarten, Thanhs Gesicht zu sehen, wenn er ihm das Brot mit dem Fleisch gab. Hühnerfleisch. Es hatte köstlich geschmeckt. Weich, zart, rauchig und scharf gewürzt. Mit frischem Salat. Sonst aßen sie nur Tütensuppen, Reis, Konservengemüse, manchmal Eier. Fleisch bekamen sie nie.

Sam hatte das Brot genau geteilt. Eine Hälfte für sich, eine Hälfte für Thanh. Wenn Thanh es erst einmal gegessen hatte, würde er sicher endlich aufhören, ihn zu ignorieren. Dann würde er wieder mit ihm reden. Das Schweigen hätte ein Ende.

Sam erinnerte sich nicht, wann es ihm zuletzt so gut gegangen war. Leise lächelte er in sich hinein.

Heute Morgen hatte er noch auf seiner Pritsche gelegen und gedacht, nie wieder aufstehen zu können. Er war wie gelähmt gewesen vor Angst. Die Frau, die in der Nacht in den Bunker gekommen war, hatte Sam im ersten Moment an seine Großmutter erinnert. Das Alter, die schwarze Kleidung, das samtige Oberteil mit dem Stehkragen, das runde Gesicht, der strenge

Dutt. Sogar ihr Geruch war der seiner Oma gewesen. Sie hatte so nah vor ihm gestanden, dass er die Creme auf ihrer Haut riechen konnte. Sie roch nach Kokos und Zimt. Doch dann hatte er ihre Augen gesehen und wusste, alles würde nur noch schlimmer werden. Ihr Blick war scharf und kalt, und in ihrer Stimme lag kein Anzeichen von Mitleid, obwohl sie leise redete, fast freundlich. Sie sprach Vietnamesisch, aber es war nicht sein Dialekt. Nicht die Sprache der Fischer. Sie sagte, sie sollten sie Tantchen nennen. Sie sagte, ihre Eltern ließen grüßen. Aber das glaubte er ihr nicht. Es war eine Drohung.

»Denk an deine Familie!« Das hatte er so oft gehört, seit er von zu Hause fort war. Von all denen, für die er seitdem hatte arbeiten müssen. In seiner Erinnerung schoben sich ihre Gesichter wie graue Phantomzeichnungen übereinander, vage und austauschbar.

Sam hatte Tantchen angestarrt und den Ton ihrer Stimme ausgeblendet, er hatte nur noch gesehen, dass ihr Mund auf- und zuschnappte, ihr Gesicht eine Grimasse. Freundlich lächelnd und böse.

Er hätte sie bitten können, ihnen etwas zu essen zu bringen. Aber er hatte nicht gewagt, etwas zu sagen. Auch Thanh hatte nichts gesagt.

Nachdem die Frau endlich wieder gegangen war, war Sam ins Bett gekrochen und hatte einfach nur dagelegen. Erst der Hunger hatte ihn irgendwann im Laufe des nächsten Tages aus seiner Angststarre geholt. Noch im Hellen hatte er sich auf das Bunkerdach gelegt und auf den Jungen gewartet, der ihn im Park verfolgt hatte. Und ausnahmsweise hatte er Glück gehabt. Er sah den Jungen, von dem er jetzt wusste, dass er Luka hieß, Richtung Fluss rennen. Sobald es ausreichend dunkel war, war Sam nach unten geklettert, um ihn abzufangen, wenn er zurückkam. Die ganze Zeit zerbrach er sich den Kopf darüber, wie er mit ihm kommunizieren sollte. Und dann war es über das Übersetzungsprogramm im Telefon ganz einfach gewesen. Auch wenn er sonst nicht viel Ahnung von Technik hatte, ein Smartphone, wenn auch nur ein billiges chinesisches, hatten sie zu Hause auch besessen. Das hatten sie gebraucht, um die Marktpreise für Fisch und die aktuellen Wetterberichte abzufragen, bevor sie mit ihrem Boot in See stachen. Wenn er doch nur die Telefonnummer hätte, dann könnte er vielleicht von Lukas Telefon zu Hause anrufen. Aber den Zettel mit der Nummer hatte er auf der langen Reise hierher verloren.

Morgen würde er Luka wieder treffen. An derselben Bank. Und Luka würde mehr Lebensmittel mitbringen.

Sam war jetzt fast oben. Seine Hände lagen schon auf der Dachkante. Er stemmte sich hoch, legte sich mit dem Oberkörper auf das Dach, schwang die Beine hinterher und rollte sich auf den Rücken. Schwer atmend blieb er liegen. Den Bunker hinaufzukommen, war jedes Mal eine fast unüberwindbare Anstrengung, aber es tat gut, die Schmerzen in den Muskeln zu spüren. Dann wusste er, dass er noch lebte.

MIA

Ein dumpfes Klingeln riss Mia aus dem Schlaf. Es dauerte einen Moment, bis ihr klarwurde, dass es ihr Telefon war. Sie wälzte sich herum und tastete danach, es musste irgendwo neben ihr im Bett liegen. »Auuu, verdammt.« Ihr Kopf dröhnte. Das waren gestern eindeutig ein paar Bier zu viel gewesen. Sie war noch in der »Bar St. Georg« gewesen. Alleine in ihrer einsamen Wohnung hatte sie es nicht ausgehalten.

»Hallo?«, murmelte sie in den Hörer, als sie ihn endlich gefunden hatte.

»Mia, wir haben ihn!« Es war Sarah. Sie klang atemlos.

Mia setzte sich ruckartig auf. In ihrem Kopf drehte sich alles, und sie musste einen Brechreiz unterdrücken. »Was?«

»Der Mann, der mit dem Glasauge.« Mia konnte Sarahs Aufregung hören. Sie kannte dieses Gefühl, das einen ergriff, wenn man eine erste Spur hatte. Normalerweise würde es sie jetzt auch packen, aber dafür war sie zu müde. Außerdem war ihr speiübel.

»Er heißt Eric Le Nguyen.«

Mia fluchte leise. Nguyen war ein weitverbreiteter vietnamesischer Familienname, das wusste Mia. In Berlin hatte ihr vietnamesischer Lebensmittelhändler um die Ecke so geheißen und auch der Bistrobesitzer unten in ihrem Haus. Zwar hatte Mia bei ihren Ermittlungen in Berlin nie etwas mit Vietnamesen zu tun gehabt, allerdings hatte sie von Kollegen gehört, dass es immer ziemlich kompliziert wurde, wenn es um Vietnamesen ging. Zumindest die, die in Berlin lebten, sahen in der Polizei nicht gerade ihren Freund und Helfer. Egal ob sie Opfer oder Täter waren.

»Ich habe eben diesen Ocularisten vor seiner Praxis abgefangen und ihm die Fotos gezeigt«, sagte Sarah.

»Verdammt, wie spät ist es denn?«, fragte Mia.

»Halb neun. Dieser Ocularist sagte, er habe Eric Le behandelt. Vor gut zwei Jahren. Er war sich ganz sicher. Er meinte, er erinnere sich so gut, weil der Fall nicht einfach gewesen sei, er das Auge dann aber doch noch ziemlich gut hinbekommen habe. Normalerweise, wenn jemand ein Auge verliert, wird schon nach wenigen Wochen die erste Prothese angefertigt. Sie soll die Augenhöhle vor weiterem Schaden schützen und Schrumpfungen verhindern. Mal abgesehen vom ästhetischen Effekt.«

Sarah sprach noch schneller als sonst, und Mia hatte Probleme, ihr zu folgen. Sie atmete tief durch und versuchte, sich zu konzentrieren.

»Bei unserem Toten lag der Verlust des Auges aber schon Jahre zurück. Dem Ocularisten gegenüber hat er behauptet, sein Auge als Kind in Vietnam durch eine Entzündung verloren zu haben. Aber der Ocularist meinte, es sah mehr nach einer schweren Schnittverletzung aus.«

Das entsprach in etwa dem, was Hallberg in seinem Obduktionsbericht festgehalten hatte.

»Die Wunde sei nie sachgerecht behandelt worden«, schob Sarah hinterher.

Wenn der Mann nie richtig behandelt worden war, dachte Mia, konnte das bedeuten, dass er nicht zu einem Arzt gegangen war. Zumindest nicht zu einem richtigen. Entweder hatte ihm das Geld gefehlt, vielleicht war er da noch in Vietnam gewesen. Oder aber er hatte sich nicht zu einem Arzt getraut.

Dann stellte sich die Frage, warum nicht. Mia rieb sich mit der Hand über die Augen und sah sehnsüchtig auf ihr Kopfkissen. Nur schwer widerstand sie der Versuchung, einfach weiterzuschlafen, und quälte sich aus dem Bett.

Eine Stunde später saß sie auf einem moosgrünen Sofa im Wohnzimmer eines engen kleinen Reihenhauses aus dunkelrotem Klinker. Den zentralen Platz im Raum nahm ein Altar ein – ein massiger hoher Tisch aus dunklem Holz. Darauf stand das handgezeichnete Porträt eines alten Mannes. Vor dem Bild lagen Mangos, in einer Vase standen rosafarbene Nelken. In einer Schale, um die sich ein blauer Drache schlängelte, steckten abgebrannte Räucherstäbchen. Auf einer Kommode neben dem Altar stand ein Aquarium mit roten und blauen Fischen, die um eine dicke Buddhafigur schwammen.

Mia hatte zwei Aspirin geschluckt, trotzdem tat ihr Kopf immer noch schrecklich weh, und der beißende Geruch, der im Raum hing, verstärkte ihre Übelkeit. Heute Abend würde sie nichts trinken, nicht rauchen und ganz früh ins Bett gehen. Doch schon während sie sich das vornahm, zweifelte sie daran, das auch einzuhalten.

In den beiden Sesseln ihr gegenüber saßen Herr und Frau Nguyen. Beide mussten um die sechzig sein. Die Frau trug eine weite schwarze Hose und eine blaue Bluse mit Rüschenkragen. Die Haare hatte sie kurz geschnitten, was ihr etwas Mädchenhaftes gab. Der Mann war klein und untersetzt. Seine Augen waren eingezwängt zwischen tiefen Falten, so als habe er sie ein Leben lang zusammengekniffen.

Eric Le hatte beim Ocularisten ihre Adresse als Wohnsitz angegeben. In welcher Beziehung die drei zueinander standen, hatte Mia noch nicht herausgefunden.

Sie beugte sich vor, die Ellbogen auf die Knie gestützt.

»Eric Le. Sind Sie seine Eltern?«, versuchte sie es erneut.

Die Frau nickte, wobei sie lächelte. Der Mann schüttelte den Kopf.

»Eric Le hat doch hier gewohnt.«

»Eric«, sagte die Frau und nickte.

»Und Sie sind seine Mutter?«, fragte Mia weiter.

Diesmal schüttelte die Frau den Kopf. Mia seufzte und schielte zur Kuckucksuhr, die über der Zimmertür hing. Sie hoffte, der Dolmetscher, den sie über Sarah angefordert hatte, würde bald auftauchen.

Frau Nguyen schenkte Tee in fingerhutgroße Tassen und schob ihr eine hin. In dem Moment schoss ein Vogel aus der Uhr und fiepte schrill. Gleichzeitig flackerten im Aquarium rote Lichter auf, aus dem Mund des Buddhas blubberten Luftblasen, und die Fische jagten erschrocken durch das kleine Becken. Vollkommen bizarr, dachte Mia, nahm das Teetässchen und nippte daran. Das Gebräu schmeckte furchtbar bitter. Ihr Magen rebellierte sofort. Sie fragte nach der Toilette. Diesmal verstand Frau Nguyen sie, stand auf und bedeutete Mia, ihr zu folgen. Mia klappte gerade noch rechtzeitig den Klodeckel hoch, bevor sie sich übergab.

Als sie zurück ins Wohnzimmer kam, saß eine Frau auf dem Platz, auf dem sie eben gesessen hatte. Sie erhob sich und reichte Mia eine Hand. Ihr Händedruck war fest. »Frau Vu«, sagte sie. »Ich bin die Übersetzerin. Ich glaube, wir hatten noch nicht miteinander zu tun.« Sie sprach fließend Deutsch, fast akzentlos. Allerdings meinte Mia, einen sächsischen Einschlag herauszuhören.

»Mia Paulsen«, sagte Mia. »Danke, dass Sie so schnell kommen konnten.«

Frau Vu war kräftig, ohne dick zu sein, und etwas kleiner als Mia, vielleicht einen Meter sechzig. Über der blauen Jeans und den Turnschuhen trug sie ein enganliegendes schwarzes Samtoberteil mit Stehkragen. Dazu eine dünne goldene Kette mit einem Jadeanhänger und kleine grüne Ohrstecker. Die schwarzen Haare hatte sie zu einem festen Dutt gebunden. Sie war akkurat geschminkt, mit dezentem Lidschatten, die Brauen fein gezupft. Ihr Gesicht war rund mit hohen Wangenknochen und einer für ihre vermutlich auch schon über sechzig Jahre ungewöhnlich glatten Haut. Sie machte dem Ruf, dass man asiatischen Frauen ihr Alter nur schwer ansah, alle Ehre, dachte Mia.

Sie fasste für die Dolmetscherin kurz die nötigsten Fakten zusammen. Frau Vu hörte aufmerksam zu und deutete hin und wieder ein Nicken an. Als Mia fertig war, fragte Frau Vu: »Wollen Sie die Fragen stellen und ich übersetze, oder soll ich einfach mal mit den beiden reden?«

Mia musste nicht lange überlegen. In ihrer Verfassung ließ sie sich gerne jedes Reden und Denken abnehmen. »Sprechen Sie mit ihnen. Ich muss wissen, ob sie mit Eric Le verwandt waren. Ich brauche Daten zu seiner Biografie, Geburtstag, Ausbildung, Arbeitsplatz. Lassen Sie sich ein Foto von Eric Le zeigen. Und …«

Frau Vu legte Mia eine Hand auf den Arm und drückte ihn leicht. »Ich mache das schon«, sagte sie und lächelte. Es hatte etwas Beruhigendes. Das erste Mal, seit Mia in Hamburg war, hatte sie das Gefühl, einen Partner neben sich zu haben.

»Und dann müssen wir ihnen auch sagen, dass Eric Le tot ist«, fügte Mia so leise hinzu, dass die beiden älteren Leute ihr gegenüber es nicht hören konnten. Auch wenn sie nicht davon ausging, dass sie sie verstanden.

»Machen wir«, sagte die Übersetzerin und wandte sich Herrn und Frau Nguyen zu. Sie nahm ihre Teetasse mit zwei Händen, hielt sie zwischen Daumen und Zeigefingern und sagte etwas auf Vietnamesisch, bevor sie die Tasse an die Lippen führte. Mia lehnte sich zurück und beobachtete nur noch.

Die Übersetzerin sprach ruhig und ließ ihr Gegenüber nie aus dem Blick. Sie wirkte auf Mia souverän und selbstbewusst, ganz im Gegensatz zu Herrn und Frau Nguyen, die immer mehr in ihren Sesseln zu versinken schienen. Es war immer Frau Nguyen, die der Übersetzerin antwortete, wenn auch oft nur mit einem Nicken oder Kopfschütteln. Ihre Finger spielten unentwegt mit dem Saum ihrer Bluse. Herr Nguyen schwieg. Mia war sich nicht einmal sicher, ob er überhaupt zuhörte. Seine Augen waren auf nichts Bestimmtes fokussiert.

»Der Tote ist ihr Neffe«, flüsterte die Übersetzerin Mia zu, als Frau Nguyen aufstand und den Raum verließ. Kurz darauf kam Frau Nguyen mit einem Foto und einer Dokumentenmappe zurück. Mia nahm das Foto in die Hand. Ein junger Mann lächelte sie an. Schlank. Schmales Gesicht. Er sah fröhlich aus, er lachte. Mia erkannte den Toten wieder. Dass er eine Augenprothese trug, konnte sie dagegen allerdings nicht erkennen.

Mia holte ein Bild des Mannes, der mit Eric Le im Grab gelegen hatte, aus ihrer Tasche. Eine Zeichnung. Sein Leichenfoto wollte sie Herrn und Frau Nguyen jetzt nicht antun, auch wenn der Verwesungsprozess noch nicht besonders weit fortgeschritten gewesen war. Aber »mäßige Fäulnis«, wie Hallberg es genannt hatte, war auch schon schlimm genug. »Fragen Sie sie, ob sie den Mann kennen«, bat Mia die Übersetzerin. Beide versicherten, den Mann nie gesehen zu haben.

Frau Nguyen schenkte Tee nach. Die Übersetzerin redete jetzt leiser, ihre Stimme hatte etwas Weiches, das ihr eben gefehlt hatte.

Mia sah, wie die Hände der Frau ihr gegenüber anfingen zu zittern. Ihr Gesicht war mit einem Mal wie versteinert, das Lächeln verschwunden. Der Mann hatte Tränen in den Augen. Ohne dass Mia irgendein Wort des Gesprächs verstanden hatte, wusste sie, dass die beiden gerade vom Tod ihres Neffen erfahren hatten.

Das Gespräch zwischen der Übersetzerin und dem Ehepaar Nguyen zog sich hin. Es schien Mia, als würde es gar kein Ende nehmen. Und auch wenn Mia nichts verstand, sah sie die Trauer der beiden alten Leute und ertrug es kaum.

Irgendwann standen sie dann aber doch alle auf, und Mia sah sich noch Eric Les Zimmer an. Es lag im ersten Stock, war nur etwa zwölf Quadratmeter groß, mit weißen Wänden, einem Bett und einer Kommode, in der ordentlich gefaltete Kleidung lag. Dunkle Jeans, einfarbige Hemden und Pullover, wie sie jeder halbwegs moderne junge Mann trug. Absolut unauffällig. Auf dem Boden neben dem Bett stapelten sich Mangas. An den Wänden hingen Poster von Musikern, die Mia nicht kannte. Die Übersetzerin nannte ihr die Namen der vietnamesischen Stars, die Mia sofort wieder vergaß. Das Zimmer sah aus wie ein Jugendzimmer. Es gab allerdings keinen Computer, und auch ein Handy oder Smartphone fanden sie nicht.

Sobald sie aus dem Haus und auf der Straße waren, zündete Mia sich eine Zigarette an und inhalierte tief.

»Darf ich auch eine?«, fragte Frau Vu.

»Oh, natürlich. Entschuldigen Sie«, stammelte Mia. Irgendwie hatte die Übersetzerin auf Mia nicht den Eindruck gemacht zu rauchen. Mia hielt ihr die Zigarettenpackung hin und gab ihr Feuer. Sie rauchten schweigend. Ein neuer Schub von Übelkeit überkam Mia. Ihr wurde heiß, und sie spürte, wie Frau Vu sie musterte.

»Schwanger?«, fragte sie.

»Bewahre. Nein«, murmelte Mia.

Frau Vu lachte auf. »Kater?«

Mia nickte schuldbewusst und zwang sich zu einem Lächeln. Sie fühlte sich ertappt.

»Sie brauchen eine *phở*. Das beste Allheilmittel.«

Mia nickte. Vielleicht würde eine heiße vietnamesische Nudelsuppe ihren Magen ja wirklich beruhigen.

Frau Vu fasste Mia sacht am Arm. »Kommen Sie. Lassen Sie uns in mein Bistro fahren. Da kann ich Ihnen dann auch alles in Ruhe erzählen.«

»Ihr Bistro?«

Die Übersetzerin lachte wieder. Es war ein herzliches Lachen. »Ja. Mein Bistro. Für die Polizei übersetze ich nur, wenn mal Not am Mann ist. Das ist nur ein Nebenjob.« Sie hielt Mia ihre Hand hin. »Und nennen Sie mich doch Lien. Oder wie die meisten sagen: Tante Lien.«

LIEN

Es war Ruhetag, und sie waren alleine im Bistro. Lien stellte das Gas unter dem Topf mit der Rinderbrühe an, holte das Fleisch aus dem Kühlschrank und nahm das Messer vom Magnetstreifen an der Wand. Mia Paulsen saß ihr gegenüber an dem großen Stahltisch. Die Taxifahrt hatte ihr nicht gutgetan. Schweißperlen standen auf ihrer Oberlippe, und sie war noch bleicher als vorhin. Ihre Haut schien regelrecht durchsichtig, und sie erinnerte Lien an eine Porzellanfigur, so zerbrechlich sah sie aus. Aber davon durfte sie sich nicht täuschen lassen. Mia Paulsen war Polizistin, und sie durfte sie nicht unterschätzen.

Noch aus dem Taxi hatte Lien ihren Bruder angerufen. Hung bestätigte, was sie befürchtet hatte. Eric Le war derjenige gewesen, den Hung bei ihrem Treffen in Tschechien abfällig *chột mắt* – den Einäugigen – genannt hatte. Er war derjenige, der Hungs Hilfe in Anspruch genommen und dann seinen Anteil unterschlagen hatte. Ihr Bruder hatte seine Ermordung befohlen.

Der zweite Tote war Eric Les Handlanger gewesen, unwichtig, ein Mann, von dem Hung nicht einmal den Namen kannte. Ein Illegaler, der sein Land in Vietnam verkauft hatte, um den Schlepper nach Europa zu bezahlen. Und der damit alles verloren hatte. Eine armselige Kreatur, wie Lien so viele kannte.

Und der Junge, der vor zwei Jahren auf derselben Lichtung wie die beiden Männer gefunden worden war, war ein Geist aus dem Bunker gewesen. Eine der Arbeitskräfte. Als der Einäugige mit der Plantage anfing, hatte Hung ihm zwei Geister zur Verfügung gestellt. Einer von ihnen war schon kurz darauf gestorben. Woran, wusste Hung nicht. Es interessierte ihn auch nicht. Gegen ausreichend Bares hatte er dem Einäugigen einen neuen Jungen geliefert, und der Tscheche hatte den Toten entsorgt.

Lien hatte sich ihrem Bruder gegenüber nicht zurückgehalten, ihr Misstrauen gegenüber diesem Tschechen zu äußern. Er hatte drei Leichen an derselben Stelle entsorgt, alle drei waren gefunden worden. Das war entweder vollkommen unprofessionell oder Absicht.

Aber Hung hatte ihr versichert, der Tscheche sei absolut zuverlässig. Und dass es nichts gäbe, was auf die Plantage hinwies. Sie müsse sich keine Sorgen machen. Lien war da nicht so überzeugt.

Sie schloss die Augen, konzentrierte sich ganz auf das Messer in ihrer Hand. Sie durfte sich vor der Polizistin ihre Unruhe nicht anmerken lassen. Die Klinge glitt durch das Rindfleisch wie durch weiche Butter. Lien hatte das Messer vor Jahren aus Vietnam mitgebracht. Es war handgeschmiedet. Der Holzgriff war vom langen Gebrauch schon ganz schwarz und abgegriffen. Sie stellte sich vor, wie der weiche Stahl durch Mias zarten Hals glitt. Sie würde nicht schreien, dafür würde ihr mit durchgeschnittener Kehle die Luft fehlen. Bei dem Gedanken musste Lien lächeln. Wirklich zu schade, dass der Tod der Polizistin ihre Probleme nicht aus der Welt schaffen würde. Mit einem leisen Seufzer legte sie das Messer beiseite. Sie musste geschickter vorgehen. Sie musste dieser Mia eine Fährte präsentieren, der sie folgen konnte. Eine Fährte, die sie wegführte von der Wahrheit. Und die in einer Sackgasse enden würde. Es war nichts dabei. Sie log ständig Menschen an.

Lien nahm eine Schüssel aus dem Regal, warf eine Handvoll gekochter Reisnudeln hinein, gab Sojasprossen dazu und legte das rohe Fleisch obenauf. Mit einer großen Kelle schöpfte sie dampfende Fleischbrühe darüber, so dass das hauchdünn geschnittene Fleisch sofort garte. Das Ganze bestreute sie mit Frühlingszwiebeln, Sojasprossen und den kleinen Blättern von vietnamesischem Koriander. Bevor sie die Schüssel vor Mia auf den Tisch stellte, gab sie noch etwas Knoblauchessig dazu und drückte eine geviertelte Limone über der Brühe aus. »Essen Sie das, Mia«, sagte sie. »Das wird Ihnen guttun.«

Mia sah sie aus geröteten Augen an und lächelte matt. Dünne Haarsträhnen waren aus ihrem Pferdeschwanz gerutscht und klebten auf ihren Wangen.

»Danke. Das sieht toll aus«, murmelte sie, nahm den Löffel, schlürfte vorsichtig von der Brühe und nickte.

Lien stellte zwei Gläser und die Flasche *rượu thuốc* auf den Tisch, zog einen zweiten Klappstuhl aus der Ecke hinter der Kühltruhe und setzte sich zu Mia. »Selbsteingelegter Kräuterschnaps. Ein altes Familienrezept. Hilft auch gegen Kater«, sagte sie und schenkte ein.

Mia sah das Glas und verzog das Gesicht, streckte dann aber doch die Hand danach aus.

»Auf die Gesundheit!«, sagte Lien. Der *rượu thuốc* war weich und brannte warm im Rachen. Das tat jetzt gut.

Mia nippte nur und hustete sofort. »Meine Güte, der ist stark.«

»Damit haben wir schon die Russen unter den Teppich gesoffen«, sagte Lien mit einem Lachen und ging im Kopf die Einzelheiten des Gesprächs mit Herrn und Frau Nguyen durch. Gab es etwas, das sie der Polizistin lieber nicht übersetzen sollte?

»Wie kommt es, dass ein Vietnamese Eric heißt?«, unterbrach Mia ihre Gedanken.

Lien überlegte kurz, bevor sie antwortete. »Die jungen Leute, die hierherkommen, glauben, dass sie einen westlichen Namen brauchten, und denken sich einfach einen aus.« Ihr gefiel das nicht, es war, als ob man seine eigene Identität unter den Tisch kehrte. Aber das sagte sie nicht, sondern schlug stattdessen die Dokumentenmappe auf, die Eric Les Tante ihnen mitgegeben hatte, und zeigte auf den Namen im Ausweis. »Hier, sehen Sie, Eric Les richtiger Name war Nguyen Le Phuong.«

Mia las den Namen, wobei sie still ihre Lippen bewegte. Dann seufzte sie. »Vielleicht belassen wir es besser bei Eric Le«, sagte sie, fischte ein Stück Rindfleisch aus der Brühe und schob es sich in den Mund. »Das ist wirklich einfacher.« Mit der freien Hand zog sie die Mappe zu sich heran und blätterte die Unterlagen durch. Lien beugte sich vor und las kopfüber mit. Eric Le war erst vor wenigen Wochen sechsundzwanzig Jahre alt geworden. Er war in Hanoi geboren, hatte dort die Schule absolviert und war nach einem Studium an der Technischen Hochschule vor vier Jahren nach Deutschland gekommen. Das Studentenvisum, das in der Mappe lag, war allerdings nie verlängert worden und längst abgelaufen.

»Eric Le war der Sohn der Cousine zweiten Grades von Frau Nguyen«, sagte Lien.

»Dann war er aber ein ziemlich entfernter Neffe«, sagte Mia.

»Nicht wirklich. Nicht aus vietnamesischer Sicht.«

»Ich kenne ja kaum das Kind meiner Schwester.« Mia klang zynisch, als sie das sagte. »Wann haben die Nguyens ihren Neffen zuletzt gesehen?«

»Das war der Sonntag vor drei Wochen. Am Vormittag war er noch mit seiner Tante in der Pagode.«

»Was für eine Pagode?«, fragte Mia und löffelte die restliche Brühe aus ihrer Schüssel. Ihre Wangen nahmen jetzt langsam wieder Farbe an.

»Oh. Das habe ich vergessen zu fragen. Aber ich nehme an, die vietnamesische Pagode. Die ist nicht weit von hier, an der Roten Brücke, in der Nähe von IKEA. Sie haben noch in der Pagode zu Mittag gegessen, danach ist Eric Le aufgebrochen. Wohin, habe er nicht gesagt. Es kam oft vor, dass er für ein oder zwei Tage wegblieb. Er habe viel gearbeitet.«

»Ich denke, er hat studiert.«

»Nein. Nicht wirklich.« Lien deutete ein Kopfschütteln an. »Er ist mit einem Studentenvisum ins Land gekommen. Aber er hat das Visum nie verlängert. Seine Tante meinte, er hätte direkt angefangen zu arbeiten. Irgendetwas mit Computern. Er muss gutes Geld verdient haben. Vor einem halben Jahr hat er das Haus in Jenfeld gekauft, in bar und einer Rate. Allerdings auf den Namen des Onkels.«

»Da war kein Computer im Haus.«

»Er soll einen Laptop gehabt haben. Aber er habe ihn immer mitgenommen, wenn er wegging.«

»Wieso haben seine Tante und sein Onkel ihren Neffen nicht vermisst gemeldet? Sie müssen sich doch irgendwann gewundert haben, dass er gar nicht mehr nach Hause kam.«

Lien lachte kurz auf und hörte selbst, wie bitter es klang. Sie hatte nicht gefragt, warum sie Eric Le nicht vermisst gemeldet hatten. Es lag auf der Hand. »Er war illegal im Land. Sein Visum war längst abgelaufen. Da wäre es ja wohl nicht so schlau, die Polizei anzurufen und nach ihm fahnden zu lassen.« Lien schenkte *rượu thuốc* nach und trank ihr Glas in einem Zug leer.

»Haben Sie zufällig gefragt, seit wann Herr und Frau Nguyen in Deutschland sind?«, fragte Mia.

»Habe ich. Sie sind kurz nach dem Mauerfall gekommen. Davor haben sie als Vertragsarbeiter in Prag gearbeitet. Heute arbeiten sie beide bei einem Asia-Supermarkt in der Nähe vom Hauptbahnhof.«

Die Polizistin runzelte die Stirn. »So lange schon? Sind Sie sicher? Die beiden sprechen kaum ein Wort Deutsch.«

»Ihr Job ist es, Kisten auszupacken und die Waren in Regale zu räumen. Da brauchen sie kein Deutsch.«

»Was ist, wenn sie zum Arzt müssen oder zu einer Behörde?«

»Da nehmen sie jemanden mit. Jemanden wie mich.«

Mia sah Lien an, und Lien ahnte, welche Frage als nächste kommen würde.

»Darf ich fragen, wieso Sie so gut Deutsch sprechen?«

»Ich war mit einem Deutschen verheiratet.« Diese Ehe nannte Lien immer als ersten Grund für ihre Sprachkenntnisse. Auch wenn es nur eine Scheinehe der Papiere wegen gewesen war und sie ihren versoffenen deutschen Gatten nur ein paar Mal getroffen hatte. Aber sie hatte immer noch Angst, das Ganze würde irgendwann auffliegen und sie ihren deutschen Pass verlieren. »Außerdem war ich keine Vertragsarbeiterin. Ich bin zum Studium nach Deutschland gekommen. Mathematik, in Leipzig. Ich hatte das Glück, als demobilisierte Soldatin für das Studium ausgewählt zu werden.«

»Demobilisierte Soldatin?«

Lien lachte. »Ja, die Kommunisten waren da schon zu meiner Jugend ziemlich modern. Oder pragmatisch – wie man's nimmt. Die haben alle genommen, die für ihre Sache waren. Auch uns junge Mädchen. Ich war bei der Frauenjugendbrigade. ›Lauter singen als die Bomben‹ war unser Motto. Wir sind an der Front aufgetreten, um die Soldaten zu motivieren.« Sie stockte. Nicht, weil die Erinnerung sie schmerzte, sondern weil sie die Wirkung auf ihr Gegenüber ausreizen wollte. »Nach drei Wochen an der Front war unsere Truppe ...« Sie fuhr sich mit der Hand über die Augen. »Ich war die einzige Überlebende.« Dass sie danach selbst an die Waffe gewechselt war, behielt sie für sich. Sie fand, es war vertrauenswürdiger, als hilfloses Opfer dazustehen und nicht als eine, die selbst gekämpft hatte. Damals hatte sie schnell gelernt zu töten. Ohne zu zögern und ohne Mitleid. Obwohl es ihr, wenn sie heute darüber nachdachte, von Anfang an nicht schwergefallen war. Ihr Ziel war es, zu überleben, alles andere zählte für sie nicht. So ist es im Krieg gewesen, und so war es heute noch. Die anderen waren ihr da ziemlich egal.

Mia schwieg, und Lien konnte sehen, dass sie schluckte, bevor sie fragte: »Waren Sie Soldatin für Nord- oder Südvietnam?«

Lien zwang sich zu einem nachsichtigen Lächeln. Diese Polizistin hatte wirklich keine Ahnung. »Nordvietnam natürlich. Sonst wäre ich wohl kaum in der DDR gelandet.«

MIA

Die paar Minuten vom Bistro zu sich nach Hause ging Mia zu Fuß. Der Himmel war ungewöhnlich blau, und die Sonne schien. Seit der Suppe waren ihre Übelkeit und ihr Kopfschmerz wie weggeblasen, und ein Anflug von Euphorie machte sich in ihr breit. Sie hatte einen der toten Männer identifiziert, und Tante Lien würde sich innerhalb der vietnamesischen Gemeinde in Hamburg nach Eric Le erkundigen. Mia war klar, dass es eigentlich ihr Job war, sich nach dem Toten umzuhören. Aber wenn es stimmte, was ihre Berliner Kollegen immer über das Misstrauen von Vietnamesen gegenüber der Polizei erzählt hatten, und wenn Tante Lien die Leute persönlich kannte, war es für sie sicherlich einfacher, etwas zu erfahren. Einschalten konnte sich Mia dann auch später noch.

Eine Porträtzeichnung des zweiten toten Mannes und ein Foto des toten Jungen aus dem Raakmoor hatte Mia Tante Lien auch gleich noch mitgegeben.

Was Mia jetzt brauchte, war einfach eine erste Spur, der sie folgen konnte. Ein Gerücht, irgendetwas.

Sie war vollkommen in Gedanken versunken, als das Hupen eines Autos sie herumfahren ließ. Sie sprang gerade noch rechtzeitig zurück. Ein Geländewagen donnerte neben ihr über den Gehweg, um dann einige Meter weiter wieder auf die Straße zu schießen. Der Kehrwagen, der den Rinnstein säuberte, war ihm wohl zu langsam gewesen. Was für ein Überholmanöver, so ein Arschloch. In solchen Situationen wünschte Mia sich nach Holland oder Dänemark, wo auch Fußgänger und Radfahrer noch Rechte hatten. Hier kam man gegen diese großkotzigen Typen in ihren überflüssigen SUVs ja leider nicht an. Es war Mia sowieso ein Rätsel, wieso man solche sperrigen Autos in der Stadt überhaupt zuließ. Sie atmete tief durch. Nur nicht aufregen. Sie hob das Gesicht und blinzelte in den Himmel. Die warmen Sonnenstrahlen auf der Haut besänftigten sie etwas.

Hinter dem Hauptbahnhof wurden absurderweise schon die ersten Weihnachtsmarktbuden aufgebaut. Dabei hatte doch der Herbst gerade erst angefangen. Es war November.

Zu Hause holte sie schnell ihr Rad aus der Wohnung und fuhr an der Alster entlang zum Präsidium. Das Sonnenlicht glitzerte auf dem Wasser, und es war einer dieser Momente, in denen man die Stadt eigentlich nur lieben konnte.

Im Dezernat der Mordkommission war weit und breit kein Mensch zu sehen. Dafür schlug Mia der Geruch von verbranntem Kaffee entgegen. Sie ging gerade an Bordaschs Büro vorbei, als die Tür aufging und Sarah herauskam. Sie schob sich ihr T-Shirt in die enge Jeans und fuhr sich mit der Hand durchs Haar, bis sie Mia sah und erstarrte. Hinter ihr trat Bordasch auf den Gang, die kurzen Haare unverwüstlich glatt gegelt, das Hemd steif gebügelt.

»Mia, gut, dass du endlich da bist«, sagte Bordasch. »Wir haben jetzt Teamsitzung.« Er winkte sie zum Konferenzraum hinüber. Mia nickte stumm und hoffte, dass sie das, was sie gerade gesehen hatte, falsch interpretierte.

Im Konferenzraum waren alle Stühle besetzt. Hier war also die Kollegenschaft versammelt. Wie die Lämmer warteten sie auf ihren Chef, dachte Mia. Und Bordasch hatte sie natürlich warten lassen. Das passte zu ihm.

Sie lehnte sich an die Wand neben der Tür und überlegte, ob sie die Chance nutzen sollte, sich endlich den Kollegen vorzustellen. Sie räusperte sich und hob die Hand, um die Aufmerksamkeit auf sich zu ziehen. »Ich hatte noch nicht die Gelegenheit, alle Kollegen zu treffen«, sagte sie und bemühte sich um eine möglichst laute Stimme. Alle Köpfe drehten sich zu ihr um. »Ich bin Mia Paulsen, ich habe die letzten Jahre in Berlin bei …«

Bordasch winkte ab, um sie zum Schweigen zu bringen, als wäre das, was sie zu sagen hatte, sowieso unwichtig. Mia spürte, wie die Hitze ihr ins Gesicht schoss. Wut kroch in ihr hoch.

Bordasch verzog seinen Mund zu einem Grinsen. »Ich denke, alle hier kennen dich. Seit der Sache im Raakmoor.«

Allgemeines Lachen erfüllte den Raum. Bordasch kam zu ihr rüber und legte eine Hand auf ihre Schulter. Die Selbstverständlichkeit, mit der er das tat, machte Mia noch wütender. Ihr fiel ein ätzender Spruch ein, den sie ihm an den Kopf hätte werfen können, behielt ihn aber für sich.

»Erzähl uns was über deine Ermittlung. Bist du schon weiter?«

Mia sah, wie die anderen sich konzentriert vorbeugten, um zu hören, was sie für sie parat hatte. Welche Wege sie gehen wollte.

»Die Identität des einen Toten haben wir. Er hieß Eric Le, … war Vietnamese.«

»Wieso steht das nicht in deinem Bericht?«, unterbrach Bordasch sie sofort.

»Weil ich es gerade erst erfahren habe.«

Bordasch nickte. »Und weiter?«

»Alles weist darauf hin, dass dieser Eric Le illegal in Deutschland lebte … Oder wie auch immer man es nennen soll, wenn man sich ohne gültiges Visum hier aufhält ...« Sie stammelte, als sie den Stand der Ermittlung zusammenfasste. Sonst fiel es ihr eigentlich nicht schwer, vor versammelter Mannschaft zu reden. Aber sie ärgerte sich so sehr über Bordasch, dass sie keinen klaren Satz zustande brachte.

Als sie schließlich den Konferenzraum verließ, war sie fix und fertig. Aber so leicht würde sie es Bordasch nicht machen. Sie würde sich von ihm nicht aus dem Dezernat mobben lassen. Auf keinen Fall. Den Gefallen würde sie ihm nicht tun.

In ihrem Büro schloss sie die Tür hinter sich und schaltete den Computer ein. Er brauchte ewig, um hochzufahren. Während sie wartete, zündete sie sich eine Zigarette an. Das Nikotin entspannte sie zumindest etwas. Sie hielt die Zigarette senkrecht und sah zu, wie der Rauch sich hochkräuselte. Als der Computer endlich betriebsbereit war, ließ sie Eric Les Personalien durch die Programme laufen. Fehlanzeige.

Sie tippte die Namen von Eric Les Onkel und Tante ein. Für beide gab es Einträge im Polizeiregister. Damit hatte sie nicht gerechnet. Vor Überraschung atmete sie den Rauch falsch ein und hustete. Sie drückte die Zigarette aus, schob ihre kalten Hände unter die Oberschenkel und las.

Eric Les Tante war zwischen 1992 und 1993 dreimal von der Polizei aufgegriffen worden. Sie hatte am S-Bahnhof Berlin-Lichtenberg unverzollte Zigaretten verkauft. Ihr Mann war 1993 einmal verhört worden. Ihn hatte die Polizei mit einer Tüte Zigarettenstangen und zweihundert Mark in bar erwischt, ebenfalls am S-Bahnhof Lichtenberg. Zu Anzeigen war es nicht gekommen. Stattdessen hatten beide kurz darauf einen zeitlich unbefristeten Aufenthaltstitel für Deutschland erhalten.

Mia rief Tom an, einen ehemaligen Kollegen aus Berlin, der in den neunziger Jahren in der Sonderkommission Vietnam gearbeitet hatte. Die Soko hatte die Berliner Polizei im Kampf gegen die vietnamesische Zigarettenmafia eingerichtet.

Mia hatte Tom vor ein paar Jahren bei der Sitte kennengelernt. Ein Mann mit derbem Ton, aber herzlich. Er hatte, wenn sie zusammen unterwegs gewesen waren, oft von seiner Arbeit in der Soko Vietnam erzählt. Er verfolgte noch immer alles, was irgendwie mit Vietnamesen zu tun hatte, auch wenn er seit langem in ganz anderen Bereichen arbeitete.

Die vietnamesischen Banden waren damals durch ihre extreme Brutalität aufgefallen. Alleine in Berlin waren in den Neunzigern an die fünfzig Vietnamesen den Bandenkriegen konkurrierender Gangs zum Opfer gefallen. Als Waffen hatten sie nicht nur Pistolen und Messer benutzt, sondern auch Macheten und Samurai-Schwerter. Es war vor allem um den Handel mit unverzollten Zigaretten gegangen, aber auch um Schutzgelderpressung und Glücksspiel. Aussteiger und Verräter wurden regelrecht von Kommandos gejagt.

Mia erwischte Tom im Auto, auf dem Weg zu einem Einsatz. Ohne lange Vorrede erklärte sie ihm, weshalb sie anrief.

»Ich frage mich, wieso die beiden einen unbefristeten Aufenthaltstitel für Deutschland bekommen haben, wenn sie kurz zuvor wegen illegalem Zigarettenhandel aufgegriffen worden waren. War ja wohl kaum üblich so, oder?«

Tom lachte. »Nee. Ganz sicher nicht. Vielleicht haben sie ausgesagt? Was steht denn da?« Toms Stimme hörte sich durch die Freisprechanlage seltsam verzerrt an.

»Keine Aussage. Gar nichts. Nur, wann und wo sie festgehalten worden sind.«

»Wenn da gar nichts weiter steht, ist es ziemlich eindeutig. Dann haben sie ausgesagt.«

Mia stöhnte auf. »Ihr Neffe wurde ermordet. Meinst du, das könnte ein Racheakt gewesen sein?«

»Wann?«

»Wann was?«

»Wann wurde er ermordet?«

»Vor etwa zwei Wochen. Wir haben …«

»Über zwanzig Jahre später? Nein. So was haben die immer sofort erledigt. Außerdem, die Banden von damals sind längst zerschlagen.«

Nach dem Telefonat schickte Mia die Spurensicherung zu Eric Les Haus.

BORIS

Boris hatte mit seinem Boot unter einer der Brücken festgemacht, die über den Billekanal führte. Von hier aus konnte er das Ufer überblicken, ohne selbst gesehen zu werden. Die Lagerhäuser – alte Backsteingebäude – waren direkt ans Wasser gebaut mit Türen, von denen Treppen zum Kanal hinunterführten. An einer der Treppen wollte der Tscheche die Ware entgegennehmen.

Es war dunkel und still, nur hin und wieder hörte Boris leise Motorengeräusche und spürte das Vibrieren, wenn ein Auto über ihm über die Brücke fuhr. Er schenkte sich einen Grog aus seiner Thermoskanne ein, trank und wartete. Es war eine verdammt kalte Nacht. Er ärgerte sich immer noch über den Einäugigen. Er hätte wirklich erwartet, dass er ihm Bescheid gab, bevor er das Geschäft an jemand anderen übergab. Aber vielleicht hatte das Ganze ja auch sein Gutes. Jetzt konnte er immerhin einen neuen Preis für seine Arbeit aushandeln.

Er sah auf die Uhr. Wo zum Teufel blieb dieser Tscheche? Er hätte längst da sein sollen. Was, wenn er nicht auftauchte? Wenn er ihn doch nicht mehr brauchte. Jetzt, da der Binnenschiffer, dem Boris die Ware bislang draußen auf der Elbe übergeben hatte, nicht mehr im Spiel war.

Er drehte sich einen Joint, ohne das Kanalufer aus den Augen zu lassen. Einige Meter vor ihm rottete ein Holzanleger vor sich hin, er hing schon halb unter Wasser. Tagsüber, auf dem Weg in den Garten, fuhr Boris oft hier vorbei. Er hatte noch nie gesehen, dass über die Wasserzugänge Waren be-

oder entladen wurden. Lediglich für ein Bier oder eine ruhige Zigarette kam mal jemand hier runter. Der Handel lief nur noch über die Straße. Die Gebäude, die hier standen, grenzten auf der anderen Seite an die Billstraße.

Gebrauchtwarenhändler und *Import-Export* stand da auf den Schildern an den Toreinfahrten, und den Namen nach zu urteilen, waren die Chefs überwiegend Türken und Araber. In den Höfen türmten sich alte Kühltruhen, Elektroherde, Rasenmäher. Die Billstraße war ein Umschlagplatz für Elektroschrott, aber auch für alte Autos und Fahrräder und für Restposten chinesischer Billigprodukte. Boris hatte keine Ahnung, wer das Zeug kaufte. Er hatte mal gehört, das meiste werde in Container verpackt und nach Afrika verschifft.

Er zündete sich den Joint an, inhalierte tief, und die Ruhe, die er so mochte, breitete sich in ihm aus. Seine Befürchtung, er könnte aus dem Geschäft rausfliegen, erschien ihm mit einem Mal vollkommen unbegründet. Natürlich würde der Tscheche kommen. Er dachte doch, Boris habe das Cannabis im Boot – so war es ja verabredet. Und auf seine Ware würde er ganz sicher nicht verzichten. Außerdem war Boris gestern die Billstraße abgelaufen und hatte die Polizei beobachtet, die da oben unterwegs gewesen war. Die Bullen hatten zwar vor allem die Schwarzafrikaner im Visier gehabt, die in den Lagern jobbten, aber die Chance, mit dem Auto in eine dieser Kontrollen zu geraten, war trotzdem da. Den ein oder anderen Wagen hatten sie auch angehalten. Und ganz sicher wollte der Tscheche nicht mit einem Kofferraum voll bestem Cannabis angehalten werden. Der Tscheche brauchte ihn und sein Boot also, dachte Boris.

Der Schein einer Taschenlampe glitt über das Wasser. Boris nahm noch einen Zug von seinem Joint, schnippte die Kippe weg und warf den Motor an. Nah am Ufer entlang steuerte er auf die Lichtquelle zu. Büsche und kleine Bäume, die aus Rillen und Rissen in den Fassaden wucherten, ragten weit über das Wasser, und er musste sich bücken, um keine Äste ins Gesicht zu bekommen.

Der Tscheche wartete auf einer Treppe, die gut versteckt zwischen hohen Mauervorsprüngen lag.

Nach nur fünf Stufen endete die Treppe an einer Tür, die offen stand. Im Innenraum brannte ein schummriges Licht, und Boris konnte erkennen, dass bis unter die Decke Pappkartons und Holzkisten gestapelt waren.

Der Tscheche stand auf einer der unteren Stufen nahe am Wasser, er kam Boris größer vor, als er ihn in Erinnerung hatte. Aber er hatte ihn ja auch nur das eine Mal in seinem Schrebergarten gesehen. Das Einzige, was ihm wirklich im Gedächtnis geblieben war, waren diese hellen kalten Augen.

»Moin«, rief Boris und bemühte sich, entspannt zu klingen. Dabei waren seine Hände schwitzig, und sein Atem raste.

Der Tscheche musterte ihn schweigend, während er das Boot an einem in die Treppe eingelassenen hakenförmigen Poller vertäute. Boris' Finger waren so feucht, dass er immer wieder abrutschte und es dauerte, bis der Knoten endlich saß.

Schließlich sprang er an Land. Der Tscheche machte einen Schritt auf ihn zu. Die Art, wie er sich bewegte, hatte etwas Bedrohliches. Breitbeinig, sehr aufrecht, die Arme leicht angespannnt, bereit zuzugreifen. Vielleicht war es doch keine so gute Idee gewesen, hier ohne das Cannabis aufzukreuzen.

»Wo ist die Ware?«, fragte der Tscheche mit diesem harten Akzent, der Boris schon aufgefallen war.

»Die ist noch im Bunker ... die Schleusen ... das Risiko ist ...«, stammelte er und verfluchte sich selbst. Wieso ließ er sich von diesem Typen so einschüchtern? Er atmete tief durch und fügte hinzu: »Für das Geld mache ich das nicht mehr.«

Der Tscheche sagte nichts, sah ihn nur an. Boris schluckte und nahm all seinen Mut zusammen. »Ich brauche mehr Geld. Das Risiko ist groß. Und ich weiß ... also, die Jungs im Bunker, nicht dass mich das stört, aber das sind noch Kinder, wenn das rauskommt ...«

Bevor Boris noch seinen Satz beenden konnte, packte der Tscheche sein Handgelenk und riss ihm mit einem Ruck den Arm nach hinten.

»Autsch, Mann, Scheiße!«

Der Tscheche zog ihn rückwärts die Stufen hoch ins Gebäude und trat mit dem Fuß die Tür hinter sich zu, die mit einem metallischen Scheppern ins Schloss fiel.

Dann drückte er ihn gegen einen Stapel Holzkisten. Boris spürte Splitter, die sich in seine Wange bohrten. »Lass los!«, schrie Boris und versuchte, sein Handgelenk aus dem Griff des Tschechen zu winden, aber der Tscheche drehte seinen Arm nur noch höher auf den Rücken, so dass Boris vor Schmerz schrie.

Mit seinem ganzen Gewicht drückte sich der Tscheche von hinten gegen Boris. Boris bekam kaum noch Luft und ... der Tscheche presste seine Hand auf Boris' Mund und rieb seinen Unterkörper gegen seinen. Scheiße noch mal, dachte Boris. Der Kerl hatte eine Erektion. Sein Glied drückte hart gegen seinen Arsch. Boris traten Tränen in die Augen. Der Typ war ja vollkommen irre.

»Erpressen?«, flüsterte der Tscheche, wobei sein Mund so nah an seinem Ohr war, dass er seinen nassen Atem spürte.

Boris versuchte, den Kopf zu schütteln, was die Splitter noch weiter in seine Wange trieb. Der Tscheche lachte und ließ los. Boris schnappte nach Luft. »Ist gut, ich mach's. Die Ware ... kein Problem«, haspelte er.

Den Schlag sah Boris nicht kommen, aber er hörte das klatschende Geräusch an seinem Ohr, und in seinem Kopf drehte sich alles. Er fühlte sich fast schwerelos, als er auf den Betonboden stürzte, den Geschmack von Blut in seinem Mund.

Der Tscheche trat ihm gegen die Schläfe. Boris' Kopf schien zu explodieren, und er hörte nichts als das Pulsieren des Blutes in seinem Schädel. Er versuchte, sich mit den Armen zu schützen. Doch der Tscheche verpasste ihm weitere Tritte. Es ging alles blitzschnell. Boris' Körper zitterte und hörte auf zu funktionieren. Pisse rann warm über seine Beine, und alles verschwamm vor seinen Augen.

Als er wieder zu sich kam, lag er in seiner eigenen Kotze.

Seine Zunge war geschwollen und fühlte sich fremd an. Seine Ohren glühten. Er tastete nach seinem Gürtel und atmete auf. Der Gürtel war zu. Immerhin das. So weit war der Tscheche nicht gegangen.

Von irgendwoher vernahm er Schritte auf dem Beton, dann hörte er Stimmen. Sehen konnte Boris niemanden. Die eine Stimme gehörte dem Tschechen, die andere war eine Frauenstimme. Mit einem seltsamen Singsang und sächsischem Einschlag.

»Was haben deine Ahnen nur für Hundescheiße gefressen?«, sagte die Frau mit scharfer Stimme. Sie war eindeutig wütend. »Wie kann man so dämlich sein?«

»Kein Problem«, hörte er den Tschechen sagen. Anders als die Frau klang er ganz ruhig.

»Die Polizei ist auch nicht blöd. Du hast sie alle an derselben Stelle entsorgt. Drei Leichen an einem Ort.«

»Keine Spuren. Keine Verbindung«, sagte der Tscheche.

Die nächsten Sätze verstand Boris nicht, obwohl er hörte, dass die beiden weiter miteinander sprachen. Sein Kopf dröhnte höllisch. Er schloss die Augen, versuchte, sich zu konzentrieren. Dann hörte er die Frau sagen:

»Und jetzt dieser Typ. Was will er?«

»Mehr Geld.«

»Was weiß er?«

Sie redeten über ihn, verdammt, dachte Boris. Er wagte kaum zu atmen aus Angst, etwas zu verpassen.

»Zu viel. Er hat schon für den Einäugigen gearbeitet.«

Zu viel, dachte Boris, er wusste zu viel. Jetzt sackte auch die Information mit den Leichen bis in sein Hirn vor. Der Tscheche würde ihn umbringen. Er versuchte aufzustehen, doch die Bewegung verwandelte seine Umgebung in ein Karussell. Er hörte noch, wie die Frau dem Tschechen befahl, die Ware aus dem Bunker zu holen. Er robbte vorwärts. Sein linkes Bein fühlte sich taub an, und er zog es hinter sich her. Irgendwie schaffte er es die Stufen hinunter und bis ins Boot. Wie ein Sack fiel er auf den Bootsboden. Er wollte nur noch liegen bleiben, den Schmerz vergessen. Aber er musste weg hier.

Er streckte die Hände nach dem Tampen aus. Wieso hatte er den Knoten nur so fest gezogen, verdammt? Er bekam ihn nicht auf. Er zog sich an der Bootsseite hoch, biss mit den Vorderzähnen in den Tampen und zerrte mit den Fingern daran, bis sich der Knoten endlich löste. Mit letzter Kraft stieß er sich von der Treppe ab. Das Boot dümpelte jetzt einen Meter von Ufer entfernt auf dem Wasser. Er tastete nach dem Starter des Auslegermotors. Es brauchte mehrere Anläufe, bis der Motor aufheulte. Hinter sich hörte er ein Geräusch und sah, wie der Tscheche die Stufen herunterrannte. Er war fast unten. Ein Sprung, und er wäre bei ihm im Boot. Boris jagte den Motor hoch, und der Bug hob sich aus dem Wasser. Erst als er den Fahrtwind im Gesicht spürte, drehte er sich nach dem Tschechen um. Er stand am Ufer und wurde immer kleiner.

LUKA

Es war jetzt fast Mitternacht, und obwohl es noch kälter war als gestern, trug Sam wieder nur die dünne Trainingsjacke. Luka fragte sich, ob er überhaupt was anderes hatte. Sie saßen nebeneinander auf der Lehne der Bank hinter dem Bunker, die Füße auf der Sitzfläche, und aßen die Chips, die Luka mitgebracht hatte. Wieder nahm Luka diesen seltsamen süßsäuerlichen Geruch wahr, der von Sam ausging. Aus dem Augenwinkel betrachtete er ihn. Sein Körper war zart und schmächtig, die schwarzen Haare verfilzt. Als Sam merkte, dass Luka ihn musterte, huschte der Anflug eines Lächelns über sein Gesicht. Luka lächelte unsicher zurück.

Zwei Mädchen gingen an ihnen vorbei. Die eine kannte Luka. Sie war eine Klasse unter ihm. Sie redete ununterbrochen und gestikulierte dabei aufgebracht mit den Händen. Luka hoffte, sie kamen jetzt nicht zu ihnen herüber. Aber sie schienen sie gar nicht zu sehen. Er wischte sich die fettigen Finger an seiner Hose ab und zog sein Smartphone heraus. Er hatte so viele Fragen, wusste aber nicht, wie er anfangen sollte. Am besten ganz banal, dachte er und tippte »Alles klar bei dir?« in das Übersetzungsprogramm seines Smartphones.

Sam sah den Mädchen hinterher, bis sie zwischen den Bäumen verschwunden waren. So als wollte er sichergehen, dass sie wirklich weg waren. Erst dann beugte er sich zu Luka hinüber und las, was er geschrieben hatte. Dabei lehnte er sich so weit vor, dass sein Kinn auf Lukas Arm zu liegen kam. Hitze schoss Luka in den Kopf. Die Berührung machte ihn nervös, aber er wollte auch nicht, dass der Moment vorbeiging. Er schüttelte verwirrt den Kopf. Sam streckte seine Hand aus und tippte nun seinerseits.

»Gut«, las Luka die Übersetzung und schrieb: »Du wohnst im Bunker, oder?«

An der Bewegung von Sams Kinn auf seinem Arm spürte Luka, dass er nickte. »Wie kommst du da rein?«, schrieb Luka.

Sam tippte wieder. »Klettern.«

»Cool. Wo sind deine Eltern?«

»Viet Nam«, war Sams Antwort.

»Du bist ganz alleine nach Deutschland gekommen?«, tippte Luka.

Diese Frage ignorierte Sam.

»Vermisst du sie?«

Sam setzte sich ruckartig auf und nickte. Luka entging nicht, dass seine schmalen Schultern zitterten. Ob vor Kälte oder wegen des Gedankens an seine Eltern, konnte er nicht sagen. Vielleicht beides.

»Ich vermisse meinen Vater auch«, schrieb Luka. »Er ist tot. Erschossen.«

Sam sah Luka an, und Luka erwartete Mitleid in seinem Blick. Aber da war eher Neugier und so was wie Verständnis. Luka war froh darum, er wollte kein Mitleid. Er wollte normal behandelt werden.

»Er war Polizist«, schrieb Luka weiter, und plötzlich war alles anders. Sam erstarrte, er schien nicht einmal mehr zu atmen. Luka fluchte innerlich. Wie blöd von ihm, die Polizei zu erwähnen, schoss es ihm durch den Kopf. Sam wohnte im Bunker, er war ohne Erwachsene hier, er war sicher illegal. Hastig tippte er: »Ein anderer Polizist hat meinen Vater erschossen. Ich hasse die Polizei. Ich verrate nichts. Versprochen.«

Sam schielte auf das Smartphone und sah dann Luka einen Moment stumm an, als wüsste er nicht, ob er ihm glauben sollte. Schließlich sprang er von der Banklehne und rannte in die Grünanlage. Luka sah ihm hinterher, wusste nicht, was er tun sollte. Er wollte ihn auf keinen Fall noch einmal verfolgen, ihm nicht noch einmal Angst einjagen. Luka schlang seine Arme um seinen Oberkörper und rieb sich mit den Händen über die Arme. Er hatte alles vermasselt. Aber dann sah er, dass Sam stehen geblieben war und sich nach ihm umdrehte. Vielleicht hatte er es sich anders überlegt. Er wartete auf Luka, so sah es zumindest aus. Luka packte seinen Rucksack mit den Lebensmitteln, die er für Sam mitgenommen hatte, und rannte zu ihm rüber. Sam machte eine Kopfbewegung, die Luka so deutete, dass er ihm folgen sollte. Gemeinsam gingen sie Richtung Elbe. Keiner sah den anderen an, sie liefen einfach nur nebeneinanderher.

Sam bewegte sich leichtfüßig und mit der ihm eigenen Geräuschlosigkeit, die Luka schon letztes Mal beeindruckt hatte. Am Entenwerder Fährhaus blieb er stehen. Er hob den Kopf – das Gesicht im Wind, als nehme er eine Witterung auf. Jetzt hörte auch Luka das Rascheln. Etwas Großes, Schwarzes sprang aus dem Gebüsch hinter dem Fährhaus und rannte direkt auf sie zu. Sam fuhr herum und prallte gegen Luka, der vor Schreck aufschrie. Der schwarze Schatten schlug einen Haken, drehte ab und verschwand auf der anderen Seite des Weges im Ufergebüsch. Für einen kurzen Moment war es totenstill. Nur ihr eigener keuchender Atem war zu hören. Dann prusteten sie los. Prusteten und krümmten sich, die Hände auf die Bäuche gedrückt.

Das war ein Reh. Es war ein Reh gewesen, vor dem sie so erschrocken waren. Die Tränen liefen ihnen über die Wangen vor Lachen. Alle Spannung, die seit Lukas Erwähnung der Polizei zwischen ihnen gewesen war, war verschwunden.

Noch immer lachend gingen sie weiter und liefen hinter dem alten Zollanleger zum Fluss hinunter. Es war Ebbe, und die Steine der Uferbefestigung lagen frei. Luka stellte sich auf einen großen abgerundeten Stein und sah hinüber zur Peute auf der anderen Flussseite. Die Lichter der Industrieanlagen schimmerten wie immer in mattem Gelb. Luka hatte mal versucht auszurechnen, wie viel Strom gespart werden konnte, wenn die Industrielichter nicht die ganze Nacht über brannten. Aber egal, er liebte diesen Blick. Es sah aus, als läge ein gelber Nebel über der Peute.

Sam sprang geschickt von Stein zu Stein, bis ganz hinunter zur Wasserkante. Erst dann kam er zurück und blieb dicht vor Luka stehen. Luka spürte wieder diese Hitze in seinem Kopf. Was war nur los mit ihm? Er war doch nicht schwul oder so was.

Sie nahmen den Weg durch den Park. Hin und wieder bückte Sam sich, und es sah aus, als wollte er seinen Schnürsenkel binden. Aber Luka sah, dass er jedes Mal etwas aufhob und es in seine Hosentasche gleiten ließ. Was es war, konnte er nicht erkennen. Am Ende des Parks nahmen sie die Fußgängerbrücke über das alte Hafenbecken und liefen an der Straße entlang zurück. Luka genoss es, nicht alleine zu sein und dennoch nicht reden zu müssen. Obwohl es mitten in der Nacht war, war diese seltsame Golfanlage, die gegenüber einer Wohnsiedlung lag, blau angestrahlt. Es war ein dreistöckiges Gebäude, das aussah, als habe man einfach nur ein paar Container aufeinandergestellt. In einer der oberen Abschlagboxen stand ein Mann und schlug Bälle ins Dunkel. Vielleicht der Nachtwächter, dachte Luka. Ihm gefiel die Vorstellung, dass der Nachtwächter heimlich spielte. Er fand, die Anlage gehörte nicht in diesen Stadtteil. Sie war wie ein Ufo, ein blau leuchtendes Raumschiff, das auf dem falschen Planeten gelandet war. Als ob in Rothenburgsort Golfer lebten.

Sam hatte den Kopf schief gelegt. Seine Wangen waren vom Laufen durch die Kälte gerötet. Seine Augen lagen ruhig auf Luka, und schließlich nickte Sam, als hätte er eine Antwort gefunden auf eine Frage, die ihn lange beschäftigt hatte. Als er sich diesmal bückte, sah Luka, dass er einen Golfball aufhob. Früher hatte Luka auch alles gesammelt, was er fand. Steine, Bälle, Bonbonpapiere ... einfach alles. Seine Fundstücke hatte er in einer Holzkiste aufbewahrt. Was Sam wohl mit seinen Fundstücken machte? Luka wollte ihn fragen, mochte jetzt aber sein Telefon nicht mehr rausholen. Über ihnen hatten sich schwere Gewitterwolken zusammengeballt, und sie hörten schon das ferne Rollen des Donners. Schnell rannten sie zurück zum Bunker. Den Rucksack mit den Lebensmitteln gab Luka Sam mit.

Kurz darauf stand Luka am Fenster seines Zimmers und sah durch sein Nachtsichtgerät zum Hochbunker hinüber. Sam stand auf dem Bunkerdach. Er hatte die Arme weit ausgebreitet und lehnte sich gegen den Wind, der von der Elbe herüberdrückte. Es schien, als schwebe er. Aber je länger Luka zu ihm hinübersah, desto mehr zerflossen seine Konturen vor Lukas Augen, bis Sam sich fast aufzulösen schien. Luka legte das Nachtsichtgerät beiseite und kniepte mit den Augen, um wieder klar sehen zu können. Über der Elbe zuckten Blitze, und es donnerte. Ein weißer Lieferwagen bog unten auf den Parkplatz ein. Luka konnte sich nicht erinnern, ihn hier je gesehen zu haben. Der Wagen hielt, aber niemand stieg aus. Der Fahrer saß hinter dem Steuer und rauchte, Luka konnte das rote Glimmen der Zigarette sehen. Bieganski, Lukas kettenrauchender Nachbar, kam über den Parkplatz. Er trug zwei Müllsäcke, den Oberkörper hatte er nach vorne gebeugt, als müsste er gegen den Wind ankämpfen. Neben dem Wagen blieb er stehen. Es sah so aus, als redete er mit dem Fahrer. Und dann brach der Regen los, peitschte gegen die Scheiben. Im Gewitterleuchten sah Luka Sams Gestalt im Bunker verschwinden.

Er kroch ins Bett und lauschte dem gleichmäßigen Rauschen des Regens und dem Grollen des Donners. Er legte die Hände auf seine Brust und spürte das Heben und Senken des Brustkorbs und den Rhythmus seines Atems. Er fühlte sich so glücklich wie schon lange nicht mehr.

MIA

Mia versank bis zum Hals in Hitze und Schaum. Das Kondenswasser lief die altrosa Kacheln hinunter. Der Schaum duftete blumig. *Himmlisch Glücklich* hatte auf der Packung gestanden. Mias verhärtete Nackenmuskeln lösten sich. Sie atmete tief ein und ließ sich mit dem Kopf unter Wasser gleiten. In ihren Ohren knisterte es dumpf. Als ihr schwindelig wurde, tauchte sie langsam wieder auf.

Sie war extra früh aufgestanden, um vor der Arbeit noch in Ruhe baden zu können. Es gab keinen besseren Start in den Tag. Und keinen Ort, an dem sie besser nachdenken konnte.

Warum war Eric Le ermordet worden? Rache für eine Aussage, die sein Onkel und seine Tante vor über zwanzig Jahren gemacht hatten? Möglich, aber nicht sehr wahrscheinlich, fand Mia, auch wenn sie es nicht ganz ausschließen konnte. Aber die anderen beiden Toten passten nicht dazu. Weder der Mann, der mit Eric Le verscharrt worden war, noch der Junge.

Mia streckte die Zehen nach dem Heißwasserhahn aus und drehte ihn auf. In den alten Rohren knackte und rauschte es. Sie schloss die Augen und ließ sich andere Möglichkeiten durch den Kopf gehen.

Eric Les Tod glich einer Hinrichtung. Vielleicht eine Strafe dafür, dass er jemanden hintergangen hatte. Oder aber ein Konkurrent hatte ihn aus dem Weg geräumt, weil er ihm sein Geschäft streitig gemacht hatte.

Eric Le hatte genug Geld verdient, um mal eben ein Haus zu kaufen. Die Frage war, wie. Das mit den Computern nahm

Mia seiner Tante nicht ab, auch wenn sie selbst vielleicht diese Version, die ihr Neffe ihr da aufgetischt hatte, glaubte. Die Spurensicherer, die gestern im Haus von Eric Le gewesen waren, hatten gesagt, es gäbe nicht einmal einen Festnetzanschluss im Haus. Und auch keinen Internetzugang. Etwas seltsam für jemanden, der mit Computern arbeitete, fand Mia. Sicher, es gab mobiles Internet, aber das war hinsichtlich der Bandbreite doch meist sehr eingeschränkt.

Sie musste herausfinden, womit Eric Le sein Geld verdient hatte. Sie war sich sicher, dass sie das der Lösung und dem oder den Tätern näherbringen würde. Und sie brauchte Anhaltspunkte für eine Verbindung zwischen den drei Toten. Etwas, womit sie Bordasch überzeugen konnte. Oder besser gesagt, mit Beweisen, die Bordasch nicht einfach ignorieren konnte.

Der zweite tote Mann könnte ein Geschäftspartner gewesen sein. Wie aber passte der Junge in das Bild? Mia rief sich die Details seines Obduktionsberichts ins Gedächtnis. Vielleicht war da ja etwas, was sie bislang übersehen hatte. Verletzungen hatte der Junge keine gehabt, außer an den Händen. Sie waren mit Schnittwunden übersät gewesen, von denen einige bereits vernarbt gewesen waren, andere aber nicht. Auffallend war außerdem, dass der Junge mangelernährt gewesen war, und sein Körper wies Symptome von Rachitis auf. Ursache für die Rachitis war ein starker Vitamin-D-Mangel gewesen, was darauf schließen ließ, dass er selten das Tageslicht gesehen hatte. Hinweise auf sexuellen Missbrauch hatte es nicht gegeben. Trotzdem war der Körper mit scharfen Scheuermitteln abgeschrubbt worden. Irgendwelche Spuren hatte der Täter also vertuschen wollen.

Mia tauchte noch einmal unter. Sie könnte ewig so im Wasser liegen. Als sie aus der Wanne stieg, war die Haut an ihren Händen weiß und schrumpelig vom langen Baden.

Sie trocknete sich vor dem Spiegel ab und wickelte sich ein Handtuch um den Körper. Barfuß und mit nassen Haaren tappte sie in die Küche und setzte die Espressokanne auf die Herdplatte. Dann rief sie Hallberg an.

»Hallo, Frau Paulsen«, meldete der Rechtsmediziner sich. »Wie kann ich Ihnen diesmal helfen?«

»Moin«, sagte Mia. »Weswegen ich anrufe. Der tote Junge aus dem Raakmoor. Gibt es nicht doch eine Möglichkeit, genauer einzuschränken, aus welchem Land er stammte?«

»Sie glauben, dass der Junge genau wie der Einäugige aus Vietnam kam, oder?«, fragte Hallberg.

»Was? Woher wissen Sie, dass der Einäugige Vietnamese war?«

»Seine Verwandten haben ihn identifiziert.«

»Die Nguyens waren schon bei Ihnen? Wann?« Mia fluchte. Sie hätte dabei sein müssen, wenn die beiden ihren Neffen identifizierten. Schon wegen der Formalitäten.

»Sie sind immer noch da. Sie wollten kurz mit dem Toten alleine sein. Ich habe ihnen abgeraten, der Junge ist ja nicht mehr sehr ansehnlich, aber …«

»Die beiden sollen auf mich warten. Ich bin unterwegs.«

Hastig zog Mia sich an, trank einen Kaffee und rief Tante Lien an. Sie ließ es mehrere Minuten klingeln, aber Tante Lien ging nicht ran. Ein Anrufbeantworter sprang auch nicht an.

BORIS

Boris wurde von pochendem Kopfschmerz geweckt. Er lag auf einem Sofa in einem Wohnzimmer mit einem kackbraunen Wandschrank und Tapeten, die vom Zigarettenrauch ganz vergilbt waren.

Er war vollständig angezogen. Sogar seine Schuhe hatte er noch an. Der Gestank von Erbrochenem hing ihm in der Nase. Es dauerte einen Moment, bis seine Erinnerung an die vergangene Nacht zurückkam. Wenn auch nur ziemlich verschwommen. Der Tscheche hatte ihn verprügelt, aber er war ihm entkommen. Im letzten Moment. Er war mit dem Boot durch die Kanäle gerast. Irgendwo am Mittelkanal hatte er festgemacht und ein Taxi angehalten. Aber der Fahrer hatte ihn nicht mitnehmen wollen. Irgendwie hatte Boris es dann zu Fuß nach St. Georg geschafft. In den »Silbernen Anker«. In dieser ranzigen Kellerkneipe für Nutten und Säufer fiel er mit seinen vollgekotzten Klamotten auch nicht weiter auf.

Im »Silbernen Anker« hatte er sich dann die Kante gegeben und seine Schmerzen und seine Angst betäubt. Günther, der Gastwirt, war ein alter Kumpel und hatte Boris für die Nacht sein Sofa angeboten. Allerdings ausdrücklich nur für die eine Nacht. Am Morgen sollte er verschwunden sein.

Boris setzte sich auf. In seinem Kopf drehte sich alles.

Als er den Arm bewegte, schoss ein Schmerz von seinem Ellbogen bis in den Rücken. Tastend fuhr er sich mit der Hand über die Rippen und fluchte. Mit zusammengebissenen Zähnen stand er auf und hinkte in die Küche. Sein linkes Bein war genauso taub wie gestern. Und seine Zunge war auch immer noch geschwollen.

Aus einem Hängeschrank holte er eine Tasse, füllte sie randvoll mit Leitungswasser und stürzte es hinunter. Im Kühlschrank fand er ein Glas saure Gurken, das er mit ins Bad nahm.

Der Anblick seines Gesichts im Spiegel ließ ihn zurückschrecken. Er erkannte sich selbst kaum wieder. Seine Schläfen waren lila angelaufen, unter seinem rechten Auge war die Haut tiefrot. In seiner Wange steckten Holzsplitter. Die Lippe war an mehreren Stellen aufgeplatzt. Er schob sich eine saure Gurke in den Mund, sah sich selbst zu, wie er vorsichtig kaute, und hatte das Gefühl, dieses Gesicht da im Spiegel gehörte nicht ihm.

Und jetzt? Wo sollte er hin? Zurück in die Laube konnte er nicht. Da würde der Tscheche ihn zuallererst suchen. Und dass er ihn suchen würde, da war Boris sich sicher. Zu seiner Ex konnte er auch nicht. Wenn sie ihn so sah, würde sie die Polizei auf ihn hetzen. Im Kopf ging Boris die Liste seiner Bekannten durch, alles Menschen, zu denen er lange keinen Kontakt gehabt hatte. Mit der Trennung von seiner Frau waren sie einfach alle aus seinem Leben verschwunden. Ihm fiel niemand ein, von dem er glaubte, dass er ihn bei sich aufnehmen würde. Er würde sich ein Zimmer suchen müssen. Er kannte da eine billige Absteige am Hansaplatz: »Pension Marlene«. Nicht weit von hier. Aber auch dafür brauchte er Geld. Ihm blieb also nichts anderes übrig, einmal musste er noch in den Garten. Er musste das Cannabis holen, das er da versteckt hatte. Wenn er es verkaufte, könnte er erst mal untertauchen.

Boris zog sich nackt aus, was nicht einfach war. Wirklich jeder Knochen tat ihm weh. Seine Sachen ließ er auf den Boden fallen. Er drehte die Duschhähne auf, wartete, bis das

Wasser dampfte, und stellte sich darunter. Er schloss die Augen und ließ sich das Wasser über das Gesicht laufen.

Als er aus der Dusche kam, war die Taubheit in seinem Bein verschwunden und hatte einem stechenden Schmerz in seinem Unterschenkel Platz gemacht. Im Spiegelschrank über dem Waschbecken fand er eine Pinzette und zog sich die Splitter aus der Wange. Fast hätte er losgeheult. Er konnte es nicht anders beschreiben: Es ging ihm beschissen – verletzt, alleine und verlassen.

Er wickelte sich ein Handtuch um den Bauch und humpelte durch die Wohnung ins Schlafzimmer. Günther lag unter seiner Decke vergraben und schnarchte laut. Neben ihm schlief ein Mädchen. Boris hatte gar nicht mitbekommen, dass Günther sie gestern mit hergebracht hatte. Das Leben war so scheißunfair. Sogar Günther, dieser alte Sack, bekam eine Frau ab. Wenn auch sicherlich gekauft, dachte Boris. Hier in der Gegend kosteten die kaum mehr als eine warme Mahlzeit. Oder ein paar Gratis-Bier im »Silbernen Anker«.

Ein Sonnenstrahl fiel durch die Plastikjalousien und warf einen Strich auf den nackten Arsch des Mädchens. Seine Beine waren leicht gespreizt.

Boris öffnete den Schrank und suchte sich frische Unterwäsche raus, Socken, einen Pullover und eine Hose. Dann wühlte er die Wäsche durch, zog alle Schubladen der Kommode auf, tastete den Teppich unter dem Schrank ab. Er wusste, dass Günther eine Waffe hatte. Die brauchte er jetzt, wenn er in den Garten fuhr. Schließlich fand er sie unter einem Stapel Pornos auf dem Boden neben dem Bett. Eine Walther P99. Er wog sie in der Hand. Wenn der Tscheche ihm auflauerte, würde er ihn abknallen.

Geduscht und in Günthers frischen Klamotten sah er wieder einigermaßen passabel aus. Seine eigenen Sachen hatte er bei Günther liegen lassen. Die waren eh hinüber. Die letzten Euro, die er noch in der Tasche hatte, gab Boris für ein Taxi aus. Er brachte nicht die Kraft auf, mit dem Bus bis zum Garten zu fahren.

Als der Wagen vor der Zufahrt zur Gartenkolonie bremste, wäre er am liebsten sitzen geblieben und einfach zurück in die Stadt gefahren, doch er stieg aus und sah dem Taxi hinterher, bis es hinter einer Kurve verschwunden war.

Auf dem Vereinsparkplatz stand nicht ein Wagen, und es war totenstill. Der Himmel war düster und grau. Nicht einmal der Wind rauschte. Er war vollkommen alleine hier draußen, und er spürte die Panik, die in ihm aufstieg. Wenn der Tscheche ihn jetzt umbrachte, würde niemand es mitbekommen. Er versuchte, ruhig zu atmen, was ihm nicht ganz gelang. Er tastete nach der Waffe, die in der Innentasche seiner Jacke steckte. Er wäre gleich wieder weg, sagte er sich. Es würde nur ein paar Minuten dauern, das Cannabis zu holen.

Als er losging, fühlten seine Beine sich an wie Gummi. Er nahm einen schmalen Pfad, der über die Wiese hinter den Mülltonnen verlief, und kam zu einem Hain, in dem er schon als Kind gespielt hatte. Er war mehr oder weniger hier draußen aufgewachsen. Kein Wochenende, an dem seine Mutter ihn nicht mit hergeschleppt hatte.

Der Hain war viel kleiner, als er ihn in Erinnerung hatte. Meist war er in der Dämmerung hierhergekommen und hatte Stunden damit verbracht, sich Verstecke zu bauen. Er hatte sich vorgestellt, dass, wenn er kein Versteck hatte, ihn die Monster und Trolle holen würden, die im Hain hausten. Boris stapfte durch das nasse Unterholz und dachte an die schaurig-schöne Angst, die er damals empfunden hatte, wenn es irgendwann dunkel geworden war und er alleine in einem seiner Verstecke gehockt hatte. Und er dachte, dass er sich auch jetzt fürchtete. Aber anders. Schlimmer. Echter. Ihm fehlte die Gewissheit, dass am Ende alles gut ausgehen würde, dass alles nur ein Spiel war.

Schritt für Schritt ging er weiter, und mit jedem Schritt schmerzte sein Unterschenkel mehr. Er schlug einen Bogen ein, so dass er sich von der Rückseite seiner Parzelle näherte. Immer wieder sah er sich um. Er glaubte, Schritte und das Knirschen von Sand unter Sohlen zu hören. Aber da war niemand. Leise schob er die Pforte zum Nachbargrundstück auf und schlich sich am Schuppen vorbei bis zur seitlichen Hecke. Von hier aus konnte er seinen Garten einsehen. Die Schubkarre stand auf der Wiese, da, wo er sie irgendwann vor Wochen abgestellt hatte. Die Scherben des zerbrochenen Gartenzwergs lagen auf dem Weg. Die Tür zur Laube war geschlossen. Es war alles wie immer.

Er zwängte sich durch die Lücke in der Hecke, von der sein spießiger Gartennachbar wollte, dass er sie endlich zupflanzte, und ging zu seiner Laube hinüber.

Als er die leise quietschende Tür öffnete, spürte er die Wärme und roch den angebrannten Staub. Das Adrenalin schoss ihm durch den Körper. Niemals ließ er die Heizung an, wenn er wegging.

Er riss die Pistole aus seiner Jacke und hielt sie mit beiden Händen vor sich. Es war dunkel in der Laube. Durch die Zeitungen, die als Wärmedämmung vor den Fensterscheiben klebten, fiel kaum Licht. Aber als seine Augen sich an die Dunkelheit gewöhnt hatten, konnte er erkennen, dass jemand in dem großen Ohrensessel saß. Vollkommen reglos.

»Ich bin bewaffnet!«, schrie er, seine Stimme überschlug sich. Mit der linken Hand tastete er nach dem Lichtschalter neben der Tür, während er mit der anderen Hand den Pistolengriff umklammerte.

Das gelbliche Licht der Deckenlampe fiel auf die Person im Sessel. Es war eine Frau. Ihre kleinen schmalen Augen waren fast schwarz. Sie sah asiatisch aus, vielleicht aus Vietnam wie der Einäugige. Oder Chinesin. Boris sah da keinen Unterschied. Sie war älter, um die sechzig und kräftig. Sie trug einen schwarzen Wintermantel und elegante rote Lederhandschuhe. Ihre Haare waren zu einem Dutt gebunden. Sie sah streng aus. Auf ihrem Schoß stand eine große Handtasche.

»Entschuldigen Sie, dass ich hier so eingedrungen bin«, sagte sie mit vollkommen ruhiger Stimme und lächelte, als sei es das Normalste der Welt, dass jemand mit einer Waffe auf sie zielte. »Ich habe mir erlaubt, die Heizung anzumachen. Es war sehr kalt.«

Die Stimme, dachte Boris, dieser Singsang mit sächsischem Einschlag. Das war die Frau, die gestern mit dem Tschechen im Lager gewesen war. »Wo ist der Tscheche?« Sein Hals war so trocken, dass die Worte ihm fast im Hals stecken blieben. Sein rechter Zeigefinger lag auf dem Abzug der Walther, aber er zitterte so stark, dass er niemals treffen würde. Nicht einmal auf diese kurze Entfernung. Er hatte noch nie auf einen Menschen gezielt. Das Einzige, was er je im Visier gehabt hatte, waren Plastikrosen auf dem Dom.

»Ich bin alleine«, sagte die Frau.

»Und das soll ich Ihnen glauben?«

»Sie können mir vertrauen.«

»Ihnen vertrauen? Sie waren gestern in dem Lager. Ich habe Sie reden gehört. Da soll ich Ihnen vertrauen? Wer sind Sie überhaupt?«

»Nennen Sie mich Tante Lien.«

»Was wollen Sie?«

»Ich möchte mich entschuldigen. Für gestern Nacht. Für den Tschechen.«

»Er hat mich fast totgeprügelt.« Boris hörte selbst, dass er hysterisch klang.

Die Frau lachte leise. »Er ist nichts weiter als ein Hund. Manchmal muss man ihn zurückpfeifen. Gestern war ich nicht rechtzeitig da, das tut mir leid.« Sie machte eine Pause, bevor sie fortfuhr. »Boris, ich wollte Sie bitten, für mich zu arbeiten. Ich brauche Sie.« Ihre Stimme klang jetzt warm und weich, ganz anders als gestern, als sie mit dem Tschechen gesprochen hatte. Irgendetwas sagte Boris, er dürfe ihr trotzdem nicht vertrauen, aber er war so erschöpft. Und sie war dabei, ihm ein Angebot zu machen. Er machte einen Schritt vorwärts, stolperte in die Laube, ohne den Blick von ihr abzuwenden, und setzte sich ihr gegenüber auf die ausgezogene Bettcouch. Die Waffe hielt er immer noch auf sie gerichtet. Das Zittern hatte nachgelassen. Jetzt würde er treffen.

Tante Lien sah ihn mit einem Lächeln an. »Boris, Sie können doch gar niemanden erschießen.« Sie beugte sich vor, streckte ihre Hand aus und drückte den Waffenlauf nach unten. Etwas konsterniert sah er auf ihre Hand, ließ dann aber die Waffe auf seinen Schoß sinken. Die Frau wirkte eigentlich nicht so, als würde sie gleich auf ihn losgehen. Und wenn, könnte er die Pistole immer noch schnell wieder hochreißen.

»Ich verstehe natürlich, dass Sie angemessen entlohnt werden müssen. Was brauchen Sie, um den Job zu erledigen?«, fragte Tante Lien.

Kurz war Boris sprachlos, dass jemand ihn fragte, was er haben wollte, das kam sonst nie vor. Dann nannte er ihr eine Summe. Er nannte mehr, als er gestern noch dem Tschechen hatte nennen wollen. Tante Lien nickte. Sie versuchte nicht einmal, ihn runterzuhandeln.

»Ich freue mich auf die Zusammenarbeit«, sagte sie und lächelte wieder. »Ich werde Ihnen jetzt einiges über das Geschäft erzählen. Bislang waren Sie ja nur ein Handlanger. Aber Boris, ich möchte, dass Sie Verantwortung übernehmen.«

Ihr Telefon klingelte, und sie ging ran.

»Hallo Frau Paulsen«, sagte sie und zog die Brauen nach oben, eindeutig genervt von dem Anruf. Dennoch hörte sie geduldig zu, was die Frau am anderen Ende der Leitung zu sagen hatte. Dann sagte sie: »Zweimal haben Sie schon angerufen? Das tut mir wirklich leid. Ich hatte mein Telefon in der Tasche. Da habe ich es wohl nicht gehört … Jetzt sofort? … Ganz so schnell schaffe ich es nicht. Ich bin in einem wichtigen Gespräch. … Ja … Butenfeld 34 … Ich versuche, mich zu beeilen.«

Tante Lien legte auf und sah auf ihre Armbanduhr. Dann setzte sie an, ihm die Hintergründe des Cannabisanbaus zu erklären. Seine Aufgabe sollte es nicht mehr nur sein, die Jungen zu verpflegen und die Ware abzuholen, er sollte auch die Plantage überwachen. Und er wäre mehr in den Vertrieb eingebunden. Wenn er sich im ersten halben Jahr gut machte, würde sein Honorar noch einmal verdoppelt werden.

»Was meinen Sie? Ist das eine Aufgabe für Sie?«, fragte Tante Lien.

Boris nickte nur. Seine Kehle war wie zugeschnürt. Er schob das Misstrauen gegen diese Frau beiseite. Das war die Chance seines Lebens. Endlich mal ein angemessener Job.

»Das hatte ich gehofft. Darauf müssen wir anstoßen.« Tante Lien holte zwei kleine Gläser und eine Flasche mit einer braunen Flüssigkeit aus der Tasche auf ihrem Schoß. Sie hatte sogar Gläser mitgebracht, dachte Boris erstaunt.

»Selbstgebrannter Kräuterschnaps.« Sie schenkte beide Gläser randvoll ein und reichte Boris eines. »Auf unsere Zusammenarbeit.«

Boris starrte auf das Glas. Eigentlich wollte er das nicht trinken. Wer weiß, was da drin war. Aber als Tante Lien das Glas an den Mund hob, trank auch er. Der Schnaps war scharf und brannte im Rachen, und mit einem Mal brachen die Ereignisse der letzten Nacht wie eine Welle über ihm zusammen, und die Müdigkeit ergriff Besitz von ihm. Er hörte die Frau reden, über den Warentransport, die Geister im Bunker, ihren Bruder, der der Chef des Ganzen war. Aber die Worte drangen nur gedämpft zu ihm durch, wie aus weiter Ferne. Er wollte nur noch schlafen. Er sackte auf die Bettcouch, wälzte sich auf die Seite und schloss die Augen. Die Pistole glitt ihm aus der Hand.

»Boris? Boris?«

Sie rief nach ihm. Er spürte ihre warme Hand an seinem Hals. An seinem Puls.

»Boris?«

Er versuchte, die Augen zu öffnen. Die Wände um ihn herum schwankten. In seinen Ohren rauschte und pfiff es, als befände er sich bei Sturm mitten auf der Elbe. Er wollte die Frau bitten, bei ihm zu bleiben, er wollte nicht alleine sein, aber er brachte keinen Ton heraus. Dann spürte er ihren Mund an seinem Ohr. Sie flüsterte: »Gier führt stets ins Unglück.«

MIA

Der Himmel war grau, und der Wind blies kalt. Den Kragen hochgeschlagen und die Hände tief in den Taschen ihrer gefütterten Lederjacke vergraben, wartete Mia vor dem rechtsmedizinischen Institut auf Tante Lien. Als ihr Taxi endlich vor dem Butenfeld 34 hielt, ging sie hinunter zur Straße. Sie war genervt, dass es so lange gedauert hatte, nahm sich aber vor, sich das nicht anmerken zu lassen.

»Tante Lien. Vielen Dank, dass Sie so spontan kommen konnten«, sagte sie und reichte ihr die Hand, um ihr aus dem Wagen zu helfen.

»Keine Ursache«, sagte Tante Lien.

»Die Nguyens haben Eric Le identifiziert. Es gibt noch einige Formalitäten zu unterschreiben. Es wäre schön, wenn Sie das übersetzen könnten.«

»Das mache ich gerne. Und entschuldigen Sie, dass es doch etwas länger gedauert hat.«

Mia zog eine Marlboro-Packung aus ihrer Jacke und deutete ein Kopfschütteln an. »Die beiden warten im Andachtsraum. Sie wollten sowieso noch etwas Zeit für sich haben. Zigarette?«

»Sehr gerne«, sagte Tante Lien.

Mia inhalierte tief und atmete langsam aus. Der Rauch blieb kurz in der kalten Luft stehen, bevor er sich auflöste.

Tante Lien legte ihre Hand auf Mias Arm und drückte leicht zu. Die Geste sollte wohl herzlich sein. Mia fand sie allerdings ein wenig distanzlos.

»Ich habe etwas für Sie«, sagte Tante Lien. »Es gibt Gerüchte, dass Eric Le sein Geld mit der Annahme von Sportwetten gemacht hat. Pferdewetten. Fußballwetten.«

»Als Buchmacher?«

»Er soll seine Wetten unter anderem in der vietnamesischen Pagode verkauft haben«, sagte Tante Lien.

Mia runzelte die Stirn. »Wettgeschäfte in einer Pagode? Finden Sie das nicht etwas unglaubwürdig?«

»Gar nicht. Das ist ein guter Ort, um seinem Glück ein bisschen auf die Sprünge zu helfen. In Vietnam stehen die Lottoverkäufer auch vor Tempeln und Pagoden. Ich fürchte, man kann sagen, dass wir … na ja … so etwas wie einen Hang zum Glücksspiel haben. Zahlensymbolik, Schicksal, Karma … all so was spielt da rein. Ich weiß, wovon ich rede.«

»Sie spielen auch?«

»Hin und wieder.« Tante Lien nickte mit einem entschuldigenden Lächeln. »Ich gehe aber ganz legal ins Casino. Eric Le soll seine Geschäfte übrigens nicht nur in der Pagode gemacht haben. Es heißt, er sei auch durch die Bistroküchen gezogen. Vietnamesische Bistros, versteht sich.«

»War er auch bei Ihnen?«

»Nein«, sagte sie sofort, hielt dann aber kurz inne und überlegte. »Nein, das hätte mein Koch mir erzählt.«

Mia schloss die Augen, sie musste die Informationen erst einmal sacken lassen. »Von Bistro zu Bistro. Wie ein Hausierer.«

»So in etwa, ja. Aber es sind, wie gesagt, alles nur Gerüchte.«

Mia trat ihre Zigarette aus und zündete sich sofort eine neue an. Sie fragte sich, inwieweit sie den Fall mit Tante Lien diskutieren durfte. Genau genommen gar nicht. Tante Lien war nur die Dolmetscherin. Gleichzeitig hatte sie das Gefühl, dass Tante Lien ihr weiterhelfen konnte. Und dass sie diese Hilfe dringend brauchte. »Wie konnte Eric Le mit Wettannahmen so viel Geld verdienen? Er hat sein Haus cash bezahlt. In einer Rate. Da müsste er doch schon die Spielergebnisse manipuliert haben.«

»Dafür brauchte er aber einflussreiche Hintermänner«, warf Tante Lien ein.

»Aber dann wäre Eric Le nicht mehr als ein Eintreiber gewesen. Die Hintermänner hätten ihm sicher nicht viel abgegeben. Vielleicht hat er sie hintergangen? Deshalb haben sie ihn umgebracht.«

»Das wäre natürlich eine Möglichkeit«, sagte Tante Lien. »Eine andere Möglichkeit wäre es, dass er doch alleine gearbeitet und seine Kunden betrogen hat. Vielleicht hat er die Wetteinsätze in die eigene Tasche gesteckt. Es heißt, er habe die Gewinne nicht immer korrekt ausgezahlt. Zum Schluss soll er gar nicht mehr ausgezahlt haben.«

»Das hätten seine Kunden doch nicht mitgemacht.«

Tante Lien zuckte mit den Schultern. »Er soll recht charmant gewesen sein, hat sie immer vertröstet. Und was hätten sie auch tun sollen?« Lien lächelte, als würde sie sich über Mia amüsieren. Mia versuchte, es zu ignorieren.

»Etwa die Polizei einschalten?«

»Ihn umbringen«, schlug Mia vor. »Wissen Sie, ob Eric Le alleine gearbeitet hat?«

»Dieser andere tote Mann aus dem Wald, er soll mit Eric Le zusammen unterwegs gewesen sein. Er war so was wie sein Handlanger. Einen Namen habe ich nicht, nur dass der Mann dem Dialekt nach aus Mittelvietnam stammte.«

»Was ist mit Zeugen?«, fragte Mia.

Lien setzte ein entschuldigendes Lächeln auf. »Die Leute, von denen ich die Informationen habe, werden nicht mit Ihnen reden. Sie haben Angst.«

»Angst wovor?«

Tante Lien zuckte mit den Schultern. »Einige haben keine Papiere. Andere arbeiten irgendwo schwarz. Und ... niemand will als Verräter dastehen. So was kann gefährlich sein.«

»Wen sollten sie verraten? Eric Le ist tot.«

»Sie wissen nicht, wer hinter Eric Les Geschäften steckt. Vielleicht gab es da gar niemanden, vielleicht haben er und dieser andere Mann aus dem Moor alleine gearbeitet. Vielleicht aber auch nicht.«

»In der Pagode sollte sich doch jemand finden, mit dem ich sprechen kann. Jemand, der die Verkäufe beobachtet hat. Ein Mönch vielleicht.«

»In der Pagode lebt nur eine Nonne. Aber sie weiß ganz sicher nichts. Sie ist eine alte Frau, ehrwürdig. Vor ihren Augen würde niemand Wetten abschließen.«

Mia seufzte. Es sah so aus, als würde sie andere Wege einschlagen müssen, wenn sie hier mehr erfahren wollte. Die Mauer des Schweigens – eine Redewendung, die sie in Berlin im Zusammenhang mit Vietnamesen oft gehört hatte, schien hier wirklich zu passen.

»Und der tote Junge aus dem Raakmoor? Haben Sie über ihn etwas herausgefunden?«

Lien schüttelte den Kopf. »Nichts.«

Der Andachtsraum lag im Kellergeschoss des rechtsmedizinischen Instituts. Das Licht der Deckenleuchten war gedämpft. Auf einem hohen Tisch vor der Wand, der an einen Altar erinnerte, standen zwei brennende Kerzen und ein Gesteck aus rosafarbenen Nelken und blassem Grünzeug. Hier konnten sich Angehörige von den Toten verabschieden.

Das Bett, auf dem die Toten aufgebahrt wurden, stand in der Mitte des Raumes. Jetzt allerdings war es leer. Es war nicht mehr möglich gewesen, Eric Les Körper so weit herzurichten, dass man ihn aus dem Kühlraum herausbringen und hier hätte aufbahren können. Der Geruch wäre unerträglich gewesen.

Herr und Frau Nguyen saßen auf Stühlen neben dem Bett. Sie wirkten müde, aber gefasst. Beide trugen sie schwarze Armbinden. Auf dem Bett stand ein gerahmtes Porträtfoto von Eric Le, das sie mitgebracht haben mussten. Es war das gleiche Bild, das Frau Nguyen auch Mia gegeben hatte.

Mia Paulsen sprach den beiden ihr Beileid aus und schlug vor, für die Formalitäten nach oben ins Foyer zu gehen. Aber Frau Nguyen wollte im Andachtsraum bleiben. Was Herr Nguyen wollte, war schwer zu sagen. Wie bei ihrem letzten Treffen überließ er seiner Frau das Gespräch.

Als sie mit all den Papieren und Unterschriften fertig waren, bat Mia Tante Lien, Herrn und Frau Nguyen nach den Wettgeschäften ihres Neffen zu fragen. Frau Nguyen reagierte überrascht, das sah Mia schon an ihrem Gesichtsausdruck. Herr Nguyen dagegen blickte nicht einmal auf, sein Kinn lag auf seiner Brust, und es sah fast so aus, als wäre er eingeschlafen.

»Sie müssen doch irgendetwas mitbekommen haben«, sagte Mia. »Vielleicht ist Frau Nguyen mal etwas merkwürdig vorgekommen, als sie zusammen in der Pagode waren. Irgendetwas.«

Tante Lien übersetzte, und Eric Les Tante schüttelte den Kopf.

Mia seufzte, zog das Foto des toten Jungen heraus und reichte es an Frau Nguyen weiter. »Der Junge wurde auf derselben Lichtung gefunden wie Ihr Neffe. Irgendwo sitzen die Eltern des Jungen und haben keine Ahnung, dass er tot ist. Vielleicht in Vietnam. Ich bin mir sicher, die Todesfälle hängen irgendwie zusammen.«

Frau Nguyen warf nur einen kurzen reglosen Blick auf das Foto und redete lange mit Tante Lien.

»Sie sagt, ihr Neffe sei ein guter Junge gewesen«, übersetzte Tante Lien. »Er hätte niemals einem Kind etwas zuleide getan, falls Sie das glauben.«

»Was hat sie sonst noch gesagt?« Mia war es viel mehr vorgekommen als diese zwei Sätze.

»Nichts weiter«, sagte Tante Lien in einem Tonfall, den Mia so noch nicht von ihr gehört hatte. Hart und kühl. Dann schob sie aber sofort in freundlicherem Ton hinterher: »Im Vietnamesischen redet man nicht immer so knapp und kurz wie im Deutschen. Es ist blumiger. Daher hört es sich immer länger an als in der Übersetzung.«

Mia überzeugte das nicht, aber sie wollte jetzt nicht weiter nachhaken. Sie hatte andere Punkte, die sie besprechen wollte. Sie musste die Nguyens auf die Festnahmen damals in Berlin ansprechen, als sie mit den Zigaretten am S-Bahnhof Lichtenberg erwischt worden waren.

»Vielleicht müssen wir das Motiv für seinen Mord auch ganz woanders suchen«, sagte Mia. »Vielleicht war es Rache. Rache für Ihre Aussagen bei der Polizei in Berlin.« Als sie das sagte, entglitten Tante Lien ihre Gesichtszüge. Wenn auch nur für den Bruchteil einer Sekunde, dann hatte sie sich wieder gefasst. Für diesen kurzen Moment schien es Mia, als habe sie Angst. Sie fragte sich, wovor.

»Gegen wen haben die beiden ausgesagt?«, fragte Tante Lien an Mia gewandt.

Mia zuckte mit den Schultern. »Fragen Sie sie.«

Lien sprach wieder mit Frau Nguyen, aus deren Gesicht jetzt auch die letzte Farbe wich. Ihr Mann, der bislang keine Reaktion auf irgendeine von Mias Fragen gezeigt hatte, riss den Kopf hoch und schüttelte ihn hektisch. Schweiß stand in dicken Tropfen auf seiner Oberlippe.

Vom rechtsmedizinischen Institut fuhr Mia ins Präsidium. Auf dem Weg hatte sie an einer Döner-Bude noch Falafel mit scharfer Soße gegessen. Nun fühlte sie sich vollgefuttert, und auf ihrem Pullover hatte sie einen dicken Soßenfleck. Er prangte gut sichtbar auf der hellgrünen Wolle auf ihrer Brust. Der Versuch, ihn wegzuwischen, hatte den Fleck nur noch größer gemacht.

Im Präsidium warf sie Jacke und Tasche in ihr Büro und ging rüber zu Sarah. Sie brauchte eine Liste aller vietnamesischen Bistros und Restaurants in Hamburg. Außerdem sollte Sarah die alten Akten über Herrn und Frau Nguyen aus Berlin anfordern. Wenn die beiden gegen die Zigarettenmafia ausgesagt hatten, was Mia vermutete – denn sonst hätten sie damals kaum so schnell einen unbefristeten Aufenthaltsstatus bekommen –, musste es dazu doch irgendwo Dokumente geben.

Außerdem sollte Sarah im Netz nach Eric Le suchen. Angenommen, er hatte wirklich, wie seine Tante behauptete, sein Geld mit Computern verdient, musste im Netz doch etwas zu finden sein. Und wenn nicht, bestätigte das vielleicht Mias Vermutung, dass Eric Les Arbeit ganz anders gelagert gewesen war. Oder sie fand vielleicht sogar etwas zu seinen Wettgeschäften.

An Sarahs Bürotür klebte ein Zettel. »Bin nur kurz weg.« Die Tür war angelehnt. Mia drückte sie auf und suchte sich in dem Durcheinander auf dem Schreibtisch einen Zettel und einen Stift und schrieb auf, was sie von Sarah brauchte. Für die Internetrecherche gab sie ihr auch noch Eric Les richtigen vietnamesischen Namen, den sie allerdings selbst erst aus ihrem Notizbuch heraussuchen musste.

Die nächsten zwei Stunden verbrachte Mia bei dem Kollegen Werner Schmitz, der für die Verfolgung illegaler Glücksspiele und Sportwetten sowie für Wettbetrug zuständig war. Er saß im Erdgeschoss des Präsidiums mit Blick auf den Parkplatz. So gut wie kein Licht fiel in sein Büro.

Schmitz war ein dickbäuchiger Mann um die sechzig mit dünnen fettigen Haaren. Der saure Geruch von Schweiß ging von ihm aus. Sein kariertes Hemd spannte über seinem Bauch, und ein Knopf fehlte, so dass an dieser Stelle sein weißer haariger Bauch durchquoll. Für Mia sah er aus wie das Klischee von jemandem, der seine Zeit in Spielhallen verbrachte und sein Geld in einarmigen Banditen versenkte.

Schmitz erklärte ihr, dass Wettbetrug ein florierender Zweig der organisierten Kriminalität geworden war. Ausgesprochen lukrativ. Die Wettbetrüger wurden meist bei Spielen aktiv, die nicht im Fokus der Medien standen und dennoch weltweit Gegenstand hoher Einsätze waren. Die Wetten platzierten die Betrüger auch in Deutschland, aber vor allem auf dem asiatischen Wettmarkt. Sechsstellige Wettbeträge waren da keine Ausnahme. Die Betrüger versuchten, die Spiele durch Absprachen mit Spielern oder Schiedsrichtern zu manipulieren. Trotz einiger Ermittlungserfolge nahm die Wettmanipulation, vor allem im Fußball, immer mehr zu. Gesetzt wurde dabei auf alles: Tore, Freistöße, gelbe und rote Karten … Der Markt sei kaum zu kontrollieren.

»Wenn dieser Eric Le sein Geld über Spielmanipulationen gemacht hat, kann er nicht alleine gearbeitet haben«, sagte Schmitz. »Und Sie müssen davon ausgehen, dass die Hintermänner nicht unbedingt in Deutschland sitzen. Sehr wahrscheinlich sogar nicht.«

Je mehr Schmitz erzählte, desto weniger Hoffnung auf einen Ermittlungserfolg machte er Mia. Sie gingen zusammen die Täterdateien durch, wobei Mia mit ihrem Stuhl so weit wie möglich von Schmitz abrückte. Der Mann war ihr körperlich unangenehm, nicht nur wegen seinem Äußeren, sondern auch, weil er ihr unablässig auf den Busen glotzte.

Obwohl sie sogar die landesweiten Täterdateien für Wettbetrug durchgingen, fanden sie nicht einen Vietnamesen, der in den letzten Jahren in dieser Hinsicht aufgefallen war. »Momentan sind Albaner groß im Geschäft«, sagte Schmitz. »Und Russen.«

Bevor Schmitz weiter auf irgendwelche Details eingehen konnte, stand Mia auf. Sie konnte nicht mehr, sie wollte nur noch raus aus diesem Kabuff. Und weg von Schmitz.

Im Treppenhaus stieß sie fast mit Bordasch zusammen. »Mia«, sagte er mit einem breiten Grinsen, und auch sein Blick blieb an ihrer Brust hängen. »Na, gekleckert?«

Mia sah ihn mit hochgezogenen Brauen an und ging wortlos an ihm vorbei nach oben. Den Rücken durchgestreckt, den Kopf hoch erhoben. Bordasch sollte bloß nicht auf die Idee kommen, sie ließe sich von ihm irgendwie kleinmachen.

Kaum im Büro angekommen, schob Sarah ihren Kopf durch die Tür und fing sofort an zu reden. »Also, dieser Eric Le. Niemals im Leben hat der Geld mit Computern verdient.« Sarah klang atemlos und fast etwas empört.

»Komm doch erst mal rein.« Mia wies auf den Stuhl an ihrem Tisch, aber Sarah blieb stehen.

»Er hat sich auf Pornoseiten rumgetrieben. So virtueller Scheiß. Dieser Nguyen Le Phuong alias Eric Le hat nicht mal versucht, seinen Namen auf den Seiten zu verschleiern, so wie viele andere das machen.«

»Bist du sicher, dass es sich um unseren Eric Le handelt?«

»Der hat als Profilbild überall sein eigenes Foto hochgeladen.«

»Kannst du nachvollziehen, wie er ins Netz gegangen ist?«

»Über sein Smartphone. Sein Telefon hat seine Hardware-Kennung mit übertragen.«

Mia hatte keine Ahnung, wovon genau Sarah sprach, und sah sie fragend an.

»Wenn man da nicht aufpasst«, setzte Sarah an, unterbrach sich dann aber. »Ach, egal, auf jeden Fall kann man mit der Hardware-Kennung den Besitzer im Netz wiedererkennen. Von wegen Datenschutz.« Sarah schüttelte nur den Kopf, als sei sie fassungslos über so viel Dummheit, und schob hinterher: »Außer auf den Pornoseiten hat dieser Eric Le nicht viel gemacht. Keine Online-Wetten. Keine Facebook-Seite. Wenn du mich fragst: Der hatte keine Ahnung von Computern.«

Mia gab ein Murren von sich. Das war genau das, was sie vermutet hatte. »Was ist mit den Aussagen der Nguyens? Hast du die angefordert?«

»Klar. Aber die in Berlin haben schon gesagt, dass es nicht ganz so schnell gehen wird. Wenn wir sie denn überhaupt bekommen können. Das müsse erst geprüft werden.«

Mia sah Sarah an und räusperte sich. »Sag mal, was ganz anderes.«

Sarah lachte hell auf. »Ich weiß schon, du hast mich mit Bordasch gesehen.« Diesmal wurde sie nicht rot.

»Ich wollte nur …« Mia fragte sich, wieso sie es war, die hier stotterte. »Ich meine, mach, was du willst.«

»Mach ich auch«, sagte Sarah in einem fröhlichen Tonfall.

»Bordasch ist ein Arschloch.« Mia biss sich auf die Zunge. Das hatte sie gerade nicht sagen wollen.

Sarah zuckte die Schultern und grinste. »Ich weiß.«

»Ah? Na dann«, sagte Mia mit einem leisen Seufzen. Sie war sich da nicht so sicher.

Sarah legte ihr mehrere zusammengeheftete Papiere, die sie die ganze Zeit in der Hand gehalten hatte, auf den Tisch.

»Die Liste mit den vietnamesischen Bistros. Öffnungszeiten, Adressen, Telefonnummern.«

Mia schaute sich die Liste an. Der Hype um das vietnamesische Essen hatte also auch Hamburg ergriffen. Wenn sie allen Bistros einen Besuch abstatten wollte, wäre sie Weihnachten noch nicht damit durch.

LUKA

Luka verließ die Schule zwei Stunden zu früh. Er ertrug es nicht mehr. Wie so oft. Er hielt es einfach nicht unter vielen Menschen aus. Die Stimmen um ihn herum verschmolzen zu einem einzigen großen Krach, der in seinem Kopf zu explodieren schien. Er ging, und niemand fragte ihn, warum. Aber er spürte die Blicke auf sich, als er aufstand und seine Tasche nahm. Diese mitleidigen Blicke, die ihn seit dem Tod seines Vaters verfolgten. Er wünschte sich, er wäre unsichtbar.

Den Nachmittag verschlief er. Als er aufwachte, war es bereits dunkel. Seine Mutter saß in der Küche vor einem Stapel Kochbücher und vollgekritzelten Zetteln. Sie hatte ihren lilafarbenen Jogginganzug an, den sie zu Hause fast immer trug, und die Haare waren zu einem unordentlichen Knoten gebunden. »Hallo Schatz, auch wieder wach?«

Luka gab nur ein Murren von sich, öffnete den Kühlschrank, fand einen Teller mit kalten Frikadellen und schob sich eine in den Mund.

»Ich wollte uns was Leckeres kochen. Worauf hast du Lust?«

Luka schüttelte kauend den Kopf.

»Ach komm, ich habe mich so auf den Abend gefreut.«

Luka verdrehte die Augen. Er hasste es, wenn seine Mutter ihm ein schlechtes Gewissen machte. »Ich bin schon verabredet.«

Jetzt sah seine Mutter ihn neugierig an. »Mit wem denn?«

Luka nahm sich noch eine Frikadelle. Eigentlich hatte er vorgehabt, ein paar Konserven für Sam aus dem Vorratsschrank zu holen. Im Supermarkt hatte er nur Cola und Erdnüsse gekauft. Aber solange seine Mutter in der Küche war, würde daraus wohl nichts werden. Kurz überlegte er, ihr einfach von Sam zu erzählen. Er hätte gerne von ihm erzählt, ließ es aber bleiben. Wenn sie hörte, dass da jemand im Bunker wohnte, ein Minderjähriger noch dazu, würde sie nachher noch die Polizei rufen. Aber Luka hatte Sam versprochen, dass die Polizei nichts erfuhr. Und Versprechen hielt er. Darin zumindest war er gut. »Nur ein paar Jungs aus meiner Klasse«, sagte er und wandte dabei sein Gesicht ab, damit seine Mutter nicht sah, dass er sie anlog.

Es war eine kalte und windige Nacht. Luka stand zwischen den Birken neben dem Bunker, die Hände tief in den Jeanstaschen vergraben und die Schultern hochgezogen, um sich warm zu halten. Fasziniert schaute er zu, wie Sam die Bunkerwand hinaufkletterte. Ohne jede Sicherung. Er bewegte sich flink und geschmeidig. Luka hatte noch nie jemanden so klettern sehen.

Sam hangelte sich von Metallstrebe zu Metallstrebe, die in unregelmäßigen Abständen aus dem Beton ragten. Die Füße schob er in die Luftlöcher in der Mauer, seine Finger fanden Halt an den kleinsten Unebenheiten. Den letzten Meter zog Sam sich nur an den Armen hoch, ließ sich über die Dachkante rollen und verschwand aus Lukas Blickfeld. Es dauerte eine Weile, dann hörte Luka Sams Pfiff. Kurz darauf flog ihm das orangenfarbene Seil entgegen, das Sam im Rucksack mit hochgenommen hatte. Luka hatte es vorhin aus dem Keller geholt, nachdem Sam ihn gefragt hatte, ob er mit in den Bunker wollte. Natürlich wollte er.

Außer dem Seil hatte Luka in den Kellerkisten noch Karabinerhaken gefunden.

Er fasste das Seil, stemmte die Füße in den Boden und zerrte mit aller Kraft daran, um sicherzugehen, dass Sam es oben richtig festgemacht hatte. Dann verknotete Luka das Seilende am Karabiner und befestigte diesen an seinem Gürtel. Das entsprach vermutlich nicht gerade den Sicherheitsstandards, aber es war besser als nichts.

Er pfiff durch die Zähne, Sam zog von oben, und das Seil straffte sich. Luka begann zu klettern.

Bloß nicht nach unten schauen, befahl er sich. Und auch nicht nach oben. Er durfte sich nur auf seine nächsten Griffe und Schritte konzentrieren. Immer einer nach dem anderen. Er hoffte nur, dass Sam das Seil, das er oben einzog, auch wirklich gut festmachte. Halten könnte er ihn niemals, wenn er stürzte.

Luka hatte gerade seinen Fuß in eine Kante gedrückt und eine Hand nach dem nächsten Halt ausgestreckt, als er spürte, wie er wegrutschte. Sein Knie schlug gegen die Wand, die Fingernägel seiner rechten Hand ratschten über den Beton. Das Adrenalin schoss durch seinen Körper. Verzweifelt suchte er nach Halt, als ein Ruck durch seinen Körper ging und das Seil sich wieder straffte. Er brauchte einen Moment, um zu begreifen, dass er wieder sicher hing. Er japste nach Luft, versuchte, seinen Atem zu beruhigen, dann kletterte er schnell weiter.

Jeder Atemzug stach ihm in der Lunge. Schweiß stand auf seiner Stirn. Seine Finger dagegen waren so steif vor Kälte und Anspannung, dass er langsam die Kontrolle über sie verlor. Aber er hatte es gleich geschafft. Er war fast oben. Er hievte seinen Oberkörper über die Kante und ließ sich auf das Dach fallen. Vollkommen erledigt blieb er liegen. Über ihm jagten die Wolken über den Nachthimmel. Sein Hemd klebte kalt auf seinem Rücken, seine Finger waren wie betäubt. Er atmete schnell und heftig. Sam trat neben ihn, streckte die Daumen hoch und lachte.

Luka streckte die Hände aus und ließ sich von Sam hochziehen. Ein ungewohntes Glücksgefühl breitete sich in ihm aus. Wahnsinn, er hatte es wirklich geschafft. Er hatte die Senkrechte bezwungen.

Das Bunkerdach war größer, als er gedacht hatte. Groß wie ein kleiner Sportplatz. Der Boden war dick vermoost, und aus Rissen im Beton wuchsen kleine Birken. Die beiden pyramidenartigen Fenster, die in das Dach eingelassen waren, waren mit einer schwarzen Dreckschliere überzogen, so dass sie wie geteert aussahen. An mehreren Stellen ragten Metallhaken aus dem Beton. An einem von ihnen hatte Sam das Ende des orangenfarbenen Seils festgebunden. Das hatte ihn eben gerettet, dachte Luka. Er sah hinüber zu dem Haus, in dem er wohnte. Aus dieser Perspektive sah es aus wie ein zu groß geratener, senkrecht stehender Schuhkarton aus angegrauter Pappe. Ihm war noch nie aufgefallen, wie hässlich es war. Er zeigte zu seinem Balkon hinüber, zählte mit den Fingern bis acht und tippte sich auf die Brust. »Da wohne ich«, sagte er. Sam folgte seinem Blick und nickte.

Luka löste das Seil um seinen Bauch, Sam nahm den Rucksack, und sie kletterten durch eine schmale Dachluke in den Bunker. Es kam Luka vor, als glitte er in eine schwarze Höhle. Im Inneren des Bunkers war es kalt und stockdunkel, und es roch so pilzig wie in einem nassen Herbstwald. Nichts war zu hören. Kein Auto, kein Wind. Einfach nichts. Die dicken Wände schienen alle Geräusche zu schlucken. Als würde die Außenwelt nicht existieren.

Lukas Augen suchten irgendetwas, woran er sich orientieren konnte, aber da war nichts als schwarze Leere. Er war froh, als er Sams Hand spürte, die sich warm um seine legte und ihn mit sich zog. Sam bewegte sich in der Dunkelheit wie eine Katze, ohne auch nur einmal innezuhalten oder zu zögern.

Luka konnte nicht sagen, wo sie waren, als Sam plötzlich seine Hand losließ und weg war. »Sam?«, flüsterte Luka und tastete um sich. »Sam?« Keine Antwort. Hinter ihm knirschte etwas. Er fuhr herum. Sein Herz hämmerte wie wild. »Sam?« Immer noch erhielt er keine Antwort. Und dann durchbrach Sams Lachen die Stille.

Luka fluchte und war für einen kurzen Moment wütend, dann musste er auch lachen. Eins zu null für Sam. Er hatte ihn voll erwischt.

Jetzt erst fiel Luka sein Telefon ein. Er zog es aus der Jackentasche, drückte die integrierte Lampe an und schwenkte den Lichtkegel durch den Raum. Sam stand keine zwei Meter von ihm entfernt vor einer Tür. Dahinter führte eine Treppe nach unten. Luka folgte Sam in die untere Etage. Es war ein einziger großer Raum. Luka versuchte, mehr zu erkennen, konnte aber in dem schummrigen Licht seines Telefons nur diffuse Ausschnitte ausmachen, grau in grau. Unter der Decke hingen Rohre, auf dem Boden standen Kisten. Es war wärmer als oben, und auch der Geruch war anders. Er erinnerte ihn an frisch gemähtes Gras und fauliges Brackwasser. Und dann war da ein unangenehm hohes Sirren wie von einem Strommast. Und ein Brummen, das allerdings mehr ein Gefühl im Bauch war als ein Geräusch.

Sam zog Luka am Ärmel mit sich. In der hinteren Ecke war mit Sperrholzbrettern ein kleiner Raum abgetrennt. In der Türöffnung hing ein schwerer schwarzer Moltonvorhang. Sam schob ihn beiseite und zog Luka herein. Er drückte einen

Schalter, und eine Neonröhre, die an zwei langen Kabeln von der Decke baumelte, flackerte auf.

Der Raum war vielleicht drei mal fünf Meter groß. Eine Elektroheizung verströmte angenehme Wärme. Dicht hintereinander standen zwei Feldpritschen. Kissen und Decken waren zerwühlt. Es gab ein braunes Sofa mit abgewetztem Stoff und Löchern, aus denen bröseliger Schaumstoff quoll, und eine kleine Küchenzeile. Im Spülbecken lagen dreckige Teller. Auf dem Boden standen ein Wasserkocher und ein Reiskocher.

Quer durch den Raum war eine Leine gespannt, über der T-Shirts und ein Handtuch hingen.

Die Wände waren mit Stickern von Fußballern beklebt. Es waren solche, wie man sie beim Einkauf im Supermarkt oft kostenlos dazubekam. Bis auf Messi und Özil erkannte Luka keinen. Für Fußball hatte er sich nie interessiert. Sam musste seinen Blick gesehen haben, denn er zählte einen Namen nach dem anderen auf, wobei seine Augen leuchteten. »Olivier Giroud, Shkodran Mustafi, Lucas Pérez ...« Zwischen den Fotos waren mit schwarzem Filzstift Strichmännchen und Boote gemalt, die aussahen wie Kinderzeichnungen.

Sam stellte den Rucksack ab, holte die Coladosen und die Erdnüsse heraus und ließ sich aufs Sofa sinken. Er riss die Nüsse auf und stopfte sie sich in den Mund. Luka setzte sich neben ihn und trank seine Cola in einem Zug aus. Die Kletterpartie hatte ihn vollkommen ausgedörrt.

Hier wohnte Sam also. Und er wohnte allem Anschein nach nicht alleine. Luka zeigte auf die beiden Pritschen und sah Sam fragend an.

Sam nahm das Smartphone, öffnete das Übersetzungsprogramm und tippte. Luka hatte zum Glück nach ihrem letzten Treffen gleich den vietnamesischen Datensatz runtergeladen, so dass das Programm auch offline funktionierte. Empfang gab es hier oben im Bunker nicht. Luka lehnte sich zu Sam hinüber, ihre Schultern berührten sich, und wieder schoss diese wohlige Hitze durch Lukas Körper, die ihn so verwirrte.

»Mein Freund wohnt auch hier«, las Luka und spürte einen Stich von Eifersucht. »Welcher Freund?«, tippte er.

»Freund auch aus Vietnam. Wir arbeiten zusammen.«

»Was arbeitet ihr?«, tippte Luka.

Anstatt einer Antwort schrieb Sam: »Mein Freund heißt Thanh.«

»Aber was arbeitet ihr? Und wo ist Thanh?«

Sam zeigte mit dem Finger vor sich. Luka hob den Kopf und fuhr zusammen. Vor ihm stand ein kleiner magerer Junge und sah ihn mit offenem Mund an. Seine Augen ähnelten denen Sams, dunkel, schmal und schräg stehend. Der Junge stand völlig reglos, mit hängenden Armen, den Kopf leicht nach vorne geschoben. Er war weiß wie Kreide, hatte dunkle, fast schwarze Augen, seine Lippen waren schorfig, seinen Schneidezähnen fehlten kleine Ecken, so dass sie aussahen wie winzige Sägeblätter. Die schwarzen Haare fielen ihm lang und wirr ins Gesicht. T-Shirt und Trainingshose waren mit feinem Staub bedeckt, und er war barfuß. Er war höchstens so alt wie Sam, eher jünger.

Das war also Thanh. Luka hatte ihn nicht kommen hören, ganz so, als ob er eben aus dem Boden aufgestiegen sei. Wie ein Geist, dachte Luka. Er glaubte nicht an Geister. Natürlich nicht. Trotzdem hatte er eine Gänsehaut.

Sam sagte etwas zu Thanh. Luka vermutete, dass es Vietnamesisch war. Aber Thanh reagierte nicht.

Sam redete auf Thanh ein, und Luka hörte mehrmals seinen Namen heraus. Aber es war, als hörte Thanh gar nicht hin. Er starrte nur unentwegt Luka an. Erst das Schlagen einer Tür riss den Jungen aus dieser unheimlichen Reglosigkeit. Er fuhr zusammen, als habe ihn jemand geohrfeigt, dann ließ er sich auf den Boden fallen und krabbelte in irrer Geschwindigkeit unter eine der Pritschen. Von unten waren jetzt schwere Schritte zu hören.

Während Luka noch Thanh hinterherschaute, packte Sam ihn am Arm und zog ihn mit sich, aus dem Verschlag raus, die Treppe nach oben, wieder quer durch die dunkle Etage bis zur Dachluke. Luka stolperte durch die Dunkelheit hinter ihm her.

»Nhanh đi, nhanh đi!« Sam flüsterte, aber es klang wie ein Schrei. Und ohne dass Luka die Worte verstand, wusste er, dass er sich beeilen sollte.

Auf dem Dach warf Sam das orangenfarbene Seil, das immer noch an dem Metallhaken festgebunden war, über die Dachkante. Luka sah hinunter. Es war, als sackte sein Magen ab, wie in einer Achterbahn, der unheimliche Sog nach unten. Da würde er niemals runterkommen. Nicht lebend zumindest.

Aus dem Bunker war ein Poltern zu hören und Rufe. Sam fuhr herum, sah zur Dachluke hinüber. Dann versetzte er Luka einen ungeduldigen Schubs gegen die Schulter. Luka legte sich auf den Bauch, packte das Seil so fest, dass seine Knöchel weiß wurden, und ließ sich rücklings über die Dachkante rutschen. Mit den Füßen suchte er Halt an der Bunkerwand. Das Seil glitt ihm durch die Hände. Schnell, viel zu schnell. Die Innenflächen seiner Hände brannten heiß. Nur nicht loslassen, sagte er sich. Mit dem Bein schlug er gegen eine der Metallstreben und stöhnte auf. Aber die Strebe bremste ihn aus. Mit dem Fuß fand er Halt auf einer Grassode. Er atmete auf, einen kurzen Moment Pause. Die Hälfte hatte er schon geschafft, vielleicht sogar mehr. Er nahm all seine Kraft zusammen und ließ sich dann Stück für Stück weiter hinunter, diesmal mit mehr Kontrolle. Aber dann rutschte ihm das Seil weg, es glitt ihm einfach aus den Händen, und er fiel. Die Zeit verlangsamte sich, dehnte sich aus. Oben und unten vertauschte sich. Es war, als würde das jemand anderem passieren, als wäre er nur Zeuge dieses Unfalls.

Der Aufprall presste ihm die Luft aus der Lunge. Da war Schmerz, aber er konnte ihn nicht zuordnen. Er schlotterte am ganzen Körper, und ihm war eiskalt. Er sog die Luft tief in die Lunge und atmete langsam wieder aus. Er bewegte einen Körperteil nach dem anderen. Gebrochen schien nichts. Jetzt erst öffnete er die Augen. Er lag auf dem Rücken in den Knallerbsenbüschen. Sie mussten seinen Sturz abgefedert haben. Er sah nach oben. Die Baumwipfel wankten über ihm, die Wolken ballten sich zusammen. Er wollte aufstehen, war aber zu erschöpft. Und dann legte sich eine Hand auf seine Schulter.

LIEN

Zum wiederholten Mal fragte sich Lien, wie sie es schaffen sollte, neben dem Bistro die Plantage ihres Bruders zu betreuen. Es würde noch mehr Arbeit sein, als sie befürchtet hatte. Sie brauchte nicht viel Schlaf, aber ganz ohne kam sie auch nicht aus.

Sie zog sich die dicke Strickjacke enger um ihre Brust und ging zwischen den bis zur Decke gestapelten Kisten auf und ab. Es war kühl im Lager, und sie fröstelte. Immer wieder sah sie auf die Uhr. Es war lange nach Mitternacht, und der Tscheche war immer noch nicht da. Er sollte die Ware aus dem Bunker zu ihr ins Lager bringen. Für morgen hatte ihr Bruder einen Transporter für Südfrüchte angekündigt, der das Cannabis mitnehmen würde.

Sie hasste es, wenn man sie warten ließ. Zu gerne hätte sie jetzt eine Zigarette geraucht, aber der Reis und die Gewürze, die hier lagerten, würden den Geruch annehmen. Und nach draußen wollte sie auch nicht gehen. Da war es noch kälter.

Während sie hin und her lief, damit ihr zumindest etwas warm wurde, ließ sie den Morgen in der Rechtsmedizin Revue passieren. Mia war wacher, als sie geglaubt hatte. Zwar war sie erst einmal auf die Hinweise mit Eric Les Wettgeschäften eingegangen, aber Lien war sich sicher, dass sie auch in andere Richtungen ermitteln würde. Sie schien von einer Verbindung zwischen den beiden toten Männern und dem Jungen aus dem Raakmoor überzeugt zu sein. Und sie hatte sofort gemerkt, dass Lien mehr mit Eric Les Verwandten besprochen hatte als das, was sie übersetzt hatte. Es schien zwar nicht so, als ob Herr und Frau Nguyen irgendetwas über die Cannabisgeschäfte ihres Neffen wussten. Trotzdem hatte sie ihnen deutlich zu verstehen gegeben, dass sie nicht einmal den Verdacht äußern dürften, ihr Neffe sei in kriminelle Machenschaften verwickelt gewesen. Sie hatte ihnen erklärt, dass, sollte sich herausstellen, dass ihr Neffe das Geld für das Haus auf illegalem Weg verdient hatte, man ihnen das Haus wegnehmen würde. Sie hatte ziemlich überzeugend geklungen. Die beiden hatten brav genickt.

Lien zuckte zusammen. Dicht hinter ihr fauchte etwas. Sie fuhr herum. Es war wieder dieser Uhu, der häufiger hier auftauchte. Er saß draußen auf dem Fenstersims. Sie hatte irgendwo gelesen, dass Uhus mittlerweile sogar im Hafengebiet brüteten. Es war schon seltsam in dieser Stadt, dass sich Vögel hier so wohl fühlten. Vielleicht wegen der vielen Ratten im Hafen. Jetzt hörte Lien auch Krähen, die draußen krächzten und heiser schimpften. Lien trat näher ans Fenster und sah hinaus. Die schwarzen Vögel flatterten wild hin und her. Wenn sie dem Uhu zu nahe kamen, bildete er mit den Flügeln ein Rad, fauchte und schnappte mit dem Schnabel. Die Krähen hielten dann sofort Abstand. Was für feige Vögel, dachte Lien. Der Streit zwischen den Tieren wurde immer lauter. Der Lärm zerrte an ihren Nerven. Lien zündete sich jetzt doch eine Zigarette an, und ihre Gedanken wanderten wieder zu den Nguyens.

Was sie noch mehr als alles andere beunruhigte, war ihre Aussage damals in Berlin. Sie konnten es abstreiten, wie sie wollten, so wie sie reagiert hatten, stimmte es. Und wenn Mia Paulsen jetzt die Gerichtsdokumente beantragte, würde es Lien nicht wundern, wenn sie auf den Namen ihres Bruders stieß. Der S-Bahnhof Lichtenberg, an dem die Nguyens damals Zigaretten verkauft hatten, war lange Hungs Revier gewesen. Wenn sie also ausgesagt hatten, dann vermutlich gegen ihn. Nicht, dass Lien Angst hatte, die Polizei würde die Verbindung zwischen ihr und ihrem Bruder herstellen. Denn das konnten sie nicht, da war sie sich sicher. Es war vielmehr so, dass sie Angst hatte, ihr Bruder würde von der Aussage der beiden alten Nguyens erfahren. Denn wenn das geschah, würde er sie umbringen lassen. Da war es egal, wie viele Jahre seitdem vergangen waren. Lien musste also dafür sorgen, dass es ihm nicht zu Ohren kam. Sie hatte gerade genug Probleme. Sie brauchte nicht noch mehr Leichen in Hamburg.

Gerade erst hatten sich die Vögel vor dem Fenster beruhigt, da zerriss ein Hupen die Ruhe. Das konnte nur der Tscheche sein. Idiot, dachte Lien und eilte zur Tür, damit er nicht noch mehr Lärm machte. Im Hof blieb sie stehen und rang nach Luft. Ihre Hüfte schmerzte wieder. Sie hatte sich zu ruckartig bewegt.

Der Tscheche hatte den Lieferwagen rückwärts vor die Laderampe gesetzt und kam jetzt um den Wagen herum. Seine Hose war fleckig, und der Reißverschluss stand offen.

»Geht es nicht etwas leiser?«

Der Tscheche sah sie mit einem unangenehm stechenden Blick an. Es hatte etwas Respektloses. »Wo ist die Ware?«, fuhr sie ihn an.

Er öffnete die Hecktüren des Lieferwagens, zog sechs schwarze Müllsäcke heraus und stellte sie nebeneinander auf den Boden.

»Alles da.« Seine Stimme kratzte, als habe er eine Halsentzündung. Vielleicht hatte er auch einfach zu viel geraucht.

»Bring sie nach hinten zu den Reissäcken«, sagte Lien.

»Aye.« Er trug immer zwei Säcke auf einmal ins Lager. Er ging dabei jedes Mal so nah an ihr vorbei, dass er sie fast berührte, und der Geruch von Schweiß und kaltem Zigarettenrauch stieg ihr in die Nase.

Sie fragte sich, wieso ihr Bruder diesen Kerl so schätzte. Er war ungepflegt und ungehobelt. Mal ganz abgesehen davon, dass er unprofessionell arbeitete. Drei Leichen, die er entsorgt hatte, waren gefunden worden, und dann war ihm auch noch Boris entkommen, so dass Lien sich selbst um ihn hatte kümmern müssen. Der Tscheche hatte Lien gesagt, dass Boris in der Gartenlaube wohnte. Mit rausgekommen war er allerdings nicht, sie hatte ihn aber auch nicht darum gebeten. Sie wollte so wenig wie möglich mit dem Tschechen zu tun haben. Wenn es nach ihr ginge, könnte man ihn auch gerne entsorgen. Allerdings so, dass nicht irgendeine dahergelaufene Polizistin über sein Grab stolperte.

Bevor der Tscheche die Hecktüren des Wagens wieder schloss, holte er einen marineblauen Leinenrucksack heraus und drückte ihn ihr in die Hand. »War bei den Jungs im Bunker.«

Lien öffnete den Rucksack, der bis auf ein paar alte Brotkrümel leer war. Sie sah den Tschechen fragend an.

»Hab auch noch Seile gefunden. Auf dem Dach«, sagte er. »Die Jungs sind runtergeklettert.«

Lien räusperte sich. »Moment. Du meinst, draußen am Bunker runtergeklettert?«

Der Tscheche nickte.

»Und jetzt? Wo sind sie?«

»Wieder im Bunker. Abhauen, das trauen die sich nicht. Waren sicher nur was klauen. War auch Essen im Bunker, das nicht von uns war.«

Geisterkinder, die beim Klauen erwischt wurden. Das fehlte ihr gerade noch.

SAM

Sam kniete auf dem Boden und streckte die Hand nach Thanh aus, wagte aber nicht, ihn zu berühren. Wie ein eingerolltes Schuppentier lag Thanh unter seiner Pritsche, den Kopf zwischen den Knien vergraben. »Thanh, komm raus. Der Mann ist längst weg. Der Junge auch. Sie sind alle weg. Komm endlich raus. Bitte.«

Er hatte Thanh doch nur einen Gefallen tun wollen. Er hatte gedacht, Lukas Besuch würde ihn aufmuntern, ihn aus dieser verfluchten Lethargie reißen. Insgeheim hatte er sogar gehofft, Luka wäre ein Ausweg. Irgendwie. Da draußen am Fluss, als sie so über das Reh gelacht hatten, war Sam für eine Weile der Angst und diesem grauen Nebel in seinem Inneren entkommen.

Aber er hatte sich geirrt. Es gab keinen Weg nach draußen.

Nichts würde sich ändern. Niemals. Die Enttäuschung trieb ihm Tränen in die Augen. Er spürte dieses Kribbeln in den Fingern und das Zucken in seinen Gliedern, das immer einen seiner Wutausbrüche ankündigte. Er ballte die Hände zu Fäusten und biss sich auf die Lippe. Er stand auf. Mit dem Fuß trat er gegen die Wand, wieder und wieder. Der Schmerz in seinem Fuß übertünchte seine Wut. Aber nur für einen Moment, dann konnte er die Explosion in seinem Inneren nicht mehr unterdrücken. »Thanh, komm raus. Rede mit mir«, schrie er, kniete sich hin und zerrte Thanh unter der Pritsche hervor, riss ihn hoch, schüttelte ihn. Seine Finger bohrten sich in Thanhs Schultern. Thanh wehrte sich nicht, sein Körper schlackerte hin und her wie eine Marionette. Sams Puls raste, das Blut pochte in seinen Schläfen. »Sprich mit mir«, schrie er. Doch Thanh presste seine Lippen nur fest zusammen, bis sie weiß wurden. Sam musste den Impuls unterdrücken, Thanhs Kopf wieder gegen die Wand zu schlagen. Er spürte die Macht, die er hatte. Der Schädel würde unter seinen Händen zerbrechen. Er erschrak über seinen eigenen Gedanken. Er durfte Thanh nicht gegen die Wand stoßen. Das durfte ihm nicht noch mal passieren. Er zog Thanh durch den Verschlag nach draußen. In die Dunkelheit des Bunkers. »Hau ab. Ich brauch dich nicht. Wenn du nicht mit mir reden willst. Los, hau ab.« Er ließ Thanh los, drehte sich um und ging in den Verschlag zurück. Sein Atem rasselte, Tränen rannen ihm über das Gesicht. Er sackte gegen die Wand, ließ sich auf den Boden sinken. Er hörte, wie Thanhs nackte Füße draußen über den Betonboden tappten, dieses Hinterherziehen seines steifen Beines. Die Schritte entfernten sich, die Tür nach unten öffnete sich und schloss sich wieder. Sam wusste, wo Thanh hinging: zur Plantage, zwei Etagen weiter unten. Da verkroch er sich immer.

Er würde Thanh nicht holen. Diesmal nicht. Sollte er doch da unten zwischen seinen Scheißpflanzen verrecken.

Sam machte sich daran, die abgeernteten Blüten, die er zum Trocknen auf dem Boden ausgelegt hatte, zu wenden. Irgendetwas musste er tun, um sich abzulenken. Er arbeitete im Licht einer der hellen Lampen, mit denen eigentlich die Pflanzenzöglinge angestrahlt wurden. Hätte der Einäugige ihn bei Licht erwischt, hätte er ihn verprügelt. Aber Tantchen hatte ihn letztens schon im Hellen hier oben gesehen und nichts gesagt. Vielleicht wusste sie gar nicht, dass die Pflanzen beim Trocknen kein Licht vertrugen. Sam hatte sowieso den Eindruck, dass sie vom Anbau und dem Ernteprozess wenig verstand.

Er selbst hatte alles von Thanh gelernt. Thanh war ja schon hier gewesen, als er hergebracht worden war. Thanh hatte ihm erzählt, Sam sei der Ersatz für einen anderen Jungen, der gestorben war. Der andere Junge habe immer gehustet und sei dann eines Tages einfach nicht mehr aufgewacht.

Thanh hatte ihm alles beigebracht, was Sam über die Pflanzen im Bunker wissen musste. Er hatte ihm erklärt, wie die Pflanzen zu gießen waren, wann die Zöglinge umgesetzt und wo die Blüten abgeschnitten werden mussten, und was man beachten musste, damit sie nicht schimmelten. Was für Pflanzen genau es waren, die sie da züchteten, wusste Thanh nicht. Er meinte aber, sie seien wichtiger Bestandteil traditioneller Medizin und sehr teuer. Deshalb durften nie Fremde in den Bunker, sie könnten die Pflanzen stehlen.

Damals hatte Thanh noch gesprochen. So teilnahmslos wie jetzt war er erst in der letzten Zeit geworden. Ohne Thanh hätte Sam seine erste Zeit auf der Plantage nicht überstanden. Wenn er daran dachte, wirbelte eine Flut von Bildern und Gedankenfetzen durch seinen Kopf: Seine Finger waren blutig geschnitten von der Arbeit, immer wieder hatte er sich an den Lampen seine Arme verbrannt, er hatte Kopfschmerzen bekommen von der stickigen Luft und dem grellen Licht. Den Weg nach draußen aufs Dach hatte er noch nicht gefunden. Die Verzweiflung, in dem Bunker festzusitzen, hatte ihn fast wahnsinnig gemacht, so wie Thanh jetzt wahnsinnig war. Denn das war er, davon war Sam überzeugt. Er war ja nicht immer so gewesen.

Sam streckte den Rücken durch und rieb sich mit den Fingern über die Stirn. Die Abzugsrohre der Belüftung zogen nicht richtig, und der penetrante Geruch der Pflanzen war schlimmer als sonst. Aber Sam wusste nicht, wie er sie reparieren sollte. Thanh hatte so etwas gekonnt, aber jetzt schaffte er es ja kaum noch, die Pflanzen zu gießen. Den Rest der Arbeit musste Sam erledigen: das Trocknen, das Abwiegen, das Verpacken, das Einschweißen.

Sam nahm eine Blütendolde in die Hand. Sie war leicht und fühlte sich an wie ein kleiner zerbrechlicher Vogel. Vorsichtig knickte er den Blütenstängel. Er knackte leise und bröselte in seiner Hand. Die Blüte war fast trocken. Morgen oder übermorgen konnte er anfangen, die Pflanzen zu verpacken. Er nahm jede einzelne Blüte in die Hand, knickte den Stängel an. Immer wieder hielt er inne und lauschte. Er hoffte so sehr, dass Thanh hochkam. Aber er kam nicht.

Irgendwann konnte Sam sich vor Müdigkeit kaum noch halten. Er wankte in den Verschlag und kroch bei brennendem Licht und ohne sich auszuziehen ins Bett. Die Decke über dem Kopf, glitt er sofort in den Bereich zwischen Wachsein und Schlafen, in dem die Bilder vor den Augen nur so dahinrasten. Er sah den Fluss, er hörte Lukas Lachen und sein eigenes. Dann war er zu Hause, am Meer. Der salzige Wind prickelte auf seiner Haut. Seine Mutter war da. Sie sah ihn aus ihren dunklen warmen Augen an und strich ihm die Haare aus der Stirn. Sie sprach mit ihm, ohne dass er die Worte verstand, aber ihre Stimme hüllte ihn ein wie eine warme Decke.

Doch dann kamen die Toten und zerrissen die schönen Bilder. Allen voran der Einäugige. Sie heulten und jaulten, sie hielten ihn fest, ihre Knochenfinger umklammerten seine Handgelenke, zogen ihm die Füße weg. Thanh und Luka waren auch dabei. Sie reihten sich in die Gruppe der Toten ein, ihre Gesichter kreidebleich, ihre Bewegungen ruckartig, unwirklich. Sie streckten ihre Hände nach ihm aus.

Sam fuhr schweißgebadet und schreiend auf. Er raufte sich die zerwühlten Haare, drückte seine Hände gegen die Schläfen, schüttelte den Kopf. Luka, wieso war Luka unter den Toten? Und Thanh? Was hatte er da geträumt? Das konnte nicht sein. Er schielte zu Thanhs zerwühltem Bett hinüber. Es war immer noch leer.

»Thanh?«, rief er, erhielt aber keine Antwort. Er sprang aus dem Bett, griff nach der Taschenlampe und rannte aus dem Verschlag. Durch die Dunkelheit lief er zur Tür nach unten, riss sie auf. »Thanh. Thanh!«

Nichts, keine Antwort.

Er sprang die Treppe hinunter und über die trocknenden Blüten auf dem Boden, der Lichtkegel seiner Taschenlampe flackerte hin und her. Er spürte, wie eine Scherbe sich in den Ballen seines rechten Fußes bohrte, das Glas fühlte sich kalt an. Er versuchte, den Schmerz zu ignorieren, rannte weiter, stieß die Gummilamellen beiseite und riss die nächste Tür auf. Feuchte Hitze schlug ihm entgegen. Aber es war dunkel, genauso wie oben.

Sam wünschte, er könnte einfach das Licht einschalten und nach Thanh suchen, der sich sicher irgendwo zwischen den Pflanzen versteckt hatte. Aber die Ernte stand kurz bevor, und die Zeitschaltuhr war auf zwölf Stunden Licht, zwölf Stunden Dunkelheit programmiert. Den Rhythmus brauchten die Pflanzen, um ihre Blüten auszubilden. Und die Zeitschaltuhren ließen sich nicht austricksen. Das hatte Sam schon früher ausprobiert. Wenn es dunkel war, war es dunkel.

»Thanh! Komm raus!«, rief er. »Es tut mir leid. Ich hätte den Jungen nicht mitbringen dürfen. Ich mache es nie wieder. Versprochen.« Angespannt wartete er auf eine Antwort. Aber es kam keine.

Er rannte zwischen den Blumenkübeln hindurch, schob die klebrigen Blätter beiseite, ließ den Schein der Lampe zwischen den Pflanzen umherwandern. Sie waren mittlerweile genauso hoch wie er groß war. Thanh konnte überall sein. Sam suchte hinter den Stromkästen und den Wassertonnen. »Bitte Thanh, komm raus. Bitte.« Er hielt inne, lauschte. Aber da war nichts als das hohe Sirren aus den Stromverteilern. Er wollte schon aufgeben, als das Sirren mit einem Mal lauter wurde und die Lampen ansprangen. Das grelle Licht blendete ihn. Er kniff die Augen zusammen, taumelte zurück, presste sich die Hand auf den Mund. Er würgte und schmeckte die Säure in seinem Mund, und alles um ihn herum wankte. Wie paralysiert starrte er auf Thanhs Körper, der nur knapp vor seinen Füßen auf dem nassen Boden lag. Der Oberkörper verdreht, Arme und Beine unnatürlich verrenkt.

Das Nächste, an das er sich erinnerte, war, dass er selbst auf dem Boden lag. Hände griffen nach ihm. Jemand schlug ihm ins Gesicht. »Junge, wach auf!«

Langsam, ganz langsam bewegte er den Kopf, blinzelte. Erst sah er nur verschwommene Umrisse, durch die Blitze zuckten, dann erkannte er Tantchen. Sie verströmte diesen Duft nach Kokos und Zimt, der ihn beim letzten Mal an seine Großmutter erinnert hatte und von dem ihm jetzt übel wurde.

»Was hast du getan?« Sie war wütend, das konnte er hören. Er setzte sich auf, schüttelte den Kopf. Nichts, dachte er. Nichts habe ich getan. Oder doch? Er sah zu Thanh hinüber. Hätte er ihn nicht weggeschickt, würde Thanh noch leben. Dann wäre er gar nicht hier unten gewesen. Tränen liefen Sam über die Wangen.

»Hör auf zu flennen.« Tantchen holte aus und schlug ihn noch einmal ins Gesicht, mit der flachen Hand. Der Knall dröhnte in seinen Ohren, seine Wange brannte heiß.

»Er ist tot«, stammelte Sam und zeigte mit zittriger Hand auf Thanh.

»Um den kümmert sich der Tscheche. Und du, los, los, steh auf, an die Arbeit.«

Sam schüttelte den Kopf, schluchzte. Der Tscheche war sicher der Mann mit den hellen Augen. Tschechien, dachte Sam, da kam das Bier her. Das hatten sie auch in seinem Dorf verkauft. *Bia hơi tiệp* hatte immer auf den Bierfässern gestanden.

»Nichtsnutz!« Tantchens Stimme war schneidend. »Denkst du je an deine Eltern? Die Arbeit ist der Grund, dass du überhaupt hier bist. Um Geld für sie zu verdienen.«

»Ich will nach Hause«, flüsterte Sam.

»Du kannst nicht nach Hause. Du hast nichts als Schulden bei mir. Meinst du, da lasse ich dich einfach gehen?«

»Bitte.«

Sie beugte sich vor und sah ihn an. Um ihren Mund lag jetzt ein Lächeln. Sie nahm seine linke Hand und tätschelte sie. Ihre Haut war warm und weich. Sie knetete seine Finger, und Sam wunderte sich, dass sie plötzlich nett war, da riss sie mit einem Ruck seinen Mittelfinger nach hinten. Es knackte, durch seinen ganzen Körper schoss ein stechender Schmerz. Vor seinen Augen tanzten schwarze Flecken.

»Ende mit Klettern«, sagte Tantchen. Dann ging sie und ließ ihn mit Thanh alleine. Sam hatte das Gefühl, sein Verstand löste sich auf. Alles in ihm löste sich auf.

LUKA

Luka schlug die Tür laut hinter sich zu. In der einen Hand hielt er einen Strauß gelber Chrysanthemen, in der anderen einen Kasten Schnapspralinen. Beides hatte seine Mutter besorgt. Sie hatte ihn damit rüber zu Bieganski geschickt, um sich zu bedanken, dass er ihm gestern Nacht geholfen hatte. Luka fand das ziemlich überflüssig. Es war ja nicht so, dass Bieganski ihn gestern gerettet hätte. Ganz im Gegenteil, er hatte ihn am Bunker fast zu Tode erschreckt. Kurz hatte Luka sogar gedacht, er sei derjenige, vor dem er aus dem Bunker geflohen war. Aber das konnte nicht sein. Er hatte die Schritte im Bunker gehört, und es waren nicht Bieganskis Schritte gewesen. Dessen schlurfenden Gang hätte er sofort erkannt.

Luka klingelte, und der alte Nachbar öffnete die Tür. Zwischen seinen Lippen klebte ein angespeichelter Zigarettenstummel, und obwohl es schon Nachmittag war, trug er einen Schlafanzug. Einen dieser gestreiften Altmänneranzüge. Luka konnte den Schleim in seiner Lunge rasseln hören.

Bieganski musterte Luka von oben bis unten, und sein Blick blieb auf den Geschenken hängen. »Na, da hat dich ja wohl deine Mutter geschickt?«

Luka zuckte mit den Schultern. »Ich sollte ... also, ich wollte mich bedanken«, stotterte er.

»Na, denn komm man rein«, sagte Bieganski.

Fuck, Luka hatte Bieganski eigentlich nur die Blumen und Pralinen in die Hand drücken und gleich wieder gehen wollen. Er hatte nicht das geringste Bedürfnis, sich in diese nach

Zigaretten stinkende Wohnung zu begeben. Trotzdem folgte er dem Alten jetzt ins Wohnzimmer. Die Zimmeraufteilung war genauso wie bei ihnen drüben, nur spiegelverkehrt. Allerdings war es viel dunkler. Vor den Fenstern hingen Gardinen, die nur zur Hälfte aufgezogen waren, und in die Lampen waren Glühbirnen gedreht, die ein gedämpftes gelbliches Licht abgaben.

»Setz dich.« Bieganski deutete auf das Sofa. Es war braun und durchgesessen. »Kaffee?«

Luka schüttelte den Kopf. Aber das schien Bieganski nicht zu interessieren. Er schlurfte in die Küche, und Luka hörte ihn mit Geschirr hantieren. Er setzte sich und ließ den Blick durch den Raum schweifen. Es roch nicht nur nach Zigaretten, sondern auch schrecklich muffig. Außer dem Sofa gab es nur einen Sessel. Die beigefarbene Tapete war mit kleinen grünen Tannenbäumen bedruckt. Neben der Tür stand eine hohe Pendeluhr, die laut tickte. An einer Wand stand über die gesamte Länge ein Wandschrank aus dunklem Holz. In die Türen waren Schnörkel geschnitzt, und in die Fenster der Vitrinenfächer war dunkelgrünes Glas eingelassen. Neben ihm auf dem Sofa lag ein Fußballheft. Luka nahm es und blätterte es durch.

»Na min Jung, was is'n deine Mannschaft?«, fragte Bieganski, der gerade mit einem Tablett in den Händen zurückkam.

»Pauli«, sagte Luka. Er hatte keine Lust zu erklären, dass Fußball ihn nicht interessierte. Das führte nur zu langen Diskussionen oder beleidigten Gesichtern, das kannte er schon.

Bieganski nickte zufrieden und setzte sich ihm gegenüber in den Sessel. »Nimm man das Heft mit. Kannst haben.«

»Danke.« Luka rollte es zusammen. Er würde es Sam mitbringen, der würde sich sicher freuen.

»Leberwurst und Schmierkäse«, sagte Bieganski und zeigte auf den Teller mit Schnittchen auf dem Tablett.

Luka griff schnell nach der Kaffeetasse. Die Schnittchen würde er ganz sicher nicht anfassen. Sie schmeckten bestimmt nach Zigarettenrauch.

Bieganski pustete in seinen Kaffee und schaute ihn über die Tasse hinweg an. Dabei schüttelte er den Kopf. »Mensch, min Jung, was hast du dir denn dabei gedacht. Den Bunker hochklettern. Hätt'st dir das Genick brechen können.«

»Hab ich aber nicht«, murmelte Luka. Mehr als ein paar Prellungen hatte er nicht davongetragen. Ein Wunder, aber so war es.

»Hätt deinem Vater nicht gefallen.«

»Mein Vater ist tot«, stieß er hervor.

»Weiß schon, min Jung. Is' schwer. Aber das Leben geht weiter.«

»Was wissen Sie denn«, entfuhr es Luka, und in seinen Augen stieg ein Brennen auf.

Bieganski seufzte und wechselte das Thema. »Was wolltest du denn auf dem Bunker? Da oben is' doch nichts. Und im Bunker auch nicht.«

Luka sah Bieganski überrascht an. »Waren Sie da mal drin?«

Bieganski schob die Unterlippe vor, wobei der Zigarettenstummel, der immer noch zwischen seinen Lippen geklebt hatte, runterfiel und auf seiner Hose landete, was er gar nicht zu merken schien. Sehr langsam drehte Bieganski den Kopf hin und her. »In dem nicht. Aber die sehen von innen alle gleich aus.« Seine Augen wurden wässrig, und sein Blick schien mit einem Mal weit weg. »Tausend Grad war'n das, und dann der Wind ... ein Sturm ... Bäume flogen wie Streichhölzer durch die Luft ... die Hölle ... Wer es nicht mehr reingeschafft hat ... meine Schwester war auf Kohleklau, draußen bei den Güterzügen ... war wohl zu weit ... ich hab sie nie wiedergesehen.«

Luka brauchte einen Moment, um zu realisieren, dass Bieganski vom Krieg sprach, und plötzlich tat Bieganski ihm leid. »Wie alt waren Sie im Krieg?«

Bieganski sah ihn einen Moment an, als wüsste er nicht, wer Luka war, dann klärte sich sein Blick wieder. »Lütt war ich. Trotzdem. Das vergisst man nie.« Er machte eine wegwischende Handbewegung. »Egal. Die alten Geschichten interessieren dich sicher nich'.«

Luka wusste nicht so recht, was er sagen sollte. Vorsichtig fragte er: »Wissen Sie denn, was in dem Bunker drinnen ist?« Er zeigte zum Fenster, um klarzumachen, welchen Bunker er meinte.

Bieganski zog die Schultern hoch und ließ sie wieder fallen. »Nichts, denke ich. Vor ein paar Jahren war da mal so'n Spinner, der wollte da Wohnungen reinbau'n. Is' aber denn doch nichts geworden. Kein Wunder. Wer will schon in einem Bunker wohnen.«

Als Luka nach Hause kam, stand das Abendessen auf dem Tisch. Seine Mutter hatte Scholle mit Speck und Bratkartoffeln gemacht. Eines der wenigen Gerichte, das bei ihr wirklich schmeckte. Luka aß mit Appetit. Nach dem Essen ging er in sein Zimmer und öffnete das Fenster. Draußen regnete es. Nasskalte Luft strömte herein. Auf die Fensterbank gestützt, schaute er nach draußen. Der Bunker lag dunkel und abweisend zwischen den Bäumen. Der Satz, den Bieganski gesagt hatte, dass niemand in einem Bunker wohnen wollte, ging ihm nicht aus dem Kopf. Er hatte bislang die Tatsache, dass Sam im Bunker wohnte, aufregend gefunden. Aber vielleicht war der Bunker gar nicht Sams selbstgewähltes Versteck. Er dachte an das Schloss, das von außen durch die Türgriffe gezogen war. Vielleicht war der Bunker eher so was wie ein Gefängnis. Der Gedanke machte ihm Angst.

Es war schon nach Mitternacht, als seine Mutter noch mal zu ihm ins Zimmer kam. »Bist du noch angezogen? Kannst du schnell den Müll runterbringen? Sonst stinkt hier morgen alles nach Fisch.«

Obwohl es immer noch regnete, nahm Luka den Umweg am Bunker vorbei. Vielleicht war Sam ja irgendwo. Vor dem Eingang stand ein weißer Lieferwagen mit laufendem Motor. Das Nummernschild war so verdreckt, dass nur das HH für Hamburg lesbar war. Das war der Wagen, mit dessen Fahrer Bieganski letztens gesprochen hatte, dachte Luka.

In großem Bogen ging er um den Wagen herum und sah, dass jemand auf dem Beifahrersitz saß. Sein Herz setzte einen Schlag aus. Es war Sam. Sam saß auf dem Beifahrersitz. Luka wollte zu ihm rennen, aber ein unbestimmtes Gefühl hielt ihn zurück. Sam war nicht alleine. Jemand musste das Auto fahren. Ein Erwachsener. Vielleicht derjenige, vor dem Luka aus dem Bunker weggerannt war und vor dem Thanh sich unter der Pritsche versteckt hatte.

Luka schaute zur Bunkertür hinüber, und erst jetzt sah er, dass sie offen stand. Das Kettenschloss lag auf dem Boden. Vorsichtig machte Luka ein paar Schritte zurück und glitt in den Schatten der Bäume.

Es dauerte nicht lange, und ein Mann erschien in der Bunkertür. Er war groß, trug Jeans, einen dicken Pullover und eine

Mütze, die er tief in die Stirn gezogen hatte. Den Kopf hielt er gesenkt, so dass Luka sein Gesicht nicht sehen konnte. Aber er glaubte nicht, dass er ihn kannte. In seinen Armen trug er ein in schwarze Folie verpacktes längliches Paket, vielleicht eine zusammengerollte Matratze, auf jeden Fall war es nicht ganz leicht. Der Mann schnaufte, und als er das Paket in den Laderaum fallen ließ, knarzten die Federn der Karosserie.

MIA

Das Wohnzimmer lag im Halbdunkel. Von draußen drang matt das Licht der Straßenbeleuchtung herein. Mia hatte nicht einschlafen können. Nachdem sie sich ewig im Bett hin und her gewälzt hatte, war sie aufgestanden und hatte sich auf dem Sofa unter die dicke Wolldecke gekuschelt. Sie zündete sich eine Zigarette an, lauschte dem Regen und dachte über den Tag nach.

Sie war in über zwanzig vietnamesischen Bistros gewesen. Sie hatte mit Inhabern, Bedienungen und Küchenpersonal gesprochen. Da hatte es die eine Art von Bistros gegeben, vor allem in der Schanze, wo die Inhaber junge Leute waren, die schon hier geboren worden oder als Kinder nach Deutschland gekommen waren. Sie waren ihr gegenüber offen gewesen und wirkten in keiner Weise eingeschüchtert. Sie schienen sich eher über Mias Fragen zu amüsieren. Die Vorstellung, irgendeinem dahergelaufenen Vietnamesen Geld für Wettgeschäfte in die Hand gedrückt haben zu sollen, fanden sie absurd. Und Mia glaubte ihnen.

Dann war sie aber auch in Bistros gewesen, in denen die Kommunikation nicht ganz so einfach funktioniert hatte. Wo sie, wenn sie rausging, nicht sicher gewesen war, ob die, mit denen sie gesprochen hatte, Eric Le wirklich nicht kannten, ob sie Angst hatten oder ob sie Mias Fragen einfach nicht richtig verstanden hatten. Zwischendurch hatte sie überlegt, Tante Lien anzurufen und dazuzubitten, hatte es aber bleibenlassen. Auch wenn es sprachlich teilweise nicht so einfach war, war ihr das direkte Gespräch doch lieber. Wenn Tante Lien das Gespräch in die Hand nahm, wusste Mia nie, was wirklich gerade gesagt wurde. Sie hatte ja schon im rechtsmedizinischen Institut gedacht, Tante Lien übersetzte immer nur einen Bruchteil von dem, was gesprochen wurde. Auch wenn sie das bestritten hatte. Von wegen, das Vietnamesische sei blumiger.

Draußen flackerten Blaulichter und warfen das Muster der Spitzenvorhänge in den Raum. Verzerrt legte es sich wie eine Decke über alles. Die Blumen und Karos ergänzten auf bizarre Weise das Muster des Perserteppichs auf dem Boden und wurden mit ihm eins. Plötzlich gellten Schreie durch die Straßenschlucht, dann Rufe und Sirenen. Daran würde sie sich erst noch gewöhnen müssen. Kreuzberg, zumindest die Ecke, in der sie gewohnt hatte, war nichts gegen diesen Teil von St. Georg gewesen. Mit einem Mal fühlte sie sich unendlich einsam. Sie drückte ihre Zigarette in einer leeren Tasse aus, die auf dem Boden neben dem Sofa stand, und zündete sich sofort eine neue an.

Was für ein überflüssiger Tag, dachte sie. Sie hatte nicht einen Zeugen für Eric Les Wettgeschäfte gefunden. Und sie hatte weiterhin nichts, womit sie Bordasch von einem Zusammenhang zwischen den Toten aus dem Raakmoor überzeugen konnte.

Hätte sie bloß niemals die Ermittlung zu dem toten Jungen aus dem Raakmoor in die Hand genommen. Dann hätte sie auch Eric Le und den anderen Toten gar nicht erst gefunden. Sie fragte sich sowieso, wieso sie sich gerade den Fall mit dem Jungen herausgesucht hatte. Sie ertrug doch gar keine toten Kinder, das wusste sie doch. Die Ermittlung brachte nur ihre Erinnerungen an Lea wieder hoch. Wie sie auf dem Boden in diesem verfluchten Keller gelegen hatte. Klein und zart und mit diesen gebrochenen leblosen Augen.

Sie hatte versagt. Sie hatte das Mädchen nicht gerettet. Dabei hätte sie sie retten können. Wenn sie nur etwas schneller gewesen wäre. Manchmal wachte sie morgens auf und dachte, alles sei nur ein Traum gewesen. Aber das war es nicht. Es war Wirklichkeit.

Mia schüttelte den Kopf und spürte, wie die Leere und diese Traurigkeit, die sie manchmal regelrecht zu ersticken drohte, in ihr wuchsen. Vielleicht hatte Bordasch recht, wenn er meinte, sie keinem Team zuordnen zu können. Vielleicht war sie wirklich psychisch nicht in der Verfassung. Seit dem Tod des Mädchens war sie nicht mehr die, die sie einmal gewesen war. Dessen Tod hatte ihr den Boden unter den Füßen weggerissen. Jetzt war da dieser Abgrund in ihr, und immer, wenn sie glaubte, sie hätte an seinem brüchigen Rand Halt gefunden, merkte sie, wie er sich senkte und sie weiter abrutschte. Sosehr sie auch kämpfte, am Ende stürzte sie immer weiter in die Tiefe.

SAM

Der Finger war mittlerweile dick angeschwollen und blau. Sam versuchte, den dumpf pochenden Schmerz zu ignorieren. Er legte den Kopf gegen die Fensterscheibe der Beifahrertür und spürte das kalte Glas an seiner Wange. Sein Atem legte sich wie Nebel auf die Scheibe, die mit verschmierten Fingerabdrücken übersät war. In seinem Kopf herrschte ein uferloses Durcheinander. Seine Gedanken sprangen hin und her, ohne dass er sie fassen konnte.

Der Tscheche, wie Tantchen ihn genannt hatte, war wirklich der Mann mit den hellen Augen. Jetzt setzte er den Lieferwagen zurück, und sie fuhren vom Parkplatz und auf die Hauptstraße. An der ersten roten Ampel soff der Motor ab. Der Tscheche fluchte und drückte seine Zigarette auf dem Lenkrad aus. Als er den Wagen wieder startete, gab er zu viel Gas, und die Hinterreifen drehten durch. Sam konnte hören, wie Thanhs Körper gegen die Wand des Laderaums schlug. Er musste den Impuls unterdrücken, die Tür aufzureißen und so schnell wegzulaufen, wie er nur konnte. Weit genug, um das alles hinter sich zu lassen. Aber er wusste, es ging nicht. Sie würden ihn erwischen, und dann drohte ihm die Waldstrafe. Oder sie würden sich an seiner Familie rächen. Er konnte nicht weglaufen.

Sie fuhren an den karminroten Wohnblöcken vorbei, die Sam von seinen nächtlichen Ausflügen kannte. Wie lange Fäden hing der Regen in den Scheinwerferlichtern der entgegenkommenden Fahrzeuge. Über dem Restaurant, aus dem es immer so gut nach Grillfleisch roch, blinkte die gelbe Leuchtschrift »Elb-Döner«. Vor dem Laden hatte er nachts häufiger gestanden und sich von dem Grillgeruch nach Hause tragen lassen. In die Hitze seines Dorfes. Dann sah er seine Mutter auf ihrem kleinen Schemel im Hof sitzen, eine Aluschale mit glühender Kohle vor sich auf dem Boden. In der einen Hand hielt sie eine Zeitung, mit der sie die Glut anfachte, in der anderen den Grillrost mit dem Fleisch. Wenn das Fett in die Glut troff, zischte es.

Das war Sams Trick. In die Ferne starren und träumen. In letzter Zeit aber wollte es ihm nicht mehr recht gelingen. Vielleicht hatten die Toten seine Vorstellungskraft vernebelt. Er fragte sich, ob Luka auch tot war. Wahrscheinlich. Sonst hätte er ihn doch nicht mit Thanh zusammen in seinem Traum gesehen. Thanh und Luka und all die anderen Toten.

Der Regen trommelte laut auf das Wagendach. Er war genauso heftig wie die schweren Monsunregen zu Hause in Vietnam. Sam tastete in seiner Jackentasche nach dem Stein. Er schmiegte sich genau in seine Handfläche. Er war flach und hell, so wie der Sand am Strand, auf dem das Fischerboot seines Vaters lag.

Sam hatte ihn am Fluss gefunden und in seiner Schatzkiste unter der Pritsche aufbewahrt. Genauso wie den schwarzen Filzstift, mit dem er Thanhs Namen, seinen Heimatort und sein Geburtsjahr auf den Stein geschrieben hatte. Die Tonzeichen hatte er weggelassen, dafür war nicht genug Platz gewesen. Er hoffte, es reichte auch so. Irgendwas musste er Thanh doch mitgeben. Das war er ihm schuldig. Einen Wegweiser für seine Seele. Wenn sie nicht nach Hause fand, würde sie auf ewig als hungriger Geist umherirren. Das durfte er nicht zulassen. Thanh sollte zumindest jetzt, wo er tot war, wieder zu seiner Familie zurückkehren.

Als der Tscheche gekommen war, hatte er lange einfach nur dagestanden und Thanh angestarrt, wie er mit verrenkten Gliedern auf dem Boden lag. Er hatte den Rauch der getrockneten Blüten, die Sam anstelle von Räucherstäbchen angezündet hatte, tief eingesogen und gelächelt, als würde der Anblick der Leiche ihm gefallen. Dann war von einer Sekunde auf die andere das Lächeln einem Ausdruck von Zorn gewichen, und er hatte Thanh so heftig gegen die Rippen getreten, dass der tote Körper über den Boden auf Sam zuschlitterte. Da, wo Thanh gelegen hatte, blieb nichts als ein nasser Fleck.

Sie überquerten eine mehrspurige Schnellstraße und fuhren an einer Fabrik vorbei, aus deren vielen Schornsteinen weißer Rauch aufstieg. Am Straßenrand parkten Lastwagen. Sie kreuzten Bahnschienen, kamen an Lagerhallen vorbei und bogen mehrmals rechts und links ab, bis Sam vollkommen die Orientierung verloren hatte. Die Straßenlaternen tauchten alles in ein unwirkliches weißes Licht. Nirgends war ein Mensch zu sehen. Es war, als führen sie durch eine Geisterwelt. Einen irren Augenblick lang dachte Sam, dass er vielleicht auch tot war.
Immer wieder hielt der Tscheche an, stieg aus, sah über eine Brüstung oder ein Brückengeländer und kam dann jedes Mal kopfschüttelnd zurück. Sie waren gerade wieder angefahren, als hinter ihnen das Heulen einer Sirene ertönte und immer lauter wurde. Sam drehte sich um und sah das flackernde Blaulicht eines Polizeiwagens. Ihm wurde heiß. Was, wenn die Polizei sie mit einer Leiche erwischte? Sie würden sie verhaften. Sie würden sie zum Tode verurteilen. Sie würden sie an Pfosten fesseln, bevor sie sie erschossen, und ihnen Limonen in den Mund stopfen. Damit sie nicht schreien konnten und nicht

beten. In seinem Dorf hatte er früher die Leute darüber reden hören. Und hier, in diesem Land, machten sie es doch sicher genauso. Sein Puls raste bei dem Gedanken daran. Er schielte zum Tschechen hinüber. Aber dessen Gesicht war vollkommen reglos, seine Hände lagen entspannt auf dem Lenkrad, als würde die Polizei sie nicht gleich mit einer Leiche im Laderaum anhalten.

Der Polizeiwagen war jetzt fast neben ihnen. Sam presste die Augen zusammen. Das Blaulicht drang durch seine Lider. Er hielt den Atem an. Gleich, gleich ... Aber nichts passierte. Die Sirenen wurden erst noch lauter und dann wieder leiser, und als er die Augen öffnete, sah er die blauen Lichter in der Ferne verschwinden.

Der Tscheche zündete sich eine Zigarette an, wendete und fuhr in entgegengesetzter Richtung zurück. Sams Puls beruhigte sich langsam wieder.

Nach einer Weile merkte er, dass sie im Kreis gefahren waren. Sie waren fast wieder am Bunker. Vor dem »Elb-Döner« bog der Tscheche in eine unbeleuchtete Seitenstraße, die nach einigen hundert Metern in einem Wendekreis endete. Sam kannte die Stelle. Dahinter lag der Fluss.

LUKA

Luka wachte früh am Morgen auf. Leise verließ er die Wohnung, um seine Mutter nicht zu wecken. Der starke Regen der Nacht hatte den Boden aufgeweicht, und vor dem Bunkereingang stand eine große Pfütze. Die Hände in den Taschen seiner Trainingshose vergraben, starrte Luka die verschlossene Tür an. In seinem Kopf spulten sich die Bilder der vergangenen Nacht ab. Er hatte zwischen den Bäumen gewartet, bis der Lieferwagen, in dem Sam saß, wegfuhr. Er hatte gehofft, Sam würde noch aussteigen, aber das war nicht geschehen. Sam war mitgefahren. Luka fragte sich, ob er jetzt wieder zurück im Bunker war. Er hatte ihn nicht zurückkommen sehen, obwohl er noch lange mit seinem Nachtsichtgerät am Fenster gesessen hatte.

Luka zog das Fußballheft, das Bieganski ihm geschenkt hatte, aus seinem Ärmel, bückte sich und schob es unter der Bunkertür durch. Der Spalt war groß genug. Er hoffte, Sam würde es finden.

Dann rannte Luka los. Das Laufen fiel ihm schwer. Die blauen Flecken, die er sich bei seinem Sturz zugezogen hatte, spürte er jetzt mehr als gestern. Aber egal, er musste sich bewegen, einen klaren Kopf bekommen. Das Rumsitzen, Schonen und Erholen, wie seine Mutter es von ihm erwartete, ertrug er nicht.

Er lief runter zum Fluss und den Weg am Ufer entlang. Noch waren keine Spaziergänger unterwegs. Über dem Wasser hing der Frühnebel wie ein grauer Schleier und schluckte die Geräusche. Die Luft war nasskalt. Er joggte bis zu dem neuen Café auf dem schwimmenden Anleger und sprintete dann los, quer durch den Park, bis zur Billhorner Brücke. Kies und Glas knirschten unter seinen Sohlen.

Die blauen Lichter sah er schon von weitem. Sie brachen sich auf den Steinen unter der Brücke. Luka wurde langsamer und blieb schließlich stehen. Drei Polizeiwagen mit blinkenden Blaulichtern parkten vor dem alten Löschplatz. Uniformierte waren dabei, den Platz zur Landseite hin abzusperren.

Der Löschplatz lag auf einer Landzunge zwischen Oberhafenkanal und Billhafen. Eine Kaimauer aus dunkelroten Backsteinen grenzte die alte Hafenanlage zum Kanal hin ab. Alle paar Meter waren Leitern in die Kaimauer eingelassen. Jetzt, bei Ebbe, hatte sich die Wasserlinie weit zurückgezogen, und um den Löschplatz herum war nichts als Matsch. Eine dicke glänzende Matschschicht.

Der Löschplatz war schon lange nicht mehr in Betrieb. Der Hafenkran stand noch, war aber rostig, und die Scheiben waren zertrümmert. Die Mauern der Lagerschuppen waren längst eingerissen. Früher war Luka oft mit Freunden hergekommen, und sie hatten ihre Tags auf die bröckeligen Mauern der Schuppen geschrieben. Luka hatte außerdem kleine rote und grüne Godzilla-Figuren gesprayt. Er hatte sie immer richtig gut hinbekommen.

Er ließ seinen Blick über den Platz schweifen. Ein Mann in einem weißen Schutzanzug lief zwischen den Mauern hin und her, den Blick auf den Boden gerichtet, als suche er etwas. Luka trat aus dem Schatten unter der Brücke und ging langsam näher an den Löschplatz heran.

Die Uniformierten nahmen keine Notiz von ihm, als er über das Absperrband stieg. Sie waren damit beschäftigt, das Band an einer Strebe des Krans zu befestigen und straff zu ziehen.

Natürlich wusste er, dass er einen Tatort, oder was auch immer das hier war, nicht betreten durfte. Aber das war ihm ziemlich egal. Die Polizei konnte ihn mal.

Er huschte hinter eine Mauer und überquerte den Platz. Der mit großen Kopfsteinen gepflasterte Boden war teilweise abgesackt, in den Mulden stand Wasser. Im Schutz eines auf Europaletten aufgebockten Schiffscontainers, dessen Längswände herausgerissen waren und in dem Sandsäcke lagerten, blieb er stehen.

Oben an der Kaimauer stand eine Frau. Sie war ungefähr so alt wie seine Mutter. Sie trug Jeans und eine graue Lederjacke, und aus ihrer blauen Wollmütze schaute ein langer blonder Pferdeschwanz heraus. Luka erkannte sofort die Polizistin in ihr, auch wenn sie nicht in Uniform war. Aber durch seinen Vater hatte er genügend Polizisten getroffen, um so etwas zu sehen.

Die Frau redete mit jemandem unten im Kanal. Luka schob sich an der Containerwand entlang, bis er den Kanal einsehen konnte. Dort wateten mehrere Männer in Schutzanzügen durch den Schlick. Bis zu den Knien sanken sie ein. Zwei von ihnen kamen über eine der Leitern an der Kaimauer nach oben, in den Händen hielten sie Seilenden. »Wir beginnen mit der Bergung«, hörte Luka den einen Mann mit tiefer lauter Stimme zu der blonden Frau sagen. Luka fragte sich, was die Polizei da im Schlick gefunden hatte. Er lehnte sich noch ein Stück weiter vor, konnte aber trotzdem nicht sehen, was da im Schlick lag. Von unten rief jemand: »Jetzt. Zieht!«, und die beiden Männer zogen gleichzeitig an den Seilen.

Alles um Luka herum schien stillzustehen. In seinen Ohren pulsierte das Blut. Sein Herz pumpte wie wild. Er nahm nichts mehr wahr als dieses längliche, in schwarze Plane eingewickelte Paket, das die Männer aus dem Schlick geborgen hatten und das jetzt auf dem Kopfsteinpflaster lag. Wie in Zeitlupe ging er näher heran, bis er fast davorstand. Die Plane war auf der einen Seite aufgerissen und lag in Fetzen, und Luka starrte in das Gesicht des Jungen aus dem Bunker. Nicht Sam, der andere Junge. Thanh. Er war tot.

Die blonde Polizistin schob ihren Kopf in sein Blickfeld. Sie sah nett aus. Auf ihrer Nase hatte sie viele winzige Sommersprossen. Sie sagte etwas zu ihm. Feine Atemwolken wirbelten aus ihrem Mund. Aber ihre Worte hingen in der Luft fest, ohne zu ihm durchzudringen. In Lukas Kopf schwirrte alles wild durcheinander. Er kam sich vor wie auf einem Karussell. Er öffnete den Mund, wollte etwas sagen, wollte alles loswerden. Aber er brachte keinen Ton heraus.

Und dann sah er ihn. Breitbeinig kam er über den Platz auf ihn zu, sah ihm ins Gesicht, ohne ein Anzeichen, dass er ihn erkannte. Bordasch! Lukas Herz setzte einen Schlag aus, und er atmete schneller und heftiger, als würde er gleich ersticken. Er wollte ihn anbrüllen, ihn anspucken, ihn treten. Stattdessen drehte er sich um und rannte weg.

MIA

»Ihr Idioten!«, schnauzte Bordasch den Uniformierten an, der für die Absperrung des Tatorts zuständig war. »Ihr sollt verdammt noch mal dafür sorgen, dass niemand den Tatort betritt! Schon gar nicht irgend so ein dahergelaufener Teenager.« Der Uniformierte, der Bordaschs Wut abbekam, nickte unterwürfig.

Mia schlang die Arme um ihren Oberkörper und trat von einem Bein auf das andere, um sich etwas aufzuwärmen, aber die nasse Kälte kroch unaufhaltsam in ihre Lederjacke. Sie ärgerte sich, dass sie sich von Bordasch hatte zurückhalten lassen, als sie dem Jungen hinterherrennen wollte. Vielleicht wusste der Junge etwas oder kannte den Toten sogar. Er hatte etwas sagen wollen, da war sie sich sicher, und sie wurde das Gefühl nicht los, dass nur Bordaschs Auftauchen ihn davon abgehalten hatte.

Mit den Fingerspitzen massierte sie sich die Schläfen und ging zu Hallberg hinüber. Er kniete neben dem Toten. Mia hockte sich neben ihn.

Die Plane war jetzt vollständig weggeklappt. Der Tote lag auf der Seite, den Rücken zu ihr gewandt. Jetzt erst wurde Mia klar, dass es ein Kind war. Sie stöhnte leise auf. »Was meinen Sie, wie alt er war?«

»Vielleicht zwölf oder dreizehn«, sagte Hallberg und schwieg einen Moment, den Blick auf den Jungen gerichtet. »Besonders lange hat er nicht im Wasser gelegen. Ich würde sagen, nur seit der letzten Flut.«

Sein Gesicht hatte eine grünlich graue Farbe, mit dunklen Schatten um die Augen. Mias Kehle schnürte sich zusammen.

»Er sieht asiatisch aus«, flüsterte sie. »Er könnte auch Vietnamese gewesen sein, oder nicht?«

»Mia!«

Sie fuhr herum.

Bordasch stand hinter ihr. »Das hier ist nicht dein Fall.«

Mia schnaubte. Das wusste sie auch. Dass sie zum Fundort gerufen worden war, war nur ein Zufall gewesen. Von ihrer Wohnung war es nicht weit bis zum alten Löschplatz. Und die Kollegen, die den Samstagsfrühdienst hatten, waren auf einem Großeinsatz auf der Veddel. Ein Familiendrama.

»Nimm die Aussage dieses Anglers auf, der den Leichenfund gemeldet hat. Und dann hau ab.«

»Guck doch mal hin. Der Junge ist Asiate.« Mia hörte selbst, wie trotzig sie klang.

»Komm mir nicht wieder mit irgendwelchen abstrusen Verbindungen.«

»Und wenn es einen Zusammenhang zu den Toten aus dem Raakmoor gibt?«

»Sieh ihn dir doch an. Er könnte genauso gut Afghane gewesen sein oder Usbeke oder so was. Ich werde ein paar Leute durch die Flüchtlingsunterkünfte schicken.«

Mia wollte etwas erwidern, dagegenhalten, aber ihr fiel nichts ein. Sie sah Bordasch wütend an und ging zu dem Angler hinüber, der in der offenen Tür eines Streifenwagens saß. Sie hörte noch, wie Bordasch zu Hallberg sagte, er solle ihm den Obduktionsbericht schicken und auf keinen Fall an Mia weiterreichen. Auch wenn sie ihm damit sicher in den Ohren liegen würde.

Mia konnte es gar nicht abwarten, dass der Leichnam abtransportiert war und Hallberg und Bordasch endlich aufbrachen. Der Rechtsmediziner bot ihr an, sie mitzunehmen, aber Mia sagte, sie wolle lieber zu Fuß nach Hause gehen. In Wirklichkeit brauchte sie diesen Moment am Tatort. Den Moment ohne Leiche. Die Illusion der Normalität. Sie trat an die Kaimauer und sah nach unten. Es war auflaufende Tide. Da, wo der Junge im Schlick gelegen hatte, war jetzt wieder Wasser. Auf den kleinen Wellen trieben Möwen. In Berlin hatte Mia die vielen Möwen immer vermisst. Sie hatten etwas von Urlaub und gaben ihr das Gefühl, am Meer zu sein, auch wenn das natürlich trügerisch war. Das Meer war noch rund hundert Kilometer von Hamburg entfernt.

Die Leute vom technischen Erkennungsdienst waren dabei, den Löschplatz und seine Umgebung abzusuchen. Mittlerweile war auch ein Kollege von der Wasserwacht eingetroffen, der anhand der Strömungsbedingungen der vergangenen Nacht versuchte nachzuvollziehen, wo der Junge ins Wasser geworfen worden war. Eine Möglichkeit war die Billhorner Brücke, die ein paar Meter stromaufwärts über den Kanal führte. Aber das hatte Hallberg schon ausgeschlossen. Nach einem Sturz aus so einer Höhe hätte die Leiche anders ausgesehen. Weitere Möglichkeiten waren der Löschplatz, neben dem die Leiche gefunden worden war, oder aber die andere Seite der Brücke. Letzteres war am wahrscheinlichsten, da dies die vielen an der Plastikfolie hängenden Algen erklären würde. Der Leichnam musste sich ein ganzes Stück bewegt haben, um sie mitzureißen. Und etwa zweihundert bis dreihundert Meter weiter Richtung Rothenburgsort gab es Strömungsbedingungen, die dafür gesorgt haben könnten, dass der Tote in den Oberhafenkanal gedrückt worden war.

Mia zündete sich eine Zigarette an und folgte dem Weg unter der Brücke entlang. Obwohl das Wasser hoch stand, roch es nach Brackwasser und Schlick. Auf der anderen Seite der Brücke war der Uferweg gepflastert und mit einem Metallgeländer zum Wasser hin gesichert. Bis auf das leise Plätschern des Wassers war es vollkommen still.

Anwohner gab es hier keine. Nachts wäre das Ufer verlassen, dachte Mia. Der Täter hätte also unbeobachtet handeln können. Mia fragte sich allerdings, wieso jemand eine Leiche in diesem Flussabschnitt ins Wasser warf. Der Junge war mit Bruchsteinen beschwert gewesen. Das hieß, der Täter hatte den Jungen versenken wollen. Sicher, es war nicht immer ersichtlich, was genau Strom, Kanal oder Hafenbecken war. Hier ging alles ineinander über. Aber jeder, der sich einigermaßen in Hamburg auskannte, wusste doch, dass alles hier verschlickt war und schon bei mittlerem Tidehochwasser weitgehend trocken fiel. Da machte es keinen Sinn, eine Leiche zu versenken.

Mia ging langsam, ließ den Blick aufmerksam schweifen. Sie wusste nicht, wonach sie suchte. Schleifspuren, Blut, Folie, die irgendwo hängengeblieben war, als der tote Junge über das Geländer geworfen worden war … irgendetwas. Aber da war nichts.

Zwei Männer mit Angeln über der Schulter gingen an ihr vorbei in den Entenwerden-Park. Mia wollte ihnen folgen, blieb dann aber stehen. Wäre der Junge vom Park aus ins Wasser geworfen worden, hätte die Strömung ihn nicht bis in den Oberhafenkanal gedrückt. Mia drehte um und sah, dass die Kollegen vom technischen Erkennungsdienst mittlerweile begonnen hatten, diese Seite der Brücke abzusuchen. Sie fotografierten jeden Fitzel, der auf dem Boden lag, bevor sie ihn eintüteten. Mia wollte gerade zu ihnen hinübergehen, als sie den Stein sah. Es war ein flacher, fast bronzefarbener Stein. Es wäre ein perfekter Springstein. Er lag auf einem der metallbeschlagenen Streichdalben, die die Kaimauer zum Wasser hin wie Fender vor zu eng auffahrenden Booten schützten. Mia kniete sich hin, streckte den Arm durch das Geländer und griff nach dem Stein. Sie schloss die Finger um ihn, und er schmiegte sich perfekt in ihre Hand. Kühl und glatt. Sie hatte schon immer einen Tick mit Steinen gehabt. Sie musste sie einfach in die Hand nehmen, die Struktur spüren. Die schönsten Steine nahm sie mit. Zu Hause hatte sie eine ganze Kiste Steine, die sie im Laufe der Jahre gesammelt hatte.

Sie öffnete die Finger und sah sich den Stein genauer an. Vielleicht war er auch etwas für ihre Sammlung. Dabei sah sie, dass auf der Rückseite winzige Buchstaben auf den Stein geschrieben waren. Mia versuchte zu entziffern, was da stand.

Ng Van Thanh
Xa Dong Ha
2001

Diese Buchstabenfolge, dachte sie, das könnte fast in lateinische Buchstaben transkribiertes Chinesisch sein, oder es war Vietnamesisch. Dieses seltsame Ng hatte sie sonst noch in keiner Sprache gesehen.

Mia wischte leicht mit der Fingerspitze über einen der Buchstaben. Derjenige, der das geschrieben hatte, hatte einen wasserfesten Stift verwendet. Sie drehte sich nach den Spurensichern um, aber die beachteten sie nicht weiter. Schnell ließ sie den Stein in ihre Tasche gleiten.

LIEN

Im Bistro waren alle Tische besetzt. Lien stand hinter dem Tresen und rührte süße Kondensmilch in ihren Kaffee. Sie war so müde, dass ihre Augen juckten und sich ganz geschwollen anfühlten. Eigentlich hatte sie letzte Nacht noch mal mit dem Tschechen in den Bunker fahren wollen, um sicherzugehen, dass er die Leiche diesmal richtig entsorgte. Aber ihre Hüfte hatte wieder so geschmerzt, dass sie sich kaum hatte bewegen können. Unruhe und Schmerzen hatten sie nicht schlafen lassen. Immerhin hatte sie heute außer ihrem Koch gleich zwei Kellnerinnen da, so dass sie nicht auch noch selbst bedienen musste.

Sie trank ihren Kaffee und sah einem Gast zu, der mit hochrotem Kopf seine *phở gà* aß. Heute stand die *phở*-Variante mit Hühnerfleisch auf der Mittagskarte. Während der Mann seine Suppe löffelte, schnäuzte er immer wieder lautstark in ein Taschentuch. Lien wusste, dass das in Deutschland nicht weiter verpönt war. Trotzdem musste sie jedes Mal ihren Ekel unterdrücken. Da waren ihr fast noch solche Gäste lieber wie die Frau hinten in der Ecke, die das gute Fleisch aus der *phở* für ihren Hund unter den Tisch fallen ließ. Was für eine Dekadenz.

Sie seufzte leise in sich hinein. An Tagen wie diesen, an denen sie zu müde war, um sich in kultureller Geduld zu üben, wünschte sie sich nach Vietnam zurück. Aber sie wusste, sie war zu lange weg gewesen, zu viel hatte sich verändert. Auch da hielt man sich wahrscheinlich mittlerweile Schoßhündchen, die man mit den besten Fleischstücken fütterte.

Sie kratzte die Reste der dickflüssigen Kondensmilch aus ihrer Tasse und leckte den Löffel ab. Dann nahm sie eine der frischen Mangos, die sie heute Morgen gekauft hatte, ging um den Tresen herum und legte sie auf den kleinen Schrein neben der Eingangstür. Die Räucherstäbchen würde sie später anzünden, wenn sie alleine war, der beißende Rauch gefiel den Gästen meistens nicht. Sie wollte gerade noch die Schnapsflasche holen, um die Tässchen auf dem Schrein aufzufüllen, als die Tür aufging und Mia Paulsen hereinkam. Ihre Wangen waren rosig, und ihre Haare in einen Pferdeschwanz gebunden. Sie rieb sich die roten Hände.

»Mia, Sie sind ja vollkommen durchgefroren. Haben Sie schon gegessen?«

»Noch nicht.«

»Kommen Sie.« Lien fasste sie am Arm und zog sie sanft mit sich in die Küche. Hier hatten sie ihre Ruhe. Zwar stand ihr Koch am Herd, aber das Öl in den Woks zischte so laut, dass er ihre Unterhaltung nicht hören konnte. Außerdem verstand er kaum ein Wort Deutsch.

»Was möchten Sie essen? Heute steht *phở gà* auf der Tageskarte, und *bánh đa đỏ xào bò*, rote Nudeln mit Rindfleisch aus dem Wok. Oder … warten Sie. Ich habe eine bessere Idee.« Sie rief ihrem Koch zu, er solle für sie beide *lẩu thập cẩm* zubereiten.

»Was ist das?«, fragte Mia.

»Lassen Sie sich überraschen.«

Mia nickte mit einem Lächeln, entschuldigte sich kurz und verschwand im Toilettenraum. Als sie wiederkam, stand schon das Essen auf dem Tisch. In einem Topf auf dem Gasstövchen dampfte scharf gewürzter Rinderfond. Auf einem Tablett lagen hauchdünn geschnittenes Rindfleisch, Lachs und Tigergarnelen. Daneben standen Schüsseln mit Reisnudeln, frischem Tofu, Wasserspinat, Austernpilze, Pak Choi, Koriander, Minze und Basilikum. Es gab außerdem eingelegten Knoblauch, in Essig marinierte Gurken und verschiedene Dips.

»Das sieht wirklich toll aus«, sagte Mia.

»Reiner Eigennutz«, sagte Lien. »Ich esse für mein Leben gerne vietnamesisches Fondue, aber alleine macht es keinen Spaß. Los, greifen Sie zu.«

Mia versuchte, mit den Stäbchen eine Garnele aufzunehmen, was ihr nicht gelang. Sie entglitt ihr immer wieder. Lien gab ihr ein kleines Sieb, mit dem sie Fleisch und Garnelen in den Fonduetopf halten konnte. Dann tauchte Lien eine Scheibe Rindfleisch in die Brühe, nahm sie sofort wieder heraus und tunkte sie in den Dip aus Sojasoße, Pfeffer, Ei und Sesam.

Sie aßen eine Weile schweigend, bevor Lien fragte: »Gibt es etwas, das ich für Sie tun kann, oder sind Sie nur zufällig vorbeigekommen?«

»Na ja«, sagte Mia. »Das mit den Wettgeschäften. Ich komme da nicht weiter. Ich war gestern in zweiundzwanzig vietnamesischen Bistros. Niemand scheint Eric Le je gesehen zu haben.«

Lien sah Mia in die Augen und sagte leise: »Die Leute haben Angst.«

»Viele Bistrobetreiber sind so jung, die können sich gar nicht an die Mafiamorde der neunziger Jahre erinnern. Und mit Vietnam haben sie auch nicht mehr zu tun, als dass es die Heimat ihrer Eltern oder Großeltern ist.«

»Das ist egal. Es kann immer wieder passieren. Denken Sie nur an die Morde in diesem Asia-Restaurant in der Heide. Das ist gar nicht so lange her.«

»Ich brauche Zeugen«, sagte Mia mit Nachdruck.

»Ich fürchte, Sie werden keine finden«, sagte Lien und sah das Misstrauen, das in Mias Augen aufflackerte. Schnell schob sie hinterher: »Mia, es ist schon zu viel passiert. Niemand traut dem anderen.«

»Was ist mit Ihnen?«, fragte Mia.

»Mit mir? Was soll mit mir sein?«

»Ich meine, haben Sie auch Angst?«

Lien schüttelte den Kopf. »Wieso sollte ich?«

»Ich dachte nur, weil …« Mia unterbrach sich und winkte ab. »Egal, vergessen Sie's.« Sie schob sich eine Scheibe Lachs in den Mund und kaute bedächtig. Ihre Frage hatte Lien verwirrt. Worauf hatte sie hinausgewollt?

»Wissen Sie was«, sagte Mia und lehnte sich ein Stück zu Lien vor. »Das mit den Wettgeschäften … ich habe da Zweifel. Vielleicht hat Eric Le ja wirklich Wetteinsätze eingesammelt, und vielleicht hat er das Geld auch in die eigene Tasche gesteckt …« Mia trank einen Schluck Wasser, bevor sie weiterredete. »Aber sein Mord war eine Hinrichtung. Und der andere Mann wurde auch auf brutale Weise umgebracht. Das war nicht irgendein wütender Bistrokoch, den Eric Le betrogen hat. Eher ein Auftragsmörder.«

Lien lachte auf. »Aber ein Profi würde seine Leichen doch sicher geschickter entsorgen.«

Mia schüttelte den Kopf. »Dass ich die Leichen gefunden habe, war schon ein ziemlicher Zufall.«

Lien überlegte fieberhaft, was sie sagen sollte. »Dann gab es vielleicht doch einen Hintermann für die Wettgeschäfte. Und Eric Le hat ihn hintergangen, er hat das Geld einfach eingesackt … das wäre ein Grund gewesen, ihn umzubringen.«

»Vielleicht«, sagte Mia. »Aber vielleicht hat das alles auch gar nichts mit irgendwelchen Wettgeschäften zu tun. Weil …

was ist mit dem Kind? Wie sollte das tote Kind in das Bild passen?«

»Vielleicht auch ein Zufall?«

»Nein«, sagte Mia, und die Überzeugung, die dabei in ihrer Stimme lag, gefiel Lien nicht.

Mia stand auf, um etwas aus ihrer engen Hosentasche zu ziehen. Als sie sich wieder setzte, reichte sie Lien einen kleinen hellen Stein. »Da ist was draufgeschrieben«, sagte sie. Lien musste ihre Brille aufsetzen, um die winzig kleinen Buchstaben lesen zu können.

Ng Van Thanh
Xa Dong Ha
2001

Lien zog die Stirn in Falten. »Was soll das sein?«

»Ist das Vietnamesisch?«

»Das Vietnamesische hat Tonzeichen. Die sehen ein bisschen aus wie die französischen Akzents.«

»Ich weiß, wie die aussehen. Punkte, Striche, kleine Häkchen. Die fehlen hier. Aber könnte es trotzdem Vietnamesisch sein?«

Lien sah noch einmal hin. »Na ja, doch. Könnte sein. Ich denke schon.«

»Und was steht da?«

»Ohne Tonzeichen kann ich es nicht eindeutig sagen. Aber das Ng ist eine gängige Abkürzung für Nguyen. Ein Familienname.«

»Der Onkel und die Tante von Eric Le heißen so.«

»Jeder zweite Vietnamese heißt so«, sagte Lien und sah wieder auf den Stein. »Van ist ein Zwischenname und Thanh ein Vorname. Nguyen Van Thanh. Das ist ein Männername.«

»Und das andere?«, fragte Mia.

»Xa Dong Ha könnte ein Ort sein. *Xã* bedeutet Kommune, kleine Ortschaft.«

»Haben Sie eine Idee, wo dieser Ort liegt?«

Sie schüttelte den Kopf. »Tut mir leid. Aber woher haben Sie den Stein? Irgendetwas im Zusammenhang mit Eric Le?«

»Ich bin mir nicht sicher«, sagte Mia. »Diese Zahl 2001 passt nicht. Wenn es ein Geburtsjahr ist, müsste der Junge schon sechzehn gewesen sein, er sah aber eher aus wie zwölf oder dreizehn.«

»Sie meinen den Jungen aus dem Moor?«

Mia schüttelte den Kopf. »Wir haben heute Morgen eine weitere Kinderleiche geborgen. Drüben am alten Löschplatz im Billhafen. Nicht weit von hier.«

Lien schluckte, sie kannte die Namen der Jungen aus dem Bunker nicht. Aber sie ahnte, wen die Polizei da gefunden hatte. Zum ersten Mal, seit diese ganze verfluchte Geschichte begonnen hatte, spürte Lien Panik in sich aufsteigen.

MIA

Obwohl es für einen Samstagabend noch früh war, war die M & V-Gaststätte schon gut besucht. Mia hatte gerade noch den letzten Tisch ergattert. Der Laden, ein schlauchartiger Raum, sah noch aus wie aus den Fünfzigern. Mit abgeteilten Nischen und einem Buffet mit glitzernden Flaschen hinter dem langen Tresen. Der etwas seltsame Name ging auf die M & V-Großdestillation zurück, die früher in ganz Hamburg eigene Lokale hatte, in denen sie hauseigene Spirituosen verkaufte. Der Laden auf der Langen Reihe war allerdings der letzte seiner Art. Mia mochte ihn, es war eine angenehme Mischung aus In-Szene und Nachbarschaftstreff.

Aus dem Lautsprecher über ihr lief leise R'n'B-Musik. Mia trank ihr Pils und sah auf die Uhr. Hallberg würde sicher bald auftauchen. Er hatte sie vorhin angerufen und sich hier in der Bar mit ihr verabredet. Er meinte, er wolle mit ihr über den Toten aus der Elbe sprechen. Aus irgendeinem dummen Reflex hätte sie ihn fast korrigiert. Der Junge war im Oberhafenkanal gefunden worden, nicht in der Elbe. Aber was sollte es? Das Wasser war dasselbe. Trübes dunkles Elbwasser. Hallberg hatte gesagt, der Obduktionsbericht des Jungen würde sie mit Sicherheit interessieren. Im rechtsmedizinischen Institut könnten sie sich deswegen allerdings nicht treffen. Das würde Bordasch nur über irgendwelche Umwege erfahren.

Mia fragte sich die ganze Zeit, wieso er sich Bordaschs Anweisungen, keine Informationen an sie weiterzugeben, widersetzte, fand aber keine zufriedenstellende Antwort. Außer vielleicht, dass es ihm endlich die Gelegenheit gab, sie auf ein Bier zu treffen. Während Mia wartete, zog sie den Stein aus ihrer Tasche und betrachtete ihn. Es war wirklich ein schöner Stein.

Sie war vorhin sämtliche Vermisstenmeldungen nach dem Namen auf dem Stein durchgegangen, hatte aber niemanden mit dem Namen Nguyen Van Thanh oder ähnlich gefunden. Sie hatte ihn durch alle internationalen Datenbanken, zu denen sie den Zugangscode hatte, laufen lassen. Ohne Ergebnis.

Einen Ort namens Dong Ha dagegen hatte sie auf einer Karte gefunden. Er lag in Mittelvietnam an der Küste. Der Ort hatte rund achttausend Einwohner.

Vielleicht sollte sie Tante Lien bitten, für sie dort anzurufen und sich nach dem Jungen zu erkundigen. Es gab in dem Ort doch sicher eine Polizeistation. Aber sie wollte Tante Lien da nicht auch noch einbinden. Sie hatte sie sowieso schon weiter in die Ermittlung eingeweiht, als sie eigentlich durfte. Und irgendetwas an Tante Lien irritierte sie zunehmend, ohne dass sie sagen konnte, was es war. Sie fand die Übersetzerin nicht unsympathisch, gleichzeitig schimmerte da etwas durch, das ihr nicht gefiel. Eine unterschwellige Arroganz und eine Vehemenz, die keinen Widerspruch duldete. Vielleicht war es aber auch einfach die Tatsache, dass Tante Lien schon öfter mit Bordasch zusammengearbeitet hatte und ihn ganz gut zu kennen schien. Das zumindest hatte Sarah ihr erzählt.

Mia sah Hallberg sofort, als er durch die Tür kam. Er war frisch rasiert. Unter seiner offenen Windjacke trug er einen enganliegenden schwarzen Rollkragenpullover. Mit eleganten Bewegungen schlängelte er sich zwischen den Gästen, die dicht gedrängt im Raum standen, zu ihr durch. Mia schob schnell den Stein in ihre Hosentasche.

»Hallo, Frau Paulsen.« Hallberg zog seine Jacke aus und rutschte neben sie auf die Eckbank. Es war so eng, dass ihre Knie sich unter dem Tisch berührten. Mia strich sich die Haare aus der Stirn und versuchte abzurücken, aber dafür fehlte der Platz.

Hallberg sah sich suchend nach einer Bedienung um und schüttelte ungläubig den Kopf. »Ich war ewig nicht hier. Früher war das fast mal mein Wohnzimmer. Ich hab oben drüber gewohnt.«

»Und jetzt? Volksdorf?«

»Seh ich etwa so aus?«

Mia zuckte mit den Schultern und grinste.

Hallberg lachte. »Zum Glück verpflichtet der Doktortitel nicht zum Vorortsdasein.«

Hallberg war also auch kein Stadtrandliebhaber, dachte Mia, und irgendwie beruhigte sie das.

»Nehmen Sie noch ein Pils?« Er deutete auf ihr leeres Glas.

»Ich hätte lieber einen Weißwein.«

»Dann nehmen wir doch gleich eine Flasche.«

Mia hatte sich eigentlich vorgenommen, heute nicht so viel zu trinken. Aber bevor sie Widerspruch einlegen konnte, hatte Hallberg schon bestellt, und kurz darauf stand eine Flasche Riesling auf dem Tisch. Der Wein war trocken, würzig und gut gekühlt. Genauso wie Mia es mochte.

Hallberg lehnte sich so weit zu ihr hinüber, dass niemand hören konnte, was er sagte. Dann setzte er an, die Ergebnisse der Obduktion für sie zusammenzufassen:

»Wie ich vermutet hatte, lag der Junge nur sehr kurze Zeit im Wasser. Sechs Stunden höchstens. Eher weniger. Als er ins Wasser geworfen wurde, war er bereits tot. Er ist an einem Stromschlag gestorben. Vermutlich am Tag, bevor wir ihn gefunden haben. In diesem Fall möchte ich mich aber nicht exakt festlegen. Kampfspuren habe ich keine entdeckt. Allerdings hatte er am ganzen Körper blaue Flecken. Ich kann trotzdem nicht mit Sicherheit sagen, ob es Tod durch Fremdeinwirkung war oder ein Unfall. Den Strommarken nach zu urteilen, könnte er ein nicht isoliertes Kabel angefasst haben. Vor allem die Hände sind betroffen, was eher auf einen Unfall hindeutet.« Hallberg nahm einen Schluck von seinem Wein. Nach einer kurzen Pause fügte er hinzu: »Wenn es ein Unfall war, frage ich mich allerdings, wieso die Leiche überhaupt in der Elbe versenkt werden sollte.«

Dieser letzte Satz drehte sich in Mias Kopf hin und her und brauchte einen Moment, bis er zu ihr durchdrang. Sie starrte Hallberg an. Plötzlich schien es ihr unerträglich stickig im Raum. Sie schluckte. »Wie bei dem toten Kind aus dem Raakmoor.« Ihre Stimme klang dünn. »Jemand wollte eine Straftat vertuschen, die dem Tod des Jungen vorausging.«

»Daran habe ich auch sofort gedacht«, sagte Hallberg. »Und es gibt noch weitere Parallelen. Der Junge aus der Elbe ist genau wie das Kind aus dem Moor nach seinem Tod mit einem scharfen Scheuermittel abgeschrubbt worden. Und die Fingernägel waren kurz geschnitten.«

»Dieselbe Vorgehensweise also.«

»Ziemlich ähnlich zumindest.« Hallberg stellte sein Glas ab. »Und das ist noch nicht alles. Beide hatten vernarbte Hände. Wie von Schnitten. Beide waren mangelernährt. Beide litten unter starkem Vitamin-D-Mangel.« Hallberg unterbrach sich kurz, als müsste er auch erst einmal durchatmen. Bevor er weitersprach, trank er etwas. »Der gesundheitliche Zustand des Jungen aus der Elbe war allerdings noch viel schlechter als bei dem Kind aus dem Moor. Er hatte mehrere unverheilte

Brandwunden auf den Armen. Und sein Bein war durch einen schlecht verheilten Bruch steif.«

Mia atmete durch die Nase ein und aus und nahm einen großen Schluck von ihrem Riesling. »Sagen Sie, wieso erzählen Sie mir das alles? Bordasch hat doch ausdrücklich verboten, dass ich von den Obduktionsergebnissen erfahre.«

Hallberg kräuselte seine Lippen, was etwas Verächtliches hatte. Eine Weile sagte er nichts, dann beugte er sich noch weiter zu Mia vor. »Ehrlich gesagt, ich weiß es nicht genau. Aber irgendwas ist da an Bordasch. Ich traue ihm nicht.« Er schwieg einen Moment, bevor er sagte: »Manchmal glaube ich, es geht ihm gar nicht darum, einen Fall aufzuklären. Es geht ihm eher darum ... ich weiß auch nicht. Um Macht, darum, recht zu haben. Er kann ziemlich manipulativ sein.«

Endlich mal jemand, der sich nicht von Bordasch blenden ließ, dachte Mia, behielt aber ihre Meinung für sich. »Haben Sie Bordasch auf die Parallelen bei den Todesopfern hingewiesen?«

Hallberg nickte.

»Und?«

Er räusperte sich. »Sagen wir mal so. Er scheint auf keinen Fall zu wollen, dass Sie mit Ihrer Vietnamesen-Theorie recht haben. Man könnte fast den Eindruck gewinnen, er sieht das hier als persönliche Fehde.«

Mia stöhnte leise auf.

»Ich will ja nicht aufdringlich sein«, sagte Hallberg. »Aber wieso hat Bordasch Sie so auf dem Kieker? Sie haben doch gerade erst in Hamburg angefangen.«

»Wir kennen uns von früher.«

»Der mag Sie ja nicht besonders.«

»Nein, tut er nicht«, sagte Mia kurz angebunden.

Hallberg schenkte Wein nach und sah sie einen Moment schweigend an, als überlegte er, welche Beziehung das zwischen ihr und Bordasch wohl gewesen war. Er fragte allerdings nicht weiter nach, und Mia war froh, dass er einfach das Thema wechselte. »Ich habe heute Morgen das Alter des toten Jungen auf zwölf oder dreizehn Jahre geschätzt. Der Junge war sehr klein, ein Meter fünfundvierzig. Auch seine körperliche Entwicklung war die eines Kindes. Die forensisch-stomatologische Untersuchung hat allerdings …«

»Die was?«

»Egal. Medizinische Details. Sie haben ergeben, dass der Junge älter war. Zwischen sechzehn und siebzehn Jahren. Die radiologische Untersuchung und das CT haben das Ergebnis bestätigt.«

Mia meinte, ihr Herz setzte einen Schlag aus, ihr Atem stockte. Dann konnte das Datum auf dem Stein doch das Geburtsjahr des Jungen sein.

»Was ist?«, fragte Hallberg. »Sie gucken so erschrocken.«

Mia stellte ihr Glas auf den Tisch und fuhr sich mit der Hand über die Augen. Wie hatte sie nur so dumm sein können, den Stein einzustecken? Wie sollte sie das Bordasch erklären?

Als Mia am nächsten Morgen aufwachte, drang graues und trostloses Tageslicht durch das Fenster. Erinnerungen an einen schlechten Traum schwebten dicht unter der Oberfläche ihres Bewusstseins. Sie drehte sich auf den Rücken und starrte die Zimmerdecke an.

Bordasch würde sie in der Luft zerreißen, wenn er erfuhr, dass sie den Stein vom Tatort entfernt hatte. Oder er würde sie für verrückt erklären. Wieso auch sollte jemand einen Toten im Fluss versenken und dann einen Stein mit dessen Namen am Ufer hinterlegen? Das war doch vollkommen absurd, dachte Mia ... außer ... außer derjenige, der den Stein hinterlassen hatte, war gar nicht der Täter. Aber wer hatte dann den Stein auf den Dalben gelegt? Es musste jemand gewesen sein, der den Jungen gekannt hatte. Jemand, der wusste, dass er dort ins Wasser geworfen worden war. Mia musste sofort an diesen blonden Jungen denken, der vom Löschplatz weggerannt war. Er wusste etwas, da war sie sich sicher. Wenn sie ihn nur aufgehalten hätte. Aber nein, sie hatte sich von Bordasch zurückpfeifen lassen. Und sie hatte sich so schnell nicht einmal das Gesicht des Jungen wirklich einprägen können. Zumindest nicht so, dass sie eine Fahndung nach ihm starten konnte. Obwohl Bordasch das sowieso nicht zugelassen hätte. Der tote Junge aus der Elbe war ja nicht ihr Fall. Da konnte es noch so viele Parallelen zu dem Kind aus dem Raakmoor geben.

Widerwillig schob Mia ihre Decke beiseite und stand auf. Der Boden unter ihren nackten Füßen war eiskalt. Sie zog sich dicke Socken an und die Strickjacke, die ihr bis zu den Knien reichte, ging in die Küche und stellte die Espressokanne auf die Herdplatte. Dann zerrte sie ihren Laptop unter einem Stapel Zeitungen hervor und fuhr ihn hoch.

Sie musste mehr über diesen Jungen herausfinden. Sie musste sicher sein, dass der Name auf dem Stein der des toten Jungen war. Der offizielle Weg wäre, die vietnamesische Botschaft zu kontaktieren. Aber das konnte sie nicht machen, ohne Bordasch zu informieren. Sie musste sich also etwas anderes überlegen. Sie musste jemanden in Vietnam finden, der sich inoffiziell für sie in diesem Dorf nach dem Jungen erkundigte.

Der Kaffee zischte durch die Kanne. Sie schenkte sich eine große Tasse randvoll und rührte drei Löffel Zucker hinein. Das brauchte sie jetzt, um wach zu werden. Es war ja gestern leider mal wieder nichts gewesen mit ihrem guten Vorsatz, weniger zu trinken. Hallberg hatte noch eine zweite Flasche Wein bestellt, die sie gemeinsam geleert hatten. Es war ein netter Abend gewesen, und sie konnte nicht abstreiten, dass sie Hallberg mochte. Er war direkt und hatte Humor. Irgendwann waren sie zum Du übergegangen. Allerdings hatte Mia darauf bestanden, ihn weiter Hallberg zu nennen. Axel brachte sie nicht über die Lippen. Dabei musste sie an Waldarbeiter denken und an den sabbernden Boxer ihrer ehemaligen Nachbarin.

Für heute Abend hatte Hallberg sie zum Essen eingeladen, und Mia hatte zugesagt. Sie wollten ins »Tante Lien« gehen. Hallberg kannte den Laden nicht, hatte aber gesagt, dass er sehr gerne Vietnamesisch aß. Mia hatte das Bistro allerdings nicht in erster Linie wegen dem Essen vorgeschlagen. Wenn sie bis nachher keinen Zeugen für Eric Les Wettgeschäfte gefunden hatte, musste sie doch noch einmal auf Tante Liens Hilfe drängen. Ob sie wollte oder nicht. Sie brauchte einen Zeugen, irgendjemand, der ihr doch noch irgendetwas zu diesen verfluchten Wettgeschäften erzählte. Eine andere Spur hatte sie ja, was den Mord an Eric Le anging, bislang nicht.

Mia trank ihren Kaffee und setzte gleich noch eine Kanne auf. Die nächste Stunde über klickte sie sich durch die Webseiten sämtlicher Entwicklungshilfe-Organisationen. Aber so richtig fündig wurde sie nicht. Schließlich rief sie beim Hanoier Büro einer Kinderschutzorganisation an, wo man sie an Blue Phoenix verwies. Der Gründer sei Deutscher und könne ihr vielleicht helfen.

Mia sah sich die Webseite genauer an. Blue Phoenix war eine Stiftung mit Sitz in Hanoi, bei deren Arbeit es um die

Ausbildung bedürftiger Kinder ging. Ziel war es, die Kinder so vor Hunger, Menschenhandel und Kinderarbeit zu schützen. Aber Blue Phoenix arbeitete nicht nur präventiv. Sie holten auch Kinder von der Straße und aus prekären Arbeitsbedingungen in Bordellen und Fabriken. Mia fand einen Zeitungsbericht über eine Rettungsaktion, bei der sie zwanzig Kinder im Grundschulalter aus einer Textilfabrik bei Saigon befreit hatten. Die Kinder waren dort eingesperrt gewesen und hatten ohne Bezahlung arbeiten müssen.

Der Gründer von Blue Phoenix war vor fünfzehn Jahren als Student nach Hanoi gegangen und dort hängengeblieben. So zumindest stand es auf der Webseite. Der Mann hieß Steffen Martens. Mia fand seine Mailadresse und schrieb ihm eine Nachricht, in der sie ihm kurz erklärte, wer sie war und dass sie seine Hilfe benötige. Er antwortete sofort. »Sehr geehrte Frau Paulsen, rufen Sie mich doch in zwanzig Minuten an. Mit freundlichen Grüßen, Steffen Martens.«

Mia duschte schnell und zog sich an, dann rief sie über den Internetkontakt, den Martens ihr gegeben hatte, in Vietnam an. Die Verbindung brauchte einen Moment, bis sie stand, und Mia stellte die Videofunktion ein. Sie fand es immer angenehmer, wenn sie ihr Gegenüber sah und nicht nur eine Stimme hörte. Vor allem bei Personen, die sie nicht persönlich kannte.

Das Bild, das auf ihrem Laptop erschien, war unscharf, aber sie bekam zumindest eine Idee von Steffen Martens. Er hatte ein schmales Gesicht, eng zusammenstehende Augen, kurze braune Haare mit akkurat gekämmtem Seitenscheitel, und er trug ein bis oben zugeknöpftes weißes Hemd. Er schaute ernst drein. Er sah aus, wie Mia sich den Beamten eines sozialistischen Staates vorstellte. Irgendwie angestaubt. An der Wand hinter ihm hingen golden gerahmte Urkunden und die rote vietnamesische Flagge mit dem gelben fünfzackigen Stern, was Mia zusätzlich irritierte. Aber vielleicht musste man sich einfach anpassen, um in Vietnam etwas zu erreichen. Das Land war, soweit Mia wusste, immer noch ein sozialistischer Einparteienstaat.

»Hallo Frau Paulsen«, sagte Steffen Martens. »Danke für Ihre Anfrage. Ich helfe gerne. Obwohl ich, ehrlich gesagt, aus Ihrer Mail nicht ganz schlau geworden bin. Es geht um einen toten Jungen, den Sie in Hamburg gefunden haben?« Seine Stimme klang über das Netz verzerrt, war aber trotzdem so angenehm und ruhig, dass Mia alle Bedenken beiseiteschob. Sie erzählte Steffen Martens alles, was sie von dem Jungen aus der Elbe wusste, und erwähnte auch, dass sie den Stein noch mal gefunden hatte.

»Der Ort auf dem Stein heißt Dong Ha?«, fragte Steffen Martens nach.

»Ja. Ich habe einen Ort in Mittelvietnam gefunden, der so heißt.« Mia sah, wie Steffen Martens etwas in sein Smartphone eingab und dann nickte.

»Sie haben recht. In Vietnam gibt es nur einen Ort mit diesem Namen. In der Provinz Ha Tinh.«

»Ich hatte gehofft, Sie könnten sich dort nach dem Jungen erkundigen.«

»Können Sie mir ein Foto mailen? Ich schicke dann jemanden in das Dorf. Wenn ich Zeit hätte, würde ich selbst hinfahren. Leider sind es von Hanoi aus rund siebeneinhalb Stunden mit dem Zug und dann mindestens eine Stunde mit dem Motorradtaxi. Aber ich habe einen Mitarbeiter, der gerade dort unten unterwegs ist. Er kann das übernehmen. Er ist absolut zuverlässig.«

»Das ist wirklich nett ...«

»Das ist gar kein Problem.«

»Was ist Ha Tinh für eine Gegend?«, fragte Mia. Sie hatte nicht die geringste Vorstellung.

»… lange Strände, Sanddünen, hohe Berge zu Laos hin … eine wunderschöne Landschaft …« Der Anflug eines Lächelns huschte über Martens' Gesicht, dann wurde er sofort wieder ernst. »Aber es ist leider auch eine der ärmsten Provinzen des Landes. Im Herbst zerstören regelmäßig tropische Wirbelstürme Häuser und Reisfelder. Das Grundwasser versalzt zunehmend. Aus verschiedenen Gründen. Und dann dieser Umweltskandal … davon haben Sie sicher gelesen. Seitdem ist alles noch viel schlimmer geworden.«

»Was für ein Umweltskandal?«

»Ein taiwanesischer Chemiekonzern hat an der Küste ein großes Stahlwerk in Betrieb genommen und hochtoxische Abwässer ins Meer geleitet. Millionen toter Fische wurden an die Strände gespült. Die Fischer haben ihre Lebensgrundlage verloren. Und der Tourismus, der gerade anfing, Geld in die Region zu bringen, ist zusammengebrochen.«

Mia schluckte. »Wie kann man so verantwortungslos sein.«

Steffen Martens lachte auf, es klang bitter. »Das fragen Sie mal die Taiwanesen. Einer der Manager meinte, die Vietnamesen müssten sich schon entscheiden, ob sie Fische fangen oder Stahl produzieren wollen.«

LUKA

Irgendwo in seinem Inneren war ein Loch, durch das alle Energie entwich. Die Küchenuhr an der Wand tickte laut, der Kaffee stand unangetastet vor ihm auf dem Tisch. Wieder und wieder las Luka auf seinem Smartphone den Artikel in der *Morgenpost*. »Jugendlicher tot im Oberhafenkanal gefunden – wer kann Hinweise geben?«

Die Polizei hatte keine Ahnung, wer Thanh war. In dem Artikel stand, er sei an einem Stromschlag gestorben und dass man von einem Gewaltdelikt ausging. Was denn auch sonst?, fragte Luka sich. Wenn es ein Unfall gewesen wäre, wieso sollte dieser Mann, den er am Bunker beobachtet hatte, Thanh in den Fluss geworfen haben? Man warf doch niemanden in den Fluss, weil er an einem Stromschlag gestorben war. Das ergab doch keinen Sinn. Luka stützte seinen Kopf in die Hände. Und er hatte noch gedacht, der Mann schleppte eine zusammengerollte Matratze aus dem Bunker.

»Luka?«

Er sah auf. Seine Mutter stand in der Tür. Sie trug den hellblauen Trainingsanzug, den sie morgens fast immer anhatte, und sah demonstrativ auf die Uhr. »Bist du schon wieder nicht in der Schule?«

Luka verdrehte die Augen. »Heute ist Sonntag«, murmelte er.

Seine Mutter rieb sich mit den Fingern die Schläfen und seufzte. »Ja, klar. Blöd von mir.« Sie ging an ihm vorbei zum Kühlschrank, wobei sie ihm mit der Hand über die Schulter strich und sie einen kurzen Moment dort liegen ließ. In Luka zog sich alles zusammen. Er wollte ihr alles erzählen. Von Sam, von Thanh, von diesem Mann, der Thanh aus dem Bunker getragen hatte ... aber wie, ohne Sam zu verraten?

Thanh war in der Nacht gestorben, in der er mit Sam im Bunker gewesen war. Oder am Morgen danach. So zumindest stand es in dem Artikel. Luka konnte das Gefühl nicht loswerden, dass Thanhs Tod irgendetwas mit seinem Besuch im Bunker zu tun hatte. Aber was?

Luka suchte nach weiteren Artikeln über Thanh, fand aber keine anderen Informationen als die, die schon in der *Morgenpost* standen. Er war so vertieft, dass er gar nicht mitbekam, dass seine Mutter Rührei briet. Er merkte es erst, als sie den Teller vor ihm auf den Tisch stellte. Luka nahm die Gabel und pickte mit gesenktem Kopf den Speck aus dem Ei. Seine Mutter setzte sich ihm gegenüber. Sie selbst aß morgens nie etwas. Sie trank nur Unmengen Kaffee.

»Luka«, sagte sie. »Sieh mich an.«

Er hob den Kopf. Seine Mutter schaute ihn über ihre Tasse hinweg an mit diesem sorgenvollen Blick, den er kaum ertrug. Luka fiel auf, wie müde sie aussah.

»Können wir nicht mal richtig miteinander reden?«, fragte sie.

»Machen wir doch grade.« Er konnte ihre Enttäuschung über seine abweisende Antwort sehen. Und es tat ihm leid, wirklich schrecklich leid. Aber er konnte nicht anders. Er konnte nicht mit ihr reden, nicht solange er nicht mit Sam gesprochen hatte. Bevor er nicht wusste, was wirklich passiert war. Vielleicht war ja sogar Sam an Thanhs Tod schuld. Und er konnte ihn doch auf keinen Fall verraten. Er hatte es versprochen.

»Papa ist tot«, sagte seine Mutter leise. »Aber du kannst dich nicht für immer verkriechen. Das hätte er nicht gewollt.«

»Er hat auch nicht gewollt, dass dieser Arsch ihn erschießt«, entfuhr es Luka.

»Es war ein Unfall.«

»Nein«, schrie Luka. »Nur weil das Scheiß-Gericht das gesagt hat, stimmt es noch lange nicht.«

»Luka, bitte.«

»Ich habe ihn gesehen. Bordasch. Ich habe Bordasch gesehen. Drüben auf dem Löschplatz. Als sie die Leiche aus dem Schlick gezogen haben. Er trägt immer noch eine Waffe. Wieso darf er eine Waffe tragen?« Seine Stimme überschlug sich. Er zitterte vor Wut.

Seine Mutter sah ihn mit großen Augen an, alle Farbe war aus ihrem Gesicht gewichen. »Welche Leiche?«

Luka warf seine Gabel auf den Teller. »Was weiß ich. Irgendeine Leiche eben.«

LIEN

Es war ein ungewöhnlich ruhiger Sonntag im »Tante Lien«. Es war so wenig los, dass Lien die Kellnerin nach Hause geschickt hatte und selbst bediente. Draußen war es nasskalt und ungemütlich, und für die Nacht waren heftiger Regen und Sturm vorausgesagt. Nur hin und wieder kam jemand herein, um schnell etwas zum Mitnehmen zu bestellen. Lien überlegte schon, früher zu schließen, als sich um kurz nach acht doch noch mehrere Gäste ins Bistro setzten. Zwei von ihnen waren Mia Paulsen und der Rechtsmediziner Axel Hallberg. Lien dachte zuerst, sie kämen wegen der Ermittlung, aber sie wollten einfach nur zu Abend essen. Das zumindest hatte Mia gesagt, als sie reingekommen waren. Lien war sich allerdings sicher, dass sie noch irgendetwas anderes wollte. Mia kam nicht einfach so mal eben hier vorbei.

Lien fiel auf, dass Mia dezent geschminkt war, was ihr gut stand. Über ihrer engen schwarzen Jeans trug sie einen Wollpullover in einem kräftigen Rotton. Ihre Wangen glühten.

»Tante Lien, was empfehlen Sie uns heute?«, fragte sie.

»*Bún bò nướng lá lốt*«, sagte Lien. »Gegrillte Rindfleischröllchen im Betelblatt auf Reisnudeln. Die sind immer sehr lecker. Ansonsten gibt es noch *cà tím sốt xì dầu*, geschmorte Aubergine in Sojasoße. Oder wollen Sie lieber eine heiße *phở*?«

»Ich probiere mal diese Rindfleischröllchen. Und ein Hanoi-Bier, bitte«, sagte Mia. Hallberg bestellte dasselbe.

Lien gab die Bestellung in die Küche durch und brachte den beiden vorab gemischte Vorspeisen: gebackene Wantans,

Frühlingsrollen, Mangosalat, Garnelenspieße am Zuckerrohr und *bánh cuốn* – gerollte Crêpes aus Reismehl. »Das geht aufs Haus.«

»Das wäre wirklich nicht nötig gewesen«, sagte Mia.

Lien ignorierte ihren Einwand und beugte sich ein Stück vor, so dass die anderen Gäste sie nicht hörten. Wo die Polizistin schon da war, wollte sie die Gelegenheit nutzen, herauszufinden, was sie schon über den toten Jungen aus der Elbe wusste. »Heute stand das mit dem toten Jungen in der Zeitung. Wirklich furchtbar. Sie haben ihn ja kaum fünfhundert Meter von hier aus dem Wasser gezogen.«

Hallberg griff mit den Fingern nach einem Wantan und biss hinein. »Aus dem Schlick«, sagte er kauend.

Lien sah ihn mit hochgezogenen Brauen an. Eigentlich war ihr dieser Rechtsmediziner ganz sympathisch, aber solche besserwisserischen Kommentare konnte sie nicht leiden. An Mia gewandt, sagte sie: »Was ist mit dem Namen auf dem Stein? In der Zeitung stand, der Junge sei noch nicht identifiziert.«

Mia sah Lien in die Augen und deutete ein Kopfschütteln an.

»Welcher Stein?«, fragte Hallberg.

»Ach, nichts. Da habe ich etwas verwechselt«, sagte Lien schnell, fragte sich aber, wieso Mia ihm das mit dem Stein verschwieg. Es klang fast so, als ermittelte sie heimlich. Lien zwang sich zu einem unbekümmerten Lächeln, auch wenn ihr nicht danach zumute war. Diese Polizistin machte sie zunehmend nervös. »Schmeckt es Ihnen?«

»Sehr gut«, sagte Hallberg. Mia nickte kauend.

»Das freut mich. Dann lass ich Sie mal essen.«

»Warten Sie«, sagte Mia. »Diese Sache mit den Wettgeschäften. Ich habe noch mehr Bistros abgeklappert. Und in der Pagode war ich auch.«

»Sie waren in der Pagode?«, fragte Lien. »Aber Sie hätten doch anrufen können, dann wäre ich mitgefahren.«

»Danke, aber das war nicht nötig. In der Pagode waren ein paar junge Frauen, die bestens Deutsch sprachen. Das war also kein Problem. Sonst hätte ich mich schon bei Ihnen gemeldet.«

»Melden Sie sich immer gerne«, sagte Lien, der Mias Alleingänge in der vietnamesischen Gemeinde nicht gefielen.

»Die Frauen kannten Eric Le vom Sehen«, fuhr Mia fort und drehte die Essstäbchen gedankenverloren zwischen ihren Handflächen, was Lien ganz kirre machte. »Sie meinten, er sei öfter mit seiner Tante in der Pagode gewesen. Von Wettgeschäften wollten sie noch nie etwas gehört haben. Könnten Sie nicht doch noch einmal versuchen, Zeugen zu finden? Irgendjemanden, der mit mir spricht.«

»Ich kann es versuchen«, sagte Lien. »Aber erwarten Sie nicht zu viel.«

Draußen pfiff und heulte mittlerweile der Wind laut um die Ecken und ließ die Fensterläden klappern. Nach und nach zahlten die Gäste und gingen. Irgendwann waren nur noch Mia und Hallberg da. Lien saß hinter dem Tresen, blätterte in einer Illustrierten und beobachtete die beiden aus dem Augenwinkel. Die Art, wie sie miteinander redeten, wirkte vertraut. Es sah nach mehr aus als nach einer Arbeitsbeziehung.

Lien hatte sich gerade einen frischen Jasmintee aufgebrüht, als die Tür aufging und ein kalter Windstoß in den Raum fegte. Lien sah auf und erstarrte. In der Tür stand ihr Bruder.

Hung trug einen grauen Mantel, der über seinem Bauch spannte, aber trotzdem sehr elegant aussah, eine dunkle Anzughose und glänzend polierte schwarze Lederschuhe. Er strich sich mit der Hand über seine vom Wind zerzausten Haare. Lien brauchte einen Moment, um sich wieder zu fassen. Sie stand auf und ging um den Tresen herum auf ihn zu. »Es tut mir leid. Die Küche ist bereits geschlossen«, sagte sie auf Deutsch und nicht auf Vietnamesisch. Mia sollte bloß nicht auf die Idee kommen, dass sie sich kennen könnten. Aber ein Blick auf Mia verriet ihr, dass sie sowieso nichts mitbekam. Sie war in ihr Gespräch mit Hallberg vertieft.

Hung zog seinen rechten Mundwinkel nach oben, und in seinen Augen blitzte es, so wie sie es von ihm kannte, wenn er sich über etwas amüsierte.

»Sie werden doch sicher noch eine heiße Suppe für einen alten durchgefrorenen Mann haben«, sagte er in fließendem Deutsch. Lien hatte ganz vergessen, wie gut auch er die Sprache beherrschte.

Sie räusperte sich, sah noch einmal demonstrativ zu Mias Tisch hinüber und schüttelte leicht den Kopf. Vielleicht verstand Hung ja ihren Wink. Er hatte doch sonst immer so ein gutes Gespür für Menschen und Situationen. Aber er folgte ihrem Blick nicht einmal. Entweder interessierte es ihn nicht, oder, was Lien auch nicht für unwahrscheinlich hielt, er wusste, wer da saß – und es war ihm egal. »Ich hätte sehr gerne eine Suppe mit Rindfleisch«, sagte er mit einem Lächeln und ließ keinen weiteren Platz für ein Nein.

Lien nickte und ging in die Küche. Was zum Himmel machte Hung hier? Er war noch nie in ihrem Bistro gewesen. Er legte doch sonst so viel Wert darauf, dass sie nicht zusammen gesehen wurden. Zumindest nicht in Deutschland.

Lien stellte den Topf mit der Rinderbrühe auf den Herd und drehte das Gas hoch. In eine große Schale legte sie gekochte Reisnudeln und Rindfleischscheiben und streute Sojasprossen und vietnamesischen Koriander darüber. Die Frühlingszwiebeln ließ sie weg. Die hatte Hung noch nie gemocht.

Als die Brühe dampfte, schöpfte sie mehrere Kellen über die Nudeln und stellte die Schale auf ein Tablett. Ihre Hände zitterten leicht, als sie es hochnahm. Was war hier eigentlich los? Erst machten sich diese Polizistin und der Rechtsmediziner einen schönen Abend in ihrem Bistro, und dann tauchte auch noch ihr Bruder auf. Dabei war alles, was Lien wollte, ihre Ruhe. Aber die würde sie nicht haben, solange sie die Verantwortung für diese Plantage im Bunker hatte. Das war ihr klar. Mia würde nicht lockerlassen. Sie hatte diese penetrante Ausdauer, die Lien von sich selbst kannte. Wenn Mia merkte, dass Eric Les Wettgeschäfte eine Sackgasse waren, würde sie in eine andere Richtung ermitteln, wenn sie das nicht sogar schon längst tat. Und irgendwann würde sie auf die richtige Fährte stoßen. Mia würde nicht einfach aufgeben.

Als Lien den Gastraum wieder betrat, rief Hallberg: »Wir würden gerne bezahlen!«

Lien stellte die *phở* vor ihren Bruder auf den Tisch und ging zu Mia und Hallberg hinüber.

»Sie können gerne noch sitzen bleiben«, sagte sie. Sie wollte nicht den Eindruck erwecken, sie loswerden zu wollen, nur weil sie dem neuen Gast gesagt hatte, die Küche sei geschlossen. Aber die beiden lehnten zum Glück dankend ab. Lien kassierte, brachte sie zur Tür und schloss hinter ihnen ab. Durch die Scheibe sah sie den Tschechen unter der Laterne auf der anderen Straßenseite stehen. Er rauchte und starrte zu ihr herüber.

Sie drehte sich zu ihrem Bruder um und sah ihn aus zusammengekniffenen Augen an. »Was macht der Tscheche da?«, fragte sie. Sie sprach jetzt Vietnamesisch.

Den Kopf über die Schüssel gebeugt, fischte Hung mit den Stäbchen einzelne Fleischstücke aus der Brühe und schob sie sich in den Mund. »Er hat mich gefahren«, sagte er, ohne aufzublicken.

»Ich traue ihm nicht.«

»Deine *phở* ist grandios«, sagte Hung und schmatzte genüsslich. »Fast so gut wie Mutters *phở* früher.«

»Danke. Aber wegen der *phở* bist du ja wohl kaum gekommen. Was willst du?«

»Ich war geschäftlich in Hamburg. Eine größere Lieferung hing im Hafen fest. Ich dachte, ich seh mal, wie es dir geht.«

Lien atmete tief durch. Zorn stieg in ihr auf. »Wie es mir geht? Du willst wissen, wie es mir geht? Die Polizei hat gestern schon wieder eine Leiche gefunden, die dein Tscheche entsorgt hat. Sie haben sogar den Namen des Jungen.«

»Ach ja?« Hung klang vollkommen desinteressiert. Nach einer kurzen Pause schob er hinterher: »Na, und wennschon.«

»Du musst das hier beenden«, sagte Lien. »Du musst die Plantage räumen.«

Hung schob die Suppenschale von sich weg und sah sie an, allerdings nicht mit dem liebevollen Blick des Bruders, sondern mit dem kalten Blick des Mannes, der er außerhalb der Familie war.

»Hat die Polizei irgendwas in der Hand?«, fragte Hung.

Lien dachte an die Aussage von dem Onkel und der Tante des Einäugigen damals in Berlin, und dass Mia Paulsen darüber auf den Namen ihres Bruders stoßen könnte. Aber das würde sie Hung gegenüber auf keinen Fall erwähnen. Sie wollte nicht Gefahr laufen, sich auch noch mit den Leichen der beiden alten Nguyens herumschlagen zu müssen. Lien schüttelte also den Kopf.

»Auch keine Hinweise auf Cannabis?«, fragte Hung, und Lien konnte ihm ansehen, dass er misstrauisch war.

»Nicht, dass ich wüsste.«

»Das solltest du aber wissen. Du arbeitest für die Polizei. Es ist deine Aufgabe, alles zu wissen.«

Lien schnaubte. »Ich arbeite nicht für die Polizei. Ich übersetze hin und wieder für sie.«

»Wenn die Polizei nichts in der Hand hat, warum sollte ich die Plantage auflösen? Weißt du, was die Pflanzen in dem Bunker wert sind? Und die ganzen technischen Geräte?«

»Geld? Geht es dir nur um das Geld? Was ist mit mir? Wenn das hier auffliegt, verbringe ich den Rest meines Lebens im Gefängnis. Ich bin es, die sie dann erwischen.«

Hung sah sie an, und sein Blick wurde wieder weich. »Ach, Schwesterlein. Sogar wenn sie die Plantage finden, wie sollen sie auf dich kommen?«

»Über den Tschechen zum Beispiel. Wenn er sich weiter so blöd anstellt, schnappen sie ihn.«

»Der Tscheche würde eher sterben als reden.«

»Wie kannst du dir da so sicher sein?«

»Ich weiß es einfach.«

»Und der Junge, der noch im Bunker ist? Der kennt mich auch.«

»Der Junge weiß genau, was seiner Familie droht, wenn er redet. Und er weiß auch, was dann mit ihm geschieht. Er war dabei, als der Tscheche den Einäugigen und seinen Kumpan in den Wald gebracht hat.«

Lien schloss für einen Moment die Augen, konzentrierte sich ganz auf ihren Atem, versuchte, sich zu beruhigen. Dann sagte sie: »Bruder, bitte, glaub mir, es wird zu gefährlich. Such bitte einen anderen Ort für die Plantage. Und jemand anderen, der sie beaufsichtigt. Ich schaff das nicht. Langsam bin ich wirklich zu alt für solche Sachen.«

Hung sah sie eine Weile schweigend an, dann lächelte er, und Lien wusste, dass sie gewonnen hatte.

»Wenn es dir so wichtig ist«, sagte er. »Aber die nächste Ernte müssen wir abwarten. Die Ware ist schon verkauft. Danach verlege ich die Plantage. Dann bist du raus.« Er wischte sich mit der Serviette über den Mund und stand auf. »Bis dahin musst du hier noch die Kontrolle behalten.«

MIA

Mia und Hallberg hatten eigentlich noch auf einen Absacker in die »Bar St. Georg« gehen wollen. Aber als sie gerade in Höhe des Hauptbahnhofs waren, setzte der Regen ein und verwandelte die Straße innerhalb von Sekunden in einen reißenden Bach. Sie rannten los.

»Wir können auch bei mir noch was trinken!« Ohne eine Antwort abzuwarten, bog Mia in die Bremer Reihe ein. Keine Minute später standen sie vor ihrer Haustür. Mia drehte den Schlüssel im Schloss und trat gleichzeitig gegen die Tür, damit sie aufsprang. Mittlerweile hatte sie den Trick ganz gut raus.

Sie schüttelte sich das Wasser von der Jacke und stieg vor Hallberg in den dritten Stock hinauf. »Was für ein Schietwetter.«

»Else Runge«, las Hallberg das Klingelschild an ihrer Wohnung. »Deine Mitbewohnerin?«

Mia öffnete die Tür, und der Geruch von Mottenkugeln, Nivea und Eukalyptus, der trotz Lüften noch immer in den Räumen hing, schlug ihnen entgegen. »Meine Oma.«

»Du wohnst bei deiner Großmutter?« Mit einem Ausdruck, der irgendwo zwischen Entsetzen und Enttäuschung lag, sah Hallberg sie an.

Mia musste lachen. »Das war ihre Wohnung, jetzt ist es meine. Meine Oma lebt nicht mehr.« Mia warf ihre Jacke über die Garderobe. »Wein oder Whiskey?«

»Whiskey.«

»Der steht im Wohnzimmer im Schrankbuffet. Die Gläser auch. Ich zieh mir nur schnell eine trockene Hose an. Brauchst du was?«

»Danke. Alles bestens.«

Als Mia ins Wohnzimmer kam, war der Whiskey eingeschenkt, und Kerzen brannten. Den Kandelaber musste Hallberg im Schrank gefunden haben. Er hatte auch den Plattenspieler entdeckt, der in das Sideboard eingebaut war, und eine der Ella-Fitzgerald-Platten ihrer Großmutter aufgelegt.

»Irgendwann muss ich mal renovieren und mich neu einrichten«, sagte Mia, die mit einem Mal meinte, sich für die Wohnung entschuldigen zu müssen.

»Wieso? Ist doch sehr charmant. Und allemal besser als irgendwelche selbst zusammengeschraubten Regale.«

Mia lachte leise. Das stimmte nun auch wieder. Sie nahm ihr Glas, setzte sich auf das Sofa, zog ihre Beine an und legte sich die Wolldecke über die Knie. Hallberg setzte sich neben sie, und sie stießen an. Die Musik knisterte, wie es sich für Platten gehörte, und erzeugte bei Mia eine Gänsehaut. Sie tranken ihren Whiskey und hingen beide ihren Gedanken nach. Es war ein angenehmes Schweigen. Mia ärgerte sich, dass Tante Lien vorhin den Stein vor Hallberg angesprochen hatte. Aber sie hatte natürlich auch nicht wissen können, dass Mia niemandem außer ihr davon erzählt hatte. Sie fragte sich auch, ob Tante Lien doch noch jemanden fände, der eine Aussage zu Eric Les Wettgeschäften machen würde. Aber sie hatte mehr und mehr das Gefühl, dass das mit den Wettgeschäften nur ein leeres Gerücht war. Die Leute dachten sich alle möglichen Geschichten aus, wenn jemand plötzlich viel Geld verdiente.

Der Whiskey stieg Mia schnell zu Kopf. Sie legte eine Hand auf die Stirn und wartete darauf, dass die Welt um sie herum aufhörte, sich zu drehen. Tat sie aber nicht.

Ohne sie zu fragen, schenkte Hallberg nach. Dabei berührte seine Hand ihr Knie, und ihre Blicke blieben einen Moment länger als nötig aneinander hängen. Mias Herz begann heftig zu klopfen. Hallberg ließ seinen Blick nicht von ihr ab und schob langsam seine Hand über ihr Bein nach oben, über ihren Bauch, auf ihren Rücken. Warm tasteten seine Finger sich an ihren Wirbeln hoch.

Mia legte ihre Arme um Hallbergs Nacken und zog ihn enger an sich heran. Da war mal wieder einer ihrer vielen guten Vorsätze dahin. Nie wieder eine Affäre mit einem Kollegen. Aber genau genommen war Hallberg ja kein Kollege. Er war der Leichenaufschneider, sie die blöde Ermittlerin. Mia versuchte, ein Lachen zu unterdrücken.

»Was ist?«, fragte Hallberg, sein Mund dicht an ihrem Ohr.

»Gar nichts«, sagte sie.

Hallberg biss sie sanft in die Schulter, folgte ihrem Hals, küsste sie auf die Wange, sein Atem strich über ihre Haut.

In dieser Nacht liebten sie sich. Obwohl Liebe nicht das richtige Wort war. Sie hatten Sex. Aber das war auch gut so. Mehr wollte Mia gerade gar nicht.

SAM

Sam musste die Pflanzen gießen. Jetzt, wo Thanh nicht mehr da war, war auch das seine Aufgabe. Er musste die getrockneten Blüten wiegen und abpacken. Er musste die frischen Blüten ernten. Er musste sie aufhängen, auslegen und wenden. Er musste, musste, musste … Er hatte so viel zu tun. Aber er konnte sich nicht überwinden, aufzustehen. Er war wie gelähmt. Er lag auf seiner Pritsche und starrte an die Decke. Mit den Augen folgte er den Rillen im Beton. Es sah aus, als hätten Würmer sich einen verwundenen Weg gebohrt, ein Labyrinth. Hin und wieder verschwand eine Rille in einem schwarzen Loch, einer Wurmhöhle.

Sams Hand war immer noch angeschwollen, tat aber nicht mehr weh, sondern fühlte sich taub an. Schlaff hing sie an seinem Arm, als gehörte sie gar nicht mehr zu ihm. Dafür tat jetzt sein Kopf weh, der Schmerz hämmerte von innen gegen die Schläfen, und sein Körper pochte heiß. Wenn er nur auf das Dach könnte. An die frische Luft, seinen glühenden Körper abkühlen. Den Himmel sehen. Aber mit seiner Hand konnte er nicht klettern. Außerdem hatte der Tscheche das Seil mitgenommen, das er unter der Dachluke befestigt hatte. Er hatte sogar Lukas orangenfarbenes Seil auf dem Dach gefunden. Und den Rucksack im Verschlag. Sam hatte nicht daran gedacht, die Sachen zu verstecken. Er hatte nicht damit gerechnet, dass der Tscheche so weit nach oben gehen würde. Der Einäugige hatte das nie getan.

Sam fragte sich, wie lange es dauern würde, bis er wahnsinnig werden würde. Ohne frische Luft und den Blick in den Himmel würde er durchdrehen, das war ihm klar. Vielleicht war er ja schon irre. Er hatte immer mehr das Gefühl, nicht mehr zwischen Wachen und Träumen unterscheiden zu können. Sogar wenn er die Augen offen hielt, waren die Toten da. In einer Traube standen sie um ihn herum. Dutzende. Auch der Einäugige und sein Kumpan. Sie waren zornig. Sie warteten nur darauf, ihn mit sich zu reißen. Sam hatte ihr Grab geschaufelt und ihnen nicht geholfen. Aber wie hätte er ihnen helfen sollen? Und warum überhaupt? Sie waren ja auch nie gut zu ihm gewesen.

Luka war auch unter den Toten. Er war größer als die anderen. Sein Kopf ragte aus der Masse heraus, und Sam fragte sich, wie er gestorben war. Zuerst dachte er, dass er vielleicht vom Bunker gestürzt war, letztens, beim Runterklettern. Aber aus einem Loch in seiner Stirn troff Blut. Wie bei einer Schusswunde.

Wie immer brüllten und schrien die Toten, so laut, dass der Schmerz in Sams Kopf schlimmer und schlimmer wurde. Nur Thanh schrie nicht. Er stand ganz ruhig neben Sams Pritsche und lächelte, wie Sam ihn noch nie hatte lächeln sehen. Er sah lebendiger aus als zu Lebzeiten, das Gesicht nicht mehr so blass, die Augen voller Mitgefühl. Er hatte auch sein unerträgliches Schweigen gebrochen. »Komm«, sagte er mit weicher Stimme und hielt ihm seine Hand entgegen. »Komm mit mir.«

Doch bevor Sam seine Hand nehmen konnte, waren die anderen Toten dazwischengesprungen. Mit verzerrten Gesichtern und aufgerissenen Augen zogen sie Thanh weg, drängten ihn immer weiter von Sam ab. Und dann, von einer Sekunde auf die andere, zerplatzte Thanh. Wie eine Seifenblase. Er war einfach weg. Panik brach über Sam herein. Er schnappte nach Luft, Schweiß floss ihm über die Stirn und brannte in seinen Augen. Er war so durstig, dass er es kaum aushielt. Sein Mund war trocken wie Papier.

Er versuchte, sich aufzusetzen, aber seine Glieder gehorchten ihm nicht, und der Schmerz hinter seinen Schläfen fühlte sich an, als würde er immer tiefer und tiefer in seinen Kopf eindringen. Immerhin schaffte er es, sich ein Stück weiter zusammenzurollen, wie ein Embryo, und langsam dämmerte er weg. Als er wieder zu sich kam, hörte er leise Schritte auf dem Beton. Zuerst dachte er, es wäre einer seiner Toten, der sich anschlich. Aber Schritte von Toten machten keine Geräusche. Und dann nahm er den Geruch wahr und wusste, wer da kam. Es war Tantchen.

Tantchen trat neben seine Pritsche und sah auf ihn hinunter. Sam wollte sie nicht sehen. Er versuchte, die Augen zusammenzupressen, aber nicht einmal das gelang ihm. Er hatte sämtliche Macht über seinen Körper verloren. Er lag da, die Augen offen, und sah Tantchen ins Gesicht.

Mit einem Ächzen setzte sie sich neben ihn auf die Pritsche und nahm seine Hand. Sams ganzer Körper verkrampfte sich.

Tantchen tastete über die geschwollenen Stellen. Dann legte sie ihm ihre Hand auf die Stirn. Sie war weich und kühl. Diesmal tat sie ihm nicht weh, sie war sogar fast zärtlich, auch wenn sie ihn weiter durchdringend ansah. Sam musste an seine Mutter denken, die ihm immer eine Hand auf die Stirn gelegt hatte, um seine Temperatur zu messen, wenn er krank gewesen war. Und plötzlich konnte Sam seine Tränen nicht mehr zurückhalten. Sie rannen ihm einfach über die Wangen. Wie sehr sehnte er sich nach Hause.

»*Ma quỷ*« – Geister und Dämonen, fluchte Tantchen leise. Ihre Augen flackerten und verloren etwas von ihrer Härte. Sorge lag in ihrem Blick. Und dann entdeckte Sam noch etwas in ihren Augen, das vorher nicht da gewesen war. Er erkannte, dass auch sie Angst hatte.

MIA

Mia hatte das Gefühl, gerade erst eingeschlafen zu sein, als das Klingeln ihres Telefons sie weckte. Der Raum lag im Dunkeln. Sie tastete um sich. Das Bett war vollkommen zerwühlt, aber der Platz neben ihr war leer und das Laken kalt. Mia fühlte einen Stich in ihrer Brust. Hallberg hatte sich davongestohlen. Wahrscheinlich war er verheiratet und hatte nach ihrer gemeinsamen Nacht schnell nach Hause huschen müssen. Was wusste sie schon von ihm? Nichts. Es wäre nicht das erste Mal, dass ihr das passierte. Sie ärgerte sich über Hallberg, aber noch mehr ärgerte sie sich über ihre eigenen Gefühle – sie wollte doch gar nichts Festes. Sex war gut, aber mehr bitte nicht.

Sie wälzte sich herum, schob ihren Kopf unter ihr Kopfkissen und versuchte, wieder einzuschlafen. Aber es hörte nicht auf zu klingeln. Kurz war Pause, dann versuchte es der Anrufer erneut. Mia zog das Telefon zu sich unter das Kissen und schaute auf das Display: »Unbekannte Nummer«. Widerwillig nahm sie an. Es war noch nicht mal sieben Uhr, und das an einem Montagmorgen.

»Hallo«, murmelte sie.

»Frau Paulsen? Störe ich?«

Mia setzte sich mit einem Ruck auf. Sie war sofort hellwach. Das war Steffen Martens aus Hanoi. »Nein, nein, Sie stören gar nicht.«

»Der Junge, den Sie aus der Elbe gezogen haben. Nguyen Van Thanh. Er ist es. Seine Mutter hat ihn auf dem Foto, das Sie mir geschickt haben, identifiziert.«

Mia schluckte. Sie wusste nicht, was sie sagen sollte. Aber Steffen Martens erwartete auch gar keine Erwiderung. Er redete sofort weiter. Er erzählte ihr alles, was er über den Jungen erfahren hatte. Thanh war im Februar 2001 im Dorf Dong Ha in der Provinz Ha Tinh in Mittelvietnam geboren worden. Er stammte aus einer Fischerfamilie. Mit der Umweltkatastrophe im vergangenen Jahr, bei der die taiwanesische Fabrik giftige Abwässer ins Meer geleitet hatte, hat die Familie allerdings ihre Lebensgrundlage verloren. Jetzt lebten nur noch die Mutter und eine verheiratete Schwester im Dorf. Ein Bruder arbeitete in einer Fabrik irgendwo im Norden. Der Vater war als Wanderarbeiter nach Ho-Chi-Minh-Stadt gegangen, wo er sich als Bauarbeiter verdingte. Aber von alldem hatte Thanh wahrscheinlich nie etwas erfahren. Er hatte sein Dorf bereits vor der Umweltkatastrophe verlassen. Genau genommen vor drei Jahren, da war er dreizehn gewesen.

»Damals ist eine Frau ins Dorf gekommen«, sagte Steffen Martens. »Thanh war ihr wohl am Strand aufgefallen, als er das Fischerboot seines Vaters reparierte. Er soll sehr geschickt in solchen Dingen gewesen sein. Sie hat ihn mit nach England genommen.«

»Wie, nach England?«, fragte Mia.

»Sie hat ihm eine Ausbildung versprochen. Sie hat gesagt, in England herrsche ein großer Mangel an guten Arbeitskräften.«

»Aber da war Thanh dreizehn Jahre alt. Wie kann man einen Dreizehnjährigen wegschicken? Noch dazu mit einer Wildfremden?«

»Das ist nicht ungewöhnlich.«

»Aber ...«

»Nichts aber. Das war Thanhs Chance«, unterbrach Steffen Martens sie. »Die Chance auf eine Zukunft. Für ihn und die ganze Familie. Thanh sollte in England tausend Pfund und mehr verdienen. Im Monat. Eine unvorstellbare Summe für eine Fischerfamilie. Damit wären die Schulden, die die Familie für die Reise bei dieser Frau hatte machen müssen, schnell abbezahlt gewesen.«

»Aber, Thanh war ein Kind. Wie konnten sie ihn einfach wegschicken?«

»Die Menschen sind arm. Sie hoffen auf ein besseres Leben. Sie sind leichte Beute für Menschenhändler.«

»Aber, ich … sie müssen doch wissen, wie gefährlich …«

»Es gibt die ein oder andere Aufklärungskampagne gegen Menschenhandel«, unterbrach Martens ihr Gestotter. »Aber das erreicht die Menschen oft nicht. Oder sie wollen es nicht glauben. Eine Arbeit ist einfach zu verlockend.«

Mia schloss die Augen und ließ sich das alles durch den Kopf gehen. Dann fragte sie: »Wann hat die Familie zuletzt von Thanh gehört?«

»Nie wieder. Sie haben nie wieder von ihm gehört.«

»Und sie haben nichts unternommen?«

Steffen Martens lachte bitter auf. »Was sollten sie denn unternehmen? Das Vertrauen in die Polizei ist hier nicht gerade groß. Zudem verlangt die Polizei normalerweise Geld, das nicht da ist.«

Mia seufzte. »Ich … wegen den Formalitäten, wir werden die Botschaft informieren … und …« Mia wusste selbst nicht so genau, was dann passieren würde. Auf jeden Fall kam sie jetzt nicht mehr umhin, Bordasch von dem Stein zu erzählen.

»Noch etwas«, sagte Steffen Martens. »Es war nicht nur Thanh, der damals mit der Frau mitgegangen ist. Insgesamt sind sechs Jungen aus dem Dorf verschwunden. Alle im Alter zwischen zwölf und fünfzehn Jahren. Und sicher war es nicht das einzige Dorf, aus dem Kinder verschwunden sind.«

»Scheiße«, entfuhr es Mia. Sie musste an den Satz denken, den sie Bordasch an den Kopf geworfen hatte. Dass sie zur Mordkommission gegangen sei, weil man da sowieso immer zu spät kam. Wenn man mit der Arbeit anfing, waren alle schon tot. Was für einen Schwachsinn hatte sie da nur von sich gegeben. »Meinen Sie, die anderen Jungen aus dem Dorf sind auch nach Deutschland gebracht worden?«, fragte sie.

»Möglich«, sagte Steffen Martens. »Vielleicht arbeiten sie aber auch in Vietnam in irgendwelchen Sweatshops, oder in China. Oder in England oder in Italien. Oder, oder, oder ... Sie können überall sein.«

In der Küche fand Mia einen Zettel von Hallberg auf dem Herd. War er also doch nicht einfach grußlos abgehauen. »Musste los. Arbeit. Hätte gerne noch mit dir gefrühstückt«, hatte er mit drei Ausrufezeichen geschrieben. Darunter noch: »Rufst du mich an?« Später, dachte sie. Vielleicht. Jetzt musste sie zu Bordasch.

Wenn sich seit ihrer gemeinsamen Zeit mit Bordasch nichts Grundlegendes geändert hatte, war er immer noch notorischer Frühaufsteher und bereits vor allen anderen bei der Arbeit.

Sie musste ihn dazu bekommen, die Ermittlungen zusammenzulegen. Thanh war Vietnamese gewesen. Eric Le war Vietnamese gewesen. Und Hallberg hatte bei der Obduktion Parallelen zwischen Thanh und dem toten Jungen aus dem Moor gefunden. Das konnte Bordasch nicht länger ignorieren.

Draußen war es noch immer dunkel, und vermutlich würde es heute auch nicht viel heller werden. Eine dichte graue Wolkendecke hing am Himmel, und es regnete. Trotzdem fuhr Mia mit dem Rad. Es gab Tage, da mochte sie es, wenn der Regen ihr ins Gesicht peitschte. Heute war so ein Tag. Die nasse Kälte auf der Haut ließ sie spüren, wie lebendig sie war. Da sie schnell fuhr, fror sie nicht. Sie nahm den Weg an der Alster entlang, wo der Wind den Regen schräg über das Wasser trieb, und dachte über das Telefonat mit Steffen Martens nach. Sie hatte ihm von dem toten Jungen aus dem Raakmoor erzählt. Vielleicht war er einer der anderen verschwundenen Jungen aus Thanhs Dorf in Ha Tinh. Martens hatte ihr versprochen, das zu prüfen. Und falls der Junge aus dem Raakmoor nicht aus Thanhs Dorf stammte, würde Martens das Bild, das Mia ihm gegeben hatte, über die in Vietnam gängigen sozialen Medien verbreiten. Auf ihre Frage hin, ob so ein Internetaufruf die Leute denn überhaupt erreichen würde, versicherte Martens ihr, dass mittlerweile fast alle Vietnamesen Zugang zum Internet hätten oder zumindest jemanden kannten, der Zugang hatte.

Mia hatte Steffen Martens auch eine Porträtzeichnung des Mannes geschickt, der neben Eric Le vergraben gewesen war. Das Bild sollte er ebenfalls in Umlauf bringen.

Als Mia im Präsidium ankam, war der Regen durch die Nähte ihres alten Friesennerzes gedrungen. Ihre Jeans klebte auf ihrer Haut. Und in ihren Turnschuhen hatte sich Wasser gesammelt, das bei jedem Schritt um ihre Füße schwappte. Die feuchten Sohlen quietschten auf dem Linoleum.

Nass, wie sie war, riss sie Bordaschs Tür auf. Trocken anziehen konnte sie sich später. In ihrem Büro hatte sie extra für solche Regengüsse, die ja in dieser Stadt nichts Ungewöhnliches waren, Klamotten deponiert.

Wie erwartet saß Bordasch hinter seinem Schreibtisch. Er sah aus wie aus dem Ei gepellt, frisch rasiert, das blaue Hemd steif gebügelt. Als Mia hereinstürmte, lehnte er sich in seinem

Schreibtischsessel zurück, verschränkte die Arme vor der Brust und schaute sie mit einem süffisanten Lächeln an. »Na, nass geworden? Was hat dich denn so früh aus dem Bett geworfen? Wieder irgendein spannender Verdacht?«

Mia atmete schwer. Sie marschierte schnurstracks auf Bordaschs Schreibtisch zu, stützte die Hände auf der Platte ab. Wasser troff aus ihren Haaren auf das Holz. Sie sah Bordaschs Blick an, dass er am liebsten sofort nach einem Wischlappen gegriffen hätte. Hatte er keine anderen Probleme? Plötzlich flammte Zorn in ihr auf, den sie seit der Nacht, in der sie in Berlin das tote Mädchen im Keller gefunden hatte, nicht immer unter Kontrolle hatte. Aber was soll's, dachte sie. Sollte Bordasch ihren Zorn doch ruhig sehen. »Tu nicht länger so, als wäre ich bescheuert!« Ihre Stimme war klar und scharf, ohne dass sie sich darum bemühen musste. »Da draußen sind vier Leichen gefunden worden, und das Einzige, was dich interessiert, ist, dass ich mit meiner Ermittlung gegen die Wand renne.«

Bordasch lachte leise, was sie noch wütender machte. Mach jetzt bloß keine blöde Bemerkung, sagte sie sich. »Hallberg hat dir gesagt, dass es Parallelen zwischen dem Jungen aus dem Moor und dem aus der Elbe gibt. Das kannst du nicht einfach übergehen.« In dem Moment, wo sie es gesagt hatte, bereute sie es auch schon. Sie hatte Hallberg rauslassen wollen.

»Hallberg hat dir also den Obduktionsbericht gegeben, ja?« Um Bordaschs Mund zuckte ein Lächeln. »Ich frage mich, wie du das geschafft hast.«

Mia biss sich auf die Zunge und überging seinen Kommentar.

»Eric Le war Vietnamese«, sagte sie. »Und der Junge aus der Elbe auch. Er hieß Nguyen Van Thanh. Er stammte aus einem Fischerdorf in Mittelvietnam. Er war dreizehn Jahre, als Menschenhändler ihn …«

»Moment!« Bordasch stand auf, legte seine Hände auf den Tisch, beugte sich zu Mia vor und kam ihr so nah, dass ihre Köpfe sich über dem Tisch fast berührten. Aber Mia zuckte nicht weg, sie würde sich von Bordasch nicht mehr einschüchtern lassen. Denn genau das war es, was er beabsichtigte.

»Woher hast du den Namen des Jungen?«, fragte er leise und mit dieser Ruhe, die sie wahnsinnig machte.

»Du musst die Ermittlungen zusammenlegen«, sagte Mia.

»Woher hast du den Namen?«, wiederholte Bordasch.

»Ein Stein«, sagte Mia, der klar war, dass sie es nicht länger für sich behalten konnte. »Ich habe einen Stein gefunden, auf dem sein Name stand.«

Für einen kurzen Moment schien Bordasch die Fassung zu verlieren. Sein Kiefer klappte herunter, was einen Blick freigab auf zwei Goldkronen. Ganz so makellos war er also auch nicht mehr, dachte Mia.

»Ein Stein mit seinem Namen. Was ist das für ein Scheiß? Bist du jetzt zu den Esoterikern übergetreten?«

Mia schnalzte leise mit der Zunge und hätte fast gelacht. Sie und Esoteriker. »Der Stein lag auf einem Dalben an der Kaimauer. Zwischen der Billhorner Brücke und dem Entenwerder Park, da, wo der Junge vermutlich ins Wasser geworfen worden ist. Jemand hat den Namen des Jungen draufgeschrieben. Seinen Namen, seinen Heimatort und sein Geburtsjahr.«

Bordasch atmete tief ein und aus, dann ließ er sich zurück in seinen Stuhl fallen, ohne allerdings den Blick von Mia abzulassen. »Habe ich das richtig verstanden? Du hast den Stein vom Tatort entwendet.«

»Ich habe dir gerade den Namen deines unbekannten toten Kindes geliefert. Wer auch immer den Stein auf den Dalben gelegt hat, muss den Jungen gekannt haben. Und er muss gewusst haben, dass er im Fluss versenkt worden ist. Der Stein hat fast etwas von einem Grabstein. Erinnerst du dich an diesen blonden Jungen, der vom Löschplatz weggerannt ist? Ich bin mir sicher, er weiß etwas.«

»Mia!«, fuhr Bordasch sie an. »Kannst du bitte mal kurz den Mund halten. Sag mal, was ist eigentlich los mit dir? Du unterschlägst Beweismittel, du ermittelst in einem Fall, der nicht deiner ist.«

»Die Fälle gehören zusammen.«

»Du glaubst doch nicht, ich überlasse dir jetzt auch noch die Ermittlung zu dem Jungen aus der Elbe!?« Bordasch schüttelte sehr langsam den Kopf, und auch als er jetzt weitersprach, sprach er sehr langsam. Wie mit einer Geisteskranken. »Liebe Mia. Du setzt dich jetzt hin und schreibst einen Bericht. Und du lässt nichts aus. Gar nichts. Du gibst mir den Bericht, und dann will ich dich hier nicht mehr sehen.«

Zu gerne hätte Mia jetzt auch mit Ruhe gekontert, aber ihre Wut machte das unmöglich. Sie war kurz davor, vollends in die Luft zu gehen. Sie sprach laut und viel zu schnell. »Was soll das? Ist das deine Rache dafür, dass ich mich vor Ewigkeiten von dir getrennt habe?«

»Du hast dich getrennt?« Bordasch lachte gezwungen auf. »Ich weiß nicht, was du mit deinem verqueren Hirn alles aus unserer Beziehung gemacht hast. Aber das warst nicht du, die sich getrennt hat.«

Jetzt bloß nicht provozieren lassen. »Seit ich hier bin, boykottierst du alles, was ich mache«, stieß sie durch zusammengebissene Zähne hervor.

»Du hast Beweismittel unterschlagen.«

»Ach, hör doch auf. Ich habe einen Stein eingesteckt. Einen blöden Stein. Ich konnte ja kaum ahnen, dass er was mit dem Toten zu tun hat.«

»Ein Stein, mit einem Namen, in der Nähe des Leichenfundorts. Natürlich ist das ein Beweismittel.«

»Du hast doch schon vorher alles boykottiert. Seit meinem ersten Tag hier. Du hast mir nicht mal eine Chance gegeben.«

Bordasch sah sie an und verzog seinen Mund zu einem Grinsen. »Du willst eine Chance? In Ordnung. Sollst du haben. Machen wir ein Spiel daraus. Ich gebe dir drei Tage. Oder nein, damit es spannender wird, sagen wir, zwei Tage und sieben Stunden.« Er sah auf die Uhr. »Und wenn du keine Ergebnisse lieferst, bewirbst du dich auf die freie Stelle am Schwarzen Brett.«

»Was für eine Stelle?«

Bordaschs Grinsen wurde noch breiter. »Die hängt da schon seit Wochen. Die Personalabteilung sucht händeringend nach einem Teampartner für Werner Schmitz. Du weißt schon, der nette Kollege aus dem Erdgeschoss, der für illegales Glücksspiel und Wetten zuständig ist.«

Mia schluckte. Dieser verschwitzte Kerl, der ihr die ganze Zeit auf den Busen geglotzt hatte. »Und wenn ich nicht bei deinem Spiel mitmache?«

»Dann leite ich ein Disziplinarverfahren wegen Unterschlagung von Beweismitteln ein. Und ich kann dir versprechen, dass es nicht zu deinen Gunsten ausgehen wird.«

LUKA

An diesem Abend hatten Luka und seine Mutter sich Currys vom Thailänder bestellt. Nach dem Essen ging Luka gleich in sein Zimmer. Jetzt saß er im Dunkeln auf der Fensterbank und stellte das Nachtsichtgerät auf das Bunkerdach scharf. Er hatte Sam nicht gesehen, seit dieser in dem weißen Lieferwagen weggefahren war, und fragte sich, ob er überhaupt wieder im Bunker war. Luka wusste ja nicht einmal, ob er noch lebte. Vielleicht war er auch längst in der Elbe versenkt. Konnte ja sein.

Den halben Nachmittag hatte Luka damit zugebracht, einen Brief an Sam zu schreiben. Er wollte ihn so viel fragen. Aber immer wieder löschte er das, was er geschrieben hatte, um schließlich nur wenige kurze Sätze durch das Übersetzungsprogramm laufen zu lassen: *»Hallo Sam. Bist du noch im Bunker? Wer ist der Mann, der deinen Freund aus dem Bunker getragen hat? Ich habe euch gesehen. Die Polizei hat ihn gefunden. Sie sagen, er ist an einem Stromschlag gestorben. Stimmt das? Bitte, lass uns treffen. Ich hoffe, du findest diesen Brief. Luka«*

Die vietnamesische Version des Briefes, die das Übersetzungsprogramm geliefert hatte, hatte Luka ausgedruckt. Das Papier hatte er gefaltet, mit dickem roten Filzer »SAM« auf beide Seiten geschrieben und den Brief in eine durchsichtige Gefriertüte gesteckt. Nicht, dass er nass wurde und die Tinte unleserlich verschwamm.

Den Brief würde er unter der Bunkertür durchschieben. Wenn Sam im Bunker war, würde er den Brief schon finden. Und wenn nicht … was hatte Luka schon zu verlieren?

Er sprang vom Fensterbrett, zog sich Pulli und Schuhe an und schlich sich aus der Wohnung. Er wollte jetzt nicht von seiner Mutter mit neugierigen Fragen genervt werden.

Im Treppenhaus stank es wie immer nach Rauch. Er rannte die Treppen hinunter, riss die Tür nach draußen auf und war froh um die frische Luft. Tief ein- und ausatmend ging er um das Haus herum zum Bunker hinüber. Von dem vielen Sauerstoff wurde ihm richtiggehend schwindelig.

Auf dem Parkplatz waren die Autos dicht an dicht abgestellt, aber es war kein weißer Lieferwagen darunter. Neben dem Basketballplatz standen ein paar Jungs aus seiner alten Clique. Sie rauchten. Luka konnte das Glimmen ihrer Zigaretten sehen. Sie sahen zu ihm herüber, beobachteten ihn, reglos, ohne Gruß. Nicht so, als sei er einmal ihr Freund gewesen. Wieso war alles so kompliziert geworden, seit sein Vater tot war?

Es dauerte nicht lange und Luka meinte, die Jungs tuscheln zu hören, dann trotteten sie weg, die Hände tief in ihren Hosentaschen vergraben, die Rücken leicht gebeugt. Im Dunkeln sahen sie alle gleich aus, dachte Luka. Derselbe Style, dieselben Bewegungen. Das war ihm vorher noch nie so aufgefallen.

Er wartete, bis sie außer Sichtweite waren, und ging die Stufen zum Bunkereingang hinunter.

Der Müll, der immer vor der Tür lag, war zu einem Haufen in einer Ecke zusammengeschoben. Vielleicht vom Wind. Luka sah genauer hin und erkannte zwischen aufgeweichten Zeitungen auch das Fußballheft, das er für Sam unter der Tür durchgeschoben hatte. Wieso lag es hier draußen? Sam hätte doch niemals ein Heft mit Fotos seiner geliebten Fußballer so achtlos weggeworfen. Hatte er es vielleicht gar nicht gefunden? Enttäuschung machte sich in Luka breit.

Dann würde er seinen Brief jetzt vielleicht auch nicht finden. Er legte ein Ohr gegen das Metall, lauschte, hörte aber nichts. »Sam«, rief er leise. Dann noch einmal: »Sam!«
Er klopfte gegen die Tür, wartete, schlug dann heftiger zu. Immer noch nichts.
Er sah an der Bunkerwand hinauf. Grau und hoch, verdammt hoch. Nein, noch mal würde er da ganz sicher nicht raufklettern, schon gar nicht ohne Sams Hilfe. Vielleicht könnte er stattdessen einfach die Tür aufbrechen. Aber er hatte Angst, dass der Mann mit dem weißen Lieferwagen zurückkam. Die aufgebrochene Tür würde er sofort sehen und dann wissen, dass jemand in den Bunker eingedrungen war. Luka war sich mittlerweile sicher, dass er es gewesen war, der ihn fast im Bunker erwischt hätte. Sonst hatte er, mal abgesehen von Sam, niemanden je durch die Bunkertür gehen sehen. Aber natürlich konnte er auch jemanden übersehen haben. Er konnte auch nicht vierundzwanzig Stunden am Tag alles im Blick haben.
Er fasste die Griffe der Bunkertür, rüttelte daran, rief wieder nach Sam. Diesmal laut, so laut er konnte. Sollten ihn doch alle hier hören. Es war ihm egal.
Dann schob er den Brief unter der Tür durch.

MIA

Mia schloss die Wohnungstür auf, ließ ihr Rad, das sie mit nach oben getragen hatte, gegen die Wand fallen und pfefferte ihre Jacke in die Ecke. Was für ein beschissener Tag. Dreizehn Stunden waren vergangen, seit Bordasch seinen verfluchten Countdown gesetzt hatte, und sie war keinen Schritt weiter. Sie hatte versucht, mehr über die laufende Ermittlung in Thanhs Tod herauszubekommen. Die beiden ermittelnden Kommissare, zwei junge Männer, hatten allerdings nichts preisgegeben. Und die Ermittlungsakte hielt Bordasch persönlich unter Verschluss.

Es war zum Heulen. Wieso durfte jemand wie Bordasch überhaupt über irgendetwas bestimmen. Wieso kamen Typen wie er in solche Positionen? Ein Spiel zu machen aus einer Mordermittlung. Bordasch war doch völlig krank. Fast hätte sie ihm das vorhin im Präsidium auch so gesagt. Sie hatte sich gerade noch zusammenreißen können. Sie durfte nicht riskieren, auch noch ihre letzte Frist zu verlieren. Wenn ihr Verdacht oder ihre Ahnung – wie auch immer man es nennen sollte – stimmte und es noch mehr verschwundene vietnamesische Kinder in Hamburg gab, musste sie sie finden. Sie durfte nicht wieder zu spät kommen.

Sie zog ihre Schuhe aus, ging ins Wohnzimmer und trug den Nierentisch in den Flur. Dann schob sie das Sofa beiseite und rollte den Perserteppich an die Wand. Sie brauchte Platz.

Bevor sie nach Hause gefahren war, hatte sie im Präsidium die Ermittlungsakten der drei Toten aus dem Raakmoor durch den Kopierer gejagt. Jetzt fegte sie schnell den ganzen Dreck weg, der unter dem Teppich zum Vorschein gekommen war, und setzte sich im Schneidersitz auf den Boden. Sie nahm ihre Unterlagen zur Hand und legte die einzelnen Blätter auf den Dielen aus. Sie versuchte, die Informationen zu sortieren, schob die Blätter hin und her. Die, die sie unwichtig fand, nahm sie weg und legte sie beiseite. Immer wenn sie dachte, dass eine Verbindung bestehen könnte, pinnte sie die Blätter mit Heftnadeln am Holzboden fest. Sie nahm Karteikarten und schrieb in ihrer krakeligen Schrift, die nur sie selbst lesen konnte, ihre eigenen Notizen darauf. Tatorte, Todesursachen, Todeszeiten. Die Karteikarte mit dem Namen des Jungen aus der Elbe legte sie neben den Jungen aus dem Raakmoor. Über beide legte sie einen Zettel mit dem Namen des Dorfes, aus dem Thanh stammte, und schrieb ein rotes Fragezeichen daneben. Vielleicht kamen sie ja aus demselben Dorf.

Steffen Martens hatte eigentlich versprochen, sich heute noch bei ihr zu melden. Mia sah auf die Uhr und rechnete sich aus, wie spät es in Hanoi jetzt war. Es musste mitten in der Nacht sein, fast schon wieder Morgen. Egal, dann würde sie ihn eben wecken. Sie stand auf und schüttelte ihre Beine aus. Sie waren eingeschlafen, und es dauerte einen Moment, bis das taube Gefühl nachließ.

Auf Zehenspitzen ging sie zwischen dem Zettelpuzzle hindurch und holte das Telefon aus ihrer Jacke an der Garderobe. Jetzt erst sah sie, dass sie vier verpasste Anrufe hatte. Zweimal hatte Hallberg angerufen, einmal ihre Schwester und dann Steffen Martens aus Hanoi. So ein Mist. Das hatte sie doch glatt überhört. Eine Nachricht auf ihrem Anrufbeantworter hatte Steffen Martens nicht hinterlassen. Nur Hallberg hatte draufgequatscht. Dass er sie gerne wiedersehen würde. Und ob sie Zeit auf einen Wein hätte. Nein, dachte sie. Sie hatte keine Zeit, ganz und gar nicht.

Sie wählte Steffen Martens' Nummer und ließ es lange klingeln. Als der Anrufbeantworter ansprang, legte sie auf und rief kurz darauf noch einmal an. Diesmal nahm er ab.

»Mia Paulsen hier. Entschuldigen Sie, dass ich jetzt noch zurückrufe. Ich habe Ihren Anruf vorhin nicht gehört.«

»Kein Problem«, sagte Martens mit verschlafener Stimme.

»Konnten Sie etwas rausfinden?«

»Ja und nein«, sagte Martens und erzählte ihr, dass der tote Junge aus dem Raakmoor keines der Kinder war, die vor drei Jahren zusammen mit Thanh aus seinem Dorf verschwunden waren. »Aber vielleicht gibt es trotzdem eine Spur«, sagte er, und seine Stimme klang jetzt wacher. »Einer unserer Streetworker, der hier in Hanoi mit Straßenkindern arbeitet, hat sich umgehört. Ein paar Jungs, die unter der Long-Bien-Brücke unten am Roten Fluss wohnen, meinten, ihn zu kennen. Sie sagten, er hieße Xuan. Er habe Lotteriescheine vor dem Đền Ngọc Sơn verkauft. Das ist ein beliebter Tempel in der Innenstadt. Und dann war er von einem Tag auf den anderen verschwunden. Das war vor etwa drei Jahren gewesen. Vielleicht auch vor vier. So genau wussten sie das nicht mehr.«

»Lotteriescheine?« Mia musste sofort an die Wettgeschäfte von Eric Le denken.

»Lotteriescheine und Kaugummis verkaufen oder Schuhe putzen. Das sind die Jobs der Straßenkinder. Zumindest solange sie noch nicht in illegale Machenschaften reingezogen worden sind. Später kommen dann oft Drogen dazu, Prostitution … Den Rest können Sie sich ja denken.«

»Und niemand hat nach dem Jungen gesucht?«

»Wie stellen Sie sich das vor?« Martens klang mit einem Mal gereizt. »Dieser Xuan war ein Straßenkind. Die vermisst niemand. Die Einzigen, denen ihr Verschwinden auffällt, sind andere Straßenkinder.«

»Haben Sie einen Familiennamen von dem Jungen?«

»Nein, tut mir leid. Nur Xuan.«

Mia atmete tief aus. Was für ein Elend. Kinder, die alleine unter Brücken lebten, und nach denen niemand suchte, wenn sie verschwanden.

»Sehen Sie eine Möglichkeit, die Familie des Jungen ausfindig zu machen?«

»Ehrlich gesagt, nein. Ich kann das Bild in Umlauf bringen, aber da würde ich mir nicht viel von versprechen. Nicht bei einem Straßenkind.«

»Was ist mit dem anderen Toten?« Sie hatte Steffen Martens ja auch die Porträtzeichnung des unbekannten toten Mannes aus dem Raakmoor geschickt. »Konnten Sie zu ihm etwas rausfinden?«

»Noch nicht. Ich habe das Bild über die sozialen Netzwerke verbreitet. Aber es ist eben nur eine Zeichnung.«

»Mehr kann ich Ihnen leider nicht geben«, sagte Mia. Fotos seines halb verwesten Leichnams konnte sie nicht über irgendwelche sozialen Netzwerke öffentlich machen.

Nachdem Mia aufgelegt hatte, stand sie eine Weile einfach nur da und starrte vor sich hin. Dann schenkte sie sich von dem Whiskey ein, der seit Hallbergs Besuch auf der Ablage des Buffetschranks stand. Von der Straße drang das laute Hupen eines Autos zu ihr herauf.

Mia fragte sich, wie sie weitermachen sollte. Der erste Tag ihrer Frist war fast rum, und sie hatte keinen Plan. Sie trank ihren Whiskey in einem Zug aus und schenkte sich nach. Das Hupen von der Straße nahm kein Ende. Mia trat ans Fenster, öffnete es, beugte sich so weit vor, dass nur noch ihre Zehenspitzen den Boden berührten, und sah nach unten. Auf dem Bürgersteig stand ein dunkler Geländewagen, der von einem zweiten ebenso großen Auto zugeparkt war. Neben der offenen Fahrertür stand ein Mann, einen Arm im Wagen, und drückte die Hupe. Neben der Fahrertür, direkt unter Mia, stöckelte die dazugehörige Frau hin und her.

»Ey, du Wichser, Ruhe!«, brüllte über ihr jemand aus dem Fenster.

Der Fahrer sah nicht einmal auf. Er hupte einfach wie ein Irrer weiter. Was für ein rücksichtsloser Arsch, dachte Mia, stellte ihr Glas ab und griff nach der halbvollen Whiskeyflasche. Sie wollte sowieso weniger trinken. Sie beugte sich über das Fensterbrett und kippte die Flasche aus. Volltreffer. Die Frau schrie auf und sah mit wutverzerrtem Gesicht nach oben. Mia lehnte sich noch einmal vor, winkte ihr zu, lächelte zufrieden und schloss das Fenster.

Am nächsten Vormittag fuhr Mia als Erstes zu einem vietnamesischen Bistro in Jenfeld, das sich ganz in der Nähe von Eric Les Haus befand und bei einer Razzia vor ein paar Monaten wegen der Beschäftigung sich illegal im Land aufhaltender Vietnamesen in den Polizeiakten gelandet war. Was nicht in den Akten gestanden hatte, war, dass das Bistro nach der Razzia geschlossen worden war. In dem Laden befand sich jetzt ein Shisha-Café. Warum zum Henker hatte sie das vorher nicht überprüft? Jetzt hatte sie wertvolle Zeit verloren. Und es hatte auch noch angefangen zu regnen, so dass sie schon wieder nass war, als sie im Präsidium ankam.

Sie schloss sich in ihrem Büro ein, um bloß nicht auch noch von irgendwem gestört zu werden. Sie telefonierte mit Kollegen von Interpol und Europol. Sie sprach mit einem Mitarbeiter der vietnamesischen Botschaft, der sehr höflich, aber in keiner Weise kooperativ war. Und sie rief Tante Lien an und nervte sie noch einmal wegen eines Zeugen, war sich aber langsam sicher, dass da nichts kommen würde. Es war fast so, als hielte Tante Lien absichtlich ihre Hand über diese Leute, die ihr etwas zu Eric Les Wettgeschäften erzählt hatten. Wäre sie bloß gleich zu Anfang mit Tante Lien mitgegangen, als sie sich innerhalb der vietnamesischen Gemeinde nach Eric Le erkundigt hatte. Zu gerne hätte Mia Bordasch gebeten, ihr einen anderen Dolmetscher an die Seite zu stellen, jemand, mit dem sie noch mal von vorne anfangen konnte. Aber dazu war keine Zeit. Und ihr war klar, dass sie Bordasch gegenüber sowieso keine Forderungen stellen konnte.

Sie hatte nichts. Absolut nichts. Sie ließ ihren Kopf auf die Tischplatte fallen und schlug mit den Fäusten auf das Holz. So ein verdammter Mist! Sie sah sich schon mit dem schwitzenden Schmitz durch Spielhöllen stromern und inkognito an Einarmigen Banditen abhängen. Aber das war ja noch nicht das Schlimmste. Das Schlimmste war, dass sie wieder versagte. Dass sie wieder ein Kind im Stich ließ oder sogar mehrere Kinder. Wenn Bordasch ihr erst einmal den Fall weggenommen hatte, würde er nicht in diese Richtung weiterermitteln. Sie kannte ihn gut genug, um das zu wissen. Er würde nichts tun, was ihr im Nachhinein vielleicht doch noch recht geben könnte.

Ihr Telefon klingelte. Sie streckte die Hand danach aus und sah auf das Display. Es war Hallberg.

Nicht schon wieder. Nicht jetzt. Sie drückte den Anruf weg. Kurz darauf ging eine SMS ein. »Ist beruflich. Du musst herkommen. Ich warte. Dringend!!!« Dahinter folgte die Anschrift einer Gartenkolonie. Mia rief Hallberg zurück, um ihm zu sagen, dass sie gerade wirklich anderes zu tun hatte, aber diesmal war es Hallberg, der nicht abnahm. Missmutig stand sie auf und suchte auf dem Hamburg-Plan, den sie mit schwarzem Gaffer-Tape hinter ihrem Schreibtisch an die Wand geklebt hatte, nach der Adresse. Die Gartenkolonie lag in einem Gewerbegebiet im Osten Hamburgs.

Was soll's, dachte sie und zog ihre Jacke über. Hier kam sie sowieso nicht weiter. Da konnte sie ihren letzten Tag bei der Mordkommission genauso gut mit Hallberg verbringen.

Nach dem Regen am Vormittag war der Himmel jetzt wolkenlos und strahlend blau, dafür war es bitterkalt. Mia blinzelte gegen die Sonne an, während sie mit dem Rad über eine mehrspurige Straße Richtung Süden fuhr. Sie konnte die Abgase regelrecht schmecken. Sie hinterließen einen bitteren, pelzigen Geschmack im Mund.

Als sie in die Gartenkolonie einbog, kam ihr Hallberg entgegen. Sie bremste dicht vor ihm und stieg vom Rad.

»Hallo Mia!«, sagte Hallberg mit einem Lächeln. Er lehnte sich über das Rad hinweg zu ihr hinüber, um ihr einen Kuss zu geben. Mia drehte das Gesicht weg, so dass sein Mund nur ihre Wange traf.

Hallberg nahm seinen Kopf zurück, zog die Brauen hoch und hob die Hände. »Sorry. Ich wollte dir nicht zu nahe treten.«

»Wieso sollte ich herkommen?«, fragte Mia, ohne ihre Ungeduld zu verbergen.

Hallberg sah sie einen Moment schweigend an und schüttelte leicht den Kopf. Er sah enttäuscht aus, und es tat Mia leid.

Die Nacht mit ihm war schön gewesen, und ja, sie würde sie gerne wiederholen. Aber mit Bordasch im Rücken fehlte ihr für alles Private jeglicher Nerv.

»Komm, lass uns einfach losgehen«, sagte er. »Ich erzähl's dir unterwegs.«

Mia schloss ihr Rad an einen dünnen Baum am Wegrand und folgte Hallberg. Er ging schnell, und sie musste sich anstrengen mitzuhalten. Durch die blattlosen Hecken hindurch sah sie auf feuchte Rasenflächen, kahle Obstbäume und viel Nadelgehölz.

»Also, wieso sollte ich kommen?«, wiederholte sie ihre Frage.

»Heute Morgen wurde in einer der Lauben eine Leiche gefunden. Der Mann ist vor fünf bis sechs Tagen gestorben. Eine Gartennachbarin hat ihn gefunden. Sie hat gesagt, der Mann hat in seiner Laube gewohnt«, sagte Hallberg.

»Hier? Zu dieser Jahreszeit?«

»Seine Frau hat ihn rausgeworfen, seitdem wohnte er hier. Die Laube gehörte seiner Mutter.«

»Wissen wir, wer der Tote war?«

»Ich weiß es, ja.«

Mit einem Stöhnen sagte Mia: »Und, wer war er?«

»Boris Pfeiffer, fünfundvierzig Jahre alt, aus Hamburg, geschieden, zwei Kinder, keine festen Einkünfte. Seine Ex-Frau hat ihn bereits identifiziert.«

»Und die Todesursache?«

»Kohlenmonoxid-Vergiftung. In seiner Hütte stand ein Holzkohlegrill. In seinem Blut habe ich große Mengen eines gängigen Schlafmittels gefunden und Alkohol.«

»Selbstmord? Wegen eines Selbstmords hast du mich ja wohl kaum hier rauskommen lassen, oder?«

»Vielleicht lässt du mich einfach mal ausreden«, sagte Hallberg in scharfem Tonfall.

Mia räusperte sich. »Ja, klar.«

»Kohlenmonoxid-Vergiftung ist eine beliebte Art der Selbsttötung. Aber es kann genauso gut sein, dass jemand die Selbsttötung nur vortäuschen wollte. Hypnotika im Alkohol aufgelöst, und das Opfer schläft seelenruhig, während der Täter den Grill in die Laube stellt und anzündet. Die Ex-Frau unseres Toten meint, er hätte sich nie im Leben umgebracht. Dazu sei er viel zu schissig und egoistisch gewesen. Das sind übrigens ihre Worte. Sie war nicht gerade gut auf ihn zu sprechen. Ihr zufolge war er ein fauler, kiffender Versager, der sich vor jeder Verantwortung drückte und ihr noch Unterhaltsgeld schuldete.«

»Und, was meinst du?«

»Das mit dem Kiffen stimmt zumindest. Er hat regelmäßig und viel Cannabis geraucht. Die THC-Werte waren extrem hoch.«

Mia nickte, ohne zu wissen, was sie mit der Information anfangen sollte. Dass jemand viel kiffte, war ja kaum etwas Besonderes.

»Kurz vor seinem Tod muss ihn jemand ziemlich zusammengeschlagen haben«, fuhr Hallberg fort. »Er hat Hämatome am ganzen Körper, im linken Unterschenkel sind Muskelfasern angerissen, im Gesicht und am Kopf hat er mehrere aufgeplatzte Stellen, in seiner rechten Wange stecken Reste von Holzsplittern. Ich glaube allerdings nicht, dass es hier draußen passiert ist. Er hat danach noch geduscht. Und hier in den Gärten wird im Herbst das Wasser abgestellt.«

Hallberg bog in einen schmalen Weg ein, der beidseitig von kahlen Hecken gesäumt war.

»Und sonst? Was weiter?«, hakte Mia sofort nach.

Hallberg blieb stehen und sah sie mit zusammengezogenen Brauen an. »Sag mal, was bist du eigentlich so gereizt? Ich versuche nur, dir hier zu helfen.«

Mia rieb sich mit der Hand über die Augen. Sie fühlte sich so unendlich müde. »Tut mir leid«, sagte sie und erzählte Hallberg von dem Stein mit Thanhs Namen, den sie eingesteckt, und von dem Zeitlimit, das Bordasch ihr gesetzt hatte.

Hallberg hörte zu, ohne ein Wort zu sagen. Als sie fertig war, machte er einen Schritt auf sie zu, legte die Arme um sie und drückte sie fest an sich. »So ein Arschloch«, flüsterte er. Dann ließ er sie wieder los. Eine kleine Welle der Dankbarkeit schwappte durch Mia. Dafür, dass er sie gehalten, und dafür, dass er sie auch sofort wieder losgelassen hatte.

»Komm«, sagte Hallberg. »Wir sind gleich da.«

Mia blieb immer noch stehen. »Wenn das hier nichts mit meiner Ermittlung zu tun hat, habe ich dafür gerade wirklich keine Zeit.«

»Keine Sorge. Es hat mit deiner Ermittlung zu tun.« Hallberg legte eine Hand auf ihre Schulter und schob sie sanft vorwärts. Sie bogen wieder ab in einen noch schmaleren Weg, in dem die Hecken so dicht beieinanderstanden, dass Mia aufpassen musste, dass ihr die Zweige nicht in die Augen stachen. Alleine hätte sie sich hier hoffnungslos verlaufen. Es war wie auf einem Friedhof, dachte sie, da verlief sie sich auch immer. Es sah alles so gleich aus. Hecken, abgesteckte Beete, Lebensbäume … Nur dass auf einem Friedhof die Parzellen noch kleiner waren.

Vor einer roten Pforte blieben sie stehen. Auf das makellos lackierte Holz war ein handbemaltes Emailleschild geschraubt: »Willkommen bei Dieter Fischer«.

»Seine Parzelle grenzt an die unseres Todesopfers«, sagte Hallberg leise. »Ich habe Dieter Fischer zufällig getroffen, als ich nach der Obduktion noch mal hergekommen bin. Ich hatte meine Brille vergessen.« Er öffnete die Pforte, und sie gingen über akkurat verlegte Gehwegplatten zu der roten Laube hinüber.

Noch bevor sie klopfen konnten, öffnete ein kleiner untersetzter Mann mit mausgrauen Haaren die Tür. Trotz der Kälte trug er nur ein dünnes Hemd und eine kurze Hose, die den Blick freigab auf die blauen Windungen seiner Krampfadern. Seine Brille wurde am Nasenbügel mit Klebeband zusammengehalten. Mia schätzte ihn auf über achtzig.

»Moin, Herr Fischer. Darf ich vorstellen, meine Kollegin, von der ich Ihnen erzählt habe. Kriminalhauptkommissarin Mia Paulsen von der Mordkommission«, sagte Hallberg und zeigte auf Mia.

»Mordkommission, ja?« Dieter Fischer musterte Mia von oben bis unten. »Die werden auch immer jünger.«

»Dürfen wir reinkommen?«, fragte Hallberg.

Fischer öffnete die Tür ein Stück weiter und ließ sie ein. In der Laube sah es nicht viel anders aus als in Mias eigenem Oma-Wohnzimmer: Sofa, Sessel, Teppichboden, Fernseher, Wandschrank aus dunklem Holz, an der Wand ein Ölschinken, allerdings nicht mit Wellen wie bei ihr, sondern mit einem Pfeife rauchenden Seemann.

»Kaffee hab ich nich' da«, sagte Dieter Fischer. »Bin ja im Winter normalerweise nich' hier. Is' eine Ausnahme heute, weil die Hilde, die ja den Toten gefunden hat, mich gleich angerufen hat. Und da wollt ich mal nach dem Rechten sehen. Man weiß ja nie.« Mit einem Schnaufen ließ er sich in den Sessel sinken. Mia und Hallberg blieben stehen.

»Aber Brandy kann ich Ihnen anbieten«, schob er hinterher.

»Danke, nicht nötig«, sagte Hallberg.

Dieter Fischer zeigte auf den Schrank. »Schenken Sie mir mal einen ein.« Und dann, ganz ohne Zusammenhang, fügte er hinzu: »Arme Käthe.«

»Wer ist Käthe?«, fragte Mia, während Hallberg den Brandy einschenkte.

»Na, die Mutter des Toten. Die Mutter von Boris. Nun muss sie alleine klarkommen. Obwohl, mit diesem Nichtsnutz von Sohn war eh nicht viel anzufangen. Den Garten hat er vollkommen verwahrlosen lassen. Die Hecke hat er nie geschnitten, und sein ganzer Giersch und Farn wuchert zu mir rüber …« Er sprach, wie Mia es von so vielen alten einsamen Menschen kannte: ohne Punkt und Komma.

»Herr Fischer«, unterbrach Hallberg ihn und reichte ihm den Brandy. »Wären Sie so nett und würden für meine Kollegin noch einmal wiederholen, was Sie mir erzählt haben.«

Der alte Mann trank und schien einen Moment nicht zu wissen, was Hallberg meinte. Dann sagte er: »Ach, Sie meinen das mit den Ausländern?«

»Ja, genau, das mit den Ausländern«, sagte Hallberg und nickte.

Mia sah zwischen den beiden hin und her. Was wurde das denn jetzt?

»Boris hatte nie Besuch«, sagte Fischer. »Nicht mal seine Kinder sind noch hergekommen. Er hatte ja zwei. Süße lütte Dinger.« Er trank das Glas aus und hielt es Hallberg zum Nachfüllen hin. »Die Einzigen, die immer wieder hier aufgetaucht sind, waren diese beiden Ausländer. Ich bin ja nicht neugierig. Aber die sind hier doch schon aufgefallen. Nicht, dass ich was gegen Ausländer hätte. Eigentlich waren sie ganz höflich, haben immer freundlich gegrüßt. Soll da in Asien ja so Sitte sein, Respekt gegenüber den Älteren. Gibt's hier kaum noch.«

»Die Männer waren Asiaten?«, fragte Mia dazwischen.

»Chinesen vielleicht, oder Japaner. Für mich sehen die alle gleich aus. Aber der eine, der Jüngere, der hatte ein Glasauge.«

Mia musste vor Schreck husten. »Ein Glasauge? Sind Sie sicher?«

»Jawohl!« Dieter Fischer schlug sich eine Hand an die Schläfe, als wären sie hier beim Militär. »Ich hab da'n Blick für. Sie haben's nicht gesehen, was?« Er zeigte auf sein rechtes Auge und lachte heiser. »Ich habe auch eins. Sind toll gemacht heute. Nicht mehr wie das Ding, das die mir da nach dem Krieg reingesteckt haben. Das war ja nicht mehr als 'ne Murmel.«

Mia holte ihr Telefon aus der Tasche, suchte die Bilder der Toten aus dem Raakmoor heraus und zeigte sie Dieter Fischer. »Sind sie das?«

Der Mann kniff die Augen zusammen und sah sich die Bilder an. »Hab ja schon gesagt, die sehen alle gleich aus. Aber ... doch ... das könnten sie sein.«

»Wann haben Sie sie zuletzt gesehen?«

»Ist schon ein paar Wochen her. Meinen Sie, also ... Sie sind doch von der Mordkommission. Meinen Sie, die Ausländer haben Boris umgebracht?«

»Nein«, sagte Mia. »Ihre beiden Ausländer haben Boris nicht umgebracht. Sie sind auch tot.«

»Hamburgs nervigste Rolltreppe«, »Radwege nur unter Gefahr nutzbar«, »Deutschlands reiche Kinder«. Mia hatte den Kopf schief gelegt und las die Überschriften der *Morgenpost,* deren Seiten von innen an den Laubenfenstern klebten. Wenn das Papier als Wärmeisolierung gedacht war, hatte es nicht viel gebracht. In der Laube des verstorbenen Boris Pfeiffer war es so kalt, dass Mia der Atem vor dem Mund gefror. Und es roch wie in einem feuchten Keller, in dem ein Feuer gebrannt hatte.

Der Grill stand noch immer in der Hütte. Auf der ausgezogenen Schlafcouch konnte Mia einen dunklen Abdruck auf dem Laken erkennen, wo der Tote gelegen hatte. Sie musste an die Reihenhausleiche in Berlin denken, deren Körper schon mit der Matratze verschmolzen gewesen war. Das hätte hier sicher auch leicht passieren können, vor allem zu dieser Jahreszeit, wo kaum jemand in die Schrebergärten rauskam. Und vielleicht war genau das beabsichtigt gewesen, dachte Mia, falls dieser Boris Pfeiffer denn wirklich ermordet worden war.

Mia sah sich in der Laube um. Im Wandschrank lagen Männerklamotten. Auf dem Boden vor dem Wandschrank standen ein Wasserkanister und drei Einkaufstüten vom Discounter. Mia packte den Inhalt der Tüten aus und legte alles nebeneinander auf den Teppichboden. Da waren Instant-Nudelsuppen, Geschmacksrichtung Shrimps und Curry. Ein Zehnerpack Eier. Mehrere Dosen Erdnüsse. Möhren, die bereits Schimmel angesetzt hatten. Dosenmais und Reis. Ohne Ende weißer Reis. Mia öffnete den Kühlschrank, in dem neben Bierdosen eine ungarische Salami lag, ein angebrochenes Päckchen Butter und eine Senftube. Auf der Herdplatte stand ein Topf, in dem Boris Pfeiffer sich eine Tomatensuppe aufgewärmt haben musste. Rote Suppenreste klebten festgetrocknet an der Topfinnenseite. Neben dem Kühlschrank standen gut ein weiteres Dutzend ungeöffneter Dosen Tomatensuppe.

Mia nahm den Deckel vom Mülleimer und zog sich die Einweghandschuhe über, die Hallberg ihr gegeben hatte. Im Müll waren leere Bierdosen, eine Würstchenkonserve und Suppendosen. Keine einzige leere Reispackung und auch keine Nudelsuppentüte.

Unter den Messern in der Besteckkiste fand Mia zweihundertzehn Euro in kleinen Scheinen und mehrere mit Büroklammern zusammengeheftete Kassenbons von einem Discounter am Rothenburgsorter Marktplatz. Die Kassenbons stammten alle aus den letzten sechs Wochen.

Boris schien in diesem Supermarkt immer mehr oder weniger dasselbe gekauft zu haben: Reis, Tütensuppen, Eier, Erdnüsse und haltbares Gemüse wie Möhren, Radieschen, Zwiebeln. Das Bier und die Salami, die im Kühlschrank lagen, waren auf keiner der Rechnungen aufgeführt. Und die vielen Tomatensuppendosen auch nicht.

Wenn er schon Kassenbons aufgehoben hatte, wieso dann nicht alle? Und wieso hatte er die Bons so ordentlich mit Büroklammern zusammengeheftet? Mia machte so etwas nur, wenn sie sie noch für eine Abrechnung brauchte. Aber vielleicht hatte Boris ja genau das tun wollen, dachte Mia. Vielleicht hatte er das Geld für die Einkäufe abrechnen wollen. Das hieß dann aber, dass die Lebensmittel nicht für ihn selbst bestimmt gewesen waren. Wer hätte ihm denn sein Essen bezahlen sollen?

Mias Blick wanderte wieder zu den Lebensmitteln, die sie aus den Tüten ausgepackt hatte. Boris hatte die Sachen für jemand anderen gekauft. Und jetzt war Boris seit mehreren Tagen tot. Mia fragte sich, ob der- oder diejenigen, die er versorgt hatte, überhaupt noch etwas zu essen hatten. Und mit einem Mal war sie sich absolut sicher, dass es da wirklich noch mehr Kinder gab. Eingesperrte Kinder, die von Boris abhängig waren.

Sie meinte, keine Luft mehr zu bekommen, alles um sie herum schwankte, und die Decke kam ihr immer näher. Sie rannte aus der Laube und beruhigte sich wieder etwas, als sie spürte, wie die frische kalte Luft in ihre Lunge strömte.

»Mia«, rief Hallberg. »Mia, das musst du dir ansehen!«

Mia versuchte zu orten, woher Hallbergs Stimme kam.

»Mia! Hier unten am Wasser.«

Mia ging über die nasse Wiese. Hinter der Hecke fand sie einen Durchgang zum Wasser. Sie war sich nicht sicher, ob es die Bille war oder einer der vielen Kanäle, die hier die Gegend durchzogen. Das Wasser war dunkel, fast schwarz. Auf der anderen Uferseite grenzten Lagerhallen und ein alter Backsteinspeicher ans Wasser.

Mit Moos und Algen überwachsene Stufen führten einen Abhang zu einem Holzsteg hinunter. Hallberg stand bei einem kleinen Holzschuppen neben dem Steg und winkte sie heran. In der Hand hielt er einen runden schwarzen Plastikdeckel.

Der Schuppen war kaum mehr als ein aus wurmigen Latten zusammengenagelter Holzkasten mit einer Grundfläche von vielleicht drei Quadratmetern, aber hoch genug, dass Mia darin stehen konnte. Unter der Decke hingen Angelruten. Es gab ein Regal, das mit Seilen und Fendern vollgestopft war, und auf dem Boden stand eine blaue Bootstonne. Der Deckel, den Hallberg in der Hand hielt, gehörte zu der Tonne.

»Guck mal rein«, sagte Hallberg.

Mia beugte sich über die Öffnung. Die Tonne war bis oben mit durchsichtigen Beuteln gefüllt.

»Cannabis. Beste Ware, würde ich sagen.«

Mia nahm eines der Tütchen heraus und hielt ihre Nase an das Plastik. In ihrem Kopf überschlugen sich die Gedanken. Cannabis. Reis. Die Schnitte in den Händen der toten Kinder.

Ihre Mangelernährung. Eric Le und sein Geldsegen. Vor Mias Augen formten sich Bilder, die sie nicht wahrhaben wollte. Von denen sie aber ahnte, dass sie der Wahrheit entsprachen.

Mia ging ein paar Schritte auf den Holzsteg hinaus und rief Tom an, ihren ehemaligen Kollegen aus Berlin, der früher in die Soko Vietnam eingebunden gewesen war. Es dauerte eine gefühlte Ewigkeit, bis er endlich abnahm.

»Mia! Schön, schon wieder von dir zu hören.« Seinem Tonfall nach zu urteilen, war Tom ungewöhnlich gut gelaunt. Im Hintergrund klapperte Geschirr, und es lief Musik.

»Rufst du an, um mich zu fragen, wie es mir geht? Gut geht's, danke.«

»Die Vietnamesen-Mafia, früher, in Berlin«, sagte Mia, ohne auf sein Geplänkel einzugehen. »Ging es da immer nur um geschmuggelte Zigaretten?«

»War ja klar, dass du nicht wissen wolltest, wie es mir geht.«

»Tom!«, fuhr Mia ihn an und ging unruhig auf dem Steg auf und ab. Mehrere Planken fehlten, und das morsche Holz knarrte unter ihren Füßen.

»Schon gut, Mia-Schatz. Also, heute sind Zigaretten auf jeden Fall nur noch ein Nebengeschäft, wenn überhaupt. Die verdienen ihr Geld auch längst mit anderen Dingen.«

»Dann sind die Mafiabanden gar nicht zerschlagen? Das hattest du doch neulich gesagt.«

»Schätzchen. Ich habe gesagt, die alten Strukturen sind zerschlagen. Aber natürlich haben sich die Banden neu strukturiert. Die verschwinden ja nicht einfach. Aber du kannst auch nicht mehr wie in den Neunzigern von einer Vietnamesen-Mafia sprechen. Auch die sind globaler geworden.«

»Wie, globaler?«

»Du kannst sie nicht mehr in eine Nationalitäten-Schublade stecken. Deutsche, Russen, Vietnamesen. Die arbeiten alle zusammen. Ich hab schon von Chinesen gehört, die für die Camorra arbeiten. Mafia multikulti.« Tom lachte, wobei sein Lachen in einen heftigen Hustenanfall überging.

»Du rauchst zu viel«, sagte Mia.

»Das sagt die Richtige«, sagte Tom, immer noch hustend.

»Was kannst du mir noch sagen?«

»Was willst du wissen?«

»Drogen. Vietnamesische Banden und Drogengeschäfte.«

Tom gab ein murrendes Geräusch von sich. »Drüben in Tschechien sollen sie in der Herstellung und dem Vertrieb von Crystal mitmischen. Verkauft wird das Zeugs in kleinen Mengen auf den Asia-Märkten an der Grenze. Große Mengen werden wohl auch exportiert. Im letzten Jahr haben Kollegen in Rotterdam mehrere Kisten Methamphetamin im Hafen entdeckt. Die Lieferung kam aus Tschechien und war für England bestimmt. Drahtzieher sollen Vietnamesen gewesen sein.«

»Und Cannabis?«, hakte Mia nach.

»Damit werden enorme Gewinne erwirtschaftet. Die neuen Sorten sind extrem hochgezüchtet. Und das Wachstum auf modernen Indoor-Plantagen wird zusätzlich mit elektronisch gesteuerten Hell-Dunkel-Phasen optimiert. Der Wirkstoffgehalt ist deutlich höher als bei dem Schwarzen Afghanen oder dem Roten Libanesen, die wir noch so geraucht haben. Das Zeugs hat es in sich. Von wegen weiche Droge. Mit den Joints der Hippiezeit hat das nichts mehr zu tun.«

»Tom, ich brauch hier keinen Exkurs über Cannabis. Ich will wissen, ob du was über Vietnamesen und Cannabisanbau weißt.«

»Ja, schon gut. Also, in Meck-Pomm wurde vor ein paar Monaten eine Profiplantage hochgenommen. Zweitausend

Pflanzen in einer Lagerhalle. Nach einem anonymen Tipp wurde ein Hubschrauber mit Wärmebildkamera losgeschickt, der die Region abgeflogen hat. Weil, die Pflanzen brauchen viel Licht und Wärme. Da kann man die Anbauorte mit den Wärmebildkameras lokalisieren. Strahlt im Bild wohl wie eine Sauna.«

Mia hatte das Gefühl, alles in ihr kribbelte vor Aufregung. Konnte es wirklich so einfach sein, eine Plantage zu finden? Die Frage war nur, wie sie Bordasch dazu bekommen sollte, ihr solche Hubschrauberflüge zu genehmigen.

»Und die Plantage wurde wirklich von Vietnamesen betrieben?«, hakte sie weiter nach.

»Nee. Die Chefs waren Deutsche, aber da haben Vietnamesen als Gärtner gearbeitet.«

»Minderjährige?«

»Nicht dass ich wüsste. Das ist bislang nur in England Thema.«

»Was ist Thema in England?«

»Wirf mal einen Blick in die englischen Zeitungen. Die berichten fast täglich von irgendwelchen Indoor-Plantagen, die sie hochnehmen. In Reihenhäusern, leerstehenden Gehöften, Lagerhallen. Schier jedes Gebäude kommt in Frage. Und die Gärtner – sie nennen sie Geister, weil niemand überhaupt von ihrer Existenz weiß – sind wohl nicht selten Kinder. Oder Jugendliche. Eingesperrt schuften die da wie Sklaven. Ich sag dir, wenn du das nächste Mal einen Joint rauchst, frag dich mal, wo das Gras herkommt. Unsere Kollegen auf der Insel nennen es schon *blood cannabis*.«

LUKA

Luka schob den Einkaufswagen durch die Regalreihen. Seine Mutter hatte ihn genötigt, noch schnell runterzulaufen und für das Abendessen einzukaufen. Er las die Liste durch, die sie ihm geschrieben hatte, und stöhnte auf. Schon wieder Spaghetti. Er knüllte den Einkaufszettel in seiner Faust zusammen und warf anstatt Nudeln zwei Tiefkühlpackungen Seelachsfilet mit Champignons in den Wagen.

Dann schob er weiter zu den Chips und wollte gerade nach einer Tüte Erdnussflips greifen, als er mitten in der Bewegung innehielt. An der Kasse stand die Polizistin, die auf dem Löschplatz gewesen war. Luka sah sie nur aus dem Profil, aber sie war es, ganz sicher. Sie trug dieselbe graue Lederjacke, und die blonden Haare hatte sie auch wieder zu einem Pferdeschwanz gebunden. Sie redete leise mit der Kassiererin, wobei sie mehrere Kassenbons vor ihr auf dem Fließband auslegte und mit dem Zeigefinger darauf tippte. Die Kassiererin ging mit ihrer Nase nah an die Zettel heran, las und schüttelte den Kopf. Aber die Polizistin ließ nicht locker, sie redete weiter auf die Frau ein. Hinter ihr hatte sich schon eine lange Schlange gebildet. Ein Mann brüllte: »Mädel, das is' hier nich'n Kaffeeklatsch. Mach mal voran.«

»Ja, mal los«, keifte eine Frau hinterher. »Wir wollen noch nach Hause heute.«

Die Polizistin riss den Kopf ruckartig herum. Sie sagte kein Wort, aber es war etwas in ihrem Blick, das alle verstummen ließ.

Luka zog sich hastig die Kapuze seines Hoodies in die Stirn und senkte den Kopf. Er wollte auf keinen Fall, dass sie ihn erkannte.

Er packte Flips und Chips in seinen Wagen, um irgendetwas zu tun und bloß nicht aufzufallen. Aus dem Augenwinkel beobachtete er, wie die Polizistin ihre Kassenbons vom Fließband aufsammelte und sie langsam aufeinanderlegte, Kante an Kante, als wollte sie die hinter ihr Wartenden ärgern. Luka musste schmunzeln. Ziemlich cool eigentlich.

Sie faltete die Bons zusammen, schob sie in die Brusttasche ihrer Jacke und verließ den Supermarkt. Eingekauft hatte sie nichts.

Für einen Moment blieb Luka stehen, dann rannte er ihr hinterher. Draußen war es stockdunkel, obwohl es noch nicht einmal sechs Uhr war. Luka sah gerade noch, wie die Polizistin um die Sparkasse herum verschwand. Er sprintete bis zur Ecke, von wo aus er sie wieder im Blick hatte.

Die Polizistin schob jetzt ein gelbes Rennrad neben sich her. Er folgte ihr mit einigem Abstand und musste daran denken, wie er Sam durch den Park gefolgt war. Es kam ihm schon so lange her vor, dabei war es erst vor ein paar Tagen gewesen. Aber es war so viel passiert seitdem. Er hatte sich mit Sam angefreundet. Er war im Bunker gewesen, wo er Thanh getroffen hatte. Thanh, der jetzt tot war. Und dann war da dieser Mann mit seinem weißen Lieferwagen gewesen, der Thanhs Leiche aus dem Bunker getragen hatte.

Luka hatte gehofft, Bieganski hätte ihm mehr über den Mann sagen können. Luka hatte ja genau gesehen, wie sein alter Nachbar letztens spätabends unten auf dem Parkplatz neben dem dreckigen weißen Lieferwagen gestanden und mit dem Mann gesprochen hatte. Aber Bieganski behauptete steif und fest, sich nicht daran erinnern zu können.

Die Polizistin stand jetzt vor dem Haus, in dem Luka wohnte. Konnte es sein, dass sie zu ihm wollte? Immerhin hatte sie ihn am Löschplatz gesehen. Und so, wie er reagiert hatte, war ihr sicher auch klar, dass er mehr wusste. Seine Adresse herauszubekommen, sollte für sie ja kein Problem gewesen sein. Sicher hatte Bordasch ihr gesagt, wer er war, auch wenn er am Löschplatz so getan hatte, als kenne er ihn nicht.

Für einen kurzen Moment hoffte Luka, die Polizistin würde wirklich bei ihm klingeln. Und dass sie ihn zwingen würde zu reden. Langsam hielt er sein Schweigen selbst kaum noch aus. Er war sich auch gar nicht mehr so sicher, ob er Sam damit wirklich half. Aber die Polizistin klingelte nicht bei ihm. Sie ging weiter, an der Haustür vorbei und in die Grünanlage zwischen den Wohnblocks, in der auch der Hochbunker lag. Sie lehnte ihr Rad an die Bank, auf der er mit Sam gesessen hatte, zog einen Stadtplan aus der Innentasche ihrer Jacke und klappte ihn auf. Sie hielt ihn so, dass das Licht der in einiger Entfernung stehenden Straßenlaterne auf das Papier fiel. Sie studierte den Plan, sah auf, schaute sich um, studierte wieder den Plan, wobei sie ihn im Kreis drehte, als könnte sie sich sonst nicht orientieren. Luka kannte das auch von seiner Mutter.

Dann packte die Polizistin die Karte weg, nahm ihr Rad und schob weiter Richtung Bunker. Luka drückte sich an den dicken Stamm einer alten Eiche. Sein Puls pochte in seinem Hals, und er meinte, das Blut in seinen Ohren rauschen zu hören. Als die Polizistin vor dem Bunker stand, legte sie den Kopf in den Nacken und sah an der Wand hinauf. Wusste sie etwas? Wusste sie, dass Thanh im Bunker gelebt hatte? Wusste sie sogar von Sam? Er wünschte sich gerade nichts sehnlicher, als dass sie den Bunker aufbrach und Sam da rausholte.

Wenn er denn überhaupt im Bunker war. Aber die Polizistin tat nichts dergleichen. Sie stieg auf ihr Rad und fuhr einfach davon. Er wollte ihr hinterherrennen, er wollte sie aufhalten. Er wollte schreien: »Nein! Nicht wegfahren!« Aber er brachte kein Wort heraus.

Mit dem Rücken am Baumstamm rutschte er auf den Boden, ließ sich in das nasse Gras fallen und heulte.

LIEN

Auf den Elbbrücken hatte das Taxi im Stau gestanden, weshalb Lien und Luu Quoc Toan, den sie in seinem Imbiss südlich der Elbe hatte abholen müssen, erst kurz vor zehn im Präsidium ankamen. Lien hatte schon befürchtet, Mia zu verpassen, bei der sie sich bereits für neun Uhr angekündigt hatte. Aber der Pförtner versicherte Lien, dass Mia Paulsen noch im Haus sei.

Da Lien offiziell als Dolmetscherin registriert war, ließ der Pförtner sie die Sicherheitsschranke passieren. Jetzt warteten sie im Durchgang zur Mordkommission gegenüber dem Treppenhaus. Lien hätte sich gerne gesetzt, ihre Hüfte schmerzte. Aber es gab weit und breit keinen Stuhl. Also lehnte sie sich an die Wand, um das Gewicht etwas von ihren Beinen zu nehmen. Luu Quoc Toan stand mit hängenden Schultern neben ihr. Den Kontakt zu ihm hatte Liens Bruder hergestellt. Luu Quoc Toan war Hung noch etwas schuldig.

Der Mann war vierundfünfzig Jahre alt, stammte aus der vietnamesischen Hafenstadt Hai Phong, lebte aber schon seit den achtziger Jahren in Deutschland. Erst in Halle, heute in Hamburg, wo er einen China-Imbiss betrieb. Es war weder ein guter noch ein gemütlicher Imbiss, es war einfach ein Laden, in dem man für wenig Geld satt wurde. Gebratene Nudeln und Fleisch süßsauer in allen Varianten. Früher hatte der Imbiss tatsächlich einmal einem Chinesen gehört, aber als Luu Quoc Toan nach einem Laden suchte, hatte er Kontakt zu Liens Bruder aufgenommen, und Hung hatte dem Chinesen ein Angebot gemacht, das er nicht hatte ablehnen können. Das, dachte Lien, war die Art von Geschäft, die ihrem Bruder Spaß machte. Chinesen aus ihren Bistros vertreiben.

Für den Besuch im Präsidium hatte Luu Quoc Toan sich einen Anzug angezogen, der weit um seinen mageren Körper schlackerte. An den Ellbogen war der Stoff abgescheuert, Ärmel und Beine waren zu lang. In regelmäßigen Abständen zuckte Luu Quoc Toan nervös mit dem Kopf. Über seine rechte Wange zog sich eine alte Brandnarbe in Form eines Bügeleisens. Da hatte sicher mal jemand versucht, ihn zum Reden zu bringen, dachte Lien, fragte aber nicht weiter nach. Es war unwichtig. Wichtig war nur, dass Luu Quoc Toan heute zu Eric Les Wettgeschäften aussagen würde.

Lien würde Mia ihren Zeugen liefern, nach dem sie so dringend suchte.

Bevor sie ins Taxi zum Präsidium gestiegen waren, hatte sie Luu Quoc Toan instruiert, was er sagen sollte: dass der Einäugige vor etwa zwei Jahren erstmals in seinem Bistro aufgetaucht war. Dass er ihm anfangs nur kleine Beträge gegeben hatte, damit er sie für ihn auf Pferde setzte. Manchmal hatte er ein paar Euro gewonnen, manchmal nicht. Vor einem Jahr hatte der Einäugige ihm dann von dieser ganz sicheren Wette erzählt. Mit einer Quote von eins zu zwanzig. Um welches Rennen genau es gegangen war, wusste er nicht. Aber er hatte dem Einäugigen zweitausend Euro gegeben. Danach hatte er nie wieder von ihm gehört. Er war einfach mit seinem Geld abgehauen.

Der Schmerz in Liens Hüfte zog von dem langen Stehen schon in ihren Rücken hoch. Sie verlagerte das Gewicht von einem Bein auf das andere, aber es half nichts. Eine Frau mit einer Kaffeekanne ging an ihnen vorbei, dann zwei Männer, die in ein Gespräch über den HSV vertieft waren. Hin und wieder war das entfernte Klingeln eines Telefons zu hören.

Erst nach etwa einer halben Stunde ging die Tür auf, und Mia kam in den Vorraum. Hinter ihr folgte eine hübsche junge Frau mit langen Beinen und dunklen Haaren. Neben Mia ging ein großer schlanker Mann mit kahlgeschorenem Kopf. Er trug eine dunkelblaue Uniform, die Lien nicht zuordnen konnte.

»In zehn Minuten geht's los«, sagte der Mann zu Mia, leise, aber laut genug, dass Lien, die nicht weit weg stand, es hören konnte. »Aber falls der Wind zunimmt, müssen wir abbrechen.«

Mia kaute mit den Schneidezähnen auf ihrer Unterlippe und nickte. Obwohl sie in Liens Richtung schaute, schien sie sie nicht wahrzunehmen.

»Und falls es regnen sollte, schränkt das die Effektivität der Wärmebildgeräte ein«, sagte der Uniformierte. »Der Regen senkt den Transmissionsfaktor der Luft, und die angezeigte Temperatur …«

Lien machte einen Schritt auf Mia zu, wobei sie Luu Quoc Toan an einem seiner zu langen Anzugärmel mit sich zog. Der Mann neben Mia verstummte.

»Tante Lien, was machen Sie denn hier?« Mia sah sie mit gerunzelter Stirn an.

»Ich hatte mich doch angekündigt. Wegen dem Zeugen.«

Mia rieb sich mit der Hand über die linke Schläfe. »Ach ja. Das hatte ich vollkommen vergessen.«

Mias Reaktion ärgerte Lien. Die ganze Zeit hatte Mia darauf gedrängt, dass Lien ihr einen Zeugen für Eric Les Wettgeschäfte lieferte. Und jetzt vergaß sie es einfach? Gerne hätte sie dieser verpeilten Polizistin mal richtig die Meinung gesagt, zwang sich aber stattdessen zu einem freundlichen Lächeln und zeigte auf Luu Quoc Toan. »Der Zeuge hat Geld an Eric Le verloren. Er …«

»Oh, gut«, unterbrach Mia sie. »Sarah Butt wird die Aussage aufnehmen.« Mit dem Kinn deutete sie zu der jungen Frau mit den dunklen Haaren.

»Wollen Sie nicht selber hören, was der Zeuge zu sagen hat?«

»Tut mir leid. Aber gerade habe ich dafür wirklich keine Zeit«, sagte Mia.

»Aber …« Lien stockte, und bevor sie noch etwas sagen konnte, stürmte Bordasch mit großen Schritten über den Gang. Lien hielt Bordasch, den sie mittlerweile ganz gut kannte, für einen überzogen selbsteingenommenen Typen, gleichzeitig hatte er einen Charme, der ihr gefiel. Und was noch viel wichtiger war: Er vertraute ihr, etwas, dessen Lien sich bei Mia nicht mehr so ganz sicher war.

»Sarah«, sagte Mia. »Würdest du bitte mit den beiden in den Verhörraum gehen.«

»Tante Lien!«, rief Bordasch, trat auf sie zu und drückte ihre Hand. »Schön, Sie mal wieder zu sehen. Warten Sie kurz, dann komme ich mit.«

»Wir haben hier noch ein paar interne Details zu besprechen«, zischte Mia Bordasch zu, und Lien war doch etwas überrascht über den Ton, beziehungsweise über die Ablehnung ihr gegenüber, die da offenkundig wurde.

Bordasch zuckte mit der Schulter. »Tante Lien ist doch eh schon in die Ermittlung eingebunden.«

Mia zog die Brauen hoch, widersprach Bordasch aber nicht.

Stattdessen gab sie einen leisen Seufzer von sich und sagte: »Wir fliegen zuerst über den Osten der Stadt.«

»Haben Sie irgendwelche konkreten Punkte?«, fragte der Uniformierte, auf dessen Brust Lien jetzt ein dreieckiges silbernes Abzeichen mit einem Raubvogel darauf entdeckte, das darauf schließen ließ, dass er Pilot war.

»Die Gegend zwischen der Bille und der Elbe«, sagte Mia. »Vor allem Rothenburgsort und die umliegenden Gewerbegebiete.«

Die Erwähnung der Gegend um den Bunker ließ Lien zusammenfahren. Hatte dieser Pilot nicht eben auch etwas über Wärmebildgeräte gesagt? Konnte es sein, dass sie die Gegend, die Mia gerade abgesteckt hatte, mit den Kameras abfliegen wollten? Lien hatte das Gefühl, alles in ihr sackte zusammen. Wusste Mia etwa von der Plantage? Sie musste zumindest etwas ahnen. Aber woher? Liens Atem nahm ein ungesundes Rasseln an. Hung hatte ihr versichert, dass die Bunkerwände so dick seien, dass keine Wärme von der Plantage nach außen drang. Aber konnte sie sich da wirklich so sicher sein?

»Frau Paulsen. Wir müssen los. Kommen Sie!«, sagte der Pilot und eilte schon die Treppe runter. Bordasch trat von hinten an Mia heran, um seinen Mund zuckte ein abschätziges Grinsen. Er legte ihr vertraulich eine Hand auf die Schulter und flüsterte: »Viel Glück.« In Liens Ohren klang es wie eine Drohung. Mia schlug seine Hand weg und rannte dem Piloten hinterher.

MIA

Mia war schon übel gewesen, bevor der Hubschrauber überhaupt abgehoben hatte. Von dem Treibstoffgestank auf dem Flugplatz und von ihrer eigenen Nervosität. Aber die Frustration über ihre vollkommene Unfähigkeit, in diesem Fall weiterzukommen, gab ihr jetzt den Rest. Keine Plantage, nirgends. Diese tolle, hyperempfindliche Wärmebildkamera des Hubschraubers hatte partout nichts, aber auch rein gar nichts geortet. Nach fast drei Stunden in der Luft wollte Mia nur noch zurück auf den Boden. Der Lärm der Rotorblätter dröhnte trotz Gehörschutz unablässig in ihren Ohren, und die Vibration des Motors spürte sie bis in den Magen. Eine Hand vor den Mund gepresst, musste sie immer wieder den säuerlichen Geschmack von Erbrochenem runterschlucken.

Sobald die Kufen des Hubschraubers den Boden berührt hatten, schnallte Mia sich ab, riss die Tür auf und sprang raus. Gebückt rannte sie unter den sich noch drehenden Rotorblättern hinweg zum Rand des Landeplatzes und übergab sich in das hohe Gras.

Gestern Nacht hatte sie auf Toms Hinweis hin im Internet britische Zeitungen nach Artikeln über Cannabisplantagen durchsucht und konnte immer noch nicht fassen, was sie da gelesen hatte.

In Großbritannien wurde nach Angaben der Zeitungen der Handel mit Cannabis derzeit vor allem von vietnamesischen Banden kontrolliert. Für die Drogenproduktion wurden Kinder aus Vietnam »importiert«. Diese Kinder, die manchmal nicht älter als zwölf oder dreizehn Jahre alt waren, mussten Gärtnerarbeiten bei der Zucht von Cannabispflanzen übernehmen. Dabei wurden sie gefangen gehalten und mit Drohungen gefügig gemacht. Viele der von der Polizei entdeckten Plantagen hatten verriegelte Fenster, die oft zusätzlich mit Elektroschockdrähten gesichert waren. Die Kinder hatten keine Gelegenheit zur Flucht, zumal ihnen damit gedroht wurde, dass im Falle ihrer Flucht ihren Familien Schaden zugefügt werde.

Sie aßen, schliefen und arbeiteten auf den Plantagen, waren giftigen Düngemitteln und der Gefahr von Stromschlägen durch ungesicherte Kabel ausgesetzt. Gewalt, Einschüchterungen und Erpressungen waren Alltag. Sie sollten arbeiten, bis die Schulden für die Schleusung, ihre Verpflegung und die Unterkunft abbezahlt waren. Falls dieser Tag denn überhaupt je eintrat.

Wurden die Kinder von der Polizei befreit, kehrten viele von ihnen dennoch zu ihren Peinigern zurück, aus Angst um die Familie zu Hause und vor ihrer Abschiebung durch die britischen Behörden. Denn die Schulden bei ihren »Besitzern« würden ja durch eine Abschiebung nicht getilgt werden, und ihre Chance, sie in Vietnam je abzuarbeiten, lägen bei null.

Es war Mia ein Rätsel, wieso nichts von alledem in den hiesigen Polizeidatenbanken vermerkt war. Unter Cannabisanbau müsste es da doch zumindest mal einen Hinweis auf England geben.

Tom hatte recht, dachte Mia. Die ganzen Kiffer sollten sich mal fragen, wie das Cannabis produziert wurde und von wem. Von wegen weiche Droge. Das war verdammte Kindersklavenarbeit. Mia war sich sicher, dass auch die beiden toten Jungen aus Hamburg auf einer solchen Plantage gearbeitet hatten.

Und zwar irgendwo hier in der Stadt. Es passte einfach alles zusammen. Das Cannabis aus Boris Pfeiffers Bootsschuppen. Thanh, der an einem Stromschlag gestorben war. Die Schnittwunden an den Händen der Kinder. Ihre Mangelernährung. Der Vitamin-D-Mangel, der darauf hinwies, dass sie über einen langen Zeitraum kaum oder nie das Tageslicht gesehen hatten.

Die Rotorblätter über Mia liefen langsam aus. Die Hände auf die Knie gestützt, würgte sie immer noch, obwohl sie eigentlich nichts mehr im Magen haben konnte. Sauer brannte es in ihrer Kehle, und ihre Augen tränten.

Sie hatte alles auf diesen Hubschrauberflug gesetzt. Sie hatte ewig auf Bordasch einreden müssen, bis er ihn ihr genehmigte. Einen einzigen Flug hatte er ihr zugestanden. Danach, hatte er voller Schadenfreude gesagt, sei ihre Zeit um.

Zuerst hatte Mia überlegt, die Gegend um das Raakmoor abzufliegen, sich dann aber für den Osten der Stadt entschieden. Sie hatte fest damit gerechnet, dass die Wärmebildkamera, mit der der Hubschrauber ausgerüstet war, irgendwo in der Gegend um Boris Pfeiffers Laube eine Cannabisplantage finden würde. Dort lag in einem Radius von nur einem Kilometer Luftlinie die Laube, der Discounter, in dem Boris Pfeiffer eingekauft hatte, und der Löschplatz, an dem sie Thanh aus dem Schlick gezogen hatten. Von Boris Pfeiffers Ex-Frau hatten sie zudem erfahren, dass er kein Auto besaß, sondern Fahrrad fuhr. Wenn er also für die Lebensmittelversorgung auf der Plantage zuständig gewesen war, dann machte es Sinn, dass die Plantage in Fahrradnähe lag.

Während sie in der Luft waren, hatte Mia die ganze Zeit den Stadtplan vor sich auf den Knien gehabt und immer wieder den Plan mit dem verglichen, was sie von oben aus sah. Aber wie Tom schon gesagt hatte, jedes Gebäude kam in Frage. Gewerbehallen genauso wie ganz normale Wohnungen.

Von den Deichtorhallen waren sie über Tante Liens Bistro hinweg zum Löschplatz geflogen, dann über die Wohnsiedlungen von Rothenburgsort und von dort aus weiter über die umliegenden Lagerhallen und Fabrikgebäude und schließlich sogar über die Gewächshäuser der angrenzenden Marschlande. Sie waren mehrere Runden geflogen, hatten aber kein Ziel ausmachen können. Nichts, absolut nichts, was auf eine Großplantage hinwies. Entweder gab es da keine Plantage, oder sie war so gut versteckt, dass sie sie nicht fanden. Aber wie zum Teufel versteckte man eine solche Wärmequelle? Das ging doch gar nicht.

Mit dem Handrücken wischte sie sich den Mund sauber. Der Wind hatte ihre offenen Haare zerzaust, und feuchte Strähnen klebten auf ihren Wangen. Als sie sich aufrichtete und umdrehte, kam Bordasch auf sie zu und sah sie mit diesem breiten Grinsen an, das mittlerweile sein Standardblick zu sein schien. Zumindest in ihrer Gegenwart.

»So, Mia, das war's dann.« Er wedelte mit einem Papier herum. »Die Ausschreibung für deine neue Stelle bei den Wettleuten. Ich habe sie schon mal für dich vom Schwarzen Brett genommen.«

Mia schnaubte, griff mit ihrer von Erbrochenem verschmierten Hand nach dem Zettel und stopfte ihn sich in die Jackentasche. »Hat ja alles sein Gutes. Jetzt müssen wir uns nicht mehr über den Weg laufen«, sagte sie, bemüht um eine kühle Stimme.

»Freu dich mal nicht zu früh«, sagte Bordasch. »Ich habe vorhin die Aussage dieses vietnamesischen Imbissinhabers aufgenommen. Du warst ja schon weg. Ich habe auch lange mit Tante Lien gesprochen. Wir werden der Spur weiter nachgehen.«

»Welcher Spur? Der mit Eric Les Wettgeschäften?«

»Genau. Da komme ich bestimmt noch mal auf dich zurück. Wetten sind dann ja dein Spezialgebiet.«

»Was ist mit dem Cannabis? Ihr müsst weiter nach den Plantagen suchen.« Mia schaffte es jetzt nicht mehr, so gelassen zu klingen, wie sie es gerne gewollt hätte. »Wenn da noch mehr Kinder sind, müsst ihr sie finden.«

Bordasch sagte nichts. Er sah sie nur mit einem herablassenden Lächeln an und klopfte ihr auf die Schulter, als hätte er es mit einer Irren zu tun. Dann drehte er sich um und ging.

Mia fuhr vom Flugplatz aus nach Hause und verkroch sich in ihrem Bett. Sie wollte nichts mehr hören noch sehen. Nur schlafen und vergessen.

LIEN

Es war kurz nach sechs Uhr abends und bereits dunkel. Lien stand im Schatten einer ausladenden Eiche und schaute zum Bunker hinüber. Äste schwankten im Wind. Eine Ratte rannte dicht an der Bunkerwand entlang. Ansonsten rührte sich nichts. Dennoch blieb Lien still stehen und beobachtete weiter die Umgebung. Sie wollte ganz sicher sein, dass sie nicht in eine Falle lief.

Sie hatte vorhin im Präsidium ausgeharrt, bis sie von Bordasch die Information aufgeschnappt hatte, dass Mias Hubschrauberflug erfolglos gewesen war. Hung hatte also recht behalten. Durch die dicken Bunkermauern drang keine Wärme nach außen. Mia hatte die Plantage im Bunker nicht gefunden.

Trotzdem musste jetzt etwas geschehen. Jetzt, und nicht irgendwann. Der Junge im Bunker wusste zu viel. Wenn die Polizei ihn fand, konnte er gegen sie aussagen. Er musste weg, sofort. Ernte hin oder her. Sie würde nicht länger warten, auch wenn sie damit entgegen dem Wunsch ihres Bruders handelte.

Lien würde ihn erst einmal in ihr Lager in der Billstraße schaffen. Wenn es sein musste, würde sie ihn dort eigenhändig umbringen. Lieber wäre es ihr allerdings, wenn ihr Bruder ihn abholen ließe. Sicher gab es noch eine Verwendung für ihn, irgendwo weit weg von Hamburg.

Lien schaute auf ihre Armbanduhr. Eine Stunde war vergangen. Zwei Autos waren vom Parkplatz neben dem Bunker gefahren, drei Autos hatten geparkt, die Fahrer waren ausgestiegen und in der Wohnsiedlung verschwunden. Vereinzelte Fußgänger eilten mit Einkaufstaschen durch die Grünanlage. Nichts wies darauf hin, dass der Bunker unter Beobachtung stand.

Langsam trat Lien aus dem Schatten heraus. Schritt für Schritt näherte sie sich der Bunkertür. Immer wieder sah sie sich um. Sie humpelte wieder stark, trotz der Gesundheitsschuhe. Sie versuchte, den Schmerz in ihrer Hüfte zu ignorieren, und ging vorsichtig die Stufen zum Bunkereingang hinunter, sah sich noch einmal um und schloss die Tür auf. Sie öffnete sie nur so weit, dass sie hindurchpasste, drückte sie hinter sich sofort wieder zu, schob den Riegel vor und lauschte. Ihr Herz klopfte heftig. Sie wartete auf das Gebrüll und Geschrei einer Einsatzsondertruppe. Aber nichts dergleichen passierte.

Sie knipste die Taschenlampe an und sah, dass der Schnürsenkel ihres rechten Schuhs offen war. Eine Hand in den Rücken gestemmt, um den Schmerz abzufangen, bückte sie sich und band ihren Schuh zu. Nicht, dass sie hier drinnen noch über ihren Schnürsenkel stürzte.

Plötzlich ließ ein diffuses Geräusch sie aufhorchen. Es war kaum wahrnehmbar, aber gerade deshalb erregte es ihre Aufmerksamkeit. Sie hielt den Atem an und lauschte mit zusammengekniffenen Augen. Das Geräusch kam von draußen. Jemand stand vor der Bunkertür. Da war ein Schaben, als kratze jemand mit Nägeln über das Metall der Bunkertür. Dann war es wieder still. Verdammt, jetzt wurde sie wirklich langsam paranoid.

Sie wollte sich gerade wieder aufrichten, als ihr Blick auf eine durchsichtige Plastiktüte fiel, die das Licht ihrer Taschenlampe reflektierte. Sie streckte ihre Hand danach aus und hob sie auf. Es war einer dieser Zip-Beutel, in denen sie zu Hause ihre Kräuter frisch hielt. Darin steckte ein gefalteter Zettel, auf dessen beide Seiten in dicken roten Lettern »SAM« geschrieben war.

Mit einem Stöhnen stand Lien auf. Die gebückte Haltung hatte den Schmerz in ihrer Hüfte noch verschlimmert, und sie musste mehrmals tief ein- und ausatmen, bis es wieder erträglich war. Dann zog sie das Papier aus dem Beutel, faltete es auf und las. Es war ein Brief, auf Vietnamesisch, mit allen Tonzeichen, aber doch so vielen Fehlern, dass klar war, dass der Verfasser den Text durch ein Übersetzungsprogramm hatte laufen lassen.

Der Brief richtete sich an Sam, und Lien war sofort klar, dass das der Name des Jungen oben im Bunker sein musste. Unterschrieben war der Brief mit »Luka«. Dieser Luka wusste von dem Bunker, er wusste, wer der tote Junge aus der Elbe war. Er hatte sogar gesehen, wie der Tscheche ihn aus dem Bunker getragen hatte.

»*Ma quỷ*« – Geister und Dämonen, fluchte Lien. Jetzt hatte sie wirklich genug. Sie spürte den Druck, der auf ihr lastete, mit jeder Faser ihres Körpers. Jetzt musste sie nicht nur den Jungen aus dem Bunker, sondern auch noch diesen Luka aus dem Weg räumen.

Sie zog ihr Handy aus der Tasche, stellte sich dicht hinter die Bunkertür, so dass sie Empfang hatte, und rief den Tschechen an. Er musste kommen. Sofort.

MIA

Mia war den ganzen Tag nicht mehr aufgestanden. Wie in Trance hatte sie im Bett gelegen und vor sich hingestarrt. Sie hatte sich ihren Tränen und ihren wirren Gedanken hingegeben, die in ihrem Hirn herumwirbelten wie in einem zu schnell fahrenden Karussell. Nun hatte sie einen weiteren Fall, in dem sie vollkommen versagt hatte, und noch mehr Bilder von toten Kindern, die niemals mehr aus ihrem Kopf verschwinden würden.

Als es abends an ihrer Wohnungstür klingelte, wälzte sie sich auf den Bauch und drückte das Gesicht in die Matratze. Wer auch immer es war, sie wollte niemanden sehen. Aber es klingelte wieder und wieder und wieder.

Mia fluchte, setzte sich auf und strich sich die Haare aus dem Gesicht. Ihre Augen waren vom Weinen ganz verschwollen, so dick, dass sie ihre eigenen Lider sah. Es klingelte noch einmal. »Jaja, ich komme ja schon«, murmelte sie und quälte sich aus dem Bett. Sie warf sich ihre lange schwarze Strickjacke über und ging mit schwerfälligen Schritten zur Tür.

Draußen stand Hallberg, den Mund zu einem Grinsen verzogen. Das sollte wohl so was wie ein entschuldigendes Lächeln sein für die Störung, dachte Mia genervt und sah ihn wortlos an.

»Ich dachte, ich koch mal was für uns.« Hallberg zeigte auf die beiden Einkaufstüten, die neben ihm auf dem Boden standen. Dunkelgrüne Enden von Frühlingszwiebeln schauten oben heraus und der Hals einer Weinflasche.

»Meine Niederlage hat sich also schon rumgesprochen.«

Hallberg antwortete nicht, nahm stattdessen die Tüten und schob sich an ihr vorbei in die Wohnung.

Mia folgte ihm in die Küche, sprachlos über sein ungefragtes Eindringen. Sie sah ihm zu, wie er die Taschen auf ihren Küchentisch stellte und die Lebensmittel auspackte. Koriander, Knoblauch, Chilischoten, Kokosmilch ... Sie runzelte die Stirn. Sie hatte keinen Hunger, sie hatte keinen Appetit, und sie hatte keine Lust auf Besuch. Aber die Kraft, Hallberg rauszuwerfen, hatte sie auch nicht. Einen Moment noch stand sie unschlüssig herum, dann drehte sie sich um, ging zurück ins Schlafzimmer und legte sich wieder ins Bett.

Sie ließ den Kopf aufs Kissen sinken und schloss die Augen. Sie hörte, wie Hallberg die Schränke öffnete, Töpfe und Geschirr herausholte, den Wasserhahn aufdrehte ... Dann döste sie weg. Als sie wieder aufwachte, roch es nach gekochtem Reis und Curry, und sie hatte ein schlechtes Gewissen, Hallberg einfach so in der Küche stehengelassen zu haben. Sie stand auf und ging zu ihm rüber. Die Küchenuhr an der Wand tickte laut. Es war schon halb neun.

Hallberg stand mit dem Rücken zu ihr am Herd. Auf dem Tisch brannten zwei Kerzen, das gute Silberbesteck ihrer Oma lag neben den Tellern mit dem Goldrand. Die Stoffservietten steckten in den roten Serviettenringen, mit denen sie als Kind so gerne gespielt hatte. Mia war mit einem Mal doch ganz froh, heute Abend nicht alleine zu sein. Als Hallberg sich zu ihr umdrehte, flüsterte sie ein »Danke«.

Hallberg rückte ihren Stuhl zurecht, als seien sie in einem guten Restaurant, und sie setzte sich. Dann nahm er die Teller und füllte auf. »Jasmin-Reis mit grünem Thai-Curry. Dazu einen trockenen Weißburgunder.«

Hallberg kaute bedächtig und nickte zufrieden.

Mia schob mit dem Löffel ihren Reis hin und her. Es sah wirklich gut aus, aber sie brachte es nicht über sich, etwas zu essen. Sie konnte nicht. Schließlich legte sie den Löffel beiseite, zog einen Fuß auf den Stuhl, schlang ihre Arme um das angezogene Bein und legte das Kinn aufs Knie.

»Ich frage mich, was ich anders hätte machen können«, sagte sie, mehr zu sich selbst als zu Hallberg. »Ich meine nicht das mit dem Stein. Ich meine die Ermittlung. Was habe ich übersehen?«

»Du kannst auch nicht mal loslassen, hm?«, fragte Hallberg.

Es sollte wohl nett klingen, aber Mia spürte Zorn in sich aufwallen. »Nein, kann ich nicht«, sagte sie scharf. »Vielleicht sind da draußen noch mehr Kinder. Und Bordasch wird ganz sicher nicht nach ihnen suchen. Wenn er sie finden würde, müsste er zugeben, dass ich recht gehabt habe. Dass es da wirklich Kinder auf Plantagen gibt wie in England.«

»Das, was du zusammengetragen hast, wird er nicht einfach ignorieren. Ganz so unprofessionell ist er nun auch wieder nicht.«

»Doch, ist er.« Es klang bitterer, als sie das beabsichtigt hatte. »Wenn ich nur wüsste, wer dieser Junge auf dem Löschplatz war.«

»Welcher Junge?«

»Da war ein großer schlaksiger blonder Junge. Du musst ihn doch gesehen haben.« Mia knetete ihre Schläfen. Sie spürte schon die Kopfschmerzen, die sich anbahnten.

»Du meinst Luka Kayser«, sagte Hallberg.

»Was?«

»Der Junge, der vom Löschplatz weggerannt ist. Das war Luka Kayser.«

»Du kennst ihn?«

»Ich wusste nicht, dass es dich interessiert.«

»Natürlich interessiert mich das. Er war auf dem abgesperrten Tatort. Er ist weggerannt, als ich mit ihm reden wollte.«

Hallberg nickte und seufzte tief. »Das war Luka Kayser. Sein Vater war Polizist. Er ist im Dienst gestorben. Vor eineinhalb Jahren. Sie waren auf einem Einsatz, irgendwo auf dem Kiez. Es fielen Schüsse, auch seitens der Polizei. Dabei wurde er getroffen. Der tödliche Schuss … Sein Partner hat den Schuss abgegeben.« Hallberg räusperte sich und rieb sich mit der Hand über das Kinn. »Es war Bordasch, der geschossen hat.«

Bordasch hatte auf dem Löschplatz so getan, als habe er den Jungen noch nie gesehen. Ein eisiger Schauder durchfuhr Mia. Sie starrte Hallberg mit offenem Mund an. »Bordasch ist ein exzellenter Schütze. Wie konnte das passieren?«

Hallberg zuckte mit den Schultern und sah sie mit einem traurigen Lächeln an. »Ein Unfall. Aber Luka hält Bordasch für einen Mörder. Deshalb wird er weggerannt sein.«

SAM

Sam stand vor dem Bunker, sog die eisige Luft ein und hielt sie lange in der Lunge, bevor er langsam wieder ausatmete. Er lehnte sich leicht gegen den Wind, ließ sich von ihm halten, spürte, wie er gegen seinen fiebrigen Körper drückte und ihn kühlte. Er legte den Kopf in den Nacken und sah in den Himmel. Er hatte befürchtet, ihn nie wiederzusehen. Und jetzt war er da. Schwarz und endlos dehnte er sich über ihm aus. Sterne glitzerten, und Sam fragte sich, ob es dieselben Sterne waren, die auch sein Bruder sah, wenn er draußen auf dem Meer war. Manchmal hatte Sam Angst, das Gesicht seines Bruders und die seiner Eltern zu vergessen. Sie lösten sich immer mehr auf, und je verzweifelter er versuchte, die Bilder in seinem Gedächtnis zu behalten, desto mehr gingen sie verloren.

Vorsichtig machte er ein paar Schritte, wobei er sich mit der rechten Hand an der Bunkerwand abstützte. Er sah zu dem weißen Wohnhaus hinüber. Luka hatte ihm gezeigt, welcher Balkon zu seiner Wohnung gehörte. Achter Stock, ganz rechts. In den Fenstern brannte Licht.

Tantchen hatte einen Brief von Luka gefunden. Im Bunker, unten, hinter der Eingangstür. Sam wusste nicht, was drin stand, nur, dass Luka mit seinem Namen unterschrieben hatte. Und dass Tantchen meinte, Luka wisse zu viel. Was auch immer das sein mochte. Eigentlich, dachte Sam, wusste Luka gar nichts.

Tantchen wollte, dass Sam Luka in den Bunker brachte. Sam hatte ihr von seinen Träumen erzählt. Von den Toten, die ihn besuchten, und dass Luka darunter war. Dass er tot war. Dass Blut aus einem Loch in seiner Stirn troff. Aber Tantchen hatte ihn nur ausgelacht und ihn losgeschickt.

Schritt für Schritt ging Sam auf Lukas Haus zu. Das Laufen fiel ihm schwer. Ihm war schwindelig, und seine Beine fühlten sich an wie aus Gummi, als würden sie gleich unter ihm nachgeben. Insgeheim hoffte er, dass seine Träume ihn nicht belogen hatten. Dass Luka wirklich tot war. Und er nicht dafür verantwortlich sein würde, wenn sie ihn umbrachten.

Langsam näherte er sich über die quadratischen Steinplatten dem Hauseingang. Durch die dünnen Sohlen seiner Schuhe spürte er jedes Steinchen und jede Unebenheit. Es waren nur wenige Meter, dennoch schien der Weg kein Ende zu nehmen.

Vor ihm ging eine Frau. An einer Leine zog sie einen Hund hinter sich her, der aussah wie eine zu lang geratene Ratte. Menschen, die ihre Hunde spazieren führten, hatte es zu Hause in Vietnam nicht gegeben. Zwar hatte der Nachbar zwei Höfe weiter Hunde gehalten. Er verkaufte sie an Restaurants. Aber spazieren war er mit ihnen nicht gegangen.

Die Frau schloss die Tür zu Lukas Haus auf, und Sam trat hinter ihr ins Treppenhaus. Ohne ihn weiter zu beachten, stieg die Frau in den Fahrstuhl und fuhr mit ihrem Hund nach oben. Sam wartete lange, bis er sicher war, dass sie ausgestiegen war, und drückte den blinkenden Knopf, mit dem die Frau eben den Fahrstuhl gerufen hatte.

Sam war noch nie Fahrstuhl gefahren. Es kitzelte in seinem Bauch, als die Kiste nach oben rauschte, und für einen kurzen Moment vergaß er alles um sich herum. Aber nur so lange, bis die Tür sich wieder öffnete.

Er stieg aus, ging den Gang hinunter, war sich nicht sicher, welches Lukas Wohnung war, und las die Klingelschilder. Es roch nach gebratenen Zwiebeln und fettem Fleisch. Irgendwo kochte gerade jemand eine warme Mahlzeit, und Sam wünschte, mitessen zu dürfen.

An einer Tür, an der ein Kranz aus Tannenzweigen hing, fand er Lukas Namen. Noch bevor er klopfte, öffnete sich die Nachbartür. Ein alter Mann trat in den Gang und schaute zu ihm herüber. Er trug einen braun-weiß gestreiften Pyjama, genau so einen Pyjama, wie ihn auch die alten Männer in seinem Dorf zu Hause trugen, wenn sie vor den Häusern saßen und Tee tranken. Der Mann musterte Sam misstrauisch aus kleinen wässrigen Augen. Sein Blick blieb auf Sams verletzter Hand hängen, um die er sich die Streifen eines zerrissenen T-Shirts gewickelt hatte. Im Bunker hatte Sam den Stoff immer mal wieder mit Wasser übergossen, so dass er kalt auf seiner Haut klebte, und obwohl die Hand sich taub anfühlte, hatte er die Kälte spüren können. Sie hatte gutgetan.

Sam hob seine gesunde Hand, ballte sie zur Faust und pochte gegen Lukas Tür. Er spürte die Blicke des alten Mannes auf sich. Es dauerte einen Moment, dann hörte Sam Schritte, und Luka öffnete die Tür.

Seine Stirn war heil. Kein Blut, nicht einmal ein Verband. Er lebte.

Luka starrte ihn an, als sähe er einen Geist, dann zog sich ein Grinsen über sein Gesicht, und sogar seine Augen strahlten. In Sam zog sich alles zusammen. Luka freute sich, ihn zu sehen. Und er? Was machte er? Er lieferte ihn aus. Aber was sollte er machen? Tantchen hatte ihm keine Wahl gelassen. Sie hatte gesagt, wenn er Luka nicht holte, würden sie sich seinen Bruder schnappen.

Hinter Luka erschien eine Frau mit schmalem Gesicht und schulterlangen braunen Haaren. Das war sicher Lukas Mutter, dachte Sam. Sie hatte dieselben Augen. Sie wirkte abwesend, ihr Blick seltsam trüb, aber sie sah nett aus.

Sam stellte sich vor, sie sei seine Mutter, und dass sie ihn in den Arm nehmen und an sich drücken und flüstern würde, alles werde gut. Schweiß rann ihm in die Augen, und in seinem Kopf drehte sich alles. Die Einsamkeit schnürte ihm die Kehle zu. Er musste sich an der Wand abstützen, um das Gleichgewicht zu halten.

Am liebsten hätte er sich umgedreht und wäre weggerannt. Hätte Luka und seine Mutter in Ruhe gelassen.

LUKA

Luka merkte erst, dass er sein Smartphone nicht dabeihatte, als sie schon unten auf der Straße waren. Er hatte es oben vergessen. Er hatte es so eilig gehabt, aus der Wohnung zu kommen, aus Angst, seine Mutter würde Sam mit ihren neugierigen Fragen bedrängen. So wie sie Sam gemustert hatte. Sie hätte doch sofort gemerkt, dass er kein Wort Deutsch verstand. Und dann hätte sie ihn, Luka, gelöchert.

Langsam ging Luka neben Sam her. Der Himmel war dunkel und klar, und die Luft roch nach Schnee oder zumindest nach einem eisigen Regen. In weiter Ferne donnerte es. Luka lächelte die ganze Zeit vor sich hin, er war so ungemein froh, dass Sam da war. Er hatte schon gedacht, dieser Mann hätte ihn vielleicht weggeschafft und dass er ihn nie wiedersehen würde. Er versuchte, Sams Blick einzufangen, aber der hielt den Kopf gesenkt. Nach und nach verdrängte eine seltsame Unruhe Lukas Freude über Sams Auftauchen. Irgendetwas stimmte nicht, dachte Luka. Um seine Hand hatte Sam einen dreckig grauen Stofffetzen gewickelt. Seine Wangen schimmerten feucht, und seine Füße schleiften beim Laufen über den Boden, als fiele ihm das Laufen schwer. Die Leichtigkeit, die sein Gang sonst gehabt hatte, war verschwunden.

Wieso nur hatte er sein verfluchtes Smartphone vergessen? Wie sollte er so rausfinden, was los war?

Unter einer Straßenlaterne blieb Luka stehen, fasste Sam an der Schulter und drückte seinen Oberkörper leicht zur Seite, so dass Sam ihn anschauen musste. Seine Augen waren glasig. Er hatte Fieber, dachte Luka und zeigte auf die verbundene Hand. »Doktor?« Das Wort verstand man doch sicher in jeder Sprache.

Sam schüttelte den Kopf und nahm Lukas Hand. Er zog ihn weiter, obwohl es kein richtiges Ziehen war, dafür war sein Griff viel zu schlaff. Es war eher die Andeutung, dass Luka ihm folgen sollte.

Sams Haut war klebrig und eiskalt. Sie gingen bis zum Bunker und die Stufen zur Tür hinunter. Plötzlich schoss Luka das Adrenalin durch den Körper. Das Kettenschloss war weg. Er drehte sich um und suchte hastig mit den Augen den Parkplatz hinter sich ab, entdeckte aber nirgends den weißen Lieferwagen, mit dem dieser Mann die Leiche von Sams Freund weggefahren hatte.

Sam lehnte sich mit seinem Oberkörper gegen die Metalltür, schob sie ein Stück auf und schlüpfte hindurch. Luka blieb draußen stehen, fixiert auf den dunklen schwarzen Spalt, der sich da vor ihm aufgetan hatte.

»Luka?«, hörte er Sam rufen. Seine Stimme klang, als käme sie aus einer tiefen Höhle. »Luka!«

Alles in Luka schrie, er dürfe auf keinen Fall in den Bunker gehen. Sein Vater hatte ihm immer eingebläut, auf seinen Instinkt zu hören. Aber Sam rief nach ihm, und er vertraute Sam – so wie er schon lange niemandem mehr vertraut hatte. Trotzdem konnte Luka sich nicht überwinden, den nächsten Schritt zu machen.

Während er noch unschlüssig dastand, sah er jemanden auf einem Fahrrad durch die Grünanlage hinter dem Bunker kommen. »Oh shit!« Das war diese Polizistin. Was machte die schon wieder hier? Er zog den Kopf ein, damit sie ihn nicht sah, schob sich durch den Spalt in den Bunker und drückte schnell die Tür hinter sich zu.

Da stand er, den Rücken gegen das Metall gelehnt, keuchend. Es war nasskalt, kälter noch als draußen, es stank wie auf einem Tankstellenklo, und es war pechschwarz um ihn herum. Luka kam sich vor wie blind. Panik kroch in ihm hoch. Sein Magen fühlte sich an wie mit Blei ausgefüllt. Erst als er spürte, wie Sam neben ihn trat und seine Finger sich zaghaft um sein Handgelenk schlossen, beruhigte er sich etwas. Eine Weile standen sie so da, dann zog Sam leicht an Lukas Hand. Langsam gingen sie weiter in den Bunker hinein, und Luka ließ sich von Sam führen. Der Boden war uneben, mit Kuhlen und Rillen, als habe jemand mit einer Hacke auf den Beton eingeschlagen. Luka traute sich kaum, einen Fuß vor den anderen zu setzen, so unsicher fühlte er sich. Sam dagegen bewegte sich trotz seiner seltsamen Kraftlosigkeit zielstrebig, als könnte er ohne Licht sehen. Aber das hatte Luka ja letztens schon gedacht. Die Dunkelheit war Sams Element.

Luka versuchte, nicht durch die Nase zu atmen. Aber je weiter sie gingen, desto schlimmer wurde dieser Gestank. Luka wollte umdrehen, zur Tür rennen, sie aufreißen, nur raus, an die frische Luft, raus aus dem Dunkel. Aber aus irgendeinem Grund ging er weiter neben Sam her, tiefer in den Bunker hinein. Vielleicht, weil er Angst hatte, dass er alleine die Tür nicht finden und sich hier drinnen verirren würde.

Bis auf das dumpfe Knirschen ihrer Schritte auf dem Betonboden war es still. Luka hoffte, Sam kam nicht wieder auf die Idee, mit ihm Verstecken zu spielen. Er wollte auf keinen Fall, dass Sam ihn losließ.

Er konnte nicht sagen, wie weit sie gegangen waren. Er hatte nicht die geringste Orientierung oder auch nur ein Gespür für die Entfernung. Sie stiegen eine Treppe hinauf. Dem Klang ihrer Schritte nach zu urteilen, war sie aus Metall. Elf Stufen zählte Luka, elf hohe Stufen. Er konnte hören, wie Sam eine Tür aufdrückte. Die Scharniere quietschten.

Auf der nächsten Etage war es genauso dunkel wie unten, aber nicht mehr ganz so nasskalt, und es stank auch nicht mehr so fürchterlich. Luka nahm wieder dieses Brummen wahr, wie beim letzten Mal, als er von oben in den Bunker eingestiegen war. Mehr ein Gefühl im Bauch als ein Geräusch. Sie gingen weiter, langsamer noch als eben. Plötzlich taumelte Sam neben ihm, als verließe ihn gleich alle Kraft. Lukas Herz pochte immer heftiger. Er zog jetzt seinerseits an Sams Hand, wollte ihm deuten, dass sie umkehren sollten. Aber da hatte Sam sich schon wieder gefangen und hielt an seinem Weg fest. Immer weiter hinein in diesen düsteren Raum. Tiefer und tiefer. Sie kamen an eine zweite Treppe, die weiter nach oben führte. Hier war der Boden feucht und die Stufen nicht aus Metall, wie eben, sondern aus Stein oder Beton. Mit seiner freien Hand tastete Luka um sich, fand aber kein Geländer, an dem er sich hätte festhalten können. Dicht hintereinander stiegen sie die Stufen hinauf. Sie waren sich jetzt so nah, dass Luka Sams Herzschlag spürte.

MIA

Aus der Ferne war Donnergrollen zu vernehmen, dabei war der Himmel wolkenlos und voller Sterne. Mia stand vor dem Haus, in dem Luka Kayser und seine Mutter Marina wohnten, einem Hochhaus, das in demselben Block lag wie der Discounter, in dem Boris Pfeiffer eingekauft hatte.

Über die Dienststelle des Präsidiums hatte Mia Adresse und Telefonnummer der beiden bekommen. Sie hatte mehrmals erfolglos versucht anzurufen. Aber es war spät, bald halb zehn, und mitten in der Woche. Vielleicht waren Luka und seine Mutter zu Hause und hatten nur keine Lust gehabt, ans Telefon zu gehen.

Mia ging die Leiste mit den Klingelschildern durch, die nach Stockwerken sortiert waren. Luka wohnte in der achten Etage. Da die Haustür nur angelehnt war, trat Mia ins Treppenhaus, ohne vorher zu klingeln. Wenn es nicht sein musste, wollte sie sich nicht durch die Sprechanlage erklären. Das machte sie lieber von Angesicht zu Angesicht.

Vor den Briefkästen stand ein alter Mann und schloss gerade sein Fach zu. Er trug einen Schlafanzug und Pantoffeln. Mit einem Werbebrief in der Hand schlurfte er in den Fahrstuhl. Mia stieg hinter ihm ein und sah, dass er schon den achten Stock gedrückt hatte.

»Zu wem woll'n Sie denn?«, fragte er.

Mia wollte eigentlich sagen, dass ihn das nichts anging, entschied sich dann aber anders. »Familie Kayser.«

»Sind meine Nachbarn. Die bekommen doch sonst keinen Besuch um diese Uhrzeit. Is' was passiert?«

»Nein«, sagte Mia so kühl wie möglich, um klarzustellen, dass das nun wirklich nicht seine Angelegenheit war.

Der Mann gab ein Murren von sich, ließ sie zuerst aussteigen und sagte: »Erste Tür.« Langsam ging er an ihr vorbei, nur um dann mitten im Gang stehen zu bleiben und zu beobachten, was sie weiter tat.

Mia verdrehte die Augen über so viel Neugier und klingelte bei den Kaysers.

»Luka, du hast einen Schlüssel«, hörte sie eine Frauenstimme in der Wohnung rufen.

Mia klingelte noch einmal. Kurz darauf riss eine Frau die Tür auf. »Luka, wieso …«, setzte sie an, hielt dann aber mitten im Satz inne und sah Mia irritiert an. Sie war zierlich, hatte feine Gesichtszüge und schulterlanges braunes Haar. Ihre Augen waren gerötet, als habe sie geweint.

»Guten Abend«, sagte Mia, der die Frau auf Anhieb sympathisch war. »Sind Sie Marina Kayser? Ich …« Sie stockte, überlegte, wo sie ansetzen sollte.

Die Frau sah sie abwartend an. Der alte Mann machte immer noch keine Anstalten, in seine Wohnung zu gehen.

»Ich bin Polizistin«, sagte Mia und fand, es klang wie eine Entschuldigung. »Ich würde gerne kurz mit Luka sprechen.«

Die Augen der Frau wurden schmaler. Jetzt war sie misstrauisch. »Wieso?«

»Vor fünf Tagen haben wir einen toten Jugendlichen aus dem Oberhafenkanal geborgen. Luka war da. Er ist über die Absperrung gestiegen. Er …«

»Sie wollen mit ihm reden, weil er über eine Absperrung gestiegen ist?« Die Stimme von Marina Kayser war scharf geworden. In Mias Augen machte sie das nur noch sympathischer. Sie würde ihren Sohn verteidigen, egal was war.

»Nein«, sagte Mia. »Ich hatte gehofft, er kannte den Toten vielleicht. Und dass er mir mehr über ihn sagen kann.«

»Luka hat etwas von einer Leiche erzählt«, sagte Marina Kayser, und ihre Augen funkelten zornig. »Und auch, dass er Bordasch am Tatort gesehen hat. Dann sind Sie ja sicher in seinem Team.«

Mia räusperte sich, sagte aber nichts weiter dazu. »Es tut mir leid, was mit Ihrem Mann passiert ist.« Sie wollte sagen, dass sie nicht an einen Unfall glaubte. Nicht bei Bordasch. Bordasch schoss niemals aus Versehen daneben. Aber sie hielt den Mund. Es war ja wieder nur so ein unbeweisbares Gefühl.

Die Frau schnaubte leise und schüttelte den Kopf. »Ich möchte nicht, dass Sie mit Luka sprechen.«

»Bitte. Es ist wichtig«, sagte Mia und redete gleich weiter, bevor Marina Kayser auf die Idee kam, ihr die Tür vor der Nase zuzuschlagen. »Vor zwei Jahren wurde ein totes Kind im Raakmoor gefunden. Und nun der tote Junge im Oberhafenkanal. Ich glaube, beide waren Menschenhändlern in die Hände gefallen und mussten für sie arbeiten. Und ich befürchte, dass da noch mehr Kinder sind.«

»Wenn Bordasch die Ermittlung leitet, dann soll er gefälligst selbst herkommen und mit Luka reden. Da kann er sich auch endlich mal bei ihm entschuldigen.«

Mia presste die Lippen zusammen und überlegte, wie weit sie Lukas Mutter vertrauen konnte. Wenn es um Bordasch ging, dachte sie, beziehungsweise wenn es gegen ihn ging, vermutlich ziemlich weit. »Bordasch weiß nicht, dass ich hier bin«, sagte sie. »Er hat mich von dem Fall abgezogen. Er glaubt nicht, dass da noch mehr Kinder sind. Er wird nicht nach ihnen suchen.«

Marina Kayser sagte einen Moment nichts, dann huschte ein Lächeln über ihr Gesicht, und ihre Stimme wurde etwas weicher. »Und Sie glauben, Luka kann Ihnen helfen, diese Kinder zu finden?«

»Ja. Vielleicht. Ich hoffe es.«

Neben sich hörte Mia die Schritte des alten Mannes, die sich näherten. Marina Kayser drehte den Kopf und sah zu ihrem Nachbarn hinüber. »Herr Bieganski, nun seien Sie mal nich' immer so neugierig«, sagte sie streng. Aber Mia konnte raushören, dass sie den Mann eigentlich mochte.

Bieganski brummelte irgendetwas vor sich hin und blieb so dicht neben Mia stehen, dass er ihr fast auf den Fuß trat.

Lukas Mutter wandte sich wieder Mia zu und verzog ihr Gesicht zu einem entschuldigenden Lächeln. Dann trat sie einen Schritt beiseite. »Kommen Sie doch rein, und warten Sie auf Luka.«

»Wann kommt er denn wieder?«, fragte Mia.

»Ich weiß es nicht. Vorhin hat ein Freund ihn abgeholt. Ich kannte ihn nicht. Ich bekomme nicht mehr wirklich viel mit von Luka. Er …« Sie unterbrach sich und winkte ab.

»Mit dem Freund hat was nich' gestimmt«, mischte Bieganski sich ein. »Haben Sie nicht seine Hand gesehen. Diesen Verband.«

»Herr Bieganski, bitte«, sagte Lukas Mutter mit Nachdruck.

»Der Junge stromert hier nachts immer alleine rum. Ich seh ihn andauernd«, sagte er.

»Wissen Sie, wo die beiden hin sind?«, wollte Mia wissen.

Lukas Mutter schüttelte den Kopf. »Er wird sicher bald auftauchen.«

»Nich', dass der Jung wieder drüben an der Bunkerwand rumklettert«, sagte Bieganski. »Hat sich fast zu Tode gestürzt.«

Mia nickte, ohne dem alten Mann richtig zuzuhören. Sie wollte mit Lukas Mutter sprechen.

Bieganski stieß laut die Luft durch die Nase aus. »Was hat der Jung sich dabei nur gedacht? Den Hochbunker rauf ...«
Mia riss den Kopf herum und starrte Bieganski an.
Bunker. Das Wort hallte in Mias Kopf wider. Ihre Gedanken schwirrten durcheinander. Dicke Mauern, bombensicher ... »Welcher Bunker?« In Hamburg standen überall Hochbunker, einige waren so zwischen Häusern eingebaut oder so umgebaut, dass man sie kaum noch als Bunker erkannte. Und in den normalen Stadtplänen waren sie nicht gesondert ausgezeichnet.

»Der Hochbunker nebenan, in der Grünanlage. Sach ich doch die ganze Zeit«, erklärte Bieganski, und Lukas Mutter gab ein zustimmendes Murren von sich.

Oh Mann. Wie blind war sie eigentlich. Mia rieb sich mit der flachen Hand über das Gesicht. Der Bunker hatte direkt dagestanden, vor ihren Augen. Sie war gerade erst mit dem Rad daran vorbeigefahren. Und das nicht zum ersten Mal. Es war so offensichtlich, zu offensichtlich. Nie wäre sie auf die Idee gekommen, dass dort, in dem kleinen Park, mitten in einer Wohnanlage ... Konnte das wirklich sein? Aber es passte einfach alles zusammen. Der Discounter, in dem Boris Pfeiffer eingekauft hatte, lag um die Ecke, Lukas Wohnhaus gleich nebenan, und der Löschplatz war auch nicht weit. Durch die dicken Wände des Bunkers würde die Wärme einer Plantage nicht austreten. Keine noch so empfindliche Wärmebildkamera würde eine Plantage in einem Bunker orten.

LUKA

Langsam ging Luka zwischen den Pflanzenkübeln hindurch. Von dem penetranten süß-fauligen Geruch war ihm schon ganz schwindelig. Aber vielleicht kam das auch von der heißen stickigen Luft, die im Raum stand, oder dem grellen Licht. Das Brummen, das er in seinem Magen spürte, war hier noch stärker. Und in seinen Ohren fiepte das hohe Sirren von Strom. Er wusste gar nicht, wo er hinschauen sollte. Immer wieder schüttelte er den Kopf. Er konnte es nicht fassen. Bildete er sich das ein, oder stand er wirklich mitten in einer Cannabisplantage? Es mussten Hunderte Pflanzen sein, vielleicht Tausende. Die Töpfe standen dicht an dicht. Es war wie in einem Urwald.

Er passte auf, dass er an keines der funkensprühenden Kabel kam, die sich über den Boden zogen und von den Holzgestellen über den Pflanzen hingen, und dachte, dass es wahrscheinlich genau das gewesen war, was Thanh umgebracht hatte. In der Zeitung hatte gestanden, er sei an einem Stromschlag gestorben.

Luka drehte sich zu Sam um. Er stand immer noch neben der Tür und schaute auf seine Füße. Luka wollte gerade nach ihm rufen, ihn aus seiner Lethargie wecken, als er das leise Knacken trockener Blätter unter Schuhen hörte. Er konnte nicht genau sagen, woher es kam, auf jeden Fall irgendwo aus dem Pflanzendschungel. Ein Schauer lief ihm über den Rücken. Er ließ seinen Blick durch den Raum schweifen, entdeckte aber niemanden. Wieder sah er zu Sam, der jetzt die

Schultern weit nach vorne gezogen und den Oberkörper gekrümmt hatte, als wollte er sich wie ein Igel einrollen. Er hat Angst, dachte Luka, Angst vor demjenigen, der da zwischen den Pflanzen herumschlich.

Luka meinte, kaum noch Luft zu bekommen. Sein Instinkt hatte ihn also nicht getäuscht. Sie mussten hier raus. Sofort. Luka schrie nach Sam, rannte los, bückte sich unter einem Holzgestell hindurch, stieß Pflanzenkübel um, machte einen Sprung über ein offenes Kabel. Den Mann sah er erst, als er gegen ihn prallte. Der Gestank von Zigaretten und Schweiß stieg ihm in die Nase. Er hob den Kopf und erkannte den Mann aus dem weißen Lieferwagen wieder. In der Hand hielt er das Kettenschloss, mit dem sonst die Bunkertür von außen verriegelt war.

Jetzt, aus der Nähe, sah Luka, wie riesig der Mann war. Er war locker einen Kopf größer als er selbst, und Luka war schon groß. Bevor Luka sich noch rühren konnte, hatte der Mann ihn am Pullover gepackt und zu sich herangezogen, nur um ihn dann mit aller Kraft von sich zu stoßen. Luka stolperte rückwärts, fing sich aber gerade noch. Wie sollte er bloß an diesem Hünen vorbeikommen. Der Typ stand genau zwischen ihm und der Tür nach unten.

Links neben Luka war eine Treppe nach oben. Er könnte aufs Dach rennen. Aber er würde es niemals die Bunkerwand runterschaffen. Nicht ohne Seil. Die Tür nach unten war sein einziger Fluchtweg.

Er müsste einfach im richtigen Moment losrennen, dachte Luka, und sich an dem Mann vorbeischlängeln, wie in einem guten Basketballspiel. Er bewegte den Oberkörper leicht hin und her, zog nach links, rechts, links, täuschte an, sprintete los. Er war schnell. Aber der Mann war schneller. Er stand sofort wieder vor ihm. Er spuckte vor Luka aus und schlug das Kettenschloss in seine offene Hand, wobei er Luka mit eisigen Augen fixierte. Um seinen Mund lag ein belustigtes Lächeln, als würde ihm das Ganze Spaß machen. Es sah aus, als warte er nur darauf, dass Luka einen erneuten Fluchtversuch startete. Was für ein beschissenes Spiel, dachte Luka. Er hatte keine Lust zu spielen. Von weit her meinte er Rufe zu hören. »Luka! Luka!« Aber das bildete er sich sicher nur ein. Wer sollte hier drinnen nach ihm suchen?

Achtlos warf der Mann das Kettenschloss auf den Boden, machte ein paar Schritte rückwärts und blieb in der offenen Tür stehen. Der Körper des Mannes füllte die gesamte Türöffnung aus.

Hilfesuchend sah Luka zu Sam hinüber. Aber Sam stand weiter nur reglos da und starrte auf den Boden. Und mit einem Mal verstand Luka: Sam hatte gewusst, dass der Mann im Bunker war. Sam hatte ihn mit Absicht hergelockt. Luka meinte, alles in ihm würde zerbrechen. Er hatte gedacht, Sam sei sein Freund. Endlich wieder ein Freund. Ein stechender Schmerz durchfuhr seinen Körper, Tränen schossen ihm in die Augen.

Und dann sah er in den Lauf der Pistole. Der Mann richtete sie auf seine Stirn. Er würde sterben. Er würde genauso sterben wie sein Vater. Durch einen Schuss. Er dachte an seine Mutter und hatte wieder einmal das Gefühl, er sei nur noch ein Zuschauer seines eigenen Lebens. Als würde das alles jemand anderem passieren, als wäre er nur Zeuge. Er hörte Rufe, die dumpf aus der Ferne klangen. Das Sirren des Stroms wurde lauter und lauter. Und dann war es mit einem Mal totenstill, und das Licht ging aus. Es war wieder pechschwarz um ihn herum. Das Einzige, was er noch sah, war das Mündungsfeuer. Eine kleine weiße Flamme.

SAM

Die ganze Zeit über hatte Sam die Ameise beobachtet, wie sie im grellen Licht der vielen Lampen auf dem bröckeligen grauen Beton hin und her krabbelte. Hektisch, als habe sie sich verlaufen und fände nicht mehr zu ihren Artgenossen zurück. Er hatte das kleine Tierchen nicht aus den Augen gelassen. Nur nicht aufschauen, hatte er sich gesagt. Bloß nichts sehen. Er konnte sowieso nichts tun. So, wie er noch nie etwas hatte tun können. Er war machtlos, vollkommen machtlos. Er wollte nach oben in den Verschlag rennen, sich unter seiner Decke vergraben und so tun, als sei er woanders. Weit, weit weg. Aber er hatte nicht gewagt, sich zu rühren.

Dann hatte die Zeitschaltuhr gesurrt, und das Licht war ausgegangen, und die Dunkelheit hatte sich über alles gelegt. Diese erlösende Dunkelheit, in der er nichts sehen musste. Im selben Moment war der Schuss gefallen. Der Knall hallte von den Wänden wider, dröhnte in Sams Ohren. Und Luka schrie. Es war ein einziger kurzer Schrei. Und dann nichts mehr.

Jemand rief Lukas Namen. Sam hatte die Rufe vorhin schon gehört, aber jetzt waren sie näher, lauter, panischer. Da irrte jemand durch den Bunker. Aber wer auch immer es war, er kam zu spät.

Lukas Körper fiel auf den Boden. Es war kein lauter Schlag, es war ein leises in sich Zusammensacken, und Sam stellte sich vor, wie Luka nur wenige Meter neben ihm auf dem Boden lag und das Blut aus seiner Stirn troff. Sein Traum hatte sich bewahrheitet.

Der Tscheche stand immer noch in der offenen Tür. Sam hörte sein ekelhaftes keuchendes Atmen. Er roch auch seinen beißenden Schweiß und die Zigaretten, die er geraucht hatte. Sam meinte sogar zu spüren, wie seine kalten blauen Augen die Dunkelheit nach ihm absuchten, und plötzlich kroch Wut in ihm hoch. Diese unbändige Wut, die er sonst immer an Thanh ausgelassen hatte. Das Kribbeln in seinen Gliedern. Diese Explosion in seinem Inneren, die ihn seine Kraftlosigkeit vergessen ließ. Ohne nachzudenken, senkte Sam den Kopf, presste die Zähne aufeinander, spannte seine Nackenmuskeln an. Er wusste ganz genau, wo der Tscheche stand. Ohne ihn zu sehen, hatte er ihn vor Augen. Er rannte los und rammte ihm seinen Kopf in den Bauch. Der Tscheche taumelte unter dem Stoß. Er hatte nicht mit seinem Angriff gerechnet. Wie auch. Er hatte ihn nicht kommen sehen, es war dunkel, und Sam hatte gelernt, sich lautlos zu bewegen. Für diesen einen kurzen Moment fühlte er sich nicht schwach, nicht so wie sonst. Die Dunkelheit war sein Vorteil. Sie war seine Welt. Fast hätte er gelacht, so absurd kam ihm alles vor. Wieso hatte er sich nicht schon früher gewehrt? Vielleicht würden die Toten aus seinen Träumen dann noch leben. Thanh. Der Junge aus dem Wald. Und Luka. Vor allem Luka.

Der Tscheche brüllte. Es klang wie das Brüllen eines verwundeten Raubtiers. Sam fasste mit seiner gesunden Hand den Türrahmen, holte mit dem Fuß aus, trat zu, schrammte über das Schienbein des Tschechen. Der Tscheche musste jetzt schon auf der oberen Treppenstufe stehen. Noch mal holte Sam aus, traf aber nur ins Leere. Das Brüllen des Tschechen ging in ein Schnaufen und Knurren über. Sein Arm schlug Sam gegen die Schulter, seine Finger kratzten durch sein Gesicht und über seinen Hals. Der Tscheche bekam sein T-Shirt zu fassen und zog ihn zu sich heran. Sam stemmte sich dagegen, aber der Tscheche war stärker, natürlich. Sams Füße rutschten über den Boden. Ohne dass er die Treppe sehen konnte, wusste er, dass die glatten ausgetretenen Stufen nach unten keinen Fußbreit entfernt waren. Die Metallbeschläge des Türrahmens schnitten in seine Haut, warmes Blut lief über seine Hand. Tränen traten ihm in die Augen. In dem Moment, als seine verkrampften Finger endgültig vom Türrahmen abrutschten, fuhr der Tscheche herum. Sein ganzer massiger Körper drehte sich von Sam weg, ohne sein T-Shirt loszulassen. Die Treppenkante war jetzt unter Sams Füßen. »Luka! Luka!«, schrie eine Frauenstimme.

Und dann: ratsch. Der Stoff von Sams abgetragenem T-Shirt zerriss unter dem Gewicht des Tschechen. So plötzlich vom Widerstand befreit, stolperte Sam nach hinten und prallte gegen eine Wassertonne. Er rappelte sich auf, ging wieder auf die Treppe zu.

»Luukaaa!« Schritte hallten. Es war mehr als eine Person, die da durch die Etage rannte. Ein einzelner Lichtstrahl flackerte durch den Raum. Sam konnte die Silhouette des Tschechen auf der Treppe vor sich sehen. Er wollte vorspringen, ihn treten, ihn die Stufen hinunterstürzen, ihm den letzten Stoß geben. Aber er konnte sich nicht mehr rühren. Er war in seine alte Starre zurück verfallen. Sein kurzer Wutausbruch hatte ihn seiner letzten Kraft beraubt.

MIA

Mia musste laut lachen. Es war wie ein Brodeln in ihrem Inneren, das überschwappte. Die Lichter der Einsatzfahrzeuge spiegelten sich im Regen. Ein Rettungssanitäter drehte sich nach ihr um und sah sie entsetzt an. Aber Mia konnte nicht aufhören zu lachen. Bordasch würde sie lynchen. Sie legte den Kopf in den Nacken und sog die frische Luft tief ein. Der Regen traf so heftig auf ihr Gesicht, dass es schmerzte, das kalte Wasser rann ihr am Körper herunter, die Kleidung klebte auf ihrer Haut. Ihr Puls ging schnell, und ihr Gesicht brannte heiß. Das Gewitter, dessen Donnern sie vorhin aus der Ferne hatte grollen hören, war jetzt genau über dem Bunker. In schneller Abfolge erhellten Blitze den Himmel. Mia sah am Bunker hoch, der mit jedem Blitz gespenstische Schatten warf. Er sah aus wie eine Festung. Dunkel und abweisend, die bröckelige Wand von Moos und schwarzen Schlieren überzogen. Vor Mias geistigem Auge spulten sich die Bilder dessen ab, was geschehen war, und sie begann zu zittern. Zusammen mit Lukas Mutter war sie durch den Bunker geirrt. Sie hatte gar nicht erst versucht, sie davon abzuhalten, mitzukommen. Das wäre nur Zeitverschwendung gewesen. Und in den stinkenden dunklen Gängen des Bunkers war sie froh gewesen, jemanden neben sich zu haben.

Immer wieder hatten sie nach Luka gerufen, ohne eine Antwort zu erhalten. Erst der Schuss wies ihnen den Weg nach oben. Und dieses fast animalische Gebrüll.

Was dann, weiter oben, passiert war, bekam Mia kaum zusammen. Die Bilder waren verschwommen und dunkel. Es war alles so schnell gegangen. Der Mann auf der Treppe. Wie er den Körper herumriss und in den Schein der Taschenlampe starrte. Die Augen weit aufgerissen, voller Zorn. Zorn, der an Wahnsinn grenzte. Dann, ohne ersichtlichen Grund, war der Mann ins Wanken geraten und gestürzt. Er fiel einfach rücklings die Treppe hinunter, und sein Kopf schlug hart auf den Boden. Im Nachhinein meinte Mia, Knochen brechen gehört zu haben. Vielleicht hatte der Junge, der oberhalb der Treppe gestanden hatte, ihn gestoßen. Vielleicht auch nicht. Es konnte genauso gut sein, dass der Mann einfach das Gleichgewicht verloren hatte. Erschrocken von ihren Schritten, ihren Rufen, dem Schein der Taschenlampe. Mia konnte es beim besten Willen nicht sagen. Es war zu dunkel gewesen, um Details zu erkennen. Im Licht der Taschenlampe hatte sie nur das Gesicht des Mannes deutlich gesehen. Das Gesicht und diese irren Augen. Wenn der Mann nicht gestürzt wäre, er hätte sie alle umgebracht. Da war sich Mia sicher.

Zwei Sanitäter trugen eine Bahre über die von nassen Blättern glitschigen Stufen zum Bunkereingang hinunter. Der Notarzt hatte nichts mehr für den Mann tun können. Er war noch am Unglücksort an seiner Kopfverletzung gestorben.

Lukas Verletzung dagegen war nicht so schlimm, wie es zuerst ausgesehen hatte. Der Schuss hatte ihn nur an der Schulter getroffen, und er hatte eine leichte Kopfverletzung, vielleicht von dem Sturz, als er das Bewusstsein verloren hatte. Er war bereits ins Krankenhaus gebracht worden.

Der Regen ließ nicht nach, aber der Wind schob die Gewitterwolken über die Elbe hinweg nach Süden, so dass es nur noch in der Ferne am Himmel flackerte. Mittlerweile standen sieben Polizeiwagen vor dem Bunker, darunter vier Wagen der

Drogenfahndung. Bordasch war allerdings bislang nicht aufgetaucht, und Mia hätte wetten können, dass er auch nicht kommen würde. Dass sie die Plantage gefunden hatte, musste für ihn einer Niederlage gleichkommen.

Am Rand des Basketballplatzes hatten sich ein paar Jugendliche zusammengerottet und sahen zu ihnen herüber. Hinter dem Absperrband, das um den Bunker gezogen war, standen Anwohner und sprachen mit einem Uniformierten, der vermutlich dazu abgestellt worden war, sie zu beruhigen. Mia hielt Ausschau nach Lukas altem Nachbarn, entdeckte ihn aber nirgends.

Sie ging zu dem Mannschaftswagen, in den sie den Jungen aus dem Bunker gebracht hatten. Sie wussten noch nicht einmal, wie er hieß. Aber Mia war sich sicher, dass er aus Vietnam kam.

Der Wagen stand etwas abseits auf der Wiese unter einer massigen Eiche, und die Schiebetür war trotz des Regens aufgezogen, vielleicht, um dem Jungen nicht das Gefühl zu geben, schon wieder eingesperrt zu sein.

Die Sitze waren so eingebaut, dass man sich wie in einem Zugabteil gegenübersaß. Der Junge kauerte entgegen der Fahrtrichtung am Fenster. Er war blass, die kurzen dunklen Haare verfilzt. Er hatte die Augen geschlossen, den Oberkörper leicht eingerollt wie ein Embryo, sein Kinn lag auf der Brust. Es sah fast so aus, als schliefe er, obwohl Mia sich sicher war, dass er das nicht tat. Dafür hob und senkte sich sein Brustkorb viel zu schnell. Seine Hände waren frisch bandagiert und lagen auf seinen Oberschenkeln.

Dem Jungen gegenüber saß eine Ärztin mit kurzen schwarzen Haaren und leicht schräg stehenden Augen. Mia nickte ihr zu, stieg in den Wagen und setzte sich neben den Jungen, wobei sie den Platz in der Mitte frei ließ.

»Hallo«, sagte sie leise.

Der Junge reagierte nicht. Mia fragte sich, wie alt er wohl war, wagte aber keine Schätzung. Er hatte auf jeden Fall noch das Gesicht eines Kindes.

»Hat er schon irgendwas gesagt? Spricht er Deutsch?«, fragte Mia leise an die Ärztin gewandt.

Die Frau schüttelte den Kopf.

»Was ist mit seinen Händen?«

Die Ärztin schüttelte wieder den Kopf, mehr für sich selbst als für Mia. »War er da drinnen eingesperrt?«, fragte sie.

»Wir wissen es nicht. Noch nicht. Ich hoffe, der Junge wird es uns erzählen.«

»Heute sicher nicht. Er ist erschöpft, und er hat Fieber.«

Mia nickte und sah wieder zu dem Jungen hinüber. Er sah so zart und zerbrechlich aus. Sie hätte ihn gerne in den Arm genommen, aber sie traute sich nicht. Sie hätte ihm auch gerne gesagt, alles werde gut, aber sie war sich nicht sicher, ob das stimmte, mal abgesehen davon, dass der Junge sie vermutlich sowieso nicht verstanden hätte.

»Die rechte Hand hat stark geblutet«, sagte die Ärztin. »Sie war an mehreren Stellen aufgeschnitten, als habe er sich an einem scharfen Gegenstand festgehalten. Die linke Hand …« Sie stockte, und Mia meinte, Tränen in ihren Augen zu sehen. »Sie ist stark angeschwollen, eine Entzündung. Ich vermute, die Kapsel ist gerissen, vielleicht ist auch der Finger gebrochen. Es sieht nicht so aus, als sei er behandelt worden. Wir werden das im Krankenhaus röntgen.« Sie sah durch das Fenster zum Bunker hinüber. Mia verstand genau, wie es ihr ging. Und sie wusste, was sie sich fragte: Wie konnte man einem Kind so etwas antun?

Eine Weile saßen sie schweigend nebeneinander. Mia versuchte, ihre Gedanken zu ordnen, es herrschte ein einziges

Durcheinander in ihrem Hirn. Der Junge rutschte auf seinem Sitz herum. Mia sah auf die Uhr und seufzte. Sie mussten ihn endlich ins Krankenhaus bringen. Aber vorher wollte sie unbedingt, dass er erfuhr, dass der Mann im Bunker gestorben war. Dass er keine Angst mehr vor ihm zu haben brauchte.

Mit einem Mal hob der Junge den Kopf und sah Mia an. Seine Augen waren glasig und abwesend, als sei er ganz woanders. Er murmelte etwas vor sich hin, das Mia nicht verstand. Dann sagte er leise: »Luka.« Es klang wie eine Frage.

Mia schluckte. Es rührte sie, dass dieser Junge sich Sorgen um Luka machte. »Luka ist okay«, sagte sie und nickte wie zur Bestätigung. »Okay.«

Der Junge lächelte, zaghaft, aber es war eindeutig ein Lächeln. In seiner Wange bildete sich ein kleines Grübchen, und für einen Moment meinte Mia, hinter der müden blassen Fassade das Kind zu sehen, das er mal gewesen war. Früher, vor all dem hier. Sie stellte ihn sich wild und lustig vor. Doch im nächsten Moment war sein Lächeln schon wieder erloschen. Seine Lippen zitterten, und er drückte sich mit der Schulter an die Wand, als wollte er darin verschwinden. Als Mia sich umdrehte, sah sie Tante Lien über den Parkplatz auf sie zueilen. Na endlich, dachte Mia. Das hatte aber auch gedauert.

SECHS WOCHEN SPÄTER
MIA

Der Himmel war strahlend blau, und es war eiskalt. Es war der erste Tag in diesem Winter, an dem der Schnee liegen blieb, ohne sich sofort in eine graue wässrige Matschpfütze zu verwandeln. Mia hatte ihre dicke Daunenjacke und die schweren Winterboots angezogen und stapfte nun durch die nicht besonders hohe, aber dichte Schneedecke vor ihrer Haustür zum Hauptbahnhof und weiter Richtung Stadtdeich.

Bordasch hatte sie nicht gelyncht. Er war nicht dazu gekommen. Mia war von oberster Stelle für ihren außerordentlichen Einsatz gelobt worden, und ihr Antrag auf Versetzung in das Dezernat für Wettbetrug wurde zurückgewiesen. Mia lachte auf bei dem Gedanken an Bordaschs Gesicht, als er die Begründung hörte: »Eine engagierte junge Frau wie Mia Paulsen ist in der Mordkommission genau richtig aufgehoben.« Nun musste Bordasch es also weiter mit ihr aushalten. Magenschmerzen bereitete ihr allerdings die Vorstellung, dass sie es auch mit Bordasch aushalten musste.

Mia lief am Kunstverein vorbei und drückte die Ampel, um über die Kreuzung zu den Deichtorhallen zu kommen. Die erste Grünschaltung verpasste sie, weil ein Busfahrer meinte, über Rot fahren zu müssen, und ein Geländewagen gleich noch hinterherschoss. Bei der zweiten Grünschaltung rannte sie los, bevor der nächste Irre sie umfuhr. Die kleinen Palmen und der Bambus auf der Verkehrsinsel sahen aus, als seien sie mit Puderzucker bestreut, und Mia hoffte, dass sie die Kälte überlebten. Sie mochte diesen kleinen exotischen Urwald inmitten des Autowahnsinns.

Auf dem Platz vor den Deichtorhallen entdeckte sie Luka und Sam. Sie schlitterten über den vereisten Boden und bewarfen sich mit Schnee. Ihre Wangen glühten, und sie lachten. Es war gut, Sam lachen zu sehen.

Die Freundschaft mit Luka tat ihm gut, sie tat vermutlich beiden Jungen gut. Das Jugendamt hatte Sam in einer Einrichtung für betreutes Wohnen unterbringen wollen, aber Mia hatte durchgesetzt, dass er bis zu seiner Rückführung nach Vietnam bei Luka wohnen durfte. Natürlich mit Einverständnis von Lukas Mutter.

Luka und Sam rannten über den Platz auf sie zu, beide keuchten sie heftig, der Schnee hing in ihren Haaren und auf ihrer Kleidung. »Hallo, Frau Paulsen«, sagte Luka außer Atem und gab ihr die Hand. Sam hielt sich hinter Luka und beobachtete sie aus seinen dunklen Augen. Er war Erwachsenen gegenüber immer noch misstrauisch, und Mia konnte es ihm nicht verdenken.

Dass er ein Opfer von Menschenhandel war, war schon nach seiner ersten Vernehmung klar gewesen. Die Cannabisplantage, auf der er hatte arbeiten müssen, war mit ihren über viertausend Pflanzen die größte, die je auf Hamburger Gebiet gefunden worden war. Die Aussagen allerdings, die Sam während der richterlichen Vernehmungen machte, waren konfus. Es war schwer zu sagen, was Realität war, was Phantasie und was er aus Angst verschwieg. Er redete viel von Träumen und Toten.

Eines allerdings hatte Sam immer wiederholt: Nämlich dass Pavel Kovar, der Mann, der im Bunker gestorben war und den Sam nur den Tschechen nannte, die Plantage betrieben hatte, dass er es gewesen war, der Thanh und ihn dort eingesperrt hatte. Er habe auch den Einäugigen und den anderen vietnamesischen Mann umgebracht. Im Wald, im Beisein von Sam. Sam hatte das Grab schaufeln müssen.

Boris, der Mann, der in seiner Laube gestorben war, war derjenige gewesen, der die Jungen im Bunker versorgt hatte. Den toten Jungen aus dem Raakmoor kannte Sam dagegen nicht, meinte aber, es sei sicher der Junge, der vor ihm seine Arbeit auf der Bunkerplantage gemacht hatte. Er sagte, er sehe ihn in seinen Träumen. Da sehe er alle Toten. Sie besuchten ihn.

Bei Fragen nach anderen Verantwortlichen außer dem Tschechen hatte Sam jedes Mal nur den Kopf geschüttelt. Die Drogenfahndung hatte mittlerweile zwei weitere Plantagen außerhalb Hamburgs gefunden, allerdings waren beide verlassen gewesen. Es sah aus, als seien sie in einer Übernachtaktion geräumt worden.

Luka hatte auch als Zeuge ausgesagt, hatte ihnen aber über die Plantage im Bunker nichts weiter sagen können. Er bestätigte lediglich Sams Aussage, dass der Tscheche Thanhs in Folie gewickelten Leichnam aus dem Bunker geschafft und weggefahren habe.

Bis zum Schluss hatte Mia gehofft, Sam würde doch noch Hinweise auf mögliche Hintermänner oder Helfershelfer liefern oder auf die Leute, die ihn nach Deutschland gebracht hatten. Denn dass mehr Menschen als der Tscheche eingebunden gewesen sein mussten, war klar. Es konnte gar nicht anders sein. Sie hatten bei den Vernehmungen mehrmals die hinzugezogenen Dolmetscher ausgetauscht und darauf gesetzt, dass Sam zu einem von ihnen Vertrauen fassen würde. Aber Sam sagte nichts. Kein Wort. Dabei war Mia sich sicher, dass er etwas wusste, mehr, als gut für ihn war. Er hatte Angst. Und die Angst war real. Da konnte dieser Psychologe ihr noch so oft versichern, es sei alles nur auf Sams traumatische Erlebnisse zurückzuführen: seine Stimmungswechsel, sein Schweigen, sein plötzliches Zittern, seine Wutausbrüche, seine Schreie im Schlaf ...

Mia hatte sich sogar gefragt, ob Sams Peiniger nicht sogar Kontakt zu ihm aufgenommen hatten und weiter Druck auf ihn ausübten. Sie hatte Zeugenschutz für ihn beantragt, war damit aber nicht durchgekommen. Die ganze Zeit befürchtete sie, er könnte einfach verschwinden – so wie es in Großbritannien immer wieder passierte. Die Kinder wurden von den Plantagen befreit und waren wenige Tage später wieder weg.

Aber Sam war da, sagte Mia sich. Er stand vor ihr, weiß von Schnee und mit keuchendem Atem. Am liebsten hätte sie ihm mit der Hand durch seine Haare gewuschelt und ihn an sich gedrückt, aber sie hielt sich zurück. Das würde ihm nicht gefallen.

Morgen würde Sam nach Hause fliegen. Mia hatte lange mit Steffen Martens von Blue Phoenix telefoniert, der ja von Hanoi aus einiges zum Ausgang der Ermittlung beigetragen hatte. Martens hat versprochen, dass ein Mitarbeiter seiner Hilfsorganisation, der sowieso in Mittelvietnam stationiert war, in den kommenden Monaten regelmäßig nach Sam sehen würde, um sicherzugehen, dass er sich gut zu Hause einlebte. Er würde außerdem besonders aufmerksam verfolgen, ob Druck auf die Familie ausgeübt werden würde, dass sie vermeintliche Schulden, die durch Sams Reise nach Deutschland und den Wegfall seiner Arbeitskraft entstanden seien, bezahlten. Der Gedanke, dass Sam und seine Familie damit nicht ganz alleine gelassen würden, beruhigte Mia zumindest etwas.

Sie gingen über den Platz und unter der Bahnbrücke durch zu Tante Liens Bistro. Die Scheiben waren von innen beschlagen, und als Mia die Tür aufdrückte, schlug ihr warme Luft und der Geruch von Räucherstäbchen entgegen. Die anderen Gäste waren alle schon da und saßen an einer langen Tafel aus zusammengeschobenen Tischen. Luka und Sam setzten sich auf die Bank am Kopfende. Mia quetschte sich zwischen Hallberg und den Psychologen, um bloß nicht auf dem freien Platz neben Bordasch sitzen zu müssen.

Hallberg begrüßte Mia vor all den anderen ganz förmlich, unter dem Tisch schob er ihr sofort seine Hand aufs Knie.

Tante Lien hatte sie alle zu einem Abschiedsessen in ihr Bistro eingeladen. Sam, Luka und Mia, Lukas Mutter, Hallberg, Bordasch, zwei Frauen vom Jugendamt, den Psychologen und sogar Bieganski, Lukas alten Nachbarn.

Obwohl Tante Lien bei Sams Vernehmungen nicht als offizielle Dolmetscherin hinzugezogen worden war, hatte sie sich in den letzten Wochen um Sam bemüht, wann immer es ihr zeitlich möglich gewesen war. Etwas, das Mia nicht von ihr erwartet hätte.

Tante Lien servierte Ingwerhuhn, Zimtkrabben und Tintenfischsalat mit grüner Mango, gebackenes Garnelenmousse auf Zuckerrohr, in Sesam gebratenen Tofu, geröstete Auberginen, eingelegte Lotuswurzeln und verschiedene Chili-Pickles.

Es schmeckte wie immer köstlich. Der Psychologe fing an, Witze zu erzählen. Hallberg fragte mit einem Lachen in der Stimme: »Tante Lien, was ist eigentlich an dem Gerücht dran, dass Vietnamesen den Chinesen ihre Restaurants abgeluchst haben? Mit Mafiamethoden.«

»Ja, gute Frage«, warf Bordasch ein. »Schwein süßsauer bekommt man kaum noch irgendwo.«

»Woher soll ich das wissen?«, sagte Tante Lien mit einem Schmunzeln. »In meinem Bistro war früher eine Pizzeria. Und mit der Camorra legen wir uns sicher nicht an.« Alle lachten.

Mia schob Hallbergs Hand weg, die mittlerweile weit oben auf ihrem Bein angekommen war. Ihr Blick wanderte zu Luka und Sam hinüber, und mit einem Mal fühlte sie sich wie unter einer Glocke, in der nur ein einziges gedämpftes Stimmenwirrwarr ankam. Sam hatte ihre ganze Aufmerksamkeit gebannt. Er saß da, das Gesicht bleich. Er trank nichts, er aß nichts. Seine Schultern hatte er nach vorne gezogen, seine Lippen zitterten, wie Mia es in den letzten Wochen so oft bei ihm beobachtet hatte. Immer dann, wenn er unter Druck geriet. Es war fast, als sei jemand im Raum, der ihm Angst machte. Der fröhliche Junge von eben, der mit Schnee um sich warf, war verschwunden und hatte wieder dem verängstigten Wesen aus dem Bunker Platz gemacht.

NACHWORT UND DANK

Dunkelkinder ist fiktiv, alle Figuren und Geschehnisse sind frei erfunden. Zur Ideenfindung allerdings hat ein Artikel aus der britischen Tageszeitung *The Guardian* ausschlaggebend beigetragen. Danach leben schätzungsweise dreitausend vietnamesische Kinder und Jugendliche, allesamt Opfer von Menschenhandel, unter sklavenähnlichen Bedingungen in Großbritannien. Sie arbeiten in Nagelstudios, in der Drogenproduktion, in Textilfabriken, Bordellen und privaten Haushalten. Eingesperrt, eingeschüchtert, geschlagen und isoliert von der Außenwelt.

Über ein Jahr habe ich an *Dunkelkinder* gearbeitet. Um mich so lange mit einer Geschichte zu beschäftigen, brauchte ich ein Thema, das mich wirklich fesselt. Hier hatte ich es gefunden.

In *Dunkelkinder* spielen Drogen eine zentrale Rolle. Für all jene, die das Nachwort vor dem Buch lesen, möchte ich darum nicht zu viel verraten. Nur, dass das, was im Buch passiert, so oder ähnlich leider auch in der Wirklichkeit passiert.

Oft gehen Drogenproduktion und Menschenhandel Hand in Hand, und das nicht nur in Großbritannien. Nur ein Beispiel: Im März 2012 gab es in einem Rockerclub in einem Düsseldorfer Hochbunker eine Razzia. Eher zufällig entdeckte die Polizei dabei eine Drogenproduktionsstätte. Dort arbeiteten drei Vietnamesen, die seit Monaten eingesperrt waren. Die Rocker, die ihren Club im Erdgeschoss des Bunkers betrieben, hatten entgegen ersten Vermutungen keine Ahnung vom Treiben einige Etagen über ihnen. Vor Gericht verantworten mussten sich ein Niederländer vietnamesischer Herkunft und ein Italiener – wegen Drogendelikten und bandenmäßigem Menschenhandel.

Der Fall in Düsseldorf lieferte mir den nächsten Baustein für meine Geschichte. Den Bunker.

Dunkelkinder spielt in Hamburg, und Hamburg ist Bunkerhochburg. In keiner deutschen Stadt wurden im Zweiten Weltkrieg so viele Bunker gebaut wie dort. Gegen Kriegsende zählte Hamburg mehr als tausend zivile Bunkerbauwerke, und noch heute gibt es rund sechshundertfünfzig Bunker, siebenundfünfzig davon Hochbunker. Der bekannteste ist wohl der gigantische ehemalige Flakturm auf dem Heiligengeistfeld. Dabei hat Hamburg etliche kleinere Hochbunker, die kaum noch wahrgenommen werden, zu sehr haben sich die Anwohner an ihren Anblick gewöhnt. Viele stehen versteckt hinter Bäumen oder sind zugewuchert.

In diese erste Ermittlung der jungen Kriminalkommissarin Mia Paulsen sind Vietnamesen verwickelt. Und das ist kein Zufall. Meine bisherigen Krimis um Kommissar Ly spielten allesamt in der vietnamesischen Hauptstadt Hanoi. Und ein paar Vietnamesen musste ich einfach nach Hamburg hinüberretten.

Oft werde ich gefragt: Warum immer Vietnam?

Es war meine Faszination für China, die mich zuallererst in den Fernen Osten brachte. Und von dort war es nicht mehr weit nach Vietnam.

1995 landete ich zum ersten Mal in Hanoi. Ich studierte seit einem Jahr Südostasienkunde in Passau und versuchte mich im Vietnamesischen. Doch in Vietnam schaffte ich es nicht einmal, einen »Kaffee mit Milch und ohne Zucker« zu bestellen. »Cà phê sữa không đường«. Das Vietnamesische ist eine

Sprache mit sechs Tönen. Den »richtigen Ton« zu treffen ist essenziell für das Verständnis.

Nach nur zwei Wochen hatte ich genug: vom Sozialismus, von der klebrigen Hitze und vor allem von diesen verfluchten Tönen. Zurück an der Uni schaffte ich es jedoch nicht, meinem Vietnamesisch-Lehrer zu beichten, wie sehr mich Vietnam frustriert hatte. Er freute sich so sehr, dass ich in seiner Geburtsstadt gewesen war. Irgendwie gelang es ihm, mich aufs Neue für Vietnam zu begeistern. Zwei Jahre später landete ich wieder in Hanoi. Das Flugzeug hielt weit draußen auf dem Rollfeld des alten Flughafens Noi Bai. Ich stieg aus, die schwere feuchte Tropenluft nahm mir nur kurz den Atem, dann hüllte sie mich ein, und ich fühlte mich wohl. Die folgenden fünfzehn Monate knatterte ich mit meiner ölschleudernden Minsk durch die Dörfer des Rote-Fluss-Deltas, suchte für meine Magisterarbeit nach alten Tempeln, die auf keiner Karte verzeichnet waren, plauderte mit Tempelwärtern, Marktfrauen und Suppenköchinnen. Meine »Töne« rückten sich zurecht, und ich hatte das Gefühl, immer tiefer einzutauchen. Bald waren die Märkte kaum noch exotisch, die engen Altstadtwohnungen vollkommen normal und die frittierten Seidenraupen meine Lieblingsspeise. Ich fühlte mich zu Hause.

Trotzdem blieb ich eine Außenseiterin. Und das ist ein Privileg. Ich wurde mit persönlichen Geschichten, die man »seinesgleichen« nicht mal so eben erzählt, regelrecht gefüttert. Und genau diese Geschichten brachten mich überhaupt erst auf die Idee, mit dem Schreiben von Krimis anzufangen.

Kann die Polizei jemanden anhand seiner Augenprothesen identifizieren? Ist ein Nachtsichtgerät auch gleichzeitig ein Fernglas? Rennen Wildschweine durch den Entenwerder-

Park? Wie hießen noch mal die leckeren roten Nudeln aus dem Wok? Und was genau ist die Waldstrafe?

All jenen, die mir meine unzähligen Fragen beantwortet haben, möchte ich hier danken, insbesondere Heike Uhde, Pressesprecherin der Hamburger Polizei, Jan Sperhake vom Institut für Rechtsmedizin am Universitätsklinikum Eppendorf, Marco Sommerfeld vom NABU, dem Verein Hamburger Unterwelten und dem Kunstaugeninstitut F. A. Förster, Anke Friedel-Nguyen, Dang Thi Hong Hang und Trinh Thi T. Mai, Kerstin Klahold, David Frogier de Ponlevoy, Caroline Bolte, Le Quang, Volker Streiter, Michael Weber, Carsten Dane, Frank Goldammer, Ronald Gutberlet, Thomas Geyer, Dalibor Topic.

Außerdem standen mir für dieses Buch wieder die Vietnam-Experten Kirsten Endres, Ngo Thi Bich Thu, Martin Großheim und Christian Oster mit ihrem Wissen und guten Ideen zur Seite.

Wann immer es um das Kulinarische ging, hatte der Kochbuchautor Stefan Leistner die besten Tipps parat. Beim Schreiben der Bistroszenen wurde mein Heißhunger auf vietnamesisches Essen dann manchmal so groß, dass ich alles stehen und liegen ließ, um schnell im »Hanoi Deli« ein paar knusprige Frühlingsrollen oder im »Green Papaya« eine *phở bò* zu essen.

Hin und wieder erfordern Spannungsaufbau und Dramaturgie ein Abweichen von der Realität. Das ist Absicht und nicht auf die Auskünfte meiner Berater zurückzuführen. Erwähnen möchte ich an dieser Stelle auch, dass es die Hilfsorganisation Blue Phoenix, die in *Dunkelkinder* eine wesentliche Rolle spielt, nicht gibt. Als Vorbild diente mir allerdings eine kleine Organisation aus Hanoi: Blue Dragon. Ihre Mitarbeiter leisten eine beeindruckende Arbeit. Sie befreien Kinder aus prekären

Arbeitsbedingungen in Bordellen und Fabriken, sie kümmern sich um Straßenkinder, sie holen Mädchen und junge Frauen aus China zurück, die dort gegen ihren Willen in die Ehe oder Prostitution (oftmals beides gleichzeitig) verkauft wurden.

Zum Erscheinen des Buches haben Kritik und Ermutigungen gleichermaßen beigetragen. Hier gilt mein Dank André Lützen, Stefanie Wurm, Nina Luttmer, Petra und Gerhard Luttmer.

Ein besonderer Dank geht an meine Agentin Petra Hermanns, die das Buch so großartig unterstützt hat. Ohne sie gäbe es *Dunkelkinder* gar nicht! Und natürlich danke ich auch meinen wunderbar kritischen Lektorinnen Andrea Hartmann und Kirsten Reimers sowie dem gesamten Team im Verlag ganz herzlich!

Mein letzter und ganz spezieller Dank geht nach Juist: An Thomas Koch, Buchhändler der Inselbuchhandlung, und an Inka Extra, die mich in ihrer Villa Charlotte so herzlich aufgenommen und verpflegt hat. Das zweiwöchige Krimiautorenstipendium *Tatort Töwerland* hat es mir erlaubt, das Manuskript auf Juist noch einmal mit ausreichend Distanz zu überarbeiten. In aller Ruhe, gestört nur durch die ewige Versuchung, doch lieber in die Brandung zu springen.

Mit Wärme, Witz und Lust an kleinen Wundern

KARIN KALISA
SUNGS LADEN

Roman

Karin Kalisa erzählt von traumhaften Verwandlungen im Berlin unserer Tage. Urberliner und Nachkommen der vietnamesischen Vertragsarbeiter verbünden sich in einer spielerischen Alltagsrevolution, und das Unglaubliche geschieht: Gute Laune herrscht in der Metropole!

Eine Utopie, natürlich. Aber von unserer Gegenwart gar nicht so weit entfernt.